敲天堂的门

三千宠 著

山西出版传媒集团
北岳文艺出版社
BEIYUE LITERATURE & ART PUBLISHING HOUSE

CONTENTS | 目 录

♣
第一章
立志当空姐

"各位旅客请注意，飞往西双版纳的 MH517 次航班现在开始登机，请搭乘本次航班的旅客从 22 号登机口登机。谢谢您的合作，祝您旅途愉快。"

广播一阵催促，有人加快了脚步，让本来就熙熙攘攘的机场大厅更显杂乱。

而此时的我正以狼狈不堪的姿态火急火燎地冲进禄口机场的大厅。回想起刚才来机场的一路艰辛，真是欲哭无泪。天知道我是怎么到机场的！

首次旅行，图便宜买了早 8 点的票，听说要提前一小时到，一夜紧张无眠，大清早又被一个无良司机游说着与仨人合乘。

对于一个高考失败的学生而言，独自出去旅行已经很凄凉了。这会儿走到半路，司机接个电话说有急事要回去，竟然不由分说地要把我们撂下，我们不肯下车，他就直接往回开了，结果那三个傻乎乎的乘客居然同意再被载回原地。

我可急了，于是跳了出来。

"你这是违规营运！我要去投诉你！"

"你下不下去哦？不下去我就把你带回原地去。投诉？去投诉好了。"无良司机的态度十分恶劣，我火了，这会儿当然不能被载回原地。

更何况走了一半没有被收钱也算占便宜了，再另打辆车好了。不过这个司机太没职业道德，一定要投诉他，临下车时我狠狠地踹了车门一脚。

下车才发现，怪不得司机这么嚣张，竟然弄了张 HELLO KITTY 的贴画把车牌遮住了。我看着车上那傻乎乎的三名乘客还不下来，竟然心甘情愿地被带回市区，感到非常的费解。

很不解的心情持续了不到五分钟，我便明白这里是机场的快速路段，不能拦车。

手心突然就冒冷汗了，心里念着镇定，手上拉着拖箱。盘算着步行去机场的可能性，而手上拦车的动作也由小幅度的淑女式招手上升为张开双臂狂挥舞，并且见车就拦。

当我的手快摇断了的时候，一个貌似上高速抄近路去工地上班模样的很憨厚不像坏人的摩托车司机，好心地停下来告诉我说："小姑娘，这里是打不着车的。"

他这一好心，就被我赖上了。

到了机场，一看时间刚刚好，还有半小时。头发因为没有戴安全帽而被风吹得足够犀利，心里更是百味杂陈，真是太坎坷了。

就在我着急地站在机场大厅正中东张西望该如何登机时，四位身着黑色制服、步履轻盈一致、脖颈如天鹅般皎洁、气质高贵优雅却笑得格外亲切的天使般的姐姐拉着拖杆皮箱从我身边轻轻走过。那样的举手投足和谈笑风生，伴着淡淡香水味，突然让我瞬间定住了，我立刻深深地迷上了这种味道。

这是我第一次见到真正的空姐。

我承认我土包子了，这一刻我震惊了，那种气势实在太让人羡慕。相形见绌之下，我仿佛一头燃烧着的火柴妞，火柴怎可与日月争辉？

我不由自主拖着箱子跟着她们的方向走，尾随在她们身后，心情简直像崇洋媚外似的。突然转过大厅，又迎面撞见一名空姐，从制服上可以看出她们应该是同一家航空公司的，正一眨不眨地盯着墙壁上的电视看，模样痴迷得很。我不禁好奇地瞧上去，画面上是一众高层在举行签约仪式，当中有个特别年轻特别帅气的男子，字幕打出来的是国内最大的航空公司——中航的少东家，想必这个姐姐就是在看他。画面里的人虽看不清晰，但我依然跟着口水了一把。转眼刚才前面的四位姐姐放慢了脚步，发花痴的空姐看到四人后随即绽放了一个美丽的笑容，并加快了脚步赶着上前，天使的声音响起，虽不比播音员那么字正腔圆，却充满了质感。

"师姐早。"

"聂思，不是我说你，做新人呢，就像样点！来这么晚，要师姐侍候你上机吗？还不快去舱里准备！我们去听座舱长指示，你去把餐点准备好，然后做舱内打扫，一会儿乘务长会去检查。"

我都怀疑是不是自己听错了，快了几步上前，确定这话是从刚才那几位被我奉为天使的姐姐的嘴里说出来的。除却完全不合她们形象的尖锐语气外，她们的表情也变得凶狠。

"师姐，我很快就准备好。"花痴空姐低眉顺眼地回答道，看起来好像被欺负似的。

我心中不禁涌起了强烈的锄强扶弱的念头，可却不知道该怎么插手管此事，只能无奈地愣愣站在旁边。

那四位空姐见她没有反抗，眉头皱了下就准备拉箱子走人，其中个头儿最高最苗条的那位突然回过头来瞟了一眼电视，朝她正色道："还有，想实习考核顺利通过就本分点，该做什么不该做什么拎清楚。个人作风也很重要，年纪轻轻就想着勾搭上司，这么做怎么行！"

"师姐……我没有……"对面那位弱弱的空姐眼睛里已经泛了红。我气愤了，感觉她们有点太欺负人了。正好那个教训人的空姐回头看了我一眼，脸色不算好也不算不好，看得出有几分控制情绪地问我："请问您看什么？"

我一下找到了突破口，一手叉腰，一手挥舞着机票凶道："什么态度？！我是客人耶！客人是上帝！"

四人中最边上那个个头最小的女人眼尖地迅速捕捉到我的机票信息，随即四人相视一笑，拉着箱子潇洒地就转身走了，留下一串银铃似的笑声。

"这还是经济舱的上帝哦。"

"又不是我们公司的。"

"上帝，屁咧！"

我突然有种自取其辱的感觉，看到旁边站着一脸抱歉地看着我的弱弱空姐。

我立刻朝她夸张地大笑："没事儿没事儿，你去忙吧姐姐。"

她涨红了脸，再次抱歉地点点头，感激地笑笑就急急地走了。

我长出了一口气，拿机票扇一扇热气，还没缓过来就听到机场广播声在我耳边炸开了："戴小花旅客请注意，您要搭乘的飞往西双版纳的 MH517 次航班就要起飞了，请您速到 22 号登机口登机。"

我浑身一紧，暗道，糟了。

我立刻掉头快跑，发现自己如无头苍蝇，跑了几步又折回来。加速追上了刚才那位弱弱的空姐，满脸焦急地堆笑着问："姐姐不好意思，请问 22 号登机口在哪里，我找不到，快来不及了……"她诧异了一下，露出洁白的八颗牙齿，毫不掩饰地肩头耸动笑了一下说："哈哈，原来你就是戴小花啊！"

我的名字一向都是耻辱。我满脸堆笑地看着她。

到了 22 号登机口，她抹了一下跑散落的头发，朝我露出一个真正的天使般的笑容。"就是这儿了，去吧，戴小花。路上小心。"

哎，迷死人了，我都有点舍不得她了。离去那一眼，我傻傻地回了好几次头，最后还不死心地扭头喊了一声："姐姐，我也想当空姐！"

她捂住粉扑扑的漂亮的脸蛋嘿嘿笑了一下，也朝我喊了一句："那你去报考吧！"

我正想做一个加油的手势，想说我要努力实现梦想，你也要努力地不被欺负太惨，大家互相勉励一下。而正当我摆好了"加油使劲"的姿势时，弱弱的姐姐突然跳起脚来，惨叫一声："啊！我迟到了……死了死了，这次要被整惨了！"

她连回头的时间都没有，就拖着小皮箱神速地消失在大厅里。

我恋恋不舍地踏上我的旅程，心里为她默默地祈祷："千万要挺住啊！"

从西双版纳回来，我整个人黑了一圈，老妈见了第一句话就是"天哪"，然后跟在我屁股后面碎碎叨叨地说："女孩子家要注意形象啊，不是美女你还敢晒黑，你真有我当年二百五的神韵！"

"黑了显瘦啊！"我朝我妈哈哈一笑。

我妈愣住了，大概是自从高考后我一直绷着个苦瓜脸，这会儿见了我久违的笑容一时感慨万千，眼圈都红了。我寻思着，接下来是不是得上演一出母女情深的抱头痛哭戏。我妈该说："孩子，咱不读了，大不了妈养你一辈子！"我说："世上只有妈妈好……"

那这会儿我是不是该主动点，上去抱她？怎么有点别扭，看着我妈这包租婆的脸，该怎么下手呢？

我朝她慢慢挪动着，琢磨着如何自然点。岂料她突然一把把我拽坐到床上，一手按着我的肩，一手指着我的鼻子，说："笑，你还好意思笑！考那么点分，要是我都无颜见江东父老了！你也好意思要钱旅游，旅游就算了，回来还敢当老娘面乐得这么肆无忌惮，你忘记你志愿还没填呢！"

我讪讪地抽抽嘴角，恢复了一脸的忧郁，可怜巴巴地拽拽老妈的袖子，伸伸头，轻轻地说："妈，你说我去念航空院校行不行？嗯……当空姐……怎么样？分低。"

我妈吃惊地望着我，一脸的难以置信，问："你形象关能过得了吗？"这个"吗"字尾音拖太长，以至于严重地伤害到了我的自尊。虽然女儿不美，但当妈的也不能亲自埋汰吧。

我刷地站起来，居高临下地说："妈，我一定考上给你看看。"

可等我弄清楚招生流程，心里都凉了半截，原来这些学校招生都是提前面试的。

我难过得像什么似的，在家几天吃不下饭，感觉我的小梦想还没开始自我陶醉就轻易破灭了。现实很无奈，无奈得就像一只在梦中变成了凤凰，来就被当了下酒菜的母鸡。

当我妈拿回厚厚的大字报似的各类学校分数线给我看，在发现自己的成绩只能勉强读个三本的时候终于爆发了，我叫嚣着跟我妈说："别逼我了，你给我等着。"

　　跑出家门，我心里火急火燎的，听到我妈在后面哭骂的声音，更是感到不胜其烦。这次我真的很勇敢，勇敢到连自己都没有想过有一天能为了自己的前途这么拼。不在沉默中爆发，就在沉默中灭亡，身上只有一百块，就连请老师吃顿饭都不够，我却直接打车奔民航大学去了。

　　不能用惨烈来形容，一下出租车我就鬼上身似的开始哭，要知道我在家是头也不梳脸也不洗的，更别提化妆什么的。这样狼狈地从家冲出来又哭得一脸褶子，想必丑得也足够令人印象深刻了。

　　没时间想这些，反正进了学校门见到第一个门卫，我就开始哇的一声哭爹告奶地瘫坐在地，哭得极其惨烈。拉着上了年纪、被我哭出了同情心的门卫大爷的汗衫下摆。

　　"叔叔呀，我从小就想当空姐呀，从小就想为人民服务呀，从小就在准备呀，谁知道你们学校是提前面试呀……我不甘心呀，要是不能念我梦想中的学校我宁愿自杀呀，叔叔呀……"

　　听我嚎了足足五分钟不带喘气的，大爷同情心泛滥了，给我拿了水，安慰我别急，然后就去通知了学校里的值班老师。刚才坐在滚烫的能煎鸡蛋的水泥地上哭，屁股已经被烫得颤抖了，这下进了有空调的办公室，我立刻舒服得哭了出来。泪眼模糊前，认准办公桌最气派的老师，上去拽着人家的裤子坐在地上就开始重播。"老师呀，我从小就想当空姐呀，从小就想为人民服务呀，从小准备呀，谁知道你们学校是提前面试呀……"哭得是惊天动地，因为室内有回音，效果竟然比外面好上许多倍，更加可歌可泣。管不了什么丢人不丢人了，此时的我纯粹就是一无赖了，总之已经做好了不给学上不走人的准备。

　　"同学不要着急，我们给你咨询下相关的专业老师。"估计是被我吓着了，那老师脸色发白地给旁边的老师使眼色。办公室里立刻乱作一团，打电话的打电话，喊领导的喊领导。

　　我头点得跟小鸡啄米似的，有点晕了。后来场面十分混乱，真不好意思大热天的惊动这么多人。陆续来了好多人问我话，我一直像上了发条一样重复上演着哭戏。专业老师来了，我张口就哭："老师呀，我从小就想当空姐呀，从小就想为人民服务呀……"

系主任来了，"主任呀，我从小就想当空姐呀……"

校长来了，"校长呀……"

然后我就晕了……

这真不是装可怜，是真晕了。一热一冷，哭太久，嚎太猛，加上心情焦虑，竟然中暑了。

等我醒来，见着我妈，我"哇"地又哭了，发现没声音，原来是嗓子哑了。我妈眼睛红红的，抱着我就替我哭，哭得山摇地动，一点也不含糊，很有我刚才的风范。我看见四周有校领导在，连忙坐好，扯着破锣嗓子可怜兮兮地问："老师，能录取我吗？我比你们的分数线超了两百分呢，求求你们了。"

那边专业老师皱着眉头，却也不敢太刺激我，说："同学，我们真的很感动，虽然心灵美很重要，但是当空乘外形也很重要。"

我连忙积极向她靠拢，把她吓得退后半步，我指着自己说："老师，女大十八变，我会努力变漂亮的。"

"可是你现在已经长大啦……"

"我……"我一挺身，手一指胸，"现在也不大啊！"

众人狂晕。

最终，在我和我妈的眼泪炮弹下，加上我刚才又晕倒了，看起来决心已定。于是学校领导决定破格算我面试合格，让我自己回去填志愿，还嘱咐我注意身体。

这突然的急转而上的变化，使我愣住了，有种幸福来得太快，有点接受不来的眩晕。不敢相信，继续死活赖着领导，一定要给我发张面试合格证书才行。

然后我和老娘又厚颜无耻地坐着领导的空调小车回到学校领了合格证，还不忘主动让我妈补交了 240 元初试加复试的报名费。

如果今天这也算面试的话，那我也算是过五关斩六将了，比一般人坎坷多了。

不过倒真是痛并快乐着，回到家，还是有种不真实的感觉。我妈妈回去挨个给亲戚打电话，叙述了她女儿是多么有用，自己争取到了当空姐的机会——带着骄傲和自豪的神情。

终于巴望到了开学，才意识到学费贵得吓人，一年一万多，比私立大学还要贵。我妈给钱时手抖了一下，我连忙一把抢过来，说："当了空姐，一个月就赚回来啦。"

带着美好的期待以及自己特意拉直的一头秀发，戴小花开进了这个航空业的摇篮。

我妈早在这个暑假已经向所有亲戚拿着大喇叭宣传过了。虽然我觉得有些不妥，毕竟还差几年呢，可是当场也有扬眉吐气的快感。只不过这种快感在我进了学校后不久，就渐渐消退了。取而代之的是我头上新添的诸多愁云，而且俨然有密布的趋势。

事情起因是第一次接触到登机率这个词。

这个词是一个学姐对我们说的，她说我们学校空乘专业毕业的登机率是60%。当时我就慌了，什么意思哦，不是来上学的都能当空姐吗？不能当空姐我来读你们学校干什么哦？

我问学姐："只有60%的可以上飞机，那么其他人呢？"

"当地勤啊。"

"地勤不就是在机场工作吗？那也不错啦。"

"可是现在地勤都招收民航运输班的专业学生啊，那个需要专业技能啊。还要收退下来的老空姐，我们的机会很少啦。"

"那怎么办……"

"当地乘啊！在动车上服务。现在交通很发达！"没等我问起地乘的薪水，她就立刻又补充道："不过现在都有专门的铁道运输学校在培养地乘啦！"

我哭丧着脸问："那到底我们还能干什么？"

"能干的也很多啊，窗口行业嘛，秘书啊，售楼小姐啊，前台啊，大堂啊，再不行到酒店端盘子啊！好歹长了张脸嘛！"说到最后一句，学姐还同情地望了我一眼，我没有去计较那一眼的含义，我只想说，去酒店端盘子，干吗还要读大学？

"总之，想上飞机很不容易的。得家里有关系，然后自己条件也不错才行。"

这番话，把在场的我们这些新人的小心脏吓得扑通扑通的。

第一恐慌的是，该怎么跟家人解释？是我自己要来念这个专业的，牛也吹了，话也放了，要是没办法顺利当上空姐，叫我妈怎么见人？

特别是在我的外貌还不算出众的情况下，同班四十几个女生，俨然没有谁把戴小花作为竞争对手的，我总是不着痕迹地穿梭在美女之间，看她们争芳斗艳，像一只丑小鸭，默默地看着她们的生活。

我们宿舍的几个女孩都是跟我一样娇小老实，这倒让我省心多了。说是娇小，我们好歹也有 165cm 的身高，不过全班平均 168cm，所以我们都是拖后腿的群众。打扮保守，毫不显眼，完全不具有竞争力。

不过即使夹着尾巴在美女间生存，我还是被排挤了。

班上几个美女班委跟男班主任关系极好，常常一起谈理想。结果不知道怎么就把我哭着求学校准我入学的事给当笑料抖了出来。这下，我可彻底红了……

其实这事再严重也无非就是被人鄙视一下，真正导致我遭到赤裸裸排挤的是因为一个男人。

要知道，我从小到大一直都是个老实巴交的学生，产生爱情观念以来也就意淫过金城武，对身边的男生还不敢有非分之想。何况中学时代的男生都穿校服，在我看来，穿了校服的男生都是一模一样的。

可是大学就不同啦，一进学校就发现男生个个都打扮时髦。特别是我们班几个帅得要命的男生，更是国宝似的。

空乘专业也是有男生的，飞机上除了要空姐，还要空少。不只是我，我们班很多女生，个个看到班上男生就掉链子，真的不是我没见过世面，而是真的很帅。特别是段禹，第一眼见着他，我就被他那迷人的微笑和比我还白的皮肤倾倒了。

他给我的感觉很温和，不像别的男生那么浮躁，假如撞见我偷偷看他，他也一定会对我笑。虽然我知道那是他的礼貌……我对他没有非分之想，不过每当被别人奚落时，我都会下意识地去寻找他的目光。无论他有没有看我，我都会无比安慰。我想，即使只能这样，一起读完大学，在同一个班级，拥有同一个老师，呼吸同一片空气，这就足够了。

进校以来宿舍里的第一次卧谈会。

我们几个女孩，都是不太优秀、比较沉默寡言、没什么朋友的人，虽然成天生活在一起，却很少交心。今天说着说着，话匣子就打开了，热烈起来之后渐渐谈起了自己的男朋友。

她们一个个都说完男朋友之后，对面床铺的女孩问我："戴小花，你谈过恋爱吗？"

我不好意思地摇头。

"哎，小花，那你有喜欢的人吗？"

……

当晚，四个女人乐了将近半宿，还给我出了 N 多馊主意，如何在学校里跟他偶遇，如何制造惊喜。于是，我以为自己有了可以吐槽的好姐妹，这个学校也开始有了人情味。

美美地睡了一夜，一觉醒来发现宿舍里已经没人了。

我美美地喝着牛奶，却不知道外面的天翻地覆。

我怎么也想不通，一个宿舍的姐妹，竟然可以这样践踏我的信任，拿我这个一文不名的戴小花的一个笑料去当话题，只为找点谈资吗？我就那么让人不值得尊重吗？

不管我再怎么想不通，现在我是被彻底耻笑了。人们都说，癞蛤蟆想吃天鹅肉的戴小花，竟然敢跟美女谭微微抢男朋友。

我只能苦笑，后知后觉的我，竟然不知道他早已跟谭微微谈起了恋爱。

怪不得每次上形体课我卖力地表现时，谭微微都会对我嗤之以鼻了。真是丢脸，我还动作幅度那么夸张，像个傻妞似的。

以后，再怎么也会忍住不去看段禹了。

现在我完全是形单影只了，有点想哭，吃饭洗澡上课，都是孤身上路。没有人愿意与我为伍，因为戴小花看起来没有任何前途，也没有交往的价值，何况还是个群嘲对象。

　　反之，我宿舍三个同样没前途的女生，现在已经站在班级里最强的阵容队伍里去了。她们因汇报笑料有功博得了那群混得很体面的美女们的好感，得以跟她们亲近，成为她们的自己人和追随者，和她们一起对我嗤之以鼻。

　　我忍着，老娘曾经说过，对待小人，你太计较就中计了。

　　你们不理我，我自己一个人玩；不跟我一起去上课，我自己就先去占个好位子，不给你们留；走路没人挽手，我就揣兜。

　　自从闹出这个新闻以后，我见到段禹都有点尴尬。一碰到就立刻找地方闪躲，然后就是一阵男生不怀好意的笑声和女生不屑的鄙夷声。

　　可是我分明见到他好几次都对我露出关心的神情，只不过笑得淡淡的，看不出所以然来，但是却像蚂蚁上心头，痒得我难受。

　　今天看完书，天都黑了，宿舍人还不回来，估计是跟她们的主子出去玩了。不回来也好，眼不见为净！

　　吃了点饼干，迷迷糊糊就想睡了。"滴滴"，手机响了，朦胧中摸过手机翻开一看，当时就惊出了一身热汗。再看，一个字一个字地看一遍，顿时热泪盈眶了。

　　是段禹发来的信息，我确定这就是他的手机号，因为我曾经偷偷摸摸地打听过并存了下来，而这个名字正在我手机上闪烁着。

　　他约我到自习教室谈谈。

　　我知道那些传言肯定给他带来了困扰，这个约是一定要赴的，因为他是我很在乎的人。无论他今天是奚落我还是愿意与我做朋友，我会去跟他说清楚，我不想这件事再影响我的大学生活。

　　尽管洒脱得要死，但我还是不能免俗地精心打扮了一下。虽然工具有限，还是扑了粉、上了妆。头发有些蓬，我还蘸水梳了一遍又一遍。走前又特意刷了牙……

　　心情很忐忑，越靠近自习教室越忐忑。他一定嫌弃死我了，被我这样一个丑姑娘喜欢，背后指不定受了兄弟们多少嘲笑，今天多半是来警告我不要痴心妄想的。

到了门口不敢进去，除了因为紧张，关键是因为里面完全黑灯瞎火的。心情一下子跌到了谷底，真是幼稚，这样耍我一下有意思吗？我是相信你才会来的啊！

我叹了口气，转身准备回去，却听到里面熟悉的男声。

"戴小花？进来吧。"

我一下子发蒙了，木讷谨慎地走进黑暗的教室，心里咚咚敲着鼓，分辨不出他在哪个方向，只好凭着自己平时对教室的记忆摸索着走到里面。

"你在哪里……"我的声音是不矫饰的颤抖。因为太激动了，差点儿把桌子都碰翻了。突然眼前一黑，一个宽阔的身体挡在我面前。幻想中熟悉的味道，段禹就站在我面前。

如果肆无忌惮地上去抱住他，让他散发着温和味道的体温温暖我，我恐怕不会像现在这样瑟瑟发抖。可是我终究还是不敢的、被动的、麻木的、冻结的，等待他主动说话。

在我冰冷得不住颤抖的时候，他终于用手抚摸了一下我蘸了水却依旧枯糙且不柔顺的头发，开口了。

"为什么不直接来告诉我，而是去告诉身边靠不住的人。"他的声音很空，但是我却听出了一丝怜悯，眼泪顿时就下来了。我是个很乐观的人，进学校以来受到的委屈和压力却已是不能承受之重。

扑簌簌的眼泪滚滚滴落，他没有安慰我，更没有像想象中的揽我入怀。我知道他还是怪我的，我让他丢脸了。

"对不起……我不想的，我以为……她们不会说出去……我以为你根本不会注意……"

一只手按住我抽动的肩膀，瞬间热乎乎地暖流传遍全身。

"别哭了，戴小花。我没有怪你的意思，只是你为什么不早说，如果早说……"他顿住了，叹了口气。坐到桌子上沉默了一会儿，在黑暗中点了支烟，然后拿出手机拨弄，音乐立刻就响了，是首很老很老的歌——《简单爱》。在黑夜中跟他一起听，这是在暗示什么吗？

突然涌起莫名的巨大的忐忑的幸福感。这一刻真想抓住不放手，只是他喜欢我什么……

"早说……我不知道该不该说啊！段禹，我早就喜欢你了。每次为了多点机会看你，近视眼的我坐在最后一排的角落里，黑板完全白茫茫一片……只为了能偶尔从旁边瞟你一眼。每次为了让你注意到我，形体课上我那么卖力地做着被人嘲笑的动作，可你给我的只有视线相遇时那个淡淡的微笑。好痛苦，我猜不到你的想法，只能远远地看着你。有的时候我宁愿你大声地鄙视我，鄙视完我就死心了！也好过这样无止境地幻想着！"

我几乎是哭着喊出这番话来，全凭气氛使然。我完全不懂得如何跟一个男人表白自己的爱意，只把自己的委屈给发泄出来。说完，我就后悔了，他静静的，一句话也没说。

时间在《简单爱》的单调节奏中过去，沉默让我不得不选择打破它，我也豁出去了，一把抓过他的手，拿过他的手机关掉音乐。

"我嘴笨，再多的我也说不出了。我给你唱首歌，这首歌就是我的心情。希望你能懂我！"

真的很勇敢！说实话，我常常脑子不正常，做些连自己都觉得丢脸到家的事。可我竟然还真的做了，做得那么坦然、连贯、一气呵成。

黑暗中，我带着抽泣的哭腔，弱弱地唱着《孤单心事》，越唱越心酸，已经分不清那些是不是真实的感觉。最后，我几乎是边哭边嚎着唱："我在你的心里，有没有一点特别，就怕你终究没发现，我还在你身边……爱你是孤单的心事，不懂你微笑的意思！只能像一朵向日葵，在夜里默默地坚持。爱你是孤单的心事，多希望你对我诚实，一直爱着你用我自己的方式。"

唱完了，其实我平时唱歌很不错，不过今天我是豁出去了，够疯了，声音带着哭腔，也够难听了。也罢，我的第一次表白算是对得起自己了，又是哭又是号又是唱，丰富多元。得之我幸，失之我命。段禹，戴小花真的尽力了哦！

我泪水涟涟地看着黑暗中不知表情的他，可他却一直沉默着，随即手在兜里摸索，口中咳嗽一声。突然间，很不真实地的，周围响起了雷鸣般的掌声和惊叫。

是的，我不是在做梦，现在是掌声沸腾，四面八方的掌声、口哨和尖叫。与此同时，段禹掏出打火机，点燃了早已准备好的蜡烛。

瞬间失明，捂住眼睛几秒后才适应了新的光线，我看清了桌上是玫瑰花、红酒和蛋糕。

再看教室里，墙壁一圈竟然站满了人，个个脸上都洋溢着笑容。只是烛火太暗，那些笑容看不清，只知道气氛热烈。而这红酒、蛋糕和玫瑰……

我捂住嘴巴，今天的眼泪怕是收不住了……他竟然为了我准备了这么多，还请来了这么多同学。再也顾不了其他，我实在忍不住了！谁也无法阻挡我扑上去抱住他，我戴小花这一生有今天，值了！

抱住他的那一刹那，我感觉到了他的瑟缩，但是我仍然用力紧紧地抱住了他。我呜呜道："你傻瓜，今天又不是我生日！干吗这样……"

话还没说完，失真的感觉袭来，我还没反应过来，就被人拎着衣服一个大力甩了出去。

砸到了桌子，身上剧疼。然而远远没有接下来的事疼……

一个鄙夷中夹着愤怒的女声道："废话，当然不是你生日！"

我的头晕了一下，赶紧甩一甩，好像在做梦……

突然教室里日光灯开了，眼前站着谭微微，四周站着全是同学。之前的笑容确实是有的，不过现在更厉害，个个都笑得直不起腰来。

突然我意识到自己原来始终是个悲剧。

"亲爱的，这份生日礼物，满意了吧？"我一动都不能动地看着段禹把桌上那束鲜红玫瑰连同谭微微一起搂到怀里。然后谭微微娇滴滴地笑了，回身向他热情献吻，衬着鲜红的玫瑰花，模样楚楚动人。

而我最终在这样的嘲笑声中、同学们各种花枝乱颤中、竖起来的大拇指中、嘲讽白眼加鄙视中，默默站起来，麻木地走出去了。

回宿舍，一路上我的脑海里都回荡着他们的声音。

"这演出太精彩了……晕，真看不出来这二百五女人这么闷骚！"

"哎，你录音了没有？"

"当然录了，这么精彩的实况！"

"一会儿回去传给我，尤其是表白和唱歌那段！"

"哈哈，真神人啊！"

……

回宿舍的路上，不顾人来人往，我狠狠抽了自己一个嘴巴。

"戴小花，什么都被你搞砸了！你现在到底是在干什么！到底是在干什么！"

我当了一回主角，成为段禹取悦谭微微的一个笑料，他们很成功，我已经灰头土脸得一败涂地了。

可是，有必要举全班之力搞垮一个杂草似的戴小花吗？怎么可以这样？如果我回去就这么自杀死了，难道他们不怕背良心债吗？

我可以想象得出接下来等待我的是什么。一轮又一轮无尽的嘲讽和羞辱，我的录音会被当成最大的笑料传遍全校，传到老师办公室里，而我那豪放的歌喉也将被人津津乐道。

如果我不是戴小花，我一定会转校，否则就自杀。

可我是戴小花，我是向老妈保证着，向老师哀求着进了这个学校，我没有资格认输，也没有资格懦弱。我要完成自己和家人的梦想，并且一定要成功，然后把你们一一踩在脚底下！今天你们羞辱我，日后定让你们十倍奉还！

戴小花心里有熊熊燃烧的一团火，总有一天，我会让你们这群坏蛋后悔自己曾经的自以为是和年少无知。

我扯起了一个难看的笑容，让自己变得更加昂首挺胸起来。

我做梦都在制订计划。戴小花成功之路的第一步：减肥和英语考级。

第二天起来，看到宿舍人睡得正香甜，估计是昨天嗨过头了，我没有管他们，准备了一下就抱着书出门去食堂。

刚打算走，就听到下铺的手机闹铃响了，而那个铃声赫然是我昨天带着哭腔唱的《孤单心事》。

我忍住最后一丝怯懦和颤抖，拉开宿舍门就要夺门而去，而就在拉开门的一刹那，我改变了主意。我转身冲到下铺的床边，粗暴地掀开蚊帐，一把抓过她塞在枕头下的手机，用力地砸向墙角。那玩意儿立刻就不唱了。

下铺一惊之下，醒了，惊恐地坐起来，然后立刻反应过来，望望墙角碎成两半的手机，尖叫着问我干什么。

"我干什么？你该问问你们都干的什么事！你们是我室友，干了出卖人的事，竟然还这样欺负人！你是不是人啊？我告诉你们，别逼我，逼急了下次就不是扔手机，杀人我也干得出来！随便你告，告校长告法院，我扔了你手机怎么的！有本事咱把家长都喊来，也让你爹妈知道他们辛辛苦苦生的是个什么玩意儿！"

说完，我就拿书出去了。后面听到她们乱作一团的声音，我用力把门带上下楼了。一开始我就知道将要面临的是什么，但是真的经历了还是觉得新鲜。食堂里的人都像看怪物似的笑嘻嘻地看着我，可见传播范围之广速度之快！我旁若无人地细嚼慢咽地吃完了早饭，一点没剩，还当众打了个响亮的饱嗝。

课前，班上同学都笑嘻嘻地朝我看来看去，而我的表白声和唱歌声被分为两段作为铃声在教室里此起彼伏。

我觉得他们真是幼稚，哪来那么多电话要接，都是故意放给我听的。我坐着，一点表情都没有，手指敲击着桌面，发出很小的声音。等敲到460下时，我的室友们脸色铁青地进来了，一进来先仇恨地看着我，然后立刻去他们大本营汇报了早晨发生的事。

瞬间，所有的铃声都戛然而止了。

正巧上课铃声响了，教室里安静下来。我幽幽地说了一句："什么玩意儿，一群欺软怕硬的贱骨头！"

英语老师进来时听到了下半句，莫名其妙地看了我一眼，然后宣布开始上课。

下课时，正拥挤着下楼，段禹从后面挤上来："戴小花，真不好意思啊!"

我站住脚,定睛看了他几秒,面无表情,嘴里甩出两个字:"贱人!"

"我说戴小花,你也好意思……"那边谭微微看不过眼,阴阳怪气的声音立刻来了。

"别跟我说话!"没看她一眼,我抱着书飞快地挤进人潮中消失在他们面前。

那件事,这个人,第一次,初恋的滋味,被践踏的滋味。一切的一切都被涂抹成了黑色,教训太深刻,深刻到我会永远铭记于心。

呵呵,现在的戴小花觉得,男人什么的,最没劲了。

其实吧,把自己想象成一名校园中的剑客,也就不觉得孤独有多难受。没有朋友,没人打闹,我就有更多的时间去学习。去图书馆看书时,我身上都特意揣着小镜子,意志力不坚定时就拿出来,凝视半天后说:看看你!长得又不漂亮还不好好读书!

说完就有精神继续看书了。

大一,我是全班唯一一个拿到英语四级证书的人。大二,我也是第一个拿到英语六级证书的人。同时,我也减肥成功了。

两年时间,我一大早起床,一边绕操场跑步一边背单词,晚饭只吃水果。去图书馆看瑜伽书籍,学习如何修整身材曲线,如何美容,如何化妆,如何提高品位,一样也不落下。

终于,大家忘记了戴小花曾经的不好,同学们开始试着跟我说话套近乎,以期在考试时抄我一点。我淡淡地笑着说:"可以啊。"

终于,有男生跟我表白了,而且还是个不错的男生。我依旧淡淡地笑着说:"谢谢你,你是个好人。"

戴小花最终还是戴小花,虽然心里没有原谅,但还是那么轻易地接受了别人的橄榄枝。因为孤独太久了。

到了大三,才真正感觉到了竞争的恐怖,看到航空公司的高门槛,有一批人退却了。学校说,某豪华油轮在招海上乘务员,薪水优厚,好比空姐。曾经的蓝天梦想被抛在脑后,走了一批人。学校说,新加坡航空在招地勤，要求不算太高。于是，又一批同学去了。学校说，南京好多家事业单位在联合招聘高级秘书助理，人又走了一半。后面很久没有招聘信息过来，大家都慌了，而此时四大航空公司开始正式面试了。剩下的人，全部都抱着必死的决心，像无头苍蝇一样扎入面试的洪潮。

知道面试难，门槛高，可是没想到竟然这么高！算计着全国空乘院校也不多，都跟我们学校似的到面试这会儿全班只剩这么点人，也没多大竞争压力啊。

可是到了会场，黑压压的人头攒动，好几千人！我心里就纳闷了。一打听，原来现在航空公司可以面向社会招聘，也就是说，我们的学算是白上了！

我心里凉飕飕的，看到那些漂亮的娇艳欲滴的女子，突然就觉得悲哀。第一轮就被刷了下来，我个子最矮，被排在边上，只记得评委看了一眼，还没让我张口，就给我打了分。

然后就像赶场子似的，不断地跟同学一起从一个城市换到另一个城市去面试。报名费和车马费像发疯一样，让我妈的眉头皱得越来越厉害。

"不是说要英语好吗？你英语那么好，怎么还不过？"妈妈的置疑让我无言以对，我只说，没问题的，我没问题的。

有一句话说得好，越是小航空公司越是注重外表，这话果然不假。我们班出去的录了一半，都是些又漂亮身材又高挑的。

剩下的人，真正开始恐慌了。

尽管还是像平常一样的上着课，可是面对着只有 20 个人的教室，连老师都懈怠了。下面的学生，哪还有心情听课，都在为自己的前途担忧着。

"听说希尔顿酒店在招人？"

"五星的吗？"

"四星的吧！"

"我上次看到有家五星酒店在招助理。"

"是招营销吧？"

于是，大家纷纷自寻出路。每当妈妈焦急地问我情况，我只能强颜欢笑着："我没问题的！"

其实，我有些偏执了，也许我可以找到一份体面的工作，我现在虽然模样差，却有着过硬的几个证书。只是我在赌气地想证明自己，原来欺负我的人在各个航空公司飞了，或者奔了别的前程，我怎么可以一蹶不振地栽在这里？

我在等最后一次也是国内最大的航空公司中航的面试。这是我最后一次的机会。

或许是看太重，面试当天，我竟然病倒了，发烧 39.5℃。

宿舍里没人照顾我，自己爬起来，化妆，穿制服，打丝巾，绾头发，做得一丝不苟，跟没事人一样。只不过额头上大颗的汗珠不断往外渗，才穿好制服，竟然已经一身汗了。

头重脚轻地赶到大门口，跟最后一批与我一样孤注一掷的同学一起，表情凝重地上车去面试。有人看我不对劲，才发觉我发烧了，连忙劝我别去了，赶紧上医院吧。

我脸色估计不太好，用力笑了一下："是你，你愿意放弃吗？"

当时以为她是不怀好意，后来得知，她早已是内定好了的人选。只是去走个过场而已，那关心，倒是出自真心。

不过这时候的我最恨的就是内定了，一个内定，就意味着失去了一个宝贵的名额。很可能我多一名就能上了，所以我听说以后心情更加沉重。

等候叫号的时候，头已经快炸了。我一捏自己拳头，这样下去要完蛋啊，戴小花，你怎么这么不给力啊！

其实我准备得很充分的，但由于太在乎加上生病，自我介绍得颠三倒四，评委一个问题都没有问我，连头都没抬直接喊下一个了。

我当场就天旋地转了。

等我们这一排十人面试结束，让我们出去。我却动也没动。

不是我成心赖着不想走，而是我的腿软得根本迈不动，感觉简直像天塌了一样。

评委发现我还没走，终于抬头看了看我。大概是见惯了选手不能接受事实赖着不走的情况，所以那人事部经理只给了一个眼神，旁边的保安就上来扶我。

可是保安的手刚触到我顿时就自己弹了回去。他惊恐地看着评审，声音古怪地告诉他们道："这个同学身上烫得厉害！"

四位评审都抬起头来看着我，那经理走上来，看了我一下。问旁边的保安："是发烧了吗？"那位年长的空姐评审也过来了，用手摸摸我的头，吓了一跳，说："烧得厉害。"

保安忙不迭地点头赞同了这说法，于是那经理赶紧让保安带我出去联系家人送医院。我觉得好热好难受，视线一片模糊，但是我死死地拽住了空姐的手。

"我想当空姐……"

虚弱的声音让在场的人动了容，随即我听到一个柔和的女声在絮叨着"身体要紧，以后还有很多机会"之类的话。而我只是死死地攥着她的手，摇着头。眼睛也不知道是怎么了，像失明了一般一片模糊。到后来，听说我当时是泪水噼里啪啦地掉。

里面的人一下子为难起来了，有人给我拿了热水进来。喝了一点之后，我才好受了些，我打起精神，朝评委们深深鞠躬，请他们再给我一次机会来介绍我自己，让我自己好好地推销一次，让我无怨无悔。

最后他们同意了，我又喝了几口水，然后清醒了一下，开始把准备好的多年的积蓄一次性滔滔不绝地说给他们听。

我在说的不是为了得到一份工作，而是关于我的梦想、关于我对家人的交代、关于我的尊严。

随后我又用英文流利地阐述了一遍，评审们完全没有料到，刚才结巴得那么差劲，而现在却判若两人，于是都用感兴趣的眼光开始向我提问。

我当时的状态巅峰极了，看到他们感兴趣的眼神，发烧和兴奋感都让我热烈起来，回答得简约流畅，充满智慧。我的脑电波在急速颤动着，我要赢，我要赢！

最后，我通过了。

评委给的评语意见是："戴小花有着常人没有的执着信念和坚强意志，以及镇定的应变能力和抓住一切可能的机会做出努力的炽热。这正是航空业所需要的企业精神，戴小花完全合适成为一名中航的员工。"

我成功了……

这次我没有晕倒，直到进了医院才昏睡过去。

老妈来的时候，了解到她女儿原来是多么的不容易，坐在我病床边抽抽搭搭地哭。等我被她吵醒时，烧也退了些，她马上红着眼睛跟我道歉。

"妈让你受苦了，你怎么不跟家里说呀。我还以为是你自己不努力呢！"

我苦笑着，朝她一咧嘴道："妈，我要当空姐了！"

我妈又是高兴又是歉歉，最后板着脸数落学校："这什么破学校，上了跟没上一样，如果连社会人都可以报名当空姐，谁还上这个学校！还说登机率60%，呸，原来是把一批批人都打发去干别的行业，最后真正剩下来的20个人里的60%啊！真是够悬乎的，咱们家小花真厉害，真不容易了！"

我窝在妈妈的怀里，沉沉地安心睡了。

比起还剩下那么多的没面试上的同学，我算是很幸运了。她们给我发了祝贺信息，大家也将各奔前程。

♣
第二章
实习生囧囧有神

　　激动人心的实习生活即将拉开序幕。今年小花二十一，青春活力有朝气。当我穿上美美的黑色制服那一刻，心情那叫一个激动啊。抬头挺胸收腹，此时我已经不是戴小花，而是戴小花空姐！

　　培训的第一天。

　　小花我又差点儿迟到了，中航巨大的基地总部就与机场相邻，不知道是不是跟禄口机场有仇，这次单独一人特意斥巨资打电话叫车送我去机场，虽然没被半路撂下来，却在机场西路遇到了史无前例的大塞车。

　　等待是一件痛苦的事情，尤其是我这种情况。塞得彻底，完全没有开动的迹象。好在离得不远了，我忍无可忍，索性跳下车，脱下高跟鞋，在马路上狂奔。

　　天知道脚硌得有多疼……

　　跑过长长的汽车长龙，狂奔的戴小花成为清早无聊的司机们眼里的一道靓丽风景线，口哨声随着我不遗余力的奔跑一路吹过去。终于，赶上了。

　　大汗淋漓的我擦了擦脚底，套上高跟鞋，对着大厅的镜子整一整头发，把刚才的倒霉事甩到一边，比了个"V"的姿势，开始了我愉快的第一天。

　　刚进休息室，正准备找个人问一下，就听到内室有尖锐的炮火："新人怎么回事，还叫我们等？不来就永远别来了！"

新人，指的不就是我？不会就我一个人吧，这批培训的新人好多呢！我赶紧上前两步，跟一个迎面而来的穿了制服的空姐撞了正着，我大惊，糟糕了！赶紧赔罪！那姐姐愣了一下，然后朝我比了个小心的姿势。

"里面师姐要骂了，快去道歉！然后出来准备。"

万幸，这个还蛮好说话。我刚准备道谢，里面高分贝的咆哮又点名道姓而至。"这个戴小花到底来不来，不来就直接考核评差，别干这行了！这样的就该直接送回去再读几年，还专业出身呢！"

天哪！我心里呜咽着。真不讲理，还有35分钟才到时间呢！我跑得已经超快了。

进了里面的房间，坐了十来个新人，我跟她们点头打了招呼，然后看着背对着我、看起来就是里面当老大的师姐。等候她转身发话来批评教育我。

我忐忑得要死，而她正伏在桌上写着什么。制服合体，长腿细腰，气质非凡。我紧巴巴地盯着她的身材看，眼睛里全是羡慕。

突然她回身，我吓得一激灵，规规矩矩地低头认错："对不起，师姐，我是戴小花，刚才来的路上堵车，我是跑过来的，下次不会了，请师姐原谅！"

我有种古代小宫女被皇后逮住小辫子的恐惧，看都不敢抬头看一眼。

"你知道机场早晨会堵，就应该早点过来啊！这都不知道还当什么空乘？我现在可以等你，但飞机会等你吗？乘客会等你吗？只这一点，你就可以评差了！"

我不敢说明我已经提前35分钟到了，只好唯唯诺诺地点头。她还继续训斥："戴小花，别说我没教你，刚来的新人要守规矩，我现在就给你立立规矩。除了在学校学的对待乘客的礼仪，对待长辈师姐也要守尊卑。还有，我们在座的都是普通服务员。对乘客要规矩，不要幻想着飞上枝头。做空乘就守好本分，该做什么不该做什么，要分得清楚，不要看到有身份的客人就不着边了，你们这种年轻女孩就是不知自重，我不知说过多少人了！别以为我不知道你们在学校是什么德行，我们公司跟你们的学校联系紧密，你们过去的一举一动都在我们公司的掌握内，所以进了公司就安分点，听到了吗？戴小花！还有你们！"

这番话说得我眼泪又眨眨的了，这什么跟什么啊！怎么从我迟到说到生活作风上去了？不能第一天就被说哭啊，我是有备而来的，不能这么脆弱！听这声音，应该不是个恶人，可是为什么要把我说成这样呢？我倒想问问我怎么就不守本分了！话说回来，刚才那师姐的声音，好温柔好耳熟。

我顺势抬起头来，看到一张精致的脸，一双温柔依旧的杏眼炯炯有神地望着我，眸子里有着怒气。

我当场就愣了。这……

"姐姐，是你！"

老天待我太好，这也机缘太巧了吧？

这个师姐，赫然就是当年促使我想当空姐的那位在禄口机场里碰到的天使姐姐！当时她还是小新人一枚，正被四个坏姐姐欺负着。

怎么转眼……一样是她，没怎么变化。只不过眼睛里已经没有了当初的温暖，听到我的惊诧，她只撇了我一眼，然后就没再理我。

她不认识我了？

我使劲朝她眨眼睛，她不仅没有任何反应，还嫌恶地让我回位。我想这三年我虽然有变化，但是也不至于完全认不出来啊！况且我那名字土得多么让人印象深刻，多半是这儿人多，她不方便跟我说话。于是我听话地坐下，听她走流程。

她变了很多，变得更加漂亮，气质优雅，还有令人羡慕的干练和气势。

我笑着注视她，但她却没多看我一眼。我纳闷了，不必这么生疏吧，难得能再相见，这么生疏心里好难过的。

等到流程走完，大家各自准备时，我找了个没人的空当去找她。

"姐姐！"我小声地喊。她抬头，冷冷地看了我一眼，然后继续喝她的水。我有些急躁地拽拽她衣袖："姐姐，你不记得我了？三年前在这个机场，我请您送我上的 22 号登机口，我叫戴小花，你还笑我名字土，记起来了吗？"

她不紧不慢地拧好盖子，慢条斯理地朝我说："别白费力气攀交情，我为那么多客人服务过，怎么记得那么久前的事。"

我身上冷了一下，道："姐姐，当时有四个师姐欺负你来着。我还跟你说我也要当空姐！我就是为了你才来当空姐的！"

说到这，她眉毛一紧："什么叫欺负？那是必要的培训，新人当然要经历这些。你要是觉得委屈就不必来了，所有人都是这么过来的。还有，谁要你为我当空姐，笑话！"

我终于成功傻眼了，看来是我自作多情了……

不一会儿，我和另一个叫绵暖的新空乘被安排去拆卸椅套，擦洗折叠小桌，就这点活几乎干了半天。于是发现，人世间最累的不是干什么重活，而是不停地重复弯腰直腰。等歇下来时，我们发现，这么干下去小命都快没了，所以吃饭的时候我和绵暖都瘫着不想动了。

"以为今天是第一天，师姐们会客气点呢。没想到，才来就这么不给面子啊。"绵暖可怜兮兮地捶着自己的腰，我俩对看一眼，然后默契地互相按着对方的肩胛骨。

休息了一会儿，担心盒饭凉掉，绵暖站起来，招呼我一起去吃饭。我整个人躺在椅子上，让她先去吃，等吃完了把我的那份带来给我，我就地吃点就行。

"待会儿凉掉就不好吃了。"

"冷的没关系，别叫我现在动就行了……"

她同意了，等她回来时我已经快睡着了。坐起来看到她一脸恼相，手上并没有我要的快餐盒。

"太过分了，我都还没吃完，师姐就说午餐时间过了，然后就把盒饭都收走了。小花……"看得出她的气愤和自责，我赶紧傻笑一声，表示自己根本不饿，只是累，不吃就不吃，饿一顿也饿不死人。安抚了她一阵，她不停地问我："为什么要这样欺负人啊？"

为什么? 我怎么知道! 好像这是规矩, 大家都从这步走过来的。

我下意识地朝我曾经的偶像聂思姐姐望去。哎, 是不是我该不屈不挠一点, 厚着脸皮找她谈谈?

我不是拉不下脸皮的人, 只是她一看我走近就板起脸, 一副拒人于千里之外的样子。而且眼神冷得能杀人, 让我一下子就冻住了, 不敢上前。

回家的时候, 我已经累得快散架了, 不过让人兴奋的是, 我刚出去就瞧见一辆豪车从身边擦过, 但真正让我兽血沸腾的是, 里面貌似坐着一个英俊的男人!

回到家我激动地跟我妈汇报道:"妈, 好兆头啊! 头一天我就看到劳斯莱斯了, 还是大帅哥坐的!"

我妈很淡定地哦了一声, 让我很没有成就感, 于是我又强调:"有专门的司机哦! 还戴着那种特警的白手套。好威武!"

我妈继续淡定地把手上报纸翻页, 坦然说道:"要不要我给你买个?"

我顿了一下, 有些痴呆地说:"我们家……有钱吗?"

"想什么呢, 我说的是白手套!"

"……"

"妈, 记得我给你说的那个天使姐姐吗? 我今天看见她了, 但是她不肯搭理我。好现实啊!"我伤感地说。

我妈看了我一眼, 安慰道:"那你也不搭理她! 扯平了!"

然而并没有过多的时间让我在这件事上纠结, 很快我们就开始了为期三个月的培训。虽然被航空公司面试上了, 但是还没有成为正式的空乘人员, 只能算个半条腿迈进门的人, 还要通过培训, 再通过实习考核。等一切都通过了, 才可以成为一名真正的空姐。

培训是没有工资拿的, 不仅没有工资, 还要我们自己负担培训费, 如果不幸没通过考核卷铺盖走人了, 这个钱也不会退给你。我妈给我这一万块钱的时候, 手没再哆嗦了, 只是语重心长地拍着我的肩膀说:"孩子, 都到这一步了, 只许成功, 不许失败。"

我以为我在学校已经够认真学习了，可是真到了培训的日子才知道什么是千锤百炼。我一直以为自己身体好，却发现关键时候什么好身体都是浮云。模拟旋转器，就是高达六米的一根柱子顶着一张能旋转的坐椅。从水平高台上去坐稳后，椅子渐渐开始加速旋转。这可不是过山车那些吓唬人的娱乐项目可以比拟的。过山车只要没什么大病的人都可以玩，这个纯粹是考验心理素质和身体素质。第一圈下来好多人都吐了，我看着脸色煞白的绵暖，感叹她们的身体也太娇气了，不就上个转椅嘛。

　　等我坐上去以后才知道什么叫魂飞魄散、灵魂出窍，当时那种难以克服的胃液翻涌和痛苦感，让我几乎不想干了。一下来就有健康老师给我们测量各种身体数值的起伏状况，然后一一记录。为了防止脉搏跳动过快而影响打分，我下来时拼命地呼吸了几下，几乎是屏住呼吸，强迫自己定下来。这一下子静是静下来了，呼吸也不急促了，心跳也没那么放肆了。只是一口气憋太久，我突然打了一个巨响的嗝，响亮得全场同学和培训老师都回头盯着我。我脸刷地红了，可是却难以抑制地继续在他们的注视下默默地打着嗝，而且声声响亮，想低调都不行。最后我无言地捂住脸，任凭自己隔三秒嗝儿一下，弄得健康老师量血压和心跳都受了影响。

　　量好我就坐一边郁闷去了，我身体从小就强壮，怎么转这个会这么晕？看着从高椅上下来的一个超级瘦的——按我妈的说法是瘦成那样生孩子都难的那种，居然下来后轻松地拍拍屁股，就步履稳当、脸色不变地朝健康老师走去。

　　心理极度不平啊……以前看到特别瘦的人总是以她们身体不好可能生不了孩子为由自我安慰，还常常假装善意地劝她们多吃点，一副很担心她们身体的样子，成功地让自己的体重有了存在的意义。

　　可如今却觉得自己好废啊，身体素质居然还没她们好！

　　等所有人都测试完一轮，我还以为要开始挨个报分数。没想到培训老师却一吹哨子，让重新排队。宣布再来一次！

　　周围立刻哀声四起，可是没有办法，我只能再次以判死刑坐电椅的心情坐上去，然后又吐了一次，好容易才缓过来，又要集体再来一次……

我腿软得已经动不了了。原来我身体这么差，亏我还一边吃肉一边安慰自己当空乘要的就是身体好，看来肉都白吃了。三轮下来听到老师喊集合，我和绵暖相互搀扶着战战兢兢地去听结果，老师拿起考核表，眉头微微一皱，说："关于重考，我报一下……魏威！"接着，老师报了一串的名单，我竖着耳朵细听，好像没有我，可是有绵暖。我悲哀地望了她一眼，她也凝重地看了看我，我赶紧摆出一副同情的样子，"我全凭运气，我教你啊，你下回一下来就屏住呼吸……"

"这些同学是过关的，其他没过的每天都要在高椅上练习十五分钟，直到达标。"老师轻轻地说。教绵暖的话还没说完，我就愣住了，然后看向绵暖，后者正用一副更加同情的眼神看着我，然后反客为主地说："我教你哦，下来时多走几步，然后举起右手攥紧拳头，只要十几秒，呼吸就能平稳。"

我咬紧牙关，脸部僵硬着道了句："多谢。"

三个月收费一万，确实贵了点。不过他们提供的培训，绝对物超所值，首先这里的老师绝对是和蔼可亲的，让你做再多遍都是笑着说的，看不到一次严厉。同时我们的课程也是纷繁复杂的，竟然达到了惊人的15门。

也就是说，在这三个月的时间里，要完成这15门课的考核！看着发下来的厚厚的专业书籍和中航企业文化概论，我想哭了。

我原来真的以为我在学校已经很刻苦了，可是到这儿才知道，如果我现在不苦读，根本就背不下这些厚厚的书。

像安全规则、客舱安全、危险品、急救理论、商务知识和机型这些需要背的课程，太抽象太复杂。我唯一擅长并且杰出的就是底子扎实的空乘英语。

至于其他的，则是惨不忍睹。

比如医疗急救课，不同于急救理论，这个是需要实践的。我们被分为两人一组，互相做标准动作，我被在一旁盯着的老师看得发毛，每一步都一丝不苟、动作到位，生怕一点不规范就被扣了分。

扣脖子，"你想掐死我啊！"太用力了……

掐人中，"啊……人中啊你抠我鼻孔干吗？鼻血被你抠出来了！"太用力了……

人工呼吸，"戴小花，你有点口臭！"我真的刷过牙了……

被人耻笑的急救课。

化妆课，这个很女性，应该是属于女性本能的课程，多数人都是无师自通的。况且我们在学校已经上过化妆课了，我还特意买了一套很贵的彩妆，准备一展风骚，想改善一下我在大家心目中的形象。于是我脑子短路地在课上展示了一次高超的技艺，所以我赶了一回时髦、走了一回洋范、做了一回欧美系、化了一次复杂的小烟熏妆。一时间，大家都望着我，目光复杂。

你们的各种眼光我全都理解。不就是羡慕吗？兴许还带着一点儿小小的嫉妒和不解，戴小花竟然这么会化妆！

头一次有了扬眉吐气的感觉，我和善地朝所有人的目光一一回过去，心里默默谦虚地告诉她们："别看啦，要知道你们在玩的时候我可在跟着视频里的化妆课程擦了再化，化了再擦，辛苦地学习着呢！用心点，总有一天你们也会有这样的成就的。"

果然，45分钟过去，老师让我们都停手，然后开始一排一排地检查，当走到我身边时，老师的脚步停了几秒才走过去，我心里一喜，老师她会不会这种难度的妆？如果她不耻下问，我该倾囊相授吗？

正担心着，老师声音柔软的说道："戴小花！请你上来一下，让老师做个示范。"

我感动得点点头，步伐轻盈地走上前，一派"天将降大任于斯人也"的豪迈，走到老师面前，漂亮的老师温柔一笑："麻烦你了。"

我眨着水汪汪的眼睛回答道："这是我应该做的。"

老师转向全部的人，拍拍手示意底下安静，并开始示范。

"同学们你们看，这位同学脸上就是典型的不符合空乘规范的妆容。"第一句撂出去我就愣了，全班毫无异议地笑了。

"下面来具体分析一下究竟有哪些地方不合规范。有没有同学能够指出来？"

第一次，我来这么久，第一次看到课堂气氛这么活跃！老师刚一问出问题，下面就齐刷刷全部举手，一根根纤细的手臂像雨后春笋一样，嫩白嫩白地竖起来。

"这位同学的妆太厚，有点过于妖艳，不符合空乘的甜美亲切的形象。"

"太邪恶了，一点也不像天使。"

"脖子和脸一黑一白，对比太明显，整个脸部像假的似的。"

"眼妆太吓人了。上眼线那么厚，下眼线那么浓。"

"……"

大家发言得可热烈了，讨论得可积极了。我却像草船借箭的那只草船，被射成了刺猬。

最后老师还不放过我，她总结说："除了你们说的，还有一个最为忌讳的：空乘的妆容，不可以繁杂，用在脸上不要超过三种颜色，眼影一般可以不涂，即使涂也要尽量使用淡色，白色、肉色，或者浅浅的黑色；千万不能像这位同学这样，她为了眼部轮廓效果，从下至上用了黑色、灰色、金色三色。这个就非常花了，大家可以看一下效果……来这位同学闭一下眼睛，让大家看清楚一点。"

我默默闭上眼，同时眼角两颗耻辱剔透的泪珠顺着泪沟也一道滑下来了。

"来，我们看一下……呀，这是怎么了，这位同学不要哭，老师只是做个示范，以后你就不会犯这样的错误了，这并不是什么丢脸的事，及时纠正不是很好吗……"老师开始了无止境地安慰，而同学们已经捂着嘴笑死了。

干什么画得不好还要叫人上台，怎么这样呀！

接下来的职业形象课我就老实了很多，尽量站在人群中间，不显山不露水地默默听老师的摆布。

除了固定的顶着书走路和膝盖夹书保持五分钟，还要做一些我不能理解的动作，如：穿着笔挺的制服，蹬着五厘米的高跟鞋，笔直站立，两腿交叉，然后下蹲，保持三分钟，还要蹲着跷二郎腿。

我左摇右晃，摔倒无数次，我不想在考核那天被人笑话，于是回到家，我一边那样蹲着，一边拿着厚厚的书背着，不背好一段，坚决不起来。这一招挺好，最后不仅背的效果加倍，我也终于能稳坐钓鱼台了。

而形体课则是很郁闷很郁闷的课。我小时候参加过田径队，肌肉比较粗。即使减肥了，小腿还是有一块难看的肌肉。这块肌肉没少让我挨教训，看着别人细细长长的小腿，我难过得要死。老师给我下最后通牒，不把这块肌肉消下去，就准备准备铺盖卷回家吧。

这可不是威胁我，这是赤裸裸的警告。这三个月内，三天一大考两天一小考，十五门课程，四门不过就可以收拾包袱走人了。据说笔试是十分难过的，在形体这样简单的课上要是失手，我简直无颜见祖宗了。

睡前按摩小腿，拼命按摩，连梦里都梦到小腿刷地瘦了。

值得感激的是，到了形体检查那天，虽然我的小腿并没有瘦多少，但是确实是瘦了点。老师没有多刁难我，只是说有效果，要继续坚持，还是给我合格了。我当时多想抱着她喊声亲娘。

有句话叫"置之死地而后生"。我日背夜背梦里背，最终，竟然以笔试全过的优异成绩通过了培训！

当我看见卷铺盖卷哭天抢地不肯走的个别人的眼泪，我自己也热泪盈眶了。三个月，差点儿头发都熬白了……

放成绩那天，有几位乘务长训话。训话前，在更衣室听到隔壁有人说："戴小花那种猪脑子能笔试全过鬼才信呢！"

"八成是走后门，拿了答案。"

"我看也是，长相普通，人也不聪明，怎么可能是自己面试上来的，肯定是靠关系活动进来的。"

我拼命忍住想冲进去打人的心情，放松，呼吸……真的好可气，这些人为什么就一定要这样，是天生的还是环境使然？如果是环境问题，我怎么还这么善良？我怎么不嚼舌根子?!

于是我做了一个让自己很爽的事情。

看差不多快到了训话时间，而大家早就用过更衣室，估摸着没人来了。于是我出门时，轻轻地把更衣室的门给锁了。

第一次干坏事，虽然不能算我主动，我这也算是正当防卫，但要我做到一副神情坦然的样子，还是很有难度的。我有些忐忑地出了更衣室，转过休息区，迎面走来一个人。我没注意，直到跟我打了招呼我才意识到来人是绵暖。

"你怎么脸色这么差？今天又没体能训练，你干吗呢？"

"我……脸色很差吗？大概这段时间累太狠了，哈哈，到时间去见阿长（乘务长昵称）们了！"我忙把她拖走，担心她要去厕所更衣室什么的。

集合列队点名，最终还是缺两名。最年长的乘务长平静扫视了众人，终于开口。嗓音广阔，却不失柔和。

"缺的两位叫什么名字。"

旁边立刻就有师姐报上名字："刘圆圆、王欣。"

然后就有人主动插嘴道："她们俩早就已经来了，之前两人出去，不知道去哪儿了。"

说话的本以为汇报有功，却被阿长生冷地打断："有人让你说话吗？难道你不知道空乘是最需要纪律的行业吗？"

多嘴的人立刻脸红了。不过阿长也没继续纠缠这个问题，他开始训话道："进来这里的，都是想吃这碗饭的。空中乘务员绝对不是简单的端茶倒水，这是一个需要高度责任感和专业技能的岗位。随着社会的现代化发展，昔日空姐相对的高薪优势正在削弱。但这并非是一件坏事，有失有得，如今空乘行业已经不再是青春饭了，只要你表现稳定，你想工作到五十岁都可以。空乘也可以作为一个长久的职业来安顿自己。所以，如今空乘更应该被看作是一份稳定、相对单纯的职业……"

刚说到这里，外面急急忙忙进来的人说："有人被困在更衣室里了，但找不到落锁的钥匙了。确定是新进的空乘，现在已经去喊人开锁了。"

我抖了一下，心想，找不到开锁钥匙可不关我的事。

大家议论纷纷，都在讨论是谁将她们锁了。言语间都有些幸灾乐祸的味道。

可是训话的乘务长脸色淡淡的，似乎习以为常，他顿了一下，扫视全场，并没有发话。而我故作镇定的样子显然没有练到家，手在微微地抖动着。感觉有视线在我身上，抬眼看去果然是绵暖。

是了，她八成是怀疑我的，因为她遇见我的时候我是从那个方向过来的。

我心里慌得要死，虽然竭力淡定了，但脸还是红了。除了跟老娘骗钱，我是极少说谎的。绵暖看了我一会儿，把头转回去，脸上表情不变。

我放下心来，这样多半是不会说出去的。等那两人回来时，眼睛都红红的，可想是吓着了。

阿长安慰了几句，就让她们列队。可是那高个子的王欣却不答应了，即使是阿长也没给面子，叫嚣着说："难道就这么算了？"

"我要求调录像！门外走廊就是摄像头！"

我顿时腿下打软，耳朵失聪，听不到人说话。摄像头，对了！我怎么这么笨？那么重要的东西我都没注意！

我是真的害怕，老天怎么能对我这么坏，第一次做坏事就要被惩罚！我正寻思着要不站出来道歉，突然阿长冷冷地来了一句，说："别闹了，那个摄像头没开。只是被困了一会儿，就当是受点小磨炼吧，空服人员这点小委屈都受不了，谁敢让你上飞机？"

一番话，冷冰冰的，立刻让人闭嘴了。二人归队之后还在交头接耳地不服气，拿眼睛仇视地扫视着所有人。我身材不高，不在意地玩着自己的手，老实巴交的样子完全没有引起任何注意。

实习期长达六个月，而基本工资竟然只有离谱的900元，加上国内餐补、过夜费也只有1400元左右，就这点钱还不一定足月发给你。这是什么概念？这已经不算是工资了，只能算是车费补贴。从家来机场一个月的路费差不多就这么多，还得自己贴生活费。不过谁都是这么过来的。

妈说："以后挣得就多了，别看眼前的哦。"

好，我再忍忍……

实习期间是老乘带飞，就是师姐们手把手地带着新人试飞行，然后考核，等考核过后就是老乘带飞国际航线，再考核，过了就能单飞了。单飞的时候，也就是我的好日子到了的时候。

我心里憧憬着大把的钞票源源不断地撒向我。冒着冬季早晨的天寒地冻，四点起床，化妆穿戴，屁颠屁颠地往机场跑。

此刻，除了热情，还是热情，也只有热情才能让我克服寒冷。

制服露腿，袜子不御寒，我感觉刺骨的寒风钻进肉里，然后又生生地插进骨头里，站得膝盖好疼。可是看到旁边的另一个实习生，人站得笔直，顿时我就想给自己一耳刮子。把自己当什么独生子女？在这儿，你就是一体制外的人，想融进去就别怕冷！

需要站一个小时机，师姐们都在舱内准备，我真想冲进去把她们的活全包了，只求能暖和点。这时外头也没什么人，我瞧着一个人冷也是冷，还不如跟旁边聊聊天，交个朋友，也好打发这段让人煎熬的时间。

刚开口"嘿"了一声，旁边立刻甩过来一个比这寒风还冷的眼神给我，我立刻就闭嘴了。然后她的眼神就飘走了，一副眼观鼻鼻观心的淡定模样。

看来这又是个不好惹的主儿，我哆嗦了一下，也站得笔直。

好不容易等到站机结束，我一听要进去了，又是高兴又是激动，笑得无比真诚。这是戴小花生平第一次飞行。今天是个大日子！

我步子有些急躁地上了舷梯，突然后面的人拽住了我。附在我耳边轻轻说："刚才不是不理你，而是我们正在实习期，任何岔子都不能出。你以为我们站外面就四下无人吗？多少双眼睛在盯着呢，一步都不可以行差踏错。"

"哦……"我被她这种如临大敌的气势骇到了，其实没那么严重吧，你也太草木皆兵了。又不是多大的人物，用得着这么累吗？

她见我不以为然，嘴角一扯，一个不屑展露无遗："你不知道吧，航空公司最擅长的事情就是，实习一结束，就把人踢走。只留下极个别的，然后再雇用下一批廉价劳动力。我们这个专业除了当空姐还能干什么？你不想出去到饭店端盘子，就一步都不要错。"

……

突然就觉得自己很失败，对比别人，比如这个实习生。我简直什么都不是，人家不仅生得美貌，还有这么聪明的脑袋。

我突然开始自卑起来，恐怕我在任何人眼里都是那种第一批被踢走的人吧！所以她才那么无所顾忌地告诉我这些，而不是想着也跟我钩心斗角，因为我不是她眼里的对手，她在同情我……

得到这个结论之后，我沮丧极了。上了机才发现忘记给老乘们请安了。于是我赶紧鞠躬打招呼："师姐们早，我是戴小花。"念到后面的名字时，我的尾音渐低。

我终于可以理解当初在禄口机场遇见的聂思对那四个欺负她的老乘是什么样的心理了，那是一种诚惶诚恐的感觉。

今天我们的乘务长是一位很和善的姐姐，我一眼就喜欢她，其他几个师姐就不行了。她们用眼睛把我们俩扫了个遍，然后一个娇丽的师姐阴阳怪气道："戴小花？嘁，真奇怪，现在公司怎么什么人都往里招了，这种货色也能过。"

阿长立刻虎下脸："说什么呢林炎，不许以貌取人！"

她立刻嘟起嘴，万分讨喜地撒娇道："阿长，不要这样说我嘛，我就是知道她没脑子，才只好批评她的相貌的啊！"

我脸上火辣辣的，一来就被人这样说上了，搁谁面子上也挂不住，我虽然是新人，但还不是废人，大家都留点日后相见的理由好嘛……

我被打发去做事了，旁边那实习生悲悯地望了我一眼，我赶紧逃似的离开了这是非之地。

在我忙着倒咖啡时，阿长进来了。她安慰了我一会儿，然后说："公司只凭能力看人，是很人性化的，你不要担心。"

我愁眉苦脸地问道："阿长，那为什么实习期这么长，工资这么低？"

她愣了一下，笑道："要知道，我们当年进来只有 300 元的实习费。你想过没有？对于航空公司来讲，凭什么上来就要给你们理想的工资数额，而公司却不知道你有什么样的实际能力？说句不好听的，在人家没搞明白这是块玉之前，你们就只能躺在石头堆里。但是也不要灰心，是金子总会发光的。好好地去工作，半年后自会见分晓！"

她给了我一个鼓励的微笑，然后拍拍我，转身要出去。突然，她提高嗓音道："呀，对了，差点儿忘了，今天有位很重要的客人在飞机上……算了，跟你说也没用。"她自言自语着又出去了，如释重负地耸了耸肩。

　　重要的客人，肯定是在头等舱啊，又不关我的事。

　　起飞的上升过程中，第一次以乘务员的当家身份在飞机上，好刺激啊！我兴奋得脸都红了！而这时，舱内却起了争执。

　　只见几个师姐脸红脖子粗的。我纳闷了，老乘之间居然也会有这样尖锐的矛盾吗？我们不敢靠近，怕祸及自身。我和实习生一起靠在门边，随时打算假装着外面有人喊。

　　对了，认识这么久，还没问同来的实习生的名字，于是我小声地问她。她简单地说了两个字，范天。然后，她又补充道："叫我天天好了，我天生就是该在天上的。"我点点头，准备给她说说我的名字，谁知她立刻说："我知道你是戴小花。"

　　我正惊讶于我有这么出名吗？刚才师姐们也是这反应。天天了然并坦然地回答我："这么土的名字，现在很少见了。"

　　我心想，你可以不说的。

　　这时，听乘务长眉头一皱，大声说："行了，你们都是老乘了，偏袒谁我也做不到。该谁负责的舱位就谁去服务，到此为止，谁都不要争了！经济舱是她们两个和空少。"

　　然后大家的眼神同时投向了我们，天天立刻站直了身子，我也学着挺起腰来。师姐们刀子般的眼神划过我和天天，不约而同地在天天俏丽的脸蛋上停留下，然后之前那个嘲笑过我的师姐冷冷地看了天天一会儿，目光迅速转向我，修长的手一指："你去！"

　　其他人也松了口气，貌似都赞同她的英明选择。我看了看天天，她的脸色不太好。未等我思考完为什么她脸色不好，阿长就过来交代我，一会儿由我去经济舱发餐，负责F座的客人。一定要谨慎点，每一位客人都要服务周到。

　　切，我当什么事呢，原来还是叫我干活，本来经济舱就是我和天天负责啊。而今天天天被吩咐去负责 A 座。

天天的脸色一直不好，我却没闹清楚。如果是大事，为什么今天她们格外器重我，而放弃漂亮的天天？

等到开始发餐，我开始紧张了。大姑娘上轿头一回。我有些羞涩地笑着，回忆着培训上教的如何向客人展示笑容的魅力，然而却觉得自己僵硬无比。

F 座的人本来就多，一轮发下来只剩一盒点心了。然后我来到最后一位客人面前，礼貌地向他问好，伸手递去最后一盒点心。

"有猕猴桃吗？"冰冷的声线，不带任何温度，看都没看我一眼。

偏偏刚才一阵轰鸣，我没太听清楚他说什么，所以下意识地我凑近他问："你说什么？"

他顿了一下，回过头来，盯着我的眼一字一句道："要——猕——猴——桃。"

不用他一字一句，我已经很专注了。专注的是他的容貌，你知道有一种男人天生会长着这样的眼睛，一双时刻勾引着对方然后每一个女人都会与之迅速坠入爱河的眼睛。特别是衬上一张面如冠玉白璧无瑕的脸，配上高挺的鼻梁，立时棱角俊朗。再看下去是很性感的唇，薄厚适宜，颜色淡朱，还微微地张合着，好像……好像是在向我呼唤着……

是，他是在向我呼唤着，直到看到他的眉头皱了起来，我才意识到刚才他一直在跟我说话，一泓清水的双目正直视着我，清而不寒，淡而不冷，令人不敢逼视。

我突然觉得自己无比丢脸，甩甩头，逼着自己回想了下学校里伤我甚深的那所谓帅哥，男色这种东西，简直是罪业！我也终于明白为什么刚才推来推去的师姐们最后选择把重任交给我，因为天天漂亮嘛！让我来她们就放心了。真鄙视，为个帅哥这样钩心斗角，真是没出息！

我退后几步，正色道："对不起先生，我们这份餐点里面有水果，不过不是猕猴桃，是黄桃，请见谅。"

他有些纳闷地抬起头看我，好像奇怪为什么我不认识他。

我坦然地与他对视，心里诵经默念：男人什么的，最无趣了。

"我刚才看到 A 座那边有猕猴桃。"

"哦，真对不起，我们的餐点都是按座量供应的。今天人比较满，所以没有多出来的，请您吃黄桃好吗？"

"不好。"

我的笑容僵住了，遇到棘手的客人了。这人说小也不小了……怎么这么难侍候。一个大男人为了个猕猴桃难为空姐，你也好意思？

"真的很抱歉，我们没有备用餐点。"

"把你们乘务长喊来。"

呃……有这么严重吗？没有猕猴桃就要喊乘务长了？这告状也站不住理啊！不行……

"先生，请保持克制，这个我们真的没有办法，我们今天人真的比较满！要是在平时肯定可以满足您！您看要不下次来补您一份？"嘿嘿……下次来，谁认识谁啊！

不过他看我的眼神更加诡异了，好像对于我把小摊贩糊弄顾客的那一套用在他身上很不可思议似的。

"我是说真的，把你们乘务长叫来，没事的。"他再次要求，脸上已经认真起来了。

我赶紧凑上前："要不我多给您倒杯咖啡？还是想喝可乐，或者雪碧？多给您倒一杯怎样？"

这次好处是显现的了，可是他却明显哭笑不得了。

"那你把戴于倩叫来吧。"

戴于倩？是谁？我搞不清楚状况了，不过看来他暴躁了，我赶紧安抚他："对不起啊，服务不周到，要不我下飞机时给您买一斤猕猴桃？但是现在我也没办法啊，您可千万别告状去，我是实习生，现在在试飞，请您高抬贵手，不要那么残忍。看我在这为您服务那么久也没发脾气什么的，没有功劳也有苦劳，没有苦劳也有疲劳。您千万不要告状，我家里还有妈妈要养，我不能……"

"戴于倩！过来！"终于，他不顾满舱客人的诧异眼光，朝休息室喊了一声。瞬间，阿长出来了。一看是他在叫人，立刻三步并作两步的奔来，问："小丁总，真是招呼不周，您在这舱还习惯吗？这个是新来的实习生，有事您可以跟我说。"

我终于彻底地愣了，能这样对阿长直呼其名，又让阿长这样殷勤，然后阿长称还呼他小丁总，看来这是一位大人物。

怪不得……我要纠正刚才的想法，师姐们才不是因为帅哥而钩心斗角，而是因为大人物而钩心斗角！

"马上为您准备好！请稍等！"阿长听了他的要求，立刻答应。而我还在发愣，阿长一回头，严厉地说："戴小花，跟我来！"

我的脸瞬间红成虾子，心里幽怨地如二月守空闺的新嫁娘，阿长，干吗当着帅哥面叫我名字嘛！好丢人……

而我临走时的那一眼，却与他碰了个正着。他那双似笑非笑的桃花眼正瞧着我，立刻使我回想起让他下次来坐我飞机补给他猕猴桃的事，顿时我的屁股上像点了火箭炮，飞快地追上阿长，瞬间消失在客舱里。

一进休息室，果然成炮灰。

"真蠢！见过笨的，没见过这么笨的，眼看着就逼得人喊阿长去了。"

"亏得我们把这么重要的任务交给你！你怎么培训的，服务客人都像你这样吗？"之前那个嘲笑我的漂亮师姐林炎因为没摊上好差事不太高兴，恰好逮到我犯错，使劲地骂我。

谁知刚噼里啪啦没半分钟，帘子一掀，范天一进来就朝我们做了个嘘声手势，说："师姐，外面听得到呢。"

林炎撇撇嘴，看到乘务长已经把盘子准备好了，立刻一把掀我上去，我跟跄到乘务长背后，赶紧定住。阿长见我积极上前，于是还是把托盘给我，拍拍我朝我笑笑，然后就去了上舱。

阿长鼓励的眼神使得我下定决心要好好表现，于是我挺直腰板，端正了下神情，迈开步子正要掀帘子出去，却突然遭遇横脚一拦。我以为又是要故意让我摔跤，所以我特意死死地押住脚尖，愣是靠自身腰力站住了。正想拍着胸口说好险，却不料手上的盘子已被人一把抢过去了。

然后就看到林炎当着我的面，端着我的盘子，掀开帘子出去了，还不忘丢给我句话："新人，学着点，教你呢。"

旁边几个老乘都怒目而视，牙齿咬得咯咯响，眼神完全能把她撕成碎片。我心里暗喜，叫你爱出风头，叫你勾搭帅哥，叫你不顾其他人的感受，哈哈！被排挤了吧！

还没嘚瑟完，我突然觉得周身寒冷。猛一回头，发现刚才那几个火气甚重的师姐，此刻视线的无奈地被帘子阻隔住了，正狠狠地看向了我。我脑子努力地转着，想着我哪得罪人了……

"果然是够笨，连个盘子都端不住。要你有什么用！去厨房间打扫收拾去！"师姐恶狠狠地说，于是我被灰溜溜地吼去了狭小的小厨房里做打扫。其实本来这种脏活也必定是新人做，只不过，现在是我一个人做而已。

其实我是一特没威胁的孩子，干吗还赶着欺负我？真想不通现在的人，不欺负冒尖的人，偏偏来踩低的。早知道我就不遮着掩着，努力长漂亮点了，真亏了我那韬光养晦的青春年华。

不由得悲从中来，反正现在在四下无人，为了改善心情，我小声的唱起小曲："小白菜呀，地里黄呀，两三岁呀，死了娘啊……"刚死了娘没多久，就听到背后一阵脆生生的笑，进而是天天清脆的声音在我耳边响起，说："你还真应景，干这么多活也能自娱自乐。来吧，我帮你。"

这是在我进了航空公司以后遇到的第一个好人。虽然我知道自己不能太感性了，但是却无法阻止自己立刻变得眼泪汪汪，"天天！我爱你……快来快来，你负责收拾下这个这个这个这个，我负责收拾这个。"

没有去看天天的白眼翻成什么样，我满足地在自己的小世界里享受着这个大概顺利的首航。

降落以后，我们得帮助乘客拿行李下来，说真的，自从培训结束的当天，我就扬扬得意地跟我妈说："我的臂力已经可以打得过强奸犯，老娘你再也不必担心我出门在外了。"

然后我妈露出让我至今都觉得匪夷所思的诡异的笑。看起来从来都没有操心过我会被人劫色。想想就一阵歙歙，那可是自己亲妈啊，真伤自尊。

我微笑着向每一位乘客告别，正想伸个懒腰庆祝一下终于结束了。当我姿势摆开了，嘴巴张大了，还没来得及合上的时候，就看到之前那位充满争议帅帅的大人物，背着个小小的手包，慢吞吞地晃悠着离开。样子怎么看也不是在赶路，倒像是在逛自家后院似的清闲。

既然还有乘客在，我赶紧闭了嘴，但样子像是吃了苍蝇似的有碍观瞻。不过我的担心显然是多余的，在他还没有注意到我之前，早就有师姐殷勤地迎上去。他那个可怜的小包包，拎起来没有二两重，居然还被抢着帮忙提。我悲哀地看着她们，感到丢脸。这几人同资同辈互不客气，一下子把大人物团团围住了，几乎是元首待遇般的被簇拥着。

不知道大人物叫什么名字，不过听阿长称呼他小丁总，我想应该要么是姓丁的，要么就是名字叫小丁？不过这也太土了吧，都快赶上我的了……

只见那小丁总回头礼貌地拿回自己的小包，然后朝她们点点头，表情淡淡的。然后鬼使神差地，他又淡淡地朝后方望了望。

后方，也就是我的位置。但是我的身边还站了个天天。是的，这个大人物小丁总正驻足，特意地朝我们的方向看来，眼神缥缈忧郁，充满了感情。

我呆住了，刹那间，自己也控制不住脸上温度骤升，再看天天，粉嫩的脸蛋早已飞上了两朵红霞。

那人看了足足有十秒，才若有所思地转过身去走了。我好像被抽干了氧气似的，在他转身的那一刹那赶紧大口地呼吸了起来，看到天天娇艳的小脸，我嘿嘿笑起来，说："天天，他是在看你呢，你被贵公子看上了。"

我和天天站一起给男人挑，只要没有过童年阴影心理正常的男人都知道选谁。所以我这么恭维她，天天也没跟我客气，还幽怨地瞥了我一眼。

我心里琢磨着她大概是怨那大少爷没有上来问号码聊几句，今日一别不知何日再见。于是我赶紧安慰她："没事儿，你看我们机组所有人都认识他，他连阿长名字都叫得出来，说明迟早会再碰面。你呀首航就中头彩……"

然而我的好听话没发挥到一半，突然周身习惯性地一冷，抬眼看去，舱门处送客回来的几位师姐正以相当锐利的赤裸的眼神盯着我们，确切地说，这次是盯着天天的。

天天脸色煞白，我心里也咯噔了一下。这下天天惨了，被这几个吃人不吐骨头的悍妇视为眼中钉简直生不如死。于是我抽筋地想缓和下气氛："嘿嘿，嘿嘿嘿——"

请原谅我，我太紧张了。除了中风似的傻笑，我竟然找不到其他合适的表情来缓和下这种气氛。那边的几人果然吃不消了，林炎当时就翻了个白眼，抽了一口冷气道："你们俩打扫！"

一听到做事，我和天天顿时弹起来，撒手就干。做事好，做事好！做事不用挨白眼刀子，一干活腰不酸了、腿不疼了、下飞机也有劲了。

下机休整时，我和天天低眉顺眼地紧紧跟着师姐们的脚步，生怕走丢了延误上机。

所谓的休整，就是集体去吃一顿饭。这个集体，除了我们机组的八个人，还有两位飞行员。据说，我们首先要听座舱长和乘务长的话，但更要服从机长的指令。

这个顺序我还闹不清，但是却知道机长的工资比乘务员高了不知多少倍，是我们仰望的领头人。所以在此刻等菜的空隙，我很没见过世面地眼巴巴地看着他们俩。

一个中年，平头阔眼，身材短小精悍，眉宇间是不可侵犯的威严。一个青年，肤白貌美，身材高大。大概是飞行员必须具备的特点，他也是一脸严肃，分明的桃花眼中平静得如一潭死水，内容写满了禁止调戏。这是我头一次同一张桌子见到真正的飞行员。他给我的印象很深刻，因为我一直以为飞行员里全是短小、精悍具有丰富的经验和冷静的思维，比如像杨利伟那样的成年男人。

所以这个青年男子，果然是另类的。至少我和天天都对他充满了兴趣，眼神时不时地瞟过去。

奇怪的是，我们机组的几个师姐对他并没有过多的热心。按理说以他的相貌和事业，绝对是让人趋之若鹜的类型啊。

可是那几个女人正叽叽嘎嘎地在讨论着什么时候叫某某带一套免税店的名牌化妆品，丝毫没有把机长的身份和帅哥的脸放在眼里。

我的疑惑天天立刻就帮我解决了。"在她们眼里，年薪 30 万是穷人。"我大骇，自己赚的比人少那么多还敢瞧不上人家?!

那正副二驾正摆弄着手机，不知为何，两人的举动总是惊人的统一。我有些纳闷，难道副机长就要事事顺着效仿机长吗? 人生总是不能如意，无论在哪儿，都有压着自己的人在，他虽然赚钱多，不是也和我们一样吗?

脑子里正想着，突然旁边的手推推我，我回过神，就看到乘务长笑着问我:"看什么呢?"然后看到对面那个年轻的副驾有些窘迫的神情，我才知道我实在太没礼貌了，竟然直视了人家好久。这下窘迫的是我了，全桌的女人此时都以一副看花痴的眼神看着我。要不是天天拉着我，我差点儿就钻到桌子底下去了。

显然她们认为我丢了她们正牌空姐的份了，只见旁边的刘文文嘴角含笑地说:"新人，懂点规矩。别让人家以为我们没教好你。"

一句话，就立刻撇清了关系。我是新人，还不是她们那一拨的员工。我皮笑肉不笑地点点头，承认完错误就低下头，我哪都不看行了吧，再不行我闭着眼睛睡觉不招惹你们总可以了吧!

这家饭店是指定用餐的地方。大概是因为是指定客户，我们也不可能等不着就换一家吃，所以老板就自然的好像忘记了我们的存在，迟迟都不上菜。干了半天活，此时说不饿是假的。

所以，当看到第一盆菜上来时，我的眼睛都红了，是大鸭煲汤。我握着汤匙的手攥得紧紧的，手心都出汗了，就等他们一开吃我就上。

机长带头划开了第一筷子，接着大家都动起来了。因为我靠得近，所以我立刻拿小勺子舀汤。谁知还没有动，那头一个碗伸过来，"新人，给我盛下汤。"林炎漫不经心地递着碗，看都没看我一眼。我愣着没动，她才正眼瞧了我一下，眉头一蹙:"快点啊!"

我其实挺怕她的，因为我觉得她的眼神特别凶，看我的时候有点像沙漠黑夜下的胡狼，散发着幽幽寒光。我冷战了一下，鸡皮疙瘩都起来了，哆嗦着接过她的碗。

"把油撇掉，还有，我不吃皮，弄点瘦的。"我听到心在咯咯作响，没事儿，你现在作威作福，你先威武着……但千万不要让我翻身，要不然就不是让你给我舀汤夹瘦肉了，我叫你给我挑鱼刺！

我双手捧给她，她正在跟旁边人说着话，隔了半天才慢悠悠地接过去。可怜我的手皮都烫出肉香味了，我刚坐下来想先安抚下肚子，正准备开吃，手刚一动，面前噌噌噌，齐刷刷的三只碗就伸过来了。

真是人善被人欺，我戴小花看起来就那么像软柿子吗？我看着天天一脸悲哀地同情着我，顿时觉得自己做人失败，明明两个新人啊，为什么就拣一个人欺负？

我多做点事倒不怕什么，可是原本想说你们欺负我是因为我是新人，新人就该挨欺负。可是现在单欺负我，这就说明好像是我的人品有问题了！这叫神龙见首不见尾的座舱长怎么看我，叫帅帅的副机长怎么看我！

我愤怒地瞪了她们一眼，你们把好的肉全要去，我吃什么！其他人吃什么？我已经可以预见我这顿饭恐怕只能吃点残羹剩菜，或者直接就吃不饱全程侍候着。

"新人动作快点，饿死了。"

我火大了，新人，新人！一口一个喊得格外顺溜，不点明我是临时工会死吗？喊我新人你们心里爽怎么的？多少尊重点吧，我有名有姓的！

我一脸不情愿地端起碗给她们盛汤，计划着专捞锅底的汤，连带着碎骨头，把你们全卡死。我恶毒地想着，心里顿时就好受多了。刚要拿汤勺，却被另一只手捷足先登了。只见年轻的副机长手执长勺柄，慢条斯理地搅拌着汤锅，朝我开口道："碗拿过来接着。"

我惊呆了，这个是要帮我舀汤的意思吗？我连忙把碗放到他面前，谁知这家伙跟我简直是心有灵犀，只见他舀起搅拌出带有厚厚一层油的汤汁连同锅底的骨头骨脑一起盛进碗里。他用很好听的声音说："你们女孩子做这份工作辛苦，要多补充点油水。要减肥也得摄入适当养分的，想要两全其美，只要不吃肉光喝汤就行了。"

然后就看他优雅地分装好三碗浓浓的汤汁，有条不紊地送到三位脸色铁青的美女面前。看着她们尴尬地没动，他还火上浇油地加了一句："一起工作这么久了，我的一点小小心意。"

其他人都对此没有反应，只有几位师姐笑得很勉强，给面子地喝了几口。看着她们吃瘪的样子，我心里简直乐翻了。真是风水轮流转啊，一物降一物。

我朝那位年轻又有正义感的副机长点点头以示谢意，他收到我的目光后，并没有回应我，只是淡淡地含着笑，继续吃饭。

我觉得他周身有一种说不出的优雅，好像该是一位恬淡的隐士或是温润的书生，总之他开飞机，我觉得是一件很奇妙的事情。

因为这个小插曲，这顿饭总算吃得安生了。饱餐了一顿后，我满足地拍拍肚子。而天天一副心事重重的样子，我以为她在为我担心，心里有些过意不去，还自作多情地上去握了握她的手。

阿长递了片水果给我，我掰了一半给天天。因为我这不经意的一人一半的善良习惯，顿时满桌善意的微笑，我脸又挂不住红了，而天天拿着我的半片西瓜，也没吃，只是若有所思地看着我。

不过我没注意，因为我在看那位年轻的副机长。他正慢悠悠地闭着眼睛打哈欠，旁边的老机长眼神挑剔地注视着他。我不由得为他担心了一把，今天他给我打抱不平，会不会被老机长训斥啊。

说来也真奇怪，这个团队吃饭的气氛跟我原先的想法大相径庭。整顿饭都吃得极为沉闷，偶尔的交谈和玩笑也是充满了距离感，我原先以为应该是一家亲的大锅饭，谁知竟这般疏离。

阿长也没给我们新人介绍诸位名叫什么名字，想到这里我就泄气了，难道阿长心里也是鄙视我们没签合同的新人吗？

一念及此，我心里就五味杂陈了。

才休整好，又要准备下午的回程飞行了。几位师姐说去机场商店里看看有没有便宜货。于是我和天天紧紧跟着乘务长的脚步。一路上，阿长提点了我们不少，她是个很专业很认真的人，不得不让人打心眼里敬佩。

说到乘客的问题时，天天眼睛一亮，立刻插嘴道："阿长，要是像小花早晨遇到的那种情况出现，应该怎么处理呢？"

"像今天上座率比较高、配餐紧张的情况下，虽然不可以直接拒绝客人，但可以说明我们的难处，然后自己迅速想出几种其他的解决方案丢给客人选，要让自己掌握主动，千万不能让客人提这提那牵着你鼻子走……当然，像今天那位客人的情况是特殊的。"

天天立刻抓住阿长，眼里满是光彩："阿长，那位客人到底是什么来头，只听师姐们说得隐隐约约的。"

乘务长停下脚步，若有所思地看着天天，半晌笑了起来："我刚才说错了，没有特殊情况，在我们面前，客人都是平等的。"

阿长果然是久经沙场，天天刚一撅屁股就被她盖上了纸。她的脸色开始难看起来。我连忙上去打圆场："其实也不见得多大的人物，就是长得帅而已。要不然也不能坐经济舱啊！"

"那是因为他想体验下我们经济舱的服务如何。"阿长说完大步流星地转身先走了，催促着我们快点走。

回到飞机上，我开始在舱内做卫生清洁，为接下来的飞行做准备。擦到内舱的机组人员表时，看着上面一个个印的正楷名字，心里很羡慕。什么时候我才能堂堂正正地把我的名字印在上面？……

然后我突然发现了个有趣的事，机长的名字叫唐素年，副机长名字叫唐奕格。竟然都姓唐，我口中念念有词地读着这两个名字，竭力想从中寻找到一些蛛丝马迹。

"他们俩是父子。"背后突然有人出声替我释疑。我拍着胸口转头，原来是阿长。

我机械地点点头，完全被震撼住了，他们居然是一对父子！那么一高一矮、一黑一白是父子……

等回过神来才发现，其实我一点也没明白，为什么这对父子的关系这么奇怪？而到底哪里奇怪，我也说不清楚。

天天过来帮我做擦洗，完事后我再跟她一起出去检查行李架。整个检查过程中，天天一直是满脸的心事，明显没有早上那么轻松。从她拐着弯地向阿长打听那个男人的身份起，我就知道这个女孩子很有心计。可我并不觉得有心计是坏事，相反我很羡慕她至少有一技之长傍身，不像我总是不由自主地沦为炮灰。

　　所以我一直羡慕聪明人，虽然我一直不承认自己笨。

　　好在她并不欺负我，而且还不偷懒，我们一起合力开行李架，配合得很默契。

　　本来还想有说有笑几句，突然看到林炎过来检查安全设备了。我赶紧把嘴巴闭得紧紧的。天天把头压得更低，生怕她们找碴儿。

　　我们这一排差不多都检查过了，我给天天使了个眼色示意她趁早溜，跟她们待一起准没好事。

　　刚要走，就听到旁边那个叫吴欣的师姐声音抑郁地说："丁少看起来精神不错，估计身体一好又要开始花天酒地了。"我和天天一听有八卦，脚步都站住了，不约而同地假装再把前面一个机位的行李架打开。

　　虽然偷听可耻，但是八卦无罪，何况她们说的是什么丁少，我联想到早晨那个小丁总，感觉今天对丁什么的都很敏感，甚至连鸡丁都多吃了一点，我想天天她跟我也是同一个世界同一个梦想的。

　　"你想太多了，他女人都不操心，你急个什么劲？"旁边立刻有人兜头浇下一盆冷水。

　　我的耳朵立刻竖起来了，心里暗暗一惊，女人……我再看看天天，她的脸色顿时煞白。

　　"乱说什么，谁是他女人！"林炎厉声尖叫，不必扯着耳朵细听，连回音都听得到。

　　"就是聂思啊，你没听说吗？最近那女人缠他缠得可紧了。她好像又认了个干姐姐，总之风头正劲。咱们丁少的品位你还不知道嘛，听说没少给买东西。"林炎脸色铁青，天天脸依旧煞白。我心里琢磨开了，这个丁少什么的和我是没什么关系，只是帅哥而已，经历过段禹那件事情以后，我对帅哥已经免疫了。但是刚才说的聂思，怎么那么耳熟，莫非就是我认识的那个聂思？

"她倒是春风得意……"我清楚地看到林炎身上小宇宙蒸腾着，隐隐有要爆发的趋势。

"可不是，现在公司上下对她宠爱有加，年纪不大，但训练新人她都是第一份挑，都越过乘务长了。不仅事业正劲，还情场得意起来了！"这煽动的，使林炎这个气直冲脑门。

"她嚣张什么，比我晚进来，竟然还敢目中无人！得宠，总有失宠的一天。得意，总有失意的一天！给我等着，丁少只是玩玩她而已，他什么时候认真过？我就不信，丁少就能踩着她这坨狗屎踩一辈子不挪地儿！"

我吐吐舌头，拉拉天天的手，暗示她再不闪人，林炎就要拿我和你出气了。

而回过头来的天天竟是一脸沉重。她脸上的筋络分明，细细的毛细血管静静地分布在吹弹可破的肌肤下，好像在酝酿着爆发。我知道这女人跟林炎一样，斗志上来了，而目标当然是踢掉聂思，取而代之。

我无奈地暗自高兴了一下，幸好我长得不美，要不然我肯定也会存了这份好胜的心思；就算没有这份心思，也难免要被当作假想敌。而现在的我，这张普通的脸就是一张免战牌，确切地说是一面投降的白旗。

不过，聂思还真是不简单的人呢！想当年也是从我这样傻傻被欺负的新人混过去的。三年不见，看来已经成了航空公司里的红人了。我嘴角微微流露出了笑意，也不知是为谁高兴。

回程很顺利，因为没有了那位大人物的刁难，我的服务流程也很顺利。回到了禄口机场，再开一个飞行总结会就可以回家。

与会的主要是我们机组的人，是一位陌生的主管主持的。其实也没我们什么事，主要听他们几个大人做报告。

我今天辛苦死了！

高空飞行的不适加上辛苦地做事让我好累。虽然我不信天将降大任于鄙人，但是却照样会劳我筋骨。人生真是不容易啊……发了第一笔工资一定裱起来点上香放家里供着。

看我恹恹欲睡的样子，天天小手戳了我好多次，可是我的眼皮就是不听使唤似的混乱不堪地上下跳动着。

"新人写份首航报告交上来。"该死……又是谁叫我新人，你叫下名字会死啊。吃痛地被天天捏了一下，我总算元神归位，连忙问什么什么。主管瞪着眼睛指着面前的白稿纸重复一遍告诉我："写份首航报告交上来。"

我眼神迷离，表情痛苦。主管瞪了我一眼，旁边那些师姐都立刻坐得离我远远的，表示跟我不认识。

我把头埋得低低的。大家请尽量忽略我吧……

"呵呵——"桌上传来一阵愉快的笑声，我纳闷地抬头看去，原来是副机长在笑我。我幽怨地瞥了他一眼，人家已经很惨了，您别朝伤口上吐口水了！

"这个新空姐还蛮好玩的。"他微笑看着我，我立刻花痴了。谢谢您的赏识！我的感激之情溢于言表，脸皱巴巴地挤成一团，感动地看着他。

下了班，一换回衣服就顿时觉得自己是个土姐，看着她们个个全身的古奇、LV 光鲜亮丽的样子。我咂舌了，怪不得人家有底气跟我装啊……

我快速地换好衣服，想在所有人之前先乘机场大巴走掉，避免一起等车相形见绌的尴尬。谁知刚上了机场大道，就看见有人开着现代小跑从我身边"刷"地过去了，那绾起来的飘逸长发，分明就是林炎的样子。

再见到几位师姐都是要么自己开车要么有车来接。我心里盘算着，当空姐真的就这么大油水吗？才几年而已，不至于这么富吧！

怀着强烈的自尊心，我决定不坐大巴了，我要打车回去！

朝乘坐出租的入口慢慢走去时，我的脑子里已经清醒了大半，我一个月基本工资才 900，我打车一趟就要 100 多，我怎么这么缺心眼呢？正犹豫着是不是该回去坐大巴，刚一转身就看到一辆卡宴开到我跟前，我正羡慕着机场这儿好车就是多时，车窗就摇下来了，露出一个笑吟吟的脸，赫然是唐奕格副驾大人！

我蒙住了，这个桥段，怎么那么有爱啊……

"看你转了两圈了，你到底打算坐什么车回去？"

好囧，居然被他看出来了。看他笑成这样，估摸着我的心理活动也被他猜得差不多了。

虽然每次看到帅哥总有点心虚的感觉，心里老盘算着怎么能与之有点瓜葛。可是真让帅哥主动了，我心里又没谱了，因为曾经的那件事太刺激、太深刻了，至今历历在目，让我不得不对所有主动的异性都产生了些许怀疑，总是害怕嗅到阴谋的味道。

我结结巴巴地说："坐大巴，直接到我家对街。很方便。"

他点了点头，挑起好看的嘴巴，有些可爱地说："我以为你要是不顺路，我可以送送你。"

"不用了不用了！"我连忙摇手，不可能有这种好事掉我头上吧，他那么帅那么有魅力，凭什么跟我示好，到底这次又是什么阴谋啊……

他很不理解地望着我，然后"哦"了一声，说："我叫唐奕格，你叫什么名字？"

我的脸瞬间就涨红了，脑子里纠结了无数秒，抬起头结结巴巴地鼓着腮帮子说："我叫……叫戴……小花。"

他又"哦"了一声，然后很淡定地看了看方向盘，再看了看我，继而用一个夸张绽放的大笑秒杀了我对他的所有好感："哈哈哈——戴小花！刚刚开会看到表格上有这个名字，我就猜测是不是你，哈哈笑死我了……这么……的名字……果然是你。"

看到他捂着肚子笑得内脏疼的样子，我差点儿拉开车门上去狂扁他。欺负我的师姐都没有这样笑，你能有点风度吗？

我懒得跟他计较，还很有礼貌地跟他道了别。自己朝着大巴站落寞地走去。哎，人生真是寂寞如雪啊，就没有人了解我姓名的真谛，多么的简约流畅、诗情画意。

次日，我明明没有任务却还是被一个电话叫去了公司，因为按规定要提前一天开飞行准备会。虽然经过这些天的训练，我们已经很熟悉了，但是座舱长和阿长还是要给所有机组人员复习一遍流程和注意事项。

之后明确了第二天的航班的起飞时间、机型、航班号等航线数据。我掏个小本记得兢兢业业的，生怕漏了什么。

副驾大人老是拿眼睛瞟我，而我淡定中。

其实一进来看见他无聊地趴在桌子上时就想跟他打声招呼的，可是这厮一见我就笑，还流露出对我名字的无限崇拜，让我很受伤。

现在正好他正眼瞧着我，会也散了，我顺理成章地跟他聊了几句。然后他就被他爸爸叫走了。

真羡慕，上阵父子兵，怪不得他这么年轻就能有这么好的前途。哎，有个好爸爸不是少奋斗多少年的事，而是少奋斗一辈子的事啊。

"咦……来了这么久了，怎么没听到新人叫人啊。"林炎首先发难，朝其他几位师姐故作惊讶状，指责我进来没有给她们请安。

请恕我不是不懂礼貌，我只是无法对老是打自己脸的人凑笑脸，可是既然现在都这么说了，我也只好努力皮笑肉不笑地跟她们一一问好。我话还没说完，另一个师姐胡微就插话进来，继续阴阳怪气地说："哪呀，林炎，谁硬跟人讨问候的呀，人家眼里哪有咱们？没看见吗，人家目的明确。第一个不请教阿长、座舱长，人家先问候的是咱们年轻有为的副机长。"

"可不是目标明确，别看这丫头看起来傻，内里小算盘精着呢！知道自己高枝攀不上，就想来个近水楼台。"

我咬着牙，定着气，脸上保持着尚且算得上有修养的笑容，然后听凭她们诬陷奚落。天天过来拉了拉我的手，于是我赶紧跟她去另一边坐着去。

一离开师姐们的密集炮弹，我立刻恢复了精神，神采奕奕地站在心事重重的天天身边，对比格外强烈。

我也不知道天天是怎么了，感觉她的气色不是很好，黑眼圈很重，看来是晚上没睡好。我连忙嘱咐她要好好休息，不要太紧张试飞，多飞飞就好了。

我喋喋不休的话还没说完，就听到师姐们那堆里又是一声冷哼。我真想回头吼她们一句，找碴儿也要看看别人有没有心情陪你玩，人家都病了！

"怎么气色不好了？昨天不是还活蹦乱跳的吗？"这次阴阳怪气的又是胡微，我正纳闷，昨天是林炎，怎么今天她又成了尖锐的主角，难道师姐们连欺负人也要排班？

听了她的话，天天脸色刷地变白了，我担忧地望着她，鼓起勇气回过身朝胡微好言道："师姐，天天好像是病了，首航后精神不太好也是情有可原的，大家少说几句吧。"

我知道这回我该当炮灰了，不过也没事，我不说话她们也不会少骂我。

只听背后的胡微又开口道："病？精神不好？哈哈，笑死人了，我听说，心计用多了的人就会生病。她这会儿精神不好，八成是昨晚睡床上，脑子胡思乱想用多了……"

"小花，我们先出去吧。"天天站起来，脸色惨白地看着我。于是我赶紧拉上她外往走。谁知背后传来一句格外高亢的声音："站住！"

清脆的高跟鞋声靠近了，我们俩定在原地，看着渐渐包围的四个人。干什么这是，难道还带打人的？

胡微站定，挡在我和天天面前，笑颜如花，一脸奸诈地看着天天。

"昨天打听到了吧！你动静就不能小点？这还是别的组的师姐告诉我的，我们组一个脸蛋不错的新人满公司地打听那位小丁总是什么人。怎么样，知道以后心里乐开了花吧？"她挑了一下眉毛，又看了看我，我心里虽然吃惊，但是面上并没有当场泄气，像我早就知道了似的，我坚定地支持着朋友，没有用眼神去询问天天。

"你们两个倒是聪明人，一个仗着自己有几分姿色想攀高枝，一个想跟未来机长套交情。现在的女孩子真是不简单啊。昨天不动声色地看了你们一天，总算知道了什么叫江山代有才人出。你们俩都挺有手段的嘛。"

"哼！"林炎在旁边插进来一个冷哼，嫌胡微说话婉转磨叽，一个大步把她挤开，站在天天面前，恶狠狠地看着她，说："你真是癞蛤蟆想吃天鹅肉！也不看看你自己什么身份，一个半只脚都没跨进公司的实习生。现在就想钓金龟，你还早呢！人家只不过看你一眼，你就浪成这样，还满公司去打听，你不要脸，我们组还要脸呢！你这样没脸皮的女人，怎么能让你考核合格？一粒老鼠屎坏了一锅粥，我可不想以后咱们中航的名声给你败坏了！"

天天眉头蹙起来，眉心青筋跳动，我真怕她心理承受不来当场晕倒。

林炎见状更加起劲。

"实习生就守好自己本分，该做什么不该做什么自己心里有点数！公司请你们，是让你们当服务员，可不是叫你们来选美，一进来就抱着这种邪念，当然不能跟你签约，想考核通过就给我老实点！"欸？这番话，怎么那么耳熟……

"就是！你以为你是谁？姿色有什么用，能进公司的个个都有姿色，别把自己看太重了。你就别痴心妄想了！"胡微顿了一下，眼神闪过一抹狡黠，"像咱们林炎这样的才入得了丁少的眼，你这么没脸没皮的，林炎可是会不高兴的。"

我心道不好，天天果然上当了。

天天受了这么久的气，一抓到明显漏洞立刻反唇相讥：

"我听到的关于丁少的传闻可没有一件跟林炎师姐扯上关系的。你们刚才说的那些，我还真听不懂。我要是说出去，还真是不知道谁让人笑话！"

林炎的脸色顿时铁青，胡微赶紧在一旁凶恶地瞪着天天，顺便火上浇油的说道："说什么呢？小丫头！师姐们的事，你又知道多少！"

"我只知道异想天开的是你们，好歹人家还看了我一眼，你们呢，我看昨天他从头到尾都没有……"

"啪！"一个带着粗鲁的清脆巴掌瞬间阻止了天天要说出来的话，我承认我是真的惊呆了，怎么都没想到，老乘欺负人就算了，竟然还会动手。更不会想到，会因为这种事情挨打！

天天的眼泪瞬间就热滚滚地下来了，但是她依然死死地盯着眼前动手的女人。我真的担心她忍不住还手回去，那样她真的保不住这份工作了。我连忙抱住天天，同时看向林炎："师姐，你怎么打人啊？"

这声师姐是让她知道自己的辈分，她当即就收住了凌厉的气势，只是瞪着天天，说："我这是在教育她，让她知道分寸。一个新人，别不知道天高地厚地乱说话！"

"呵呵——"天天在冷笑，"我是新人，我不知天高地厚……你们这些老乘不是新人了吧？你们知道天高地厚吗？在小辈面前把自己死命地跟一个看都不看你们一眼的男人硬扯上关系，也不怕人笑话！这就是知道天高地厚？"

"天天，少说两句！"我是真急了，这女人傻了吗？是不是豁出去不打算干了？说出这种话来，想怎么样啊！

她们几个立刻恼羞成怒，我真担心接下来要发生一场群殴。谁知天天一把推开挡在面前的林炎，抓住我的手，声音异常阴冷的说："师姐！人说'人前留一线，日后好相见'，你们现在把事情做绝到这个份儿上，那我们只好走着瞧了。"一个冲撞，我的肩膀吃痛，跌跌撞撞地被天天拽出了准备室。

看着她的暴怒，连我都害怕了。天天发起火来真的很恐怖，她是个性格坚忍的女孩子，却不知道她暴怒起来的样子竟然这样骇人。被她拖着走了几十米，才在一个储藏室的门口停下。进去，关门。天天豪迈地叉开腿靠墙躺在摞得高高的纸箱子上，我小臂红了一大片，就是被她刚刚拽的。可是看她现在的模样，我真的担心。

"你怎么那么沉不住气？"我本来还想说点什么出来好好吓吓她，见她的样子，我又不敢开口了，只好慢慢挪过去，静静地坐在她旁边。

"这是我第一次挨打。"隔了半晌，她终于开口了。

"我会加倍还给她们。一定会……尽快！"她咬牙切齿的样子是我不熟悉的。于是我赶紧安抚她，说："你受委屈了天天，不过那林炎也是个草包，还不是胡微故意激将挑拨的。你就别太难过了，我们好好干，以后等咱们翅膀硬了，也去合伙欺负她们。"

天天抬起头来看看我，露出了一个匪夷所思的神情。"呆小花，你实在太呆了。你以为好好工作就能得到重用，这种事情还存在吗？我们做得再好，自然有人替我们领功；做得不好，自然有眼睛盯着我们。再说了，靠你那样的奋斗，得等到什么时候？你想那样获得尊重还是别妄想了。想在一个地方站稳脚跟，没有一个坚实的后台是不行的。你看她们几个，对机长都敢不毕恭毕敬的，没有人撑腰，她们敢吗？"

"那我们现在除了好好工作好好表现，没有其他办法啊。后台，我也想有啊，可是我不认识人啊。"

"好好表现？你以为今天闹成那样，我的考核表还能通过吗？老实地干完半年，我恐怕就要走人了。"

"啊！那怎么办啊天天！"我眉毛都蹙成了一团，她却不紧不慢的，目光如炬地说："所以，我要最快地找到我的后台。"

我一下子想到了那个被她们争得你死我活的、曾经向她凝望过十秒以上的小丁总。

"那群女人只不过是没脑子的，跟她们斗，纯属浪费时间。我只是想赏她们几个巴掌，教教她们别用狗眼看人。我看得上的对手，只有聂思一个人！"

我心里一怔，又听到了聂思的名字，好像进公司以来一直在听她的传说。而当下天天再提到她，这才惊觉，我离她是如此的遥远。

"聂思的事，是真的吗……可别捕风捉影了……"我嘴里嘟哝着，在我心底还是隐隐地很维护她。

"不管是不是捕风捉影，现在全公司人都怕她，领导器重，升职加薪，该有的她全都有了，即使传闻不是真的又如何？她在那个位置上，这就够了。我也不需要丁总真的爱我，我要的就是那个位置。这样的话，林炎她们还敢对我出言不逊？"

我心里疑惑越来越重，纳闷地问："我都糊涂了，为什么跟那个小丁总在一起就有那么大的便利啊？"

"你知道丁少是什么人吗？"天天笑着，确切地说是炽热地望着我。

说真的，一开始我对他还真没有任何打听的兴趣，可是一连串的事情却彻底让我蒙了。为了这个男人，女人们争风吃醋就罢了，现在还大打出手，而他却毫无知觉地置身事外，不知身在何处。我不禁要问，小丁总究竟是何方神圣？引无数美女竞折腰，为他疯狂为他飘！

"你真是一点想象力都没有，我们中航的董事长姓丁，大家叫他小丁总，难道这样你还猜不出吗？"

我捂着嘴恍然大悟！看他仪表堂堂气宇轩昂，却怎么也想不到这么大来头。不过我并没有震撼太久，倒是生了很多疑窦。

"我说，他是不是吃饱了没事干，堂堂少东家，为什么还要坐经济舱？

"就为了全国各地到处考察航班？我说，他脑残了？坐飞机容易失事啊，夜路走多了总会撞到鬼，他就不怕……

"啊？那么花心……全公司多少 CC（空姐的简称）？他不会全部都采了个遍吧！太夸张了，简直把这当自己后院了……不对，这里好像就是他自家后院……

"天天，一看他那桃花眼就是个风流种子，利用归利用，你可别陷进去了。"

陌生的储藏室里，我和天天谈论着，兴奋着，为了一个未知的明天而充满了期待。

天天说了，等她当上老板娘，一定给我个乘务长当当。

第二天的飞行，我一早起来心情就很沉重，昨天闹成那样，今天指不定要发生什么不测。于是我出门前拜了菩萨，保佑我免遭小人，一路平安。

提到这个菩萨就不得不介绍一下了，这个是我首航的头一天，我亲爱的老娘花了 5000 多元人民币从山上请下来的。我妈说，将来我每一次飞任务，她都会替我诚心诚意地向菩萨许愿，保佑我平安。

就这个事儿，其实我是很感动的。以我妈这种买菜还要抠下两根葱的家庭妇女，肯花费这 5000 巨款，只是为了求一个心安，能让她这么做的人全世界恐怕也只有我了。她从来不迷信，又怎么会不知道这个搪瓷的菩萨工艺品，根本就是个几十块钱的摆设。

只是她爱我而已。

路上打了个冷战，我心里惶惶的，闹不清前途，又想到各种人际关系，感觉各种渺茫，不由得悲从中来。也不管在哪儿，感情上来时，张开嗓子就嚎："敢问路在何方！路在脚下！"

司机师傅惊恐地回头看了我一眼，我瞬间尴尬了。没办法，我是个没音乐细胞的人，所以时而不着调，时而不靠谱……

到了机场，跟天天接上头，互相给了对方一个"珍重"的眼神，就开始了我们第二次的飞行任务。

依旧同样的流程，不同的是，今天居然有座舱长训话环节，我知道座舱长是给空乘排班的，所以最值得巴结的就是他。于是我可劲地冲他笑，笑得下巴都快脱臼了。他终于注意到了我，我赶紧又更加积极地表现我的笑脸，他又看了我一眼，继续一本正经地讲，等他再看我一眼的时候，我挺直了身板，让自己看起来充满了积极和阳光。

"新人，别嬉皮笑脸，严肃点，开会呢！"

我的世界瞬间阴暗了，您可以说我不严肃，可是我哪里嬉皮笑脸了？……

我再次被当众鄙视了。听到轻微的笑声，我红着脸低下头，口中默念，这货不是在说我，不是在说我。

接下来又是一番折腾，劳动人民最光荣，我和天天还有空少负责着经济舱。走完了流程，我们去站机迎接客人。

冷风呼呼地刮，可是当我们看到了一个熟悉的身影时，我清楚地感觉到天天的周身沸腾了。那股火焰熊熊燃烧着，而我在旁边被灼得生疼。

天天毫不掩饰地眼睛一眨不眨地看着他，期望他向自己走来，可是却眼睁睁地看着他被某个女人殷勤地迎入头等舱。

他本来就是该坐头等舱的，上次只不过是一时兴起，或是没有空位。我看着天天苍白的脸，安慰她说："没事儿，既然能再见面，证明他心里是有你的，要不然能有这机缘，两天内再碰面？"

天天被我这么一说，刚才还苍白的面颊瞬间染上了红晕，我当场在心里发誓，我只是纯属安慰你，你要是再借机矫情两句我可不买账。

幸而天天没有虚伪做作地否认什么，直到所有的准备工作都做完，飞机开始起飞了，我们才放下心来，确定他是跟我们一路的。

今天的飞行，对于我来说真的是赏心悦目的一次完美任务。聒噪的师姐们不见了，全部都没空理我们，今天该她们老乘们自己内部斗争了。在丁少身边争相献殷勤，演绎着活色生香的风流公子俏空姐的佳话。我一点也不担心她们有心情来挑剔我们。

可是天天显然没有那么坦然，虽然看得出她在极力克制，可是仍然忍不住时不时地朝前面望去。她的心思我懂，可是这样也不是办法啊。于是我找了个空隙，开始跟她闲聊起来。

"别这么没出息，人家既然找来了，就证明他自有安排，你的担心是多余的。还是先把自己打扮得美美的吧！瞧你的脸色真差，一会儿赶紧补补妆。"

天天面若桃花，含羞带嗔地怪我打趣她。

"你说，万一真是凑巧呢……那我不是白高兴一场。"

"凑巧？中航就我们这班飞机可以飞吗？你也不想想，他能那么凑巧地就盯着你看上十秒之后再这么凑巧又上了同一班飞机？那你真该去买体彩。包中！"

我的这一番话就像是给天天吃了定心丸一样，她的肩膀顿时就松了，好像卸下了千斤的担子。她眼睛里的神采不再是彷徨，而是期待，然后又戳戳我："你说，要是丁少当时看的是你呢，我不白高兴一场？！"

我的白眼立刻毫不留情地翻给了她："咱们都是朋友，不带这样埋汰人的！"她捂着嘴，"咯咯"地笑了。

"太伤自尊了，你什么态度？完全不把我当对手！我戴小花就这么弱吗？天天你给我说清楚！"女孩子闹起来就是一时风一时雨，声音有点大。阿长立刻掀帘子探进来一张严肃的脸，说："干什么呢！外面都听到了！"

我吓得吐了吐舌头，赶紧立正站好，和天天并排出去。

天天一边走，一边轻轻地在我耳边说："要是你，我就认了，总比让她们拔了头筹强。"

我嘿嘿一笑："你果然够姐们儿。"

虽然说气氛缓和了很多，但是天天仍然全身紧绷着。刚才经我提醒，这家伙已经进去补了妆。目前脸色红润有光泽，她在等待随时的召见。

我也跟着紧张起来，甚至觉得我是在陪她等待着帝王的宣召。可是，直到机长室通知，飞机即将进入降落阶段，我们也没有等来召见，天天的脸终于撑不住了，瞬间垮了下来。

我知道这姑娘得失心很重，但是这种事真的是没办法的，不是努力就会有回报。

因为她心情不佳，于是我主动承担起了她的任务。终于到了乘客下机的时候，天天的眼里又有了一丝光彩，就像落水的人紧紧抓住的一根稻草，纤薄，却充满了执着。

天天望着向自己走来的人，当时就怔住了，一动不动的，像是被定住了一般。我知道她此时的心情，那是一种绝处逢生的恍如隔世的感觉。任何事情都比不上笑靥灿灿、面若桃花的丁少向她走来的美好。

我推推她，说："想什么呢，打起精神来。你看谁来了。"

我承认自己现在的状态绝对是标准的龙套加丫鬟的角色，可是事到临头还是忍不住这样鸡婆了一下。

天天紧张地看着他，手指关节苍白。我知道她激动了，气血上涌了。让我诧异的是，只见她双手背到身后，左手在右臂上猛地一掐。我一见，差点儿叫出声来！因为那一下就是一个血印子出来，渗着血丝，在她白皙的手臂上极为显眼。

我正大惑不解时，更加惊异的事情发生了，沿着那道血印，由胳膊往上，像是受到感染似的，一抹艳丽的绯红从下而上，迅速攀上了她粉若桃花的脸蛋上，我的脑子瞬间被惊艳了，蹦出四个惊艳的大字：霞飞双颊。

以我一个女人的角度看来，这场面已经相当有感觉了，更何况是一个正值当年的异性。见惯了涂脂抹粉的妖娆佳人，看到这样一个粉嫩如含苞的花朵，应该是足以让人过目不忘的吧。

果然，那丁少瞬间露出了一个迷人的微笑，我从未见过这种荡人心魄的笑容，想必只有在心仪之人的面前才能有这样的微笑。只见他跨前一步。如此就与天天两两相望，再无间隔。我识趣地退后一步，彻底地扮上了丫鬟。

我走开了，两个人却没有说话，含情脉脉地对视着。虽然像是情人，可是我总觉得哪里怪怪的，却也说不上来。

直到天天不好意思地低下头，那位大少爷才像找着了魔似的，轻轻地咳嗽了一声。这时候，我看到林炎她们来了，隔着远远的距离看着这边的一切。

我心想，这真是巧了。天天的计划成功得也太简单了，简直太没挑战性了。昨天刚夸了口，今天就给当面完成了。

只是那几位的表情不见喜怒，倒是真的有些奇怪。以那位的性子，不是早就应该气得跳脚了吗？看来她在大人物面前也是有风度的。

半晌，少爷终于开口，但第一句说的却是："你……认识我吗？"

天天愣了一下，脸羞涩地迅速埋下去，继而缓缓地又抬高少许，用力地点了点头。

"是吗？我还奇怪你怎么会认识我，是林炎她们跟你说的吗？"丁少脸上笑得玩味。

天天疑惑地拿眼睛瞄了瞄那边的几人，然后再次点点头。我真纳闷了，难道今天就要就这个话题说下去吗？

然后这位大少爷有些无奈的样子，手里依旧是挎着那个小包，调整了下姿势，不再那么工整地站着，斜斜地歪在扶手上。他换了个姿势，眉毛一挑，桃眼一睖瞪，口出惊人。

"你喜欢我是吗？"

天天张口结舌地抬起脸来，看着他，说："什么意思？"

"你不喜欢我？"他反诘的语气，让我听得越来越纳闷。而天天却因为生怕他怀疑自己的爱，忙不迭地大胆承认道："喜欢。"

"嗯，我是听她们说的。"他手指了指林炎，然后做了一个很无奈又好笑的表情，问天天，"听说，你跟她们夸海口说，一定会把我泡到手，然后给她们点颜色看看？她们央求我一定要过来问问情况。所以……你知道，最难消受美人恩，没办法，我就来问问咯。"

我终于知道事情哪里不对了。看到天天愣在当场，我上前去拉过她。没好气地冲丁少义正词严地说："你怎么能这么跟女孩子说话？很没礼貌！而且别人说什么你就信吗？自己没点思想吗？虽然我们是实习生，但是也是有尊严的，要领着半年的最低薪水为你们家工作，您就别来伤人心了，不要被人利用了！"

　　我这番话说得是至情至理，怎么说也能为天天挽回点颜面。可是天天却如魔怔了一般，完全没有顺着我给她找的台阶下。

　　"那时你回头看的不是我吗？"她的声音纤弱，一碰就碎似的，于是我赶紧揽住她。

　　而这丁少显然还没能从我刚才那番话中反应过来，生硬地把眼光从我脸上挪开，弱弱地看了天天一眼，嘴里疑惑道："我什么时候看你了？"

　　"前天，你乘这班飞机，下机时明明就有回头看我们，看了足足十秒，难道你过目就忘了吗？还是……还是你其实看的是？"天天刷地把眼神转向我，我吃了一惊。周身寒气遍布，她的眼神，好像可以杀人，看我像是在看仇人。我突然蒙住了，脑海里回想着她刚才亲昵地在我耳边说"要是你，我也就认了，总比让她们拔了头筹强"，而这才过去一个小时，境况却完全不是那样了。

　　我冷冷笑了，大胆地一步上前，与他平静对视说道："请问，那天你在看什么？"

　　他饶有兴趣地摸摸光滑的下巴，看看我再看看天天，脸上笑意更浓，缓缓地说："我只是回头看一下，确定那架子上有没有丢东西。姑娘，你们想太多了！"

　　很好，这就是我要的答案。即使天天脸色惨白、心痛如绞，但至少我撇清了关系。我轻松地吐出一口气，而对面的少爷则是兴致盎然地欣赏着我和天天的脸色，然后轻松转过身去，朝老乘那堆走去，说："你们啊，真淘气，居然敢耍我玩！下次不要了！"

　　胡微立刻笑容可掬地上来，故作矜持地娇羞着，一副很不好意思的样子。

　　丁少果然吃这一套，见到美女示好就走不动了，为她掸了掸肩头，声音温柔得如绵轻微风过境，"林炎，你真调皮。"

"丁少！我才是林炎！"

"丁少，人家叫胡微，说了多少次了，怎么还是记不住，一点不把人家放心里！"

那边是一派春风得意，怎样的一出忘乎所以。我牵着天天还依旧麻木的手，不声不响地进了内舱。

♣

第三章
谁人不识君

　　人生已经有很多挫折了，何必还跟自己过不去呢？可是天天显然不这么想，她已经三天没有上班了。她的母亲跟阿长告假说她高烧不退，虽然说假是批了，可她一直不来这可不妙。我本以为她会是个坚强的姑娘，不料我竟看错她了。

　　当然，我也并不觉得她来上班就是好的。短短几天，经过那些缺德的师姐再三地添油加醋，三分真相七分杜撰，她的事迹俨然已经成了公众头条爆炸性新闻。女人的八卦精神是无限且无耻的。没有人关心真相，她们感兴趣的只有更离谱和更火爆。我虽然想替她辩解几句，可是我无人能诉，好不容易遇到个同时进来的新人说了几句，她却淡淡地表示，她其实没听过这个事，然后就一脸不感兴趣的模样。

　　我以为她真的不感兴趣，谁知第二天的飞行任务例会前，林炎她们堵上我，一脸凶相地问我是不是没事找事，原来那新人姑娘这边跟我说她没兴趣，那边掉头就去找她的师姐们聊去了，可以想象这中间又是一出怎样的添油加醋。然后她的师姐再找林炎一合计……

　　"你想把自己搭进去我们一点不介意，但我们组已经出了个贱人了，我不想再出个二百五给别人当谈资，你自己聪明就放老实点，不要那么二愣子，说话也分分对象！跟个不熟的人掏心掏肺，你脑子被门夹过了？怎么这么二呢？也不看看自己什么位置，我还告诉你了，吃航空这碗饭，你得罪谁都不要紧，不要得罪师姐！尤其是我这个叫林炎的师姐！"

无奈，今天我一人势单力薄，只能猛低着头一个劲地挨训。真悲催，天天在，我苦，天天不在，我更苦。

旁边诸女尝试着帮腔，怎奈林炎越说越激动，我真担心她控制不好情绪，就要问候我家祖宗。别的不怕，只忧心自己到时候该有多纠结，是跟她跳脚对骂，还是忍辱负重……这是一个很艰难的决定。

沉默地低着头，心里暗自数着绵羊。当这里只有我一人，当旁边的人和声音都是浮云，当这里空气清新……呼……戴小花，克制，冷静，保持冷静……

突然一声惊鸿乍起："怎么这么闲？没事欺负新人玩呢？"

我猛地睁开眼睛，女声、轻柔、似曾相识，啊……是聂思姐姐。

我惊喜地回头，恨不得哭天抹泪地朝她狂奔而去，口中煽情地喊道："姐姐，她们欺负我！"

若是三年前，我说不定就这么做了，但是现在的我很淡定，我依旧谨慎地杵在原地，微微表达出被欺负的委屈与矜持。

而旁边几位的脸色却不大好看了。确切地说，是很不好看很不自然，白色的脸更加白色，好像瞬间失了血色似的。

"聂思，我们只是在教她一些客服常识，也没什么的。"胡微看林炎眼睛喷火也不说话，怕闹出不愉快来，只得首先发言。

"我没事就在旁边听了会儿，可不是你说得那么轻描淡写的。"她缓缓走来，依旧娇媚的容颜，格外的端庄优雅，但眼睛照旧没有瞄我。我被她那强大的气场震慑得发呆，怪不得那丁少爷会对她另眼相看，我要是男人我也中意她。"新人是要教，不是让你咆哮的，瞧你们刚才那样，瞧着多丢范儿啊。这人来人往的，难免给人瞧见，不能把这坏影响流出去，让别人以为我们做CC的都这素质就不好了。"

她淡淡地浅笑着，然后撞过林炎的肩擦身而过，林炎微微退了一下，让过了。她就这样径自走了，直线，不让分寸地走了。

我这一枚小新人，第一次看见这样高等级玩家之间的火爆场面，脑子一直都处于混沌状态，然后就听见一个师姐狠狠咬牙道："瞧她嚣张那样，恨不得在公司横着走了！"

林炎看起来气得不轻，刚才当她面不敢发作，这会儿她走了，却仍出奇地沉静。她脸色煞白着道："谁叫人家后台硬！不过……长江后浪推前浪，我看你能嚣张到几时！"

她们气愤地转身进去了，完全遗忘了我的存在。刚才挨骂的主角明明是我，为什么顿时我又成了跑龙套的？更贱的是，我居然有一些些难过……

开会自然是要见到机长父子的，想到这里我的心情就大好。总觉得一群钩心斗角的女人中出现的如白菜一般纯洁的两个男人，是多么的可爱啊！特别是，他们还是一对一黑一白、一高一矮、整日冷面、淡定神秘而缺乏交流的父子。这一连串的组合在一起掺杂了多少狗血的内情幻想……

爹逼死了亲娘娶了后妈？后妈是儿子前女友？

我嘿嘿地笑着发呆，完全忽视了我正在开会的事实。过了一会儿，一只手伸了过来，拍了拍我的肩膀。

我一惊，小幅度地震动了一下，一看是副驾帅哥。

"瞎笑什么呢？开会也能自己偷着乐成这样。"他疑惑道。

我讪讪地摸了摸后脑，要是让他知道我正在意淫着他的家庭伦理剧，估摸着他也不会这么单纯善良地看着我了。

"没，没，开会，开会。"

安静了几分钟，我用手肘碰了碰他。

"哎？你说我俩是朋友了吗？"

他赶紧皱起眉头思考的样子让我觉得很有挫败感，就这问题很困难吗？

半晌，他憋了句："算是吧。"

我一听，虽然有些不满意，但是也马马虎虎过了关。于是我很厚颜无耻地问他："那要是朋友有难，你会不会帮我？"我一脸特诚挚地看着他，弄得他很不好意思，白白的脸颊有点绯红。我刚觉得他有点可爱，就听他也特认真地回答我道："我看，还是不要当朋友了吧，怪麻烦的。"

我的心肝哪，就那么一刹那间……

"你就能看着我被师姐她们欺负，坐视不理吗？"悲愤！

"我也不能欺负她们吧！"

"唐奕格，我对你很失望啊！"

然后我就不理他了，不过他也没有追上来搭理我的意思。他继续斜斜地歪着，一副打酱油的样子，布置的任务到他这里也像是什么也没在脑子里过。什么嘛！整个就一大草包，开飞机他神游怎么办？这样的人也能当飞行员？还跟姐搭组。玩姐呢吧！

我心里十分不爽，于是远离了他那一边，凑去林炎那一边。谁知她们也正嘀咕着呢，时不时地飘来一两句关键词，无非是丁少这丁少那，我很不理解：都这么大的人了，哪来那么大的花痴瘾？

饶是如此，我依旧是虚心地凑近听着，然而只听了一会儿便心惊肉跳。

什么，十几岁把那旅游局董事的千金的肚子搞大了就跑路了？

什么花场高等玩家？

什么夜御三女？

什么一半 CC 跟他有染？

什么身体羸弱，先天不足？柏-查综合征是什么要死的病？

怪不得这家伙的私生活混乱无比，原来是个随时会死的人，深深懂得及时行乐的重要性啊。不过，我说姐们儿，最后一条是不是和前面有矛盾啊？实在很难想象一个羸弱的家伙……

真的不是我刻意想要了解他，但在随后的一个礼拜内，在我被师姐们折磨得不成人形的时候，在我身心俱疲的时候，在我想随便找个地儿休息的时候，无论我随便往哪儿一坐，都能听到有女人在谈论他——各种胡扯各种诹，各种澎湃各种嗨！就连我躲到厕所的更衣室里嘎吱响的小板凳上坐着，都悲剧地进来两个老大妈，一边打扫一边贼兮兮评价着："瞧那群小蹄子个个在咱们少东家面前眉飞色舞的，真是瞧不上眼！"

"就看谁家女儿有那个命能当上少奶奶了。嫁不进去，就算蹦跶死了，也是个蹄子。"

我屁股下的破板凳下意识地发出"嘎吱"的一声响，两位大妈发现了我的存在，然而又当我是空气似的，继续絮叨着扫出去了。

丁少，丁总，丁爷，您牛！我就算躲到马桶里也逃不过您铺天盖地的消息！可怜我那无辜的天天妹妹不知道悲剧成什么样了。

我是真的想天天了，她请病假迟迟不来，眼看就要被取消资格了。关键是，她不在，只有我一人被当成了林炎她们排遣忧郁的工具，供她们尽情驱使，各种鞭挞，我感觉已不能承受了。

更难过的是，我回家禁不住我妈煽情地逼问，不小心透露了这些不该给家长知道的破事。我妈心疼得在家叉腰破口大骂，足足仨小时没歇气，然后雄赳赳气昂昂地叫我放心，说这事交给她了。我真担心她会跑去找人拼命，于是我拼命给她做思想工作。

谁知我妈最后还是来了。

我对天发誓我绝对不知道这一出。

我妈不仅来了，还带着大规模杀伤性武器——我二姑。两人手上还各拎了两个超市用的环保袋。我当时没抬头，一抬头就震惊了，然后我迅速地低下头，完全不敢相认。

那感觉就好比，两个上农贸市场买菜的老大娘，踱着碎花小步静静地走进了你的生活。

但是我妈眼特尖，一眼就捕捉到了我越缩越小的身体，用标准的南京话喊我的名字："小花，小花啊！"

我当时只觉得泪流满面……

妈，您给我取了这么寒碜的名字，还劳您亲自来寒碜我，真是折煞我了……

当时是飞前准备会，人都刚到，我正被安排去倒茶，手上还有一托盘。大大小小的人员都到齐了，正齐愣愣地看着不知道怎么找进来的两位陌生大妈。直到听到她喊我的名字，众人才恍然大悟地看着我。

我一跺脚，赶紧甩手上去拦着。今天她带着战斗力最强的二姑，明摆着是要来干架的，不拦着她们，我就要被扫地出门了。

谁料我妈朝我猛眨眼使眼色，示意我到一边去。然后就见她格外欣欣然地挽着二姑绕过我，朝会议桌众人走去。

而我该死地恍神了……

我连忙追上去，却看见我妈正神奇的从布袋里往外掏东西，然后我的下巴渐渐掉了下来……

如果说第一个大包里的桂花酥、杏仁酥、胭脂酥、酒酿酥还能让我喘得上气，那第二个包里摸出来的小笼包、驴肉锅贴、鸭脖子、鸭胗、什锦豆腐涝、盐水鸭……这是在干什么？

然后就听我妈徐徐地说："大家好呀，我们家小花初来乍到，给诸位添了麻烦了，也亏得有你们这些前辈提拔指点，否则就她那呆样指不定怎么惹祸呢！嘿嘿，一点小意思。我也厚着脸皮作为航空人员家属来慰劳慰劳大家，嘿嘿——吃啊，大家吃啊！"

一番客套话下来，满场死寂。大家早就被这一溜一碟一碟铺陈开来的点心和吃食给震慑住了。全场肃静，大家全部都处于石化状态。

我本想嘿嘿地讪笑来着，可我脸居然僵住了，怎么也展不出那么自然合理的表情来。眼看这气氛僵持了十秒，二十秒，我二姑又大声开口了："怎么……不合胃口啊？我这还有些鲜榨的果汁，幸好带了……"

"妈……妈你们先把东西收着回去吧，我们赶着开会呢！"我几乎是泫然欲泣，差点儿跪下来求她。我戴小花怎么这么悲壮，我现在满脑子都在想，为什么是我？为什么是我？……不，不是我……这不是真的，这不是真的……

我妈见气氛确实不好，有些尴尬。二姑要强惯了，这时脸上有些挂不住了。我下意识地捂上耳朵，她们不会被刺激得先礼后兵吧？一定是这样的，我那彪悍的二姑马上就要跳起脚来朝她们吼敬酒不吃吃罚酒……

谁知"叮"的一声，安静的会议室内，响起了极细却清脆的瓷器碰撞声。从我这个角度看不见什么，但却见到我妈的脸上缓和了起来。歪脸看去，只见，此时着实可爱的唐奕格副驾大人，正用着我妈带来的竹筷子，夹了一块锅贴，轻巧地丢进嘴里，举止优雅、旁若无人地嚼着。

整个流程潇洒自如、一气呵成。四周一片寂静，仿佛都在膜拜着他这次的伟大的咀嚼。然后他朝我妈淡淡一笑，说："真好吃，谢谢阿姨。"

他说这话的时候我简直要跌倒！那表情，怎么那么童稚，那么讨喜，那么红领巾呢？

我妈立刻"嘿嘿"着接上说："是呀，我都是跑了好几家老字号才买到的，你们都吃呀，别客气。"

机长看了他儿子一眼，拿起了筷子；乘务长捡了块酥，吃完了之后啧啧称赞；馋嘴的师姐也有人开动了，而座舱长直接拿手抓了一个小笼包，还嗦嗦烫了嘴……

于是有史以来最瘆人的一幕出现了，严肃严谨的会议室，俨然成了我们这一组人的饭堂。一群如狼似虎的人，盘子、碟子，正餐、饮料、点心，样样俱全，就差喊老板拿餐巾纸来。

我没吃，我差点儿当场就哭了。这人生的大起大落真是匪夷所思，叫我情何以堪啊……

当晚，我回家发了好一通火，把我戴小花这段时间的痛苦、不堪、愤懑全部发泄了出来。发完火，我抱着我妈哭，使劲地哭。我说："妈呀，你今天吓死我了你知道吗？要是再给你玩上这么一回，你就等着收我的尸吧！"

我妈同情地摸着我的头，泪光闪闪，继而翻脸比翻书还快地站起来，叉腰，撇嘴说道："这群小贱人！我好歹也是一长辈，居然对我翻白眼！翻了我白眼还好意思吃，这些女人果然可恶啊！"

既然她说她再也不会拿热脸去贴人冷屁股了，那我就放心了。

第二天，我惴惴不安地去飞任务，心想：怎么着昨天她们也算吃了我的了，人说吃人嘴短，该不会再过于难为我了吧？我都已经很少犯错误了。

谁知我实在是太天真了，她们的表现像是完全不存在吃东西那档子事，个个得了健忘症似的，对我依旧吆三喝四，完全把我当陀螺使。

我的命啊……怎的这么心酸。但是再难也不能再跟我妈抱怨了，她要是再去恐怕真的就要兵戎相见了。

晚上，我拖着疲惫得像是惨遭蹂躏过的身体，一步一步蹒跚地朝巴士站走去。瞧着她们在各种车上疾驰而去的身影，藐视地向我喷尾气再绝尘而去，我真想铆足了劲喊声 FUCK，可是我怕遇见领导啥的，让我的实习生活更加雪上加霜。

于是我拖着步子，一路默默地哼着《蜗牛》："随着轻轻的风轻轻的飘，历经的伤都不感觉疼，我要一步一步往上爬……"

突然有车经过，我敏捷地一闪。虽然我很疲惫，但小命要紧。

然后听见车子里不陌生的悦耳男声在我耳边响起，说："期期艾艾地瞎唱什么呢？悲怆死啦！"

等他伸出头来，我果然瞧见了副驾大人的脸，他笑吟吟的，在这个萧条的晚上格外清晰。我突然感性起来，顺势想到昨天他力挽狂澜、扭转乾坤的大恩大德——让我妈下台，让我二姑没有发作，还间接地让我保住了工作，想着也该给他道个谢。

于是我脸红红的，扭扭捏捏地凑上前谢了他和他全家。然后我局促地说："您先回吧。"

"怎么，光嘴上说说就算谢过了？"他语气揶揄。不过这种揶揄该发生在他跟一个绝世美女身上，才显得不那么突兀吧！

我心里琢磨着，若是他要一个吻作为奖励，我一定毫不吝啬，若是他要个什么谢礼的话……我摸了摸兜里的钱包，表示感到压力很大……

"我肚子饿了。"他脸上浮现出很认真的神情。我当场就想撒腿就跑，怎奈我深知以后大家还要低头不见抬头见的。于是我哭丧着脸，弱弱地回答："是吗？"

他"嗯"了一声，然后朝我招手道："上来，意思意思，陪我去吃顿晚饭吧！"

我仍旧没动，他还没把话说清楚。陪他，是他请客吗？

他又招呼了我一声，还主动开了车门。见我一脸的戒备，他一副败给我的样子，无奈地说："昨天吃了你妈妈那么多好吃的小吃，我今天回请你，你陪我吃行吗？"

我"嗖"的一声，像离弦的箭，像奔驰的马，像被猎人追的小兔子，风驰电掣般闪进了他的卡宴，稳稳地坐在了他的副驾上。

他"扑哧"一声笑了，嘱咐我扣好了安全带，然后车子缓缓地开动了。路上他侧头问我："想吃什么？"

"不是你饿了吗？你想吃什么，我就吃什么。"

"那你想吃什么呢？"

"我什么都可以吃的。"

我以为像他这么洒脱的男子，应该不会跟我在这个问题上客套的，可是他居然硬是客套了，老是问我："咦？要不吃澳门豆捞？要不吃ABC？"

我很土，他说的我都没吃过。

为了防止到高档餐厅里丢脸，我瞧着前面有家意大利比萨店，于是我赶紧先发制人，说："就吃这个吧！"

他瞧了瞧，回头疑惑地问我："你爱吃这个？"

"我爱！"我满怀热情道。

"那就吃这个。"他解了安全带，潇洒地下车。我花痴了几秒。没想到开飞机那么帅的人，也能把车开得这么摇摆。

我们进了店，环境还不错，至少对于我来说算是高档。服务员迎了我们去一张临窗的桌子，桌子中间水晶玻璃瓶里还插了一朵小雏菊，倍儿好看！听着餐厅里播放的神山纯一的钢琴曲，我浑身舒服得陶醉了，真想高呼一声，好高档呀！

服务员拿了菜单过来让我点，因为是他请客，所以我没打算瞎点，于是只要了份88元加1元送一份芝士的套餐。他要了一份金枪鱼海鲜套餐，加一份浓汤。然后他再次问我一遍："还想吃点什么？"

我狂摇头，我的肚子已经很饿了，别跟我废话耽误服务员上东西了！

菜一上来我就是一顿胡吃海吃。虽然是第一次单独跟一个英俊的男人吃饭，但我仍是没办法小口慢咽，太饿了，我的胃就是我亲爹。他则相反，尽管辛苦一天了，却一直不急不忙、慢条斯理地吃着，咀嚼的时候还垂着眼睫，睫毛微微地抖动着，一副很享受的样子，十分赏心悦目。我再次抽空哀叹，他哪里像个开飞机的！

我们一直保持着断断续续的交流，他看出来我确实极饿，而且老是包着嘴说话也不太雅观，索性就不逗我说话了。等我一通饱餐之后，他还在细细吃着。我看了看手机时间，又看了看自己满盘子的狼藉，觉得十分不好意思。我居然在一个男人面前吃完了全部的食物，而且只用了十五分钟！

看着空荡荡的盘子，里面再无半点可以让我打发时间用的食物，连杯饮料装装样子也没有。我感到十分尴尬！

猛然间，我想起来了什么，我还加了一元要了份芝士呢！不知道芝士是什么，不过听名字来讲应该是很好吃的餐后小点。我心中窃喜，朝服务员招手。然后那位彬彬有礼的招待过来，温和地问我："有什么需要帮助的吗？"

对面的那位也抬头疑惑地看着我。小样，以为我加餐呢吧？才不是呢！我朝对面翩然一笑，然后扭头对服务员说："你好，我的那份芝士怎么还没上？你看，我都已经吃完了，你们这效率还让不让人吃了？虽然那只是加一元买的。"

我们彼此沉默了几秒钟，而我对面那位好像喝饮料呛到了。他咳嗽的声音惊醒了服务员，男服务员脸红红的，对我说："小姐，您的那份芝士已经浇在您的比萨上面了。"

数秒后，我机械地端起对面也不管谁的饮料杯，稳稳地喝了一口，然后淡定地朝那服务员说句："哦，没事了，你去忙吧。"

我淡定归淡定，但并不表示别人也该跟我一样心理素质好。对面的那位停止了进食，右手捏着叉子，左手痛苦地撑着额头捏着额角，在那不住地抖着，最后还是"哈哈"笑了出来。他笑眯眯地看着我道："咳咳……对不起！"

我真想迅速地消失在这个世界上，我再也受不了我的愚蠢了，再也承受不住了……然后还听到冷静下来的他朝我道："可以把我的杯子还给我了吗？"

我的脸刷地红了，望着杯子上面印着的我那不甚清晰的唇印，我们……不会间接接吻了吧？

我讪讪地递给了他，一脸的惊惧却又强作镇定坦然。种种情绪交织在我脸上，跟伊拉克开战的时候一样惊心动魄。

他朝我笑了笑，然后十分淡定地在我面前喝了一口。

我得承认，我当时差点儿拔腿就跑了……

我妈对着窗外遥遥望了半天，寒风料峭中，一脸不舍，不明真相的人会以为她是在送情郎。以她这个年纪，能露出这么诗情画意的表情和青春风采，我真是要跟她道一声恭喜。

可我知道她接下来定是要狠狠地八卦一番，而这八卦对象不巧，恰恰正是我。

果然，她收回脸，关上窗户，拉上窗帘，回头朝我露出会心的一笑，带着赞许的、孺子可教的眼神，让我立刻如临大敌。

"好车啊！"

我立刻就从凳子上跌了下去，额娘，您……您是要说这个？

她眸子里诡谲一闪，厉声道："那个副机长，是一副吗？"

其实飞行员里只有机长和副驾驶，没有副机长一说，只不过我们都习惯了这么叫。

我战战兢兢地点了点头，我老娘却疑惑道："这么年轻就干到一副了？别是被女高管包了吧！"

我翻了个白眼，老娘，你可以在我面前稍微纯洁点吗？我为领导辩解道："人家爸爸就是机长，上阵父子兵，可和谐了。不像我，哎呀，我这苦命的……"

还没等我说完，我妈就乐开了花，冲动地扑上来，拍着我的肩头说："好孩子！干得不错啊！这才去多久啊，就钓到个这么金贵的主，不错不错，我女儿果然是不一样的！"

"妈，只是吃一顿饭而已。"

但是她再也不愿意听我的任何话，自顾自地跑去找电话，看起来是打算在第一时间跟我二姑分享，真是从未见过如此和睦的姑嫂俩啊。我走到窗前，抬头仰望，突然有种家门不幸的淡淡忧伤。

我本想追上去阻止她，但后来想想也就随她去了，反正我的脸皮很早以前就已经不珍贵了。我从小到大也没让她争脸过，现在她只不过是小小的意淫一下而已。老娘她高兴就好，我就先牺牲一下下吧，反正只要她别奔机场去拦他车逮着他叫女婿就行。

晚上我还做梦梦到唐奕格先生被我妈吓得一脸通红的样子，醒来之后我简直好笑到不行。

天天终于来上班了，再不来她铁定得除名的。不过，她是如此精明的一个人，又怎么会拿捏不清分寸？所以她踩着恰到好处的时间，整装再发，又光鲜亮丽地出现在了人前。

她来了之后先跟阿长道了歉，乘务长嘱咐她保重身体，她一脸特实诚地感激了半天，然后才跟我说了会儿话。

今天林炎她们没有排班，来的是几位没见过的师姐。我和天天都松了一口气，然后毕恭毕敬地去跟她们打招呼。果然，并不是所有师姐都是恶人，她们几位就很好相处，淡淡地笑了几下，大家客套完毕，就各做各的事去了。

我怕天天的情绪仍未恢复过来，所以一直没敢提那事，只拣着好笑的事给她说说，比如我妈来贿赂机组的人闹的那场笑话。她听了之后，终于浅浅地笑了，然后抱着我，把头枕在我肩上，叹了一口气，说："小花，没想到，你确实对我很好。"

什么话嘛！真不爱听，就好像一开始并不信任我的样子！不过我也高兴起来，因为我终于交到了第一个朋友。

不过悲剧的是，唐奕格副驾每次见到我，不管旁边有人没人，都会笑嘻嘻地问我："戴小花，芝士好吃吗？"要不就是"戴小花，你的芝士来了没"，再不就是"还让不让人吃了"。

最后我终于忍无可忍，朝他大声发火道："还让不让人活了！"然后他就狂笑着走了。我发誓再也不要跟他一起吃饭了，可是誓发了才一会儿，就是机组吃饭时间，所以我只能无奈屈辱地在他笑吟吟的偶尔扫视过来的目光下艰难地吞咽着。

虽然别人发现不了这其中的诡异，可是天天绝对是看出来了。她若有所思地看着我，悄悄地问："你俩是不是有什么苟且之事？"

我只得把当天的悲剧再复述一遍，简直血淋淋地凌迟着我的心哪！

天天笑完了，然后一本正经地看着我道："你要把握住啊，这个其实很不错。我看他心智还不成熟，很好骗的。"

我白了她一眼，说："你小看我可以，怎么能小看副驾大人！他能开飞机，心理素质和立体思维都是很强的，至少肯定比我们强，居然鄙视人家。"

"哟哟哟，还没怎么的，都护起短来了！"

我心想，天天不会从此天天都拿这个开我玩笑吧。

再遇丁少，我们都有点不淡定。他又坐经济舱，然后小脸忧郁地望着窗外的停机坪。该死的，居然一而再再而三地挑战女性的心理底线。你已经击碎了天天一次，何苦再来撩拨她？！我在心里把他骂了个通透。再观今日形势，林炎不在，今天的机组上针对我们的只有胡微和另两个。仍是我来给他发餐，只要不出差错就行。实际上天天的表情很淡定，于是我也觉得没什么好紧张的了，不就是个对我而言毫无杀伤力的男人吗？

整个飞行流畅而简洁。他今天没怎么刁难人，整个旅程显得落落寡欢，只在我跟他说话时淡淡看了我一眼，转过去，然后又转回脸再看了我一眼，之后全程再没有过多的互动。

之后我和天天靠在一起，她主动地说起这件事。她说她现在已经释然了，其实也只是觉得面子上过不去而已，对他倒不是有真感情，毕竟又没有认真接触过，怎么可能有深情厚谊。

我想也是，就安慰她说："其实他就是个薄幸的人，那天他连林炎和胡微都分不清楚呢。"然后又把以前从林炎那听来的那些浑话说给她听，她听得一愣一愣的。那些恐怖的事件和惊心动魄的故事让她拍着胸口道："真是好险，我还以为他至少该是个正人君子的。"

"你想也不可能啊，拿全公司的 CC 当后宫的男人，怎么可能是正人君子？古代皇帝都是怎么死的？得花柳死的。"

"还有呀，幸好你没掉进坑里去。你知道吗？他有病！"

天天脸色一白，追问我是什么病，然后我贼兮兮地像八婆一样告诉她："听说他从小就有什么弱症，叫什么查……查什么……"

"柏－查综合征。"有声音帮助我道。

我连忙接上话。"对，柏－查综合征，是这个病，据说很恐怖的，真是可怜人必有可恨之处！不知是该同情他好还是庆幸好，幸好你没跟他……"我瞧见天天脸色更加苍白地朝我后面看去。

我吃力地蹲着转过头去。刚刚我和天天八卦的时候，正蹲在休息室里，脚上穿的还是高跟鞋，所以转脖子费了我一些力气。但是等我完全转过去，我却发现更加费力气了，连呼吸都疼了。

有人赫然站在我的身后，表情保持淡定着，五官依旧清俊着，脸上很浅的苍白着，然后朝我道："讲完了的话，给我拿一条毯子。"

然后我就发现我不会动了，完全失去了活动的知觉，只觉得糟糕了，我要失业了。

天天碰了碰我，见我僵着，她只好自己站起来，然后从箱子里取出一条毯子，亲自交去他手上。我没看见他的表情，但是我知道我现在的表情，一定是跟见鬼似的煞白煞白的。

"走啦！别这么害怕，他一个大男人还能打击报复你不成？别怕别怕。"天天安慰着我，见我完全没反应，又一推我，"不会吓傻了吧？你别呀，我受到了那样打击都还能照样给他端茶倒水的，你这胆子小的可不像你啊！"

我心惊胆战地抖着腿脚去收餐盘，收到他面前的时候，我小声地跟他道歉。他淡淡地说："没关系。"

我见他如此冰冷，只好灰溜溜地走开。

"天天，我怎么觉得我要倒大霉了……"我趴在天天身上，呜咽起来。此时我俩已经算是铁姐们儿了，她安慰着我，说："没事儿，他不都说没关系了吗？哪有那么小心眼的大人物呀！"

我心肝脾肺肾一起颤抖着，但愿如此吧。

可是我们都没有猜中这开头，更没有猜中这结尾。他并没有如我们所惧怕的那样，去向调度主任、座舱长和乘务长打小报告。可是，他竟然以一个普通乘客的身份，投诉我溜班，让他自己去拿毯子。

天知道，我有多恨他，怎么可以这样没风度！不过说了几句别人私底下经常议论他的话，凭什么我就这么倒霉挨投诉！

幸好情节不甚严重，所以阿长只是口头训斥了我几句。说到底，还是托了丁大爷的福，他并没有署名投诉，否则若是他那大名一挂，我就都不知道死字怎么写了。

今天有中期培训，我和天天提早就到了，本来我们以为自己已经很积极了，到了培训室才知道，就我们俩这觉悟连提鞋都轮不上。

只见小小的培训室里，人头攒动，到处都是为阿长鞍前马后，积极地端着器械、操着重物的实习新人们。我和天天苦涩地对望了一下，耸耸肩，真应了那句话——人懒，吃屎都赶不上热乎的！

无奈！

然而今天的课我听得格外认真，因为阿长讲得很详细，大概是跟我们比较熟悉的缘故，她还不时朝我们笑笑，让我和天天的精神抖擞的。

然后进行到下一个环节时，端上讲台的却是一摊乱七八糟的东西，我视力不是那么好，于是就抻着脖子瞧。天天"啪"地打我脑袋上，说："别看了，是呕吐的东西。"

我咽喉浅，一听就恶心了，连忙捂上眼睛。

可是那边阿长却招呼大家去凑近观察，我实在恶心得不行。就这你觉得很好看吗？有什么好观察的！

"大家要仔细观察，用心看。飞机上时常遇到有很特殊体质的病人，如果出现呕吐现象，你可以通过对方的呕吐物，辨别出他的病症到底是普通的晕机呢，还是病发呢？"

然后，所有人都很狗腿地往前拥，恨不得把脸贴在上面，又是闻又是瞧的，仿佛那是一摊黄金，欢喜得不亦乐乎。

既然人家都这么用心了，我也只好装作很专业的样子，很深情地凝望着那摊浅浅的东西。幻想它是个什么东西，对，芝士……这不就像芝士吗？哦……我这辈子再也不想吃芝士了！

然后阿长做了件让我更加天雷滚滚的事情。她伸出手指，点了一下那摊秽物，然后放舌尖舔舔。

我……当时就震惊了！阿长，你不愧是做乘务长的！不让你做，党和人民都对不起你！

我心中的溢美之词还没有表述完全，就听到阿长说："做空乘要不怕脏，要从味道里去判断对方是不是吃了什么食物……"

我当时就想吐了，而周围那群谄媚之人脸色瞬间也凝重起来，不敢附和了。渐渐的，我们都觉得头上黑云罩顶。更让我想吐的是，阿长笑眯眯地回头，轻易地捕捉到了我的视线，然后温柔地说："戴小花，你能吗？"

天哪，我一直对这位慈祥的乘务长充满了感情，觉得她是一位公正无私的好大嫂。不过，您敢舔，您那是乘务长，我只是个实习生，有必要这样壮烈牺牲吗？

我悲哀地迟钝地没有反应，将来若是我有混得好的一天，难道我要教育小弟们，遥想你们大姐当年，也是舔着秽物过来的……

我实在不敢想象，这种悲痛，简直是生命不能承受之重啊！这叫我情何以堪啊！人固有一死，或庸碌，或轰烈，人生能有几回搏，此时不搏待何时？阿长这是给我机会，我不表现自己，难道要让给人家吗？！

我坚定地拨开天天担忧的手，脸上表情凝重而肃穆地走向乘务长，说："阿长，我不怕脏，我有奉献精神！"

国家和人民有没有考虑过烈士们的心情？大熊有没有考虑过多啦A梦的感受？

我现在的心情，大约就是那样的。

我艰难地伸出食指，在众人没有呼吸的沉默和观察中，轻轻的一点。然后淡定地屏住气，把它放进口中。一时间，我好想哭……那是什么味啊！难以形容，酸甜苦辣，刺得我泪水直流，而周围人都很同情地望着我。不哭，我不哭，我这是为了事业做奉献。哭了，这事迹流传起来就不完美了……

阿长笑了笑，示意我可以了，然后她开始抑扬顿挫地评价："戴小花做的很勇敢，你们都要向她学习。不过……除了勇敢和不怕脏，大家还要注意观察。你们看，我刚才点秽物时用的是中指，可是舔的却是食指，所以，在服务过程中，观察很重要。而面对旅客，倾听更重要，下面我们就开始讲旅客心理……"

泪水瞬间就模糊了我的双眼，当时的我完全处于崩塌的状态中，阿长，你玩我呢吧！我们到底有什么怨什么仇？你要这样打击报复我！

我悲恸欲绝！

下了培训，我揉着生疼的心脏，喝着天天买的矿泉水漱口。脑子里不论思考什么都无力，天天劝也不敢劝，只好冷着脸陪我一起坐着。

"噔噔"的高跟鞋声传过来，我抬起通红的眼睛一瞧，可不就是阿长过来了，而且正笑吟吟地看着我呢。你知道你这样看着我会很危险吗？我都不知道我会对你做出什么事来呀！

"小花，受委屈了吧。"她说得云淡风轻，好像给我委屈受的人根本不是她。然后她继续"呵呵"笑了几声，说："知道阿长为什么要罚你吗？"

这是处罚吗？我心中对处罚的概念有一千一万种，但阿长你这是最另类的一种，堪称十大酷刑之首。

我摇摇头，旋即又想起是不是因为被投诉，于是可怜巴巴地望着她。

"你以为那个投诉单子上的字是谁写的我会看不出来？被少东家投诉，这个处罚算轻的了。我是让你长个记性！在工作上，做不好没关系，但是该做的时候必须要做；懒也没关系，在不该懒的人面前千万不能懒。工作是做给人看的，你明知道谁在那里，居然还不知道积极，这样哪里像个工作上进的样子！"

阿长的一番话犹如醍醐灌顶，我由衷地感叹道："原来……如此！"然后我急急忙忙拉着阿长的手，道："对不起，阿长，我不是故意的，我以后再也不会了！你罚我也罚了，就原谅我好不好？"

天天在旁边也低着头，我们两个小新人都郁闷着脸，活像阿长在欺负我们。于是她说"只此一次，下不为例"，说完她就走了。

这事就告一段落了，我回家狠狠地刷了几通牙，牙龈都刷破了好几处。我龇牙咧嘴的样子，连我妈看了都不禁纳闷："我说女儿，你不会在公司遇到色狼，被强吻了吧？"

我刚想说"才不是你想的那样"，谁知就听到我妈边喝水边幽幽地补充了一句："谁那么没有眼光。"

顿时，我郁闷的心情更加无力，只能怪我自己，为什么不投胎做一块石头。

再接到飞行任务，我照往常那样去做准备。但是出门时我就觉得心中很不安，也不知道为什么，就是说不出的不安，眼皮直跳。因为路上堵车，等我风风火火地到了会议室，就发现今天很不同。外廊上十分安静，这时候本该是叽叽喳喳的场面压根儿都没有出现。

看到这阵势，我还真是忐忑了，刚伸脚跨进去，就发现我弄得动静有点大了。确切地说，是因为会议室里面实在太静了，静得连我关节的"嘎吱"声都听得一清二楚。

等我进去后才发现人已经坐了一圈，于是我找了天天旁边的位置赶紧坐下。还好今天没人骂我，当我正要看看林炎在不在我们这组时，却惊讶地看到一个熟悉的身影。

端坐在阿长旁边的，赫然是风采斐然的聂思。她正半低着头，玩着自己手上的手机，一副事事不关心的样子。而阿长在她旁边居然显得毫无存在感，我心想：美艳如她，任何人在她旁边都会被衬托得毫无存在感吧。

林炎、胡微等我讨厌的老乘都全数在列，只是今天破天荒地不仅没有逮机会骂我来迟，而且还鸦雀无声，好像都被点了穴，一点动静都没有。

我很惊恐地往后退了退，尽量不要让身线超过旁边人。机长父子则是一贯的沉默寡言，不过即使唐奕格跟我咧嘴笑了笑，我也不敢在这样的气氛下回他半个笑脸。

准备会还是很平常、很公式化，但是却是我听得最认真的一天。相信他们也一定会深有同感。整个布置过程肃穆而凝重，由不得你不认真。我只是很纳闷，她再嚣张也只是个 CC 啊，能有这么大的影响力吗？

我瞧了瞧她那张艳若桃花的脸，大概这世上是男人应该都喜欢她这样的吧？我再看看另一边唐奕格的容颜，顿时决心从唐奕格表情里挖掘出点他也爱慕着她的蛛丝马迹。

不过唐奕格始终一副天然呆的模样，似乎根本就没有注意到旁边的大美女，神游的表情那么明显，连我都不禁为他爸爸汗颜……

回去的路上我一直在发呆，好心的唐奕格在我屁股后面摁着喇叭说"这个时段不好打车"，于是我又"勉为其难"地免费蹭车回家了。

"哎？你跟聂思熟吗？"快下车时，我突然没头没脑地问了唐奕格一句。然后我觉得他不仅反应有点大，表情也有些暴躁，然后又有些强忍着的气急败坏。他说："你问这个干什么，你也对她男人很感兴趣?！"

原来是担心这个呀，我心里嘀咕了一下，看起来他很不喜欢这个人见人爱的丁少爷啊，果然同性相斥。我豪迈地跟他勾肩搭背道："放心啦，我对那人没兴趣，我只是对这女人有兴趣。"

说完了，我立马就觉得失言，而唐奕格正用一副"真相竟然是这样的"眼神谨慎地瞧着我，同时忽略了我钩搭着他肩膀的手。

"不是不是，我是说……"我急急忙忙地解释，怎耐我如何解释都是颠三倒四的。于是我只好原原本本地把我因聂思才来当空姐的多年来的奋斗故事的始末告诉了他。他坐在车里静静地听我说完后，以一副很感动的眼神盯着我看，看得我浑身发毛。

然后他平复了一下情绪，道："看不出来，她当年还是蛮善良的。"

回去以后，我一直在思索他这句"她当年还是蛮善良的"的话的真正含义，看起来聂思的名声确实不太好，连唐奕格都知道。

第二天，因为我知道有重量级人物跟我们同组，所以起得格外早，化妆也格外的认真，确定好一切都没有问题以后我才出门。临走前，我妈还深深地望了我一眼，说了一句让我感动天感动地的话："我家小花，好像漂亮了不少。"

天特别冷，我心里又特别忐忑，所以在准备室里，我哆嗦着窝在一个角落里。林炎她们到了，看见聂思还没来，就指桑骂槐地骂骂咧咧开了。我小屁民一个，只能靠在角落数星星，只求她们不要把气撒到我身上来就行。

看得出林炎今天也是经过精心打扮的，那张粉若桃花的脸上也有了些水灵的色彩，不过她一张口就恶言恶语，实在是让人对她的印象大打折扣。

过了十分钟，外头有响动了，林炎几个侧目而视。正是聂思穿戴齐整地走了进来，当她进来时，我突然想起一个成语——蓬荜生辉。

短短三四年，不知道是什么使她成长得这么快。如果当初的她给我的印象只是温柔可人，那么今天见到的她，则有了些许女王气场。

她施施然地走去她的柜子，然后打开，抹了点护手霜在手背，再补了点香水。林炎她们把眼睛伸得长长的，其中一个师姐收回抻长的脖子悄声道："是绿色机遇。"

室内的所有人顿时好像得了信般的，即使都假装没事似的各做各的，但心底都在盘算着也去买一瓶。

我有些明白了，这些人明里把她嫉妒得要死，其实还是想模仿她的。

天天来得迟，我连忙把她拉到不显眼的角落，免得她今天被这些大人物们给当作撒气对象。可是她一来就盯着聂思看，然后我突然想起来，天天还说过要拉下聂思来自己上位的，虽然梦想还没成胚胎就被水冲走了，但她还是盯着她，一眨不眨地看着这个传说中的女人。

"真是个漂亮的女人。"最后，她由衷地评价道。我看着聂思的一举一动，也点点头。我早就不敢跟她搭话了，同时我也不敢高攀，所以打招呼什么的，能免则免，反正她也不缺我这一声师姐。

阿长进来时，我们都殷勤地问候了她，她笑了笑，就往里去了。

"阿长早！"林炎她们稀稀拉拉地打了招呼。而乘务长微笑着点完头，就朝聂思那去了。她笑道："聂思，来这么早！"

这个实在是吓到了我和天天，居然是乘务长主动跟她打招呼！林炎她们的脸刷地就白了，然后就跺脚先出去了。我本来还想在温暖的房间里多待上哪怕是一秒，可是见到师姐们都先上机了，我也实在不敢多待，于是和天天义无反顾地朝彻骨的寒风去了。

等到站机结束，我们撤回舱里，却听到刚刚进舱的聂思说："再等一下，丁少要过来。阿长给他安排下吧。"

此刻众人的表情各异，各自心怀鬼胎。我和天天算是最坦然的两个。虽然天天有那么一出，但是她还算拿得起放得下，只不过稍微多关注聂思一点。

"说来这位大少爷还真是癖好怪异，怎么这么爱乘飞机呢？果真是干一行爱一行啊。"

天天回头白了我一眼，然后眼光朝聂思一瞟，嘴巴一努："呐，说不准是为了谁。"

"真浪漫，陪上班，高空恋爱，啧啧……羡慕死了！"

一会儿，他果然上来了，寒风的气息让他显得格外苍白，连我都有些不忍心了，不是有那什么综合征吗？为了泡妞不要命了？瞧那小嘴煞白的……

聂思就像极熟的朋友那样，替他拿了包，又递了毯子过来，安排他坐下，给他倒了一杯热饮，其他的客人不由得侧目，什么人有这么漂亮的空姐给他专职侍候？够大牌的啊！

虽然全程未见两人有任何交流，可是那默契的程度确是不用明眼人明说也能看得出是练了很久的，看来两人再熟悉不过了。

我瞧了瞧手上虽做事却心不在焉的林炎，她这次没有上去为他提包，今天再去，无异于自取其辱。看来她们都很明白，丁少和聂思的事是真的。

我不由得暗自庆幸了一下，聂思总比林炎好呀，要是林炎得势，还不知道怎么作威作福呢！

聂思跟他亲切地交谈着，而他的脸上露出的那种微笑，迷离而温情。

同为女人，那种享受我都可以意淫得到，聂思，你可真让人嫉妒啊！我都尚且如此，那别人更是肺都气炸了，我感觉在场的 CC 全部都蒸腾着小宇宙，大家都有些兽血沸腾。但是满舱的乘客不会明白这些，仍然惯性地从飞行开始就吆五喝六地使唤我们。

今天大家的火气难免大些，所以我下决心要好好服务，因为我可能是所有人中最冷静的人了。聂思去了 A 舱，人满，她有的忙。而她的丁少爷现在归我管。

为了报他投诉之仇，我向他笑着，发给了他最小的一盒点心。

我继续去发餐，今天的客人很多。

我走到前面一个带着孩子的妇女面前，给了她一盒点心，然后向她微笑了一下。谁知她惊恐地拉着我："不用不用，我不想吃。"

可是她旁边的小孩子已经垂涎欲滴了，我觉得很奇怪，于是温柔地说："也许小妹妹想吃了吧。"

她竟条件反射地一把拉住小女孩，然后又捂住那边小男孩的眼睛，头摇得像拨浪鼓似的说："她不会想吃的。"

小女孩可怜兮兮地都快哭出来了，我寻思着难道我哪儿吓着孩子了？不吃就不吃嘛，像我逼着她吃似的。

于是我走过了这桌，继续发点心。

看着满舱的乘客吃着点心很开心的样子，我就觉得很幸福，这都是我的客人呀！转头捕捉到我的小老板兴致勃勃的眼光，我一惴，悲剧了，我傻乎乎的样子会不会被他当作走神又投诉一次吧？

我赶紧背转身，不再暴露自己。但是绝对不能出错，于是我拉长了耳朵，专心地听着呼唤铃。

因为一直高度紧张，我简直要缺水了。天天过来碰了碰我："干吗呢？"

"我怕出纰漏，又被那家伙投诉。"我一字一顿地说。我的话把天天逗笑了，"人家都睡着了！瞧你紧张的！"

我闻言瞧过去，可不是，人家正闭着眼耷拉着小脸睡得香着呢。我浑身一松，抱怨道："我的天啊，他家聂思在 A 舱，他跑这来祸害我们干吗？有他在，我都不敢歇半秒。"

一会儿空少过来了，跟我一起推车去倒饮料，见他依旧睡着，我也不便把人喊醒吧，于是就跳过他，又来到了前面那桌带孩子的妇女面前。

"太太，您好！请问要喝点什么吗？有雪碧、柠檬汁和咖啡。其中柠檬汁是热饮。"

那位怪异的中年女乘客再次拒绝了我，她有些不好意思地说："不喝，不喝。"

可是我瞧着她泛白的嘴唇上，早就起了皮，一副缺水的样子。而那两个孩子则显然是很委屈的，巴巴地望着小车上的雪碧。

我有些不忍心，于是建议说："你家宝贝看起来有点渴。不如给他们倒一杯柠檬汁吧。"我不确定她的孩子们是不是有什么病症，是不是在飞机上不能进食、喝水什么的，但是我还是想问一下。

那位太太看了看旁边的孩子，有些为难地小声问我："柠檬汁多少钱？"

我一听愣住了，旁边的空少也愣住了，然后一起反应过来。于是我更加小声地说："免费的哦……"

她一听，脸上比我们还震惊，迅速反应过来："啊？免费的啊！那我要一杯柠檬汁，一杯雪碧，一杯咖啡，还要……"说完，这名妇女绞尽脑汁地好好想了想，又从座位下的空当里掏出一个大包，手在里面掏啊掏，然后拿出一个超大号的雪碧瓶子，对我说："再给我灌点咖啡在里面！"

我有些眩晕，我真是犯贱，干什么要那么多事。

给她打了半瓶咖啡，壶里就没有了。于是我抱歉地看着她，她满眼的可惜，然后看着半空的雪碧瓶子，又望了望我车子上的雪碧，指着柠檬汁道："那就倒那个吧。"

我有些站不住了，连忙哄着她道："太太，不可以这样兑着喝的，会拉肚子的。咖啡不能兑着喝。"

趁她懊悔要了咖啡的当口，我和空少俩人推着车迅速地离开现场。我的头上全是汗，真是什么奇怪的乘客都有哇！不过，这才是开始。

过了一会儿，呼唤铃响了。我过去一看，又是那位妇女，她举着空了的雪碧瓶子，向我道："这样就可以灌点其他的了吧。"

我当时唯一的感觉就是，我太佩服你了大婶！

那么大半瓶的咖啡竟然就这么活生生地就喝下去了。我找回了意识，弱弱地问她："太太，您肚子疼吗？"

她摇着头，很不耐烦地说："不疼不疼，你尽管给我灌。我要把飞机票喝回来。"

我擦着汗，觉得有些难以应付。看到后面有人跟我招手，却是笑眼盈盈的丁少爷，我机械地走过去，说："请问有什么需要帮助的？"

他指着前面那个妇女，然后用口型跟我道："好好笑。"

我白了他那纯真的笑靥一眼，然后假笑了一下说："如果没事，我就先走了，您有事就按铃，我们听到了就会过来的。"

他有些索然无味地"哦"了一声，然后我就转身回到刚才那位大婶那儿，捏着她给的雪碧瓶子有些不知道该怎么办。真不是我小气，她若是在飞机上喝坏了肚子怎么办？

刚走回储物间，外面的呼唤铃就响了。

我很悲愤地出去，是谁啊？这么磨人！我站那半天不喊我，我刚回来又按铃。

等我出去一看，居然又是丁少。

我风风火火地朝他冲过去，手上还捏着雪碧瓶。

"请问您到底有什么事？为什么刚才我在这儿你不说。"

他很委屈地指指铃："是你说按铃就能来的。我就按下试试。"

我眉毛狂跳，丁少爷，你装可爱失败了知道吗？你这样一点也不可爱！甚至有些讨嫌！

但是我还是冷静了下来，不能再被他逮到小辫子投诉了。上次已经很惨了，这次要吸取教训，阿长折磨人的功夫是比容嬷嬷还要专业的。

我说："客人，请问您需要点什么？"

他见我又不生气了，便有些失望，然后朝我手里的雪碧瓶看了下，说："我也想灌一瓶带走。"

我当时就想揍他，你凑什么热闹！

我低下头，凑近他耳语："别玩了成吗？这是你家的飞机、你家的公司、你家的钱，你灌了带哪儿去啊？"

被我一说，他果然懂事了很多，然后我朝他友好地笑笑，看他情绪已经稳定下来了。于是我点头哈腰地退着走，希望他能高抬贵手。

路过那位太太身边时，她还催了我一下。看起来像是急着喝雪碧。

我发誓，今天的飞行，我真的很痛苦。

遇到这样极品的客人，我只能当自己在接受磨炼，特别是她在我发餐的时候，威逼利诱地硬是多要了一盒。因为我不确定，她是不是真的会为了一盒餐点去投诉我，所以抱着多一事不如少一事的态度，最后我还是给了她。

但是就这样她还很不满意，觉得我应该更大方点些。

当我发到另一位客人时，他正在神游着，我提高声音问道："先生，我们有鸡腿饭和鸭腿饭，请问您吃哪种？"

那位沉思的先生，一脸沧桑地转过脸看着我，十分认真地说："我爱吃排骨！"

我不确定我是不是该重新认识下我自己的语言表述能力，于是我又重复着一字一顿地清楚地说道："先生，我们只供应鸡腿饭和鸭腿饭，请问您比较想吃哪种？"

不料他更加斩钉截铁地说："排骨！"

我觉得我有点要疯了，然后我喷着鼻孔呼吸了很久，久到舱内旅客都朝我看了，纷纷对我表示围观和同情。我沉默片刻后，更加温柔地朝他问："我们有鸡排骨和鸭排骨，请问您要吃哪种？"

他说了一个让我至今都不能忘怀的答案："鸡排，七分熟，谢谢。"

当时全场都爆笑了起来，我敢肯定我当时的样子很像要去华山论剑。

七分熟……熟你妹啊！

于是我不管三七二十一，丢下一盒鸡腿饭，可怜兮兮地朝下面的乘客发去。幸好这次丁大爷没为难我，他应该能体恤下自己的员工的。

我这么辛苦，他也是看在眼里的啊！

等到用餐完毕，我和空少开始收餐盒，先前那位灌雪碧的太太指着她面前吃得干干净净的，上面连根菜叶都没剩下的餐盘，居然还冲我抱怨道："空姐，你们的免费餐食太差啦，要改进啊！简直就是狗食嘛！"

我靠！您吃那么干净，还有必要这么说吗？真是无语……

我再一次后悔同情了她。然后我和天天靠在休息室里，神色疲惫地望着 A 舱的方向，好想去头等舱啊，呜呜——

这趟从南京到北京的飞行，一共持续了两个小时十分钟，而这样折磨人的飞行，平常一天要来回两趟，但今天居然令人发指的有三趟！晚上又飞去了北京，整个机组都要在北京过夜，这是我飞行以来第一次外地过夜，不知道实习生有没有过夜费拿啊。我胡思乱想了很久，始终提不起精神来。

其他人也看得出有些疲惫，但是我相信我一定是最痛苦的。吃晚饭的时候我都有些恍惚。人最累的时候，明明很饿，却吃不下东西，这真是件很难受的事情。

吃饭时，唐奕格就瞧出了我的不对劲，他瞪了我好几眼，但我都没力气还他。而且我们之间隔了好几个人，都没有交流的机会。

吃完饭，要回航空公司的酒店休息。正打车呢，唐奕格终于像背着他爹似的小幅度地挪到我面前问："累了？"

见我没说话，他又问了一句："今天你饭都没怎么吃吧？"

"你要像我今天这样痛苦一天，你就再也不想吃饭了。"我无力地摇着脑袋。

那头聂思突然朝我们这边一拨人喊道，说："我说大伙儿，丁少在北京事忙完了，晚上请我们全组去酒吧玩呢。"

我实在是提不起精神来的，却见诸女，包括林炎、天天等在内全部都眼睛放光。我奋拉着脑袋，心想我不去应该也不影响考核的吧？反正也不缺我这一个。

唐奕格看着我傻愣愣的样子说："你累了就别去了吧，酒店名字记得吗？要不我送你回去？"

"你去玩吧……我自己打车去酒店的。"我继续挥手拦车，那边天天却突然冲过来，一把拽我，说："你不会不去吧！不陪我？你太不够意思了！"

我被她一点不体恤的样子堵得不由得火大，说话有些口无遮拦起来："天天，你看都什么人去，你去干吗啊……"

她一愣，见我确实是一脸疲惫，撇了撇嘴。看到唐奕格正在附近，便附到我耳边道："跟丁少拉好关系，最好是说得上话，以后总有有用的时候啊！不一定非当他老婆才有好处吧？跟她们比起来，至少我年轻不是吗?!"

我被她唬得一愣一愣的，最后也就答应跟她去了。反正她答应我了，去了我就找个角落睡觉得了，她保证不让人欺负我。

反正我就是一陪嫁丫头，我去就去呗。我家小姐说要去，我还能撇下她吗？

不过这也总算是我第一次参加公司的集体活动。看到唐奕格驾轻就熟的样子，他应该常来这些地方吧！连他爸爸都是一副很淡定的模样，真是由不得我不瞎想。

大家都很给面子地到齐了，看来少东家的面子果然大，我若是不来，倒真有些突兀了。

酒吧地在后海，我被天天拽着，走得七荤八素的。真想赶紧找个地方睡觉，进去后直接进了包间，从里面可以看得到大厅。

因为丁少还没到，所以大家就自由落座，我进去就拣角落奔去了，然后唐奕格往我身上丢了件衣裳，这时我也不管是谁的衣裳了，闻着上面好闻的味道，就呼呼睡去了。

不知道睡了多久，突然被一阵撕心裂肺的歌声惊醒，我感觉身上有点冷。周围全是黑灯瞎火的，只有屏幕上亮着歌曲字幕，还有两个看不清人影的姑娘在包间小吧台那唱得正嗨。

而我对面的环形沙发上，赫然是推杯换盏之景，丁少被围在一群姑娘中间，脸上笑得开怀。喝着各色人敬的酒，这场面既温馨又混乱，好潇洒啊！

我转头去看天天，发现她也不在了。再仔细一瞧，台上唱歌的可不就是她嘛！天哪，刚才那破锣嗓子居然是她发出来的。不过我还庆幸着她没堕落到去向那个花花公子投怀送抱，果然是个好孩子。

我抖了一下，因为刚睡醒有点冷。突然背后有一只手伸了过来，拍拍我的背。

"醒了？"

低沉，温柔，又好听。这是唐奕格的声音。我转头朝另一边黑暗的地方瞧去，原来他就坐在我旁边，正半躺在沙发上听她们唱歌呢。

"嗯，我睡了多久？"

包间里有点吵，他没听清，于是抻长脖子凑到我面前问："什么？"

因为距离靠得太近，我的脸刷地一下子红了，我凑到他耳边慢吞吞地说："我睡了多久呀？"

他再转头凑我耳边，带着甜甜的酒气说："不久，一个小时吧。"

我耳朵被他的气息弄得痒痒的，越发尴尬起来。特别是发现我们刚才交头接耳的样子，在黑暗里活像是在亲昵。

哎哟，老娘，为什么不让我早恋？弄得我现在这么被动，被人凑耳边说句话都这么矫情，我以后还怎么混？

我矜持地坐正了，然后把那件披在我身上的衣服还给他。"你穿上吧，我不冷了。"

他愕然了片刻，大概是很不习惯我这样矜持的姿态和温柔的语态。他把衣服丢给我，说："你披着吧，才睡醒肯定冷的。"

我不好意思地半披着他的外套，它已经被我揉皱了，我寻思着是不是该矫情点把它带回家，然后叫我妈烫一烫再还给他。

等我彻底清醒了，我才看清偌大的包间里多了好多人出来。唐奕格坐在我身边无聊地听着小吧台上的人唱歌，而他身边沙发过去一点则是几个不认识的男人，跟丁少一样，全部是一脸纨绔相。而他们手边都坐着几个不认识的美女，师姐们都窝在丁少那一堆使劲欢腾。而更让我目瞪口呆的是，丁少再旁边的是机长，居然捧着酒跟旁边一个美女聊得正欢呢，完全不是平时那一脸严肃的模样。我无语地看了一眼唐奕格，他一脸淡定，也不像没看见的样子。我嘴巴张得鸡蛋大，本想指指那边说："你爹……"可是却动都不敢动了。因为本来我们组有八个人，但是这会儿包间里至少有十六七个人也不止。

我讷讷地凑在唐奕格耳边问他："这是什么情况啊……那些都是什么人啊？"

他严肃地笑了一笑，说："小孩子问那么多干什么！"

等我观察后发现，不认识的这些女人很强大，都有专业的劝酒和调情功夫，看得我心里直咂舌。然后我就发现这儿只有唐奕格一个人是正派人，只有他的身边没有女人。于是我又笑呵呵地调戏他道："哎？他们身边都有人，你怎么不叫一个坐旁边啊？"

他转过脸去，端起面前的酒杯喝了一口，然后又回头带着笑意地扫了我一眼说："不是有你吗？"

我一窘，捶了他一拳，你拿我当什么啊！再说我睡那么死，有我顶个屁用啊！

翻了他好几个白眼，然后在空杯里倒了一杯酒敬他，好歹人家把衣服给我了，又坐我旁边没让旁的什么人吃了我豆腐，晾了他这么久，我也该意思意思嘛。

他跟我喝了一杯之后，就继续往后躺着，看着他很疲惫的样子，我问他："你也困了吗？要不你也躺下睡会儿吧，这回轮到我帮你看着。"

他在昏暗的光线里笑了起来，声音低沉，很好听。这时，音乐歇了下来，包间里的小黄灯亮了一盏，我眯睁着眼睛，这才看清了个人的姿态和表情，那叫一个五光十色啊。

天天面色潮红地走了下来，实在看不出来，这么漂亮一个小姑娘，唱歌居然这么难听。我活活快被折磨死了，她还一点自觉都没有，依旧唱得那么卖力。

她看都没看我一眼，直接就朝丁少那一帮子走去，好不容易挤出个位置，她一屁股坐下去。旁边的聂思已经醉了，脱了鞋子只穿着黑丝袜，她一脚踹她身上，说："你坐到我大腿了，过去点。"

再仔细看看天天一点也不计较的样子，而那群师姐们个个都脸上带着微醺，看起来都醉了。

我惊恐地窝在不显眼的一角，悄悄地观察着她们。女人真是世界上最恐怖的动物，她们的那些样子都是平时所根本看不到的，风情、荡漾、争宠、泼妇相，演绎得淋漓尽致。

正仔细地观察着，突然听到有人叫我。我抬头朝声源方向看去，就瞧见丁少好似在跟我说话："哟，醒啦？"

我痴呆地点点头，不知道说什么好。

"真是给我面子，我一进来就看到有人睡得七荤八素的，敢情我请你出来玩是耽误你休息了……不好意思，我自罚一杯。"他端起桌上的酒，在玻璃台上敲了几下，然后仰头自顾自地一饮而尽。

我不懂酒桌上的这些客套，确切地说我是有些傻眼了，眼睁睁地看他自说自话地喝了一杯之后，我居然还傻愣愣笑了一下。

我看天天朝我挤了挤眼睛，可我不明白那眼神的意思，急得要死。然后就发现整个包间里的人都在看我，不管认识的不认识的。

"咦，这个姑娘面生，第一次跟丁少出来玩吧？"是旁边的一个眼生的大小伙子在说话，鼻腔里带着浓浓的鼻音，看起来是酒喝多了。

我呆呆地看着他，反应过来后，这才点点头。对于这种一看就有款有范的阔少，我是一向敬而远之的。

"不要用你那纯真的眼神看我，哥会有罪恶感……"见我盯着他，他说。全场哄笑了起来，我则像是被戏弄似的羞愤起来：要什么嘴皮子，要不是怕得罪你，我早就骂得你连你妈都不认识了！谁知他还不依不饶地继续说："我说小丫头，你是真不懂还是假不懂啊，你家丁总敬你酒，你居然就这么看着他喝掉？你……好歹也回一个吧？"

旁边的女人们都附和起来，师姐们纷纷批斗我不懂事，我被她们说得无地自容，想来也许就是这么个规矩。我回头看了看唐奕格，他点了点头。于是我又抖抖索索地往我的杯子里倒了一半，然后举起来，朝丁少僵硬地说："丁少，敬你酒！"

我也不管他什么反应，只想快快了结此事，一仰脖子就全都下去了。喝完之后，不管对方有什么反应，我直接就乖乖地坐回去了，然后自欺欺人地缩在角落里，鸵鸟般且头晕着。

此时包间内十分安静，很长一段时间之后，突然丁少"哈哈"爆笑了一声，其他人也都跟傻子似的笑起来。我死死地闭着眼睛，假装睡了过去。还是睡着好，睡着了什么事也没有我的……

"这个是你们家新来的空姐啊？好好玩啊！"

"傻乎乎的。"

"下次还带她出来玩吧。"

"不行，太淳朴了，出了事要你负责任的。"

……

我不知是头不晕还是心里透亮，总之他们说的话我全都尽收耳里，尽管我发不出声音，但是我却在心里一一回应着他们：谁要跟你们玩啊，傻乎乎？傻你妹！鬼才跟你们出去，我呸，姐淳朴的时候你还不知在哪踢皮球呢！负责你妹！

"好像睡着了……"

"真是神人啊，一杯就倒了。"

唐奕格过来拍拍我的脸，我心想，骗人就要骗全面了，于是我仍旧死死地闭着眼睛，等到面前一片阴影才微微睁开眼睛，朝他眨眨眼，示意他我没事。他这才白了我一眼，然后捧着我的脸笑得阳光灿烂的。

过了一会儿，我听见丁少的声音，说他有点喝上头了，要出去走走醒醒酒，然后就撇了众人，独自一人出去了。场面顿时就冷场了很多，男人还好，反正身边有女人陪。但是师姐们那拨就无聊了，于是有几个女人又去拿麦克风了。

我在心里阿弥陀佛了一声，却突然有个人跳到我面前，死命拍我的脸。我下意识地睁开眼睛，就看见天天的大红脸在我面前晃悠，说："我就知道你装睡，快起来，我陪你散散酒去！"

我想说我不要散酒，她却死命地拽着我，唐奕格有些不高兴地望着她。她一愣，继而笑嘻嘻地朝他道："副驾大人，借小花用一下，待会儿我保证原物归还！"

这话一说，他一愣神之间，天天就已经把拽我起来了，边拖着头晕脑涨的我边大声说:"叫你别喝那么猛!不会喝就别喝嘛,别折腾了,来来来,我带你出去醒醒酒。"

这家伙明显醉翁之意不在酒,连我这个脑子不清醒的人都看得出来,难道其他人能看不出来吗?根本就是拿我当挡箭牌嘛!她带我散酒是假,出去找某人才是真的。我回头幽怨地望了唐奕格一眼,要是到时候天天和某人苟合地走了,把我丢在外面,您可一定要及时出去找我啊。

外头很冷,我一出去头就被吹疼了,天天到处张望,酒吧外面根本没有她要找的人。还有,外面一条街全是酒吧,谁知道他蹿哪儿去了。

她心不在焉地打趣着我,说:"我瞧着咱们副驾爱上你了。"

我仔细想了想他最近的怪异举动,若说喜欢我这没道理,但是不喜欢我还对我这么好,那他就是生活中太缺激情了……

找了很远都没有找到,我手脚都冻得发麻了,于是抱怨道:"别找了吧,他肯定已经被路上哪个美女拽进被窝了,你来晚了。"

她脸上一僵,不自然道:"我陪你散步呢,瞎说什么呢!"

我听着就乐了:"那我不要散了,回头别酒没散掉,把我给散病了,我们回去吧。"

于是我们抄着小巷子回刚才那家酒吧,这条巷子月黑风高的时候还真有点恐怖,要是突然蹿出几个大老爷们儿把我们就地正法了,我们就彻底歇菜了。我刚想提醒下天天,她却不耐烦地说:"皇城根下治安哪那么差。"我撇撇嘴,心想,反正你可比我漂亮。

寒风刺骨的小巷,飘来阵阵酒香,走着走着,就在微弱昏黄的路灯下,我看到前方有人侧对着我们站着,远远的看身材就是个勾引人犯罪的主,然后走近一看还真是帅哥一枚啊。我醉了,所以情绪的表现上有些赤裸,然后有点不好意思地脸红了。

当我一脸的花痴走近。啊……洁白的皮肤,高挺的鼻子,如雕刻般的侧脸,光滑的下颌,不羁的发型,像米开朗基罗刀下的大卫那般雍容肃穆地静立着……我真没想到出来散酒真是散对了,碰到百年难遇的大帅哥了!只是怎么看着有点眼熟呢?看到天天猛地低下头,比我还要激动窘迫的泛着红晕的脸,我突然反应过来,这不正是我们踏破铁鞋无觅处的丁少吗？

　　想不到这小子，在朦胧的月色和我蒙胧的眼中看起来竟然这么有美感，我心里那个激动啊，心想：看来人家勾引小姑娘是有道理的，长得帅的不去勾搭，难道让那些肥头大耳的富二代们去糟蹋吗？所以说他根本就不是花心，他这是造福全人类啊！我脑子里糊涂地意淫着他会不会回头朝我们倾城一笑，然后饱含深情地说："长夜漫漫，无心睡眠，二位姑娘可否……"

　　想到这里，我的鼻血一阵上涌……

　　当我们从他身边经过时，虽然大家一句话也没说，但是他却忽然看了我一眼，而那张象牙雕的小脸上面带红潮、羞涩欲滴、欲语还休、满眼含春，看得我小鹿乱撞。我不停地安抚着自己，果然啊果然，酒能乱性，戴小花你不是一贯都看不上他吗？怎么今天就这么的不矜持呢！要把持住，把持住！

　　而我旁边的天天则更夸张，已经埋着头激动得都颤抖了。

　　不过令我奇怪的是，天天并没有停下来撇下我去扶他，而是跟我一起从他的身边轻轻地走过。我瞧了瞧她那诡异的神情，有些弄不懂，难道她这是在玩欲擒故纵？

　　直到走过那条巷子，到了酒吧门口。天天还在颤抖，我疑惑道："你抖个什么劲啊？刚才有那么好机会，你喜欢就扑上去呗！"

　　她继续狂笑着："我说你个雷人的傻妞，你难道就没听到有什么奇怪的声音？例如滴水声什么的……"

　　我眼中一阵迷茫，想了想说："你别说，好像还真有啊，怎么了？"

　　她终于忍不住爆笑着说："受不了你了！哈哈哈——人家丁少在嘘嘘，你还一个劲看人家，从头到尾一眨不眨地盯着人家身上瞧！戴小花，我真服了你了！啊哈哈哈——"

　　寒风瑟瑟中的我，顿时清醒了……

　　回到包间里，我耷拉着脑袋。天天的脸通红，而我的脸上却面无血色。

　　唐奕格看了我一眼，询问我："怎么了？"我条件反射地把头摇成拨浪鼓："没事没事。"边说边朝天天瞧去，原来她也在盯着我，看得我脸上顿时能滴出血来。

我连忙把唐奕格的眼神引到别处，问："我说，我们什么时候能回去睡觉？这都半夜了。"

他看了看表："他们还有一会儿呢，要不我们先走吧。"

我丝毫没有意识到我们俩的对话十分暧昧，好像是男女朋友的关系。

其实我是想趁那丁少没有回来之前赶紧消失，要不然他很可能要把我灭口。虽然我什么也没看见。

而旁边的那个大小伙子却一直饶有趣味地瞧着我。看我想走，他忙说："哎？走什么呀！怎么有你这么没眼力的小空姐呢？你今天把丁少给得罪了知道吗？一会儿他回来了，我可有节目给你看。"

我立马哭丧着脸望着他，他马上就又乐了。

"好玩好玩，喂，我叫凌振翰，你叫什么呀！"他乐呵呵地说着，但他豪迈地搂着妹的样子让我很反感，不过他的名字更加让我反胃。

"零震撼……哈哈哈，就是没有震撼呗……"我抽筋似的笑话起他来了，完全忘记了我自己的名字有多糟糕。

他一愣神，然后气急败坏道："你敢笑话……"

"我就叫小花！"

我麻利地接着，他还没从我的话里反应过来，旁边的林炎得意地朝他道："凌少，她就叫戴小花！"

"哈哈，好土的名字啊！小花和你的姓简直是绝配啊！"那人狂笑起来，我恼羞成怒，索性站起来说："彼此彼此，你的姓和你的名字也很绝配，大家都土，谁也甭说谁！"

所有人都笑了起来，我俩正闹得不可开交，这时门被推开了，丁少进来了。

我心里咯噔一下，身上立马一哆嗦，于是赶紧退出战场。妈呀，光顾着跟这个"零震撼"斗嘴，忘记正事了。刚才没来得及逃跑，这下岂不是尴尬了……

我龟缩着倾听那凌少跟他告状，说什么这个小丫头太厉害，嘴不饶人，一定要好好治治她之类的话。而旁边女人们见他回来了，都喜笑颜开，纷纷附和着，说一定要好好惩罚我。

那丁少脸上冷冷的，轻飘飘地瞟了我一眼，然后淡淡地说了一句，"她，胆子是够大的。"

我心里一惊，我发誓我可是真的什么也没看见哇！

丁爷，您千万淡定点……您大人有大量，我除了说过您八卦、讲过您坏话、看过您方便，其他真没怎么危害过您半分。

我委委屈屈的样子唐奕格全部都看在眼里，他有些纳闷，我干吗一副受气小媳妇状。那头天天还在一个劲儿地朝我挤眼睛，我简直苦不堪言。最后，那丁少看起来也有些兴致不高，大家就喝着喝着说散了，我如蒙大赦，立马拽着天天和唐奕格，然后还添了个阿长，一起奔宾馆了。

出租车上，唐奕格坐副驾，我和阿长、天天在后边。走到半路，我突然想起来唐公子应该和爸爸一起走，于是我就顺口问道："副驾大人，你不管你家机长大人啦？"

我发誓我真的只是随口说说而已，可是我偏偏就把气氛说凝重了。车内陡然降温，而且空气中隐隐有暗流凌厉之势。我目瞪口呆地望着用斜眼瞅着我的天天和眼神喝止着我的阿长。其实我本来没怀疑什么的，不过现在看到了沉默的唐奕格，我相信我猜到了他爸应该是干什么勾当去了。

真懊悔啊，我很痛恨自己没有结构的脑子，为什么说话总是这么无遮无拦的？想到唐奕格对我那么好，我还在外人面前提他痛处……

从那以后的好几天，我都没有看到唐奕格，我寻思着他是不是真生我气了？他家里的事情我们小辈怎么能牵扯上，我悔得肠子都青了，可是现在也挽回不了他的心了。

好不容易我们聚在一块开了一次准备会，我准备了很久的说辞终于可以吐露了，但是他全程都和他爸爸在一起，我实在没办法说出口。想了一下还是算了，反正男女之间也很难当朋友，既然我对他没有那方面的意思，又何必去高攀。

于是我就垂下头，默默地做一个标准的实习生。

回去的时候，太阳还没有下山。我看了下时间，大巴还有五分钟就要发车。于是赶紧收拾东西出门，没想到还没跑出去，我的手上就给人拽住了。

"跑得跟兔子似的干吗？"

万万没想到我们是在这种情况下说话，我看着他一如往常的脸，有些心虚，弱弱地道："我……赶大巴。"

他朝我"哼"了一声，然后扭着我就走，边走边说："你无视我存在啊！叫声哥哥，我不就送你回家了吗?!"他一边拖着我走，一边在前边絮叨着，"哼，居然整个下午都不跟我打招呼不跟我说话，你出息了你……"

我在后面笑得脸红彤彤的，唐奕格真的是大好人啊，居然先跟我说话了。

回去的路上，我们又恢复了欢歌笑语。那件事，既然他不提我也不再提了，坚决不给自己找不自在是我这个人最大的优点。

可是我真的很想问，他是不是喜欢我？若是他说不喜欢，大家就当哥们儿也不错。可是我怕问了之后，万一他说喜欢，那我就该羞涩献身吗？

如果唐奕格他知道我正意淫着他爱我，他会不会当场恶心给我看啊？那么多美女，轮也轮不到我，我承认虽然我有着不一般的清澈的气质和超然淳朴的阳光的气息，但是这绝对构不成约会对象的条件，更勾不起男性的冲动。

我思来想去，正感觉十分头疼时，善解人意的唐帅哥又说了一句倍儿亲切的话："小花，你饿了吗？我们找个地方去吃饭吧！"

我高兴地晃起了脑袋，说："饿了饿了，我们去吃饭吧！啊啊啊，我们是吃澳门豆捞？或者是吃澳门豆捞？还是吃澳门豆捞呢？"

自从他带我去吃了一次那玩意儿，没有奢侈消费过的我，也算是第一次有了追求的奢侈品，于是没事就爱拐他带我去蹭饭。但是、接下来他说了一句极为不动听的话："咦，我钱包怎么好像忘带了？"

我顿了一下,我可以感觉得到我的脸蛋就像是从一只鼓起来的青蛙变成了刚脱的瘪下去的蛇皮,我依旧笑盈盈地浅笑着、假笑着、持续笑着、淡定笑着:"哎……不如今天还是换个口味,呃……唐先生你说我们是吃鸭血粉丝呢?还是吃鸭血粉丝呢?要不吃鸭血粉丝吧?"

他脸上那是什么表情啊,一手扶着方向盘,一手捂着肚子,忍笑忍得很辛苦。然后,他很淡定地从屁股后面的包里掏出一只钱包,十分随意地道:"哦,带了……你刚才说想吃什么来着?"

我使劲白了他一眼,真是的,这样残忍地对待一个饿着肚子并且月薪900的人你不觉得羞愧吗?

最终,我还是如愿地吃了澳门豆捞,那里果真是生意好得不得了,等个菜都要等半天,再不上我就要吃生菜了。

但更加彪悍的是,我看到一个人影上了楼来,他的后面还跟了个女人。我立刻缩到沙发里,尽量不露头。

"嘿,别瞎往后看,是丁少。"我压低声音说。

本来唐奕格打算往后看,但是被我这么一说,他还真没往后看,只是淡淡地说:"是谁跟我们有什么相干,你这么缩头缩脑地干什么?"

我心里一想,好像确实是这个理。我心虚什么啊。

看他那么坦然,我觉得我要是再做作那我也太不够爷们儿了。于是我坐直了身子,并且看都没看他们去的那桌一眼。

渐渐地我就忘记了这档子事,跟唐奕格边吃边乐,然后我很悲剧地被他称赞很有喜剧天赋。天知道,其实真的没有哪个女生很想听到这样的赞美。

吃完了,他去结账。我继续坐在原位努力地盯着桌面,看有没有什么剩下的边边角角没吃到的。唐奕格走了之后,他正对着我的位置空了出来,我感觉特别没有安全感。猛然间我感觉到一股火辣的视线袭来,我循着视线望去,大惊失色,那不是丁少在盯着我瞧吗?

我一边抖抖索索地假装没看到他,一边飞快地挪开了视线。一旦打招呼,免不得又要交际,又要客套,还要在这高档餐厅里低人一等地去他那儿请安,真的很不爽、很对不起我们高档的消费。更何况,我觉得唐奕格好像不是很喜欢他。

于是我提前收拾好，去唐奕格那里看他结账，然后赶紧离开了。

路上我十分羞愧地对他说起，我可能要连累他的名声了。

"真对不起啊，他们很可能会误会我们……我们是……那种亲密的关系。不过不要紧，如果有人问，我一定会帮你解释的！"我拍胸脯道。

"有什么不对的吗？"

"我是不在乎啊，我小新人一枚，又不漂亮，又没面子，可是你是有头有脸的人啊，我不能破坏你的名誉的。"我说得悲悲切切，而他一直专注地瞧着前面，突然转头瞟了我一眼，严肃地问我："你怎么会有这种想法？"

我支支吾吾了半天，其实想说我自卑惯了，可是话到嘴边却也不想把自己表现得那么卑微，也许他不喜欢我这样说自己。

"你觉得我们这样不好吗？那你觉得我们是什么关系？"

我坐直了身体，说："好啊，当然好。不过常常吃你的白食，我心里也很不安……不过我是真拿你当哥们儿啊！你放心，我对你没有非分之想，我绝不是想勾引你什么的！"

我明显地感觉到了他身体震了一下，然后机械地转过脸看了看我，再单手抚着我的脑袋与他对视，慢慢地说道："勾引人……你有这功能吗？"

我很无耻地瞧了瞧自己的胸部，叹了口气，摇头。

"你就别埋汰我了，我会改进的。等我改进好了我就……"

我说了一半，发觉他在很谨慎地盯着我："你就怎样？"

我一下子话都不会说了，期期艾艾地说："让你看看造物主多么的神奇！"

他扑哧一声笑了，我悬着的心也总算放下了。

第二天，上了大飞机，虽然很宽敞，可是却更加累。林炎经过那次酒吧的集体活动，已经不是那么爱拿我当靶子了，大概是因为曾经有过几句像朋友似的对话，她也觉得不好意思太刻薄我了，虽然依旧使唤我，但却没有再骂我。

本来她在前舱检查着呼唤铃等设备，突然急匆匆地跑出来，问道："看到我的手机了没有？"

大家都摇摇头，她看起来挺着急的，哭丧着脸。

有人问："你怎么了，别急啊，应该能找着！"

她有些慌神，六神无主地喃喃道："完了，我可能要红了……"

大家都很诧异，她脸上羞涩地说："我手机里有8个G的内存盘……你们懂的……"

于是，顿时大家全部都紧张起来，匆忙地帮她找了起来。我突然灵机一动，自作聪明地拿出手机，说："师姐，我有你号码，我拨一下不就听到了。"

她大赞我聪明。因为只要我们是同机组的成员，都要互通号码，这样上机集合都方便联系，所以即使她不屑留我号码，但我的号码依旧死不要脸、顽强地留在她的手机上了。

打通了以后，听到铃声显示手机就在后排座位那儿，我很狗腿似的率先颠颠地跑了过去，想要力所能及地讨好她。等我拿到手机，我先挂断自己的电话，然后很随意地瞟了一眼，看见她的屏幕上赫然写着"脑残2"。

刹那间，我感觉自己的泪腺热热的。欣慰呀，不容易啊，好歹是个亚军，我很感动……但是，冠军是谁？我谢谢她，她上辈子一定是折翼的天使，她全家都是折翼的天使……

等双手奉上时，我的手还是激动地颤抖着的。她大概也猜到了我瞟见了什么，于是接过去时脸上也多少有些不好意思。我还是第一次遇见她的脸上萌动着这种善良的表情，于是我心里更加感动，想告诉她，没事的，这比我想象中的很多恶毒字眼好听多了。我很满足了……真的。

航程顺利，只是有点累。毕竟我不是太差的，一回生二回熟，渐渐地我已经上手了，和乘客之间的交流也机智了很多。同时，我还特意在家练习微笑。以前那种八颗牙的微笑也许是规范的，但是却不是最适合我的。我牙板比较短，要是强逼自己非得露八颗牙，那很牵强，很艰难。如果自己都不开心，那么乘客看了怎么会有胃口。于是我对着镜子找到了一种很适合自己的微笑，每多笑一笑，笑得越来越好看，然后心情真的好了很多。

这会让我看起来非常善良，我发现了微笑的秘密。

转眼，我们参加了国际航班的两次试飞行，这是非常珍贵的机会。而我光荣地完成了！国际航班带飞的阿长和师姐人都很好相处，而且还给我的考评评了优，让我很感动。

因为不在一组，我也已经有一个多月没有见到唐奕格了。虽然不至于想念，但我觉得该给他发个短信问候一下什么的。

措辞了无数次，删改了无数次，绞尽脑汁了无数次，我终于编辑出了一条比较得体大方的问候短信，当我正要按发送键时，突然后面有人出声喊住了我。

我手上一抖，居然不小心按到了屏幕键，然后刚编辑出来的精华词汇就瞬间都没了。

我愤怒回头，发现对方居然是一个完全不认识的人！一个不认识的人就随便喊别人，把我精心准备的心意给葬送了，那种愤怒好比手上抄一把菜刀就想往下砍的不顾一切。

"什么事啊！"我吼道。

那人显然是吓了一跳，好像完全没料到我是这般态度似的。我顾虑了一下，我还穿着制服呢！于是我深呼吸了一下，说："请问您有什么事吗？"

"戴……小花？"他传来试探的声音，我回头盯着他望，居然认识我。姐这么有名？

"嗯？"

他一听我答应，立刻一拍大腿，骂了声脏话，然后拽住我的胳膊说："我还当我认错了，就是戴小花啊！你摆那么正经干什么，吓我一跳！根本就是个悍妇嘛！"

"你是谁啊！"我已经被他说得没有耐心了。

但他却一副很受不了的表情，然后指着自己的脸道："我的长相就那么大众化？就那么没辨识度？就那么难留在你的印象里？"他完全难以置信的样子。不过这声音倒是确实似曾相识，于是我再仔仔细细地打量了他一番，然后迟疑道："凌振翰？"

他笑了一声，说："这就对啦，我就不相信你是认不得我的，我都能在这芸芸众人中一眼瞧见你，你怎么会认不出我……"

这家伙絮絮叨叨了一大通，然而我只想告诉他，你真的废话很多。要不是看他是老板家的朋友的分上，我早就没空听他废话了。

"能说说正事吗？我赶时间呢。"

他见我露出不耐烦的神色，也觉得无趣，但是依旧认为我十分有趣，还盯着我看，慢吞吞地说："你看见丁少没有？他下午在这儿接我，然后我们去了这边的休闲区坐了一会儿，他人就突然不见了，一直没回来……"说得这么诡异，怎么那么耸人听闻啊！

我有些汗毛直竖，说："什么叫一直没回来。你打他电话啊！"

"电话也打不通，他不知去哪儿了？"他苦恼地说。

"那你找到我也没有用啊，你得去找他爸爸，找聂思，要不找警察也行！"

他难以置信地望着我："你怎么这么没有同情心？我好歹是远道而来的客人，你怎么一点地主意识都没有？至少我们也一起喝过酒，应该算是朋友吧！现在我到你的地头上遇到了困难，你得帮我下。"

他说得大义凛然，让我都觉得自己确实有些不厚道了。于是我说："这样吧，我帮你找聂思，你跟她一起去找丁少。"

他却疑惑地问我道："聂思是谁？"

我更疑惑了："就是丁少女朋友啊！上次坐他旁边的。"

他却一脸鄙视地望着我说："丁少女性朋友很多，却从没女朋友。你知道他有疾病的，他一直不想拖累别人的，怎么会有女朋友？！"

我管他是有多善良，反正我知道他跟聂思关系不一般。于是我大大咧咧地给聂思打了电话，把这个烦人的凌振翰交给她后，我就一溜烟打车回家了。

今天之所以忍心打车，完全是因为凌振翰太缠人，眼看旁边来了辆车，我连忙跳上去，等过了一会儿我反应过来，车已经开了很远了。

真奢侈啊，我剜心割肉般的痛。

等了好久才等来聂思，现在天色已经渐渐黑了下来。我靠在车上，瞧着机场高速边上一层一层的绿化带，在暮色中显得特别有内涵。

突然路过一处，我脑子里闪过一丝熟悉，又有些恐慌。那是一个半靠在绿化带上的人，一般来说怎么会有人睡在高速旁边的路上，乞丐也不至于那么不懂行情。而当我明明确确地看了一眼的时候，才发现那人竟有些像丁少。

我身上抖了一下，联系到凌振翰说他突然失踪什么的诡异离奇的事情，心里恐慌着他该不会被人劫走杀了吧。

我大叫一声："司机，快停车，那里出人命了！"

司机想必被我吓得不轻，连忙说："高速不能停，即使出人命也不能管，还是叫警察吧！这里是郊外的路段，要是被死者家属讹钱什么的，谁知道会出什么事啊?!"

"停车停车，不停我就报警说你见死不救，间接杀人。"

最终那司机溜了很远在路边停下来。我一下车就冲过去瞧个究竟，确定了以后我更加震惊，居然还真是他。

我探了探他鼻息，还没死，只是进气比出气少。我心里一慌，连忙想回头找那司机帮忙，可那人一瞧我看着他，竟然慌忙地钻上车一溜烟就跑了。我简直欲哭无泪，这种时候怎么能丢下我！不说我怎么回去，就说这家伙病得快死了，现在我怎么办？

当我慌忙地摸索着想给聂思打电话时，我发现了一个很严重的问题，我的手机和包还在出租车上！

那个天杀的司机！

当时我简直连想死的心都有了。人可以不善良，但是怎么可以这么倒霉！

我再摸了摸他冷冰冰的皮肤，确定了他确实是有鼻息的，于是我拍了拍他的脸，说："丁少，你能听见我说话吗？还有意识吗？你是怎么了？"

一连串的回应是他急促起来的呼吸声。我害怕了，你千万不要死在我手里啊，我胆小！

我连忙把身上的大衣脱下来给他裹上，然后我就冲上公路拦车子。不管有钱没钱，我先拦一辆再说。

又来了……我知道高速上拦车困难，但是没办法，又要使用老招数了——以身拦车！

不过我确实有点肝颤，这大晚上的，要是司机一个视线不明把我给撞飞了，那我就陪他一起死吧……

好在我的命没那么坏，最终我成功拦下了一辆黑车。当听到我说有人生病了要送医院，司机二话不说帮我抬人、看来正规营运的不一定有素质，开黑车的不一定是坏人。

我冻得发抖，但车里没空调，虽然丁爷在我大腿上睡得舒服，可是我却痛苦万分。我不知道这个丁少爷是什么扫帚做的，反正我遇见他就准没好事。现在手机和包都因为他丢了，我该怎么办，可以找他赔吗？我摸摸身上，现在只有一张贴身防备着塞在小背心里的 100 块，我心里简直想死，100 块怎么上医院！

更恐怖的是，我还得付车费。

到了医院门口，司机帮我把他扶了下来。当我千恩万谢地想往医院里拐时，却听那司机说道：“小姐，车钱！”

我本抱着最后的一丝侥幸心理，想说也许司机是在见义勇为，但是显然我错了。然后就开始了我们之间漫长的讨价还价，因为我只有100 块，而从机场到医院，正常的车也得 150，更何况他是开黑车的，更何况他还是我们的救命恩人。

我知道，我知道，我统统都知道。我确实也很感谢他，我该给他钱的。可是……我身上真的只有 100 块，我总得留点钱办挂号、买病例，直到坚持到见医生吧，否则这家伙真得死在我手里。

于是我跟那司机讨价还价的中心点是，我说 60，他说 100。

我说的 60 是有根据。病历 5 元，普通挂号 10 元，专家门诊怎么的也得 25 的挂号费，总之 40 元是能见到医生的底线了。所以我死死地咬住不松口，那司机听说了我的遭遇表示也很同情，可是他不能连油钱都赚不回去，于是他说这 100 得全给他，而他更是死死咬住不松口！

"钱对你真的就那么重要吗？讲了 20 多分钟了一分钱都不降？"

"你 20 分钟不也一分不让吗?！"

"我就 100 块啊！你总得留点钱给我挂号吧！"

"谁知道呢！"

"你讨厌……"

我的声音都带了哭腔，真讨厌这些人！

明明是我欠别人钱，此时的我却好像全世界都欠我的似的，像个泼妇似的大吵大闹。然后突然有一声弱弱的声音气若游丝地传来："我衣服里有卡，刷卡……"然后我瞪大了眼睛寻声望去，瞧着被我们晾在医院大门口平台上的丁少，他居然醒了！

崩溃，有卡不早说。我一把将 100 块塞进司机手里，然后就过去搀扶他，却见他用一脸幽怨的神情瞧着我。我有些尴尬，希望我那泼妇样没叫他全瞧见。

他表情痛苦地看着我，每走一步都格外艰辛似的。我怕他说不出什么中听的话来，于是连忙安慰他道："别说话了，省点力气。"

然后我拿着他的卡，要了他的密码，去帮他叫了医生。

医生说得很学术，但是不是这个专业的，不了解他的病的人根本弄不明白他到底是怎么了。反正我到目前唯一的理解就是他发病了。

我可怜巴巴地看着他，而他死人一样躺在病床上给医生掀开了衣服第一轮物理检查。当医生走开时，他瞧着我。

"我差点儿死在你手上了，真要被你气死了，居然为了 40 块钱把我撂在旁边……"他的呼吸又一下子困难了起来，我连忙不计前嫌，狗腿似的上前去为他顺气。妈的，要不是为了等你好一点之后跟你说一声我的钱包和手机都因为救你丢了，否则姐姐我早就甩手走人了！还听你在这儿抱怨？我呸，遇见你真是够倒霉的！善良能当饭吃吗？善良的后果就是自己损失了东西还莫名其妙地被自己所救的人抱怨！不仅不能生气，还得替他顺气，给他当丫鬟！

我心情难以形容地恶劣，看都不愿意多看他一眼。然后又有医生把他推进放射室去了。进去之前，我特意问了他，说：“我打电话联系你家人吧。”

他一把拽住我的手，说：“别。谁都别说，你在这儿等我的。”

我不明白为什么他都这样了，还不让告诉家人，还真是个怪人。于是我只好临危受命，坐下继续安静地等着。等他出来的时候，我都快要睡着了。

他这病看起来好像极为严重，医生亲自对他讲述了病情，但是讲的时候我被他赶了出去。我越想越觉得倒霉，为什么是我摊上这么个破差事？丁少爷，我的大恩大德如果你不拿正式员工的合约来换，到时候我肯定到媒体上控诉你！

等医生出来以后，我再进去就发现他正脸色苍白地闭着眼睛。估计是病情不太好，想必他也很难过吧……我寻思着再交代几句我就该回家了。而所谓的交代也就是把我的损失给他说说清楚。

他听到动静后睁开眼睛虚弱地看我，然后，原本无表情的脸突然生动了起来，渐渐拉成一只长长的苦瓜，居然用很熟稔的语气噘着嘴朝我道：“这个时候你不是应该出去买点营养粥来给我喝吗？”

我一口气噎在喉咙里，瞧着这个老大不小还跟我装嫩、一脸黄花菜相还跟我扮可爱的家伙，我心里真是佩服得五体投地！

我很想问他一句：“你觉得我们很熟吗？”然而我没有，但我还是十分抓得到关键点，淡定地答了一句：“我身上没钱。”

他纳闷地说：“我记起来了，我说你怎么那么穷啊？”

我立刻一脸幽怨，心想：哈哈，我真是太聪明了！

接着我口若悬河地把我如何遇见他，看到他时他是有多么的虚弱不堪，而我是有多么的英勇不屈，那司机又是多么的天性无良。为了救他，我的损失是多么的惨重。不止是钱包，还有钥匙，还有卡，还有身份证，还有护照，还有……全都丢了！

“真是抱歉。”他皱着眉头，看着我一脸泫然欲泣的模样由衷地说道。虽然这样至少让他看起来不那么讨厌了，不过姐要的绝不是一句道歉，而是一点承诺。

我眼巴巴地望着他，他也这样看着我，我俩对望了一会儿，我终于沉不住气了："丁少，你说我怎么办？"

他沉沉开口道："报警。你的手机里很多重要的联系方式还在呢。况且那个司机实在太可恶了！"

我差点儿呕出一口血，但我坚强地咽回去了。我站起来朝他道："丁少，你的命是我救的吧？"

"嗯。"

"那你是不是要补偿我点什么？"

"你要什么？"他的眼睛里闪着光，对于这种跟他讲条件的事情，他大概很少遇到。

"我要 PASS 卡！一份合同。"我坚定道。有了合同，我就是有身份证的人了！

可是他却眉头越皱越紧，半晌闷闷道："我的命……就值一份合同？……你这人实在太讨厌了！"

我见他这么说，就知道他是答应了，于是赶紧笑嘻嘻地上前安抚道："不是的，不是的，丁少你不知道，对于我来说，现在最重要的东西就是这份合同啦！所以您的性命要多重要有多重要，不要妄自菲薄嘛！讲条件也需要量力而行呀，我可不敢要更多的！一份合同您还是给得了的，您就老老实实给我这个得了！"

他望着我笑吟吟的脸，病态的他显得有些迟钝。他反应了一会儿，才慢悠悠地看着我，道："你很傻啊，你怎么不欲擒故纵地装下清高跟我套套交情呢？要不跟我要点钱也好啊，现在你立了大功，我当然不会把你扫地出门啊！"

我愣愣地瞧着他，是这样的吗？于是我结结巴巴道："那……那现在改还来得及吗？"

丁少："……"

我用他的万能卡取了钱出来，然后忠诚地充当起了狗腿子。不仅买了粥，买了饮料，买了些水果，还自作主张给他买了一束金鱼草。在满室粥香的病房内，我们俩都饿了，一时间我也顾不得尊卑，一下子特瓷实地窝在病房小桌子上哼哧哼哧地喝粥。

等到五饱六足之后，我看了下时钟，已经晚上八点了，于是我问他说："聂思和你那个朋友叫凌振翰的一直都在找你，现在要不要给他们打个电话？免得他们着急。"

他疑惑地说："聂思找我干什么？"

然后我把事情给他一说，他"哦"了一声，说不必了。我再纳闷地看了他一眼，他这才有气无力地说："我电话丢了。"

我无语，你的怎么也丢了。

他简单给我描述了一下。当时，他正在跟凌振翰喝茶，中途出去有事，然后突然发病，撑着最后的一点理智拦车上医院去，结果可能因为样子太惨了，司机不敢带他，于是半路把他撂下了。所以跟我丢手机情形差不多……

虽然他说得轻描淡写，可是我能想象得到他到底是有多惨。司机怎么敢把人撂在路上？万一死了，这不是间接杀人吗？！

我气愤起来，他吞吞吐吐道："因为我在他车上吐了。而且当时他不知道我有病，只是看我吐得厉害，以为我是酒精过量还是怎么的，所以他就让我下车。"

"好可怜呀！"

"当时还很冷呢！"

"我知道，我也冻得够呛，我看到你时，你跟死人没啥区别。"

他翻了个白眼给我，我却笑眯眯地捂着嘴。过了一会儿，他又睡着了，我就回家了。

在家跟我妈商量了一下，我妈认为还是得通知丁少的父母一下。一是做了好事要让大家知道，二是免得他父母担心。等我翻遍了号码，才辗转联系上公司，然后医院的那位，就不是我分内的事了。

我很开心，然后美美地睡了一觉。

第四章
合约情人

　　几天之后飞行结束，我刚换了衣服。天天和绵暖就一起过来了，她们俩现在在一组，我们交流着分开后的酸甜苦辣，但对着绵暖，我还有我曾经做过亏心事的拘谨。

　　我们仨一起约定去吃火锅，刚欢欢喜喜地出了门，就见一个熟悉的身影在不远处站着，笔直笔直，跟站岗似的。这个姿态特别引人注目，所以我们一眼就瞧出了，那不就是副驾唐奕格嘛！

　　我好不容易逮到熟人了，于是就像老朋友一样极为奔放地噌噌地上去一拍他肩，说："嘿！副驾大人！呆愣这儿站军姿干吗呢？等哪位绝世大美女啊？"

　　他愕然了一下，然后反应过来是我，再慢吞吞地扫了一眼我身后笑嘻嘻的两人，十分淡定地拉了拉被我拍歪的领口，轻飘飘瞟了我一眼，开口说："你哪里算是绝世美女！"

　　在我没反应过来的时候，那头天天已经朝我挤着眼睛嘻嘻地笑了起来，而绵暖脸上的表情则是有些尴尬。

　　闹了半天，他竟是在专程等我！

　　我愣了一下，看看旁边的天天，她正大动静地拽着绵暖要走，眼睛挤得像是我要去偷情似的。为了证明我的清白，趁她们还没走时，我连忙大声地问："副驾，你找我有事吗？"

他诧异地望着突然大声的我，缓缓道："一起去吃晚饭吧。"

那边天天听了，赶紧说："咱们快走快走……"

我欲哭无泪，眼看着天天她们消失，然后愤愤地瞧着唐奕格。

"你存心的是不是？现在她们都误会了！你怕我人微言轻没新闻，想捧红我是不是？大哥，我被你害死啦！"我噼里啪啦地数落着他，而他却只是无奈地摇了摇头，丝毫没有把我的真实情绪当回事。不知不觉间，我就跟着他走上了。一前一后，一高一矮，即使旁边还有人看我们。

"想吃什么？"他突然发问。

既然谈到吃，于是我便费力想着，毕竟也好久不见了，总要好好考虑一下的。

"为什么打你电话一直关机？"他又突然问。

"那个，是因为我手机丢了，总之很复杂啦。"

"丢了就不管了？我要是不来找你，你是不是打算一辈子老死不相往来？"他没好气道。

"我……"

我还没我出个所以然来，突然，跟在后面的我被一个大力拽住了帽子，一下子失去平衡，差点儿摔死。转头一看，一个超放大的脸正在我的脑袋上面瞧着我。

"戴！小！花！"一字一顿，抑扬顿挫。来人正是几日不见，已从上气不接下气、随时翻白眼的状态变为神采飞扬、风度翩翩、满血复活状态的丁少。

我被他吓了一跳，连忙抚着心脏，前面的唐奕格也回头看了过来。

"吓我一跳，丁少……你有事吗？"

他的脸还是有些苍白，显得眉眼更加浓黑深邃，他的目光扫过我和唐奕格，然后顿了一顿，停在我脸上，说："那天承诺你的事，我想找你详细谈谈，有时间吗？"

虽然他这话说得很暧昧，但是我知道他指的是什么，我连忙说："就是合……"

"和你之间的私事，不要说出来，这事知道的人越少越好！"他一把拽过我，堵住我接下来说合同的话，然后朝唐奕格笑了笑，耸了耸眉表示道："咦，真巧，你也在啊。"

我有些困窘，这是什么状况?！好像他们俩一直都不对路子，不过我现在身为唐奕格的朋友，却不得不有求于丁少而对他曲意逢迎，怎么说也有些对不住副驾大人。

丁少瞧了瞧我为难的眼神，淡淡地笑了，看着我们说："你们两个不会是约好了吧？那我就不耽误了。戴小花，我们两个的小秘密就多保留一段时间吧，下次我有空再找你的。"

"丁少……"虽然我的脑子还没迅速转动过来，但是嗓子已经做出了最直接的本能反应。某人挑起了邪恶的嘴角，身姿依旧维持着不动，看似在等待着我的下文。我艰难地保持着视线，不敢看唐奕格一眼，磨磨叽叽地颤声道："不如，那事还是先今天定下来吧……可是我想先去吃个饭，一会儿再去找您行不？"

我这是个折中的方案，想必男人之间没必要那么不大度，何况丁少再怎么说也是领导阶级，吃顿饭的度量和时间应该还是给得起的。可谁知还没等丁少说话，那头唐奕格已经黑面了，冷冷道："你们有事就去谈吧，饭什么时候都能吃，我先走了。"

丁少这厮没说话，只是淡淡一笑，转头示意我跟他走。唐奕格已经大步走开了，丁少爷还在他擦肩而过的时候及时地补充了一句："多谢。"

我虽然摸不清他跟唐先生有什么过节，要这样给唐奕格难受，但我已经清楚地觉察到这位太子爷相当腹黑，绝不能惹。

迈着不知道什么节奏的步子，我跟在太子爷的后面不淡定地缓缓地前进。他的步履很慢，速度很像老大爷，可是这种龟速却在他飘逸的身形的衬托下，多了几分恬淡悠远，仿佛旁边经过的人都是浮云，而他只是在闲庭信步而已。

而我像个猥琐的尾随者似的，离他远远的，并且默默地跟了好久，直到走到停车场，我才觉得出有一丝不对的气息。

"丁少，咱们不是……去办公室谈合约吗？"我努力地放大声，可是在某个身体已然很健康的腹黑男面前，我的底气明显不够足，到最后我甚至都在怀疑我自己说的是梦话还是废话。

他徐徐转身，与我平视，淡定道："合约哪里都能谈，车上也可以。"

我迟迟不敢上车，脑子里一直晃动着一个很潮的词——门。

其案例无数，据说都是在车上谈事情，然后顺便做点啥。

我多想甩手给自己一嘴巴子。从什么时候起思想这么肮脏，没带镜子吗？也不瞧瞧自己的斤两，意淫有钱帅哥是花痴行为，要受到鄙视的。

不过这也真不怪我，你看我上上下下唐先生的车那么多次，从来都没有生出过这么不纯洁的想法。这中间的区别是什么？那就是他们俩的人品。人品知道不？人品很重要！

但是想到那份合约，以及他不耐烦的第二次催促，我终于带着忍辱负重的心情，一脸壮烈牺牲般的表情缓慢地爬了上去。可上了车，他却专心致志地开着车，一路朝市区去了。

"不是要谈……这是去哪儿？"老是提到一件事会让人产生反感，所以我及时地刹车管住了舌头。

"回城。"他似乎并不高兴多说话。

"然后干吗……"顶着这样的高压，我生生地再次挤出了几个字，不是我不识趣，实在是因为我一头雾水。

"你手机买了没？"

"周末再……"

"买了也没关系。"他打断我，然后伸手点了下某个按钮，车顶居然动了，敞开了一半，立刻有空气挤压进来。虽然我是有些冷的，不过他好像看起来很需要清新空气的样子。当冷风灌进来的时候，我清晰地看到他的浑身都舒展了。

照这样看来，他的身体还真是脆弱啊。

他再次伸手，从脚下拿出一个盒子，递给了我。

我目瞪口呆地盯着手上的手机包装盒，有些吃惊。原来他记得要赔我丢掉的手机啊。还是这么贵的一只。我愣愣地瞧着他，不知道该说些什么感谢的话。

他扭头瞟了我一眼，说："看着我做什么，拆开啊。"

人家就是不想表现得太急吼吼啊！难得扮一次矜持，给次机会啊！好歹多给点时间嘛！

我费力地拆开精细的包装，里面是漂亮的白色。刚欣赏了片刻，心中还在欢喜，某人又催："手机也要看半天，把卡换上。"

我听话地换了自己新办的手机卡，然后他毫不客气地从我手上把手机拿了过去，快速地按下一串数字，听到响了两声，就挂掉丢给我。

"这个是我的号码，存下来。"

我机械地"哦"了一声，脑子还没有从他刚才一系列动作的震惊中回过神来，在编辑姓名的时候突然发现还不知他叫什么名字。可是现在问好吗？作为一个有名的男人，一定很自负，若是我还没打听过他的名字，会不会惹他不快，进而影响他考虑我合同的事？

于是我毅然存下了腹黑丁三个明晃晃的大字，然后趁他状似随意地转头看我时，我飞快地朝他说了一句："谢谢你！"

虽然他像没听到一样，不过我看到他踩着刹车的脚，却似乎得意地抖动了一下。

"我们去哪儿？"

"吃饭。"他言简意赅地说。

我一口血差点儿吐出来，搅了我跟唐奕格的饭局就是为了带我去吃饭？我顿时觉得他腹黑无比。唐先生到底和他有什么仇？他竟然要这样用尽一切手段来打击对手。

见我一脸的悲愤，他放慢了车速，用轻柔的声音说道："怎么，跟别人吃得，跟我吃不得？"

"我不是那意思……"我的声音越发悲愤起来。

他不再说话。过了半晌，我不怕死地再次提起道："那谈合约……"

"合约还用谈吗？你给我好好把饭吃好。"

我心中有千种呐喊万种呻吟：想请问太子爷，何为把饭吃好？请你教我怎么好好吃饭？

那顿饭是我有生以来吃得最用心的一顿，几乎把每根菜叶子的筋络和身形，都像浮雕一样，深深地印在了脑海里。

对于他这种莫名的强制行为，我在心里给自己的解释是，他这是在赔偿我的损失。先请我吃一餐来报答救命之恩，再给一份合约作为补偿。果然是大户人家出身，做事都是仁至义尽啊！

可是我心里莫名地对那种奇怪的感觉、那种异样的气氛和他看我的某些眼神感到有些欣喜，有些不知所措。

我捂着自己红红的脸蛋，在被窝里尽情幻想着，等我意淫得五饱六足，觉得是时候该睡觉了，便强制性地把贱男段禹的事想一遍，马上一身冷汗。这个原理等同于我国古代的头悬梁、锥刺股，专治我偶尔收不住的心猿意马和我那肝肠寸断的花花肠子。

等我再见到天天和绵暖时，她俩表情各异。天天贼兮兮地问我跟副驾帅哥约会的滋味如何。我跟她摇摇头，表示那天后来因为某些原因没有去成。

绵暖立刻眼睛放光道："怎么回事呢？"

我不能说实情，于是想要含糊地糊弄过去。可是那头天天却一直追问我有没有发展，什么时候两人定下来一定得请顿饭之类的。

我很淡定地说："我跟他不可能。你们不要想了，我觉得我不喜欢那种类型的。"

绵暖先是一喜，继而脸一黑，口气生硬地问："他还不够好吗？那你喜欢哪种？"

我不知道她是不是觉得我刚才说话的语气太傲气，跟我这卑微的角色稍有不搭。瞧着天天给我打的眼色，我立刻悟了，赶紧一边打着丝巾一边假装不经意地说："他是那种很纯净的男人，长得帅，工作又好，我觉得他需要跟像你们这样漂亮温柔的姑娘在一块。"

看到绵暖缓和下来的羞涩的脸，她谦虚地说："也不要这样说啦！"我顿时满头大汗。

突然间听到有人走了进来，站我外侧的天天和绵暖顿时就不说话了，两个人都默默地照着镜子整着制服，表情上有了些恭顺。我朝后仰了仰身子张望，原来进来的是聂思。

我顿时也蔫菜了，老老实实地闭上嘴巴。然后我们仨动作齐整地飞快关上柜子，准备把不大的休息室让给大人物。

就在我们经过聂思身边，打了招呼准备溜之大吉的时候，她没有转头，淡淡地出声道："戴小花。"

天天她们很没义气地朝我做了个自求多福的手势之后就闪了。我则有些拘束地站在那里，听她要问些什么。

"那天丁少，是怎么回事？"

我当然知道她指的是哪天，面对他正牌女友的质询，我当然也不好隐瞒，于是就一五一十地和盘托出，只是隐去了我跟他之间的身体接触和极短暂的交流内容，让这件事变成了一次很纯粹的见义勇为。这样既比较凸显我的形象，也免得她对我产生敌意。

我不知道他们到底是什么关系，但是很显然，她是在我们公司的女人中，跟丁少关系最亲密的。不过当我说完以后，她淡淡地朝我说了句"谢谢"时，我还是愕然了一下，然后心里居然有些微微的发酸，这种果断地占有，也只有她这样霸气的女人才能做得到。

不过她跟丁少真的是同一类型的人，十分地义气，有恩必报。比方说今日回程后，当林炎又继续拿我某大酒店手提袋做文章而炫耀她们的名牌包包时，聂思马上从她柜子里拿出一只LV，丢到我怀里。

我紧张地瞪着这只崭新的包，结结巴巴地道："聂思姐姐……"

"你拿着拎拎吧，LV、古奇什么的在美国只是地摊货，姐姐送你一只，你要不喜欢给你妈平时买菜用用，不必跟我客气。"

刚才吵吵嚷嚷的林炎那边顿时鸦雀无声。我感动得热泪盈眶……

聂思姐姐其实还是一个天使，只不过她"人在江湖，身不由己"啊！

我万万没有想到聂思居然会因为我无意中救了丁少这事而对我的态度转变这么大，她不仅常常给我出头，还在飞行时给我解决过几次客服纠纷。我被投诉，她还给我调关系最后把投诉给划掉了。

我是个很见不得人对我好的人，于是我时常泪汪汪地看着她，但是她却淡淡地说："你救了他的命，就是救了我的命。"

哎，心头忍不住又开始发酸了……

就在我如同漫步在云端，工作上风生水起的时候，猛然间我感觉到自己好像还有一件事处理得欠妥。

唐奕格在那件事以后再也没有找过我。而现在又因为我的线跟他不搭，所以也没机会遇见他。之后这事就一直悬着，直到现在我觉得如果我再不解决，可能我就要失去这个朋友了。

于是我偷偷地打听了他的电话号码，然后给他打了个电话。他的口气听起来淡淡的，挺疏远的。

"我说你不是那么小气吧，我那天是真要去谈合约啊！你知道我的前途有多渺茫，这份合同对我有多重要！身为朋友，你就不能为我着想点吗？"我苦口婆心地解释。

他终于叹了口气，说："晚上一起吃饭，别再放我鸽子了！"

"好嘞！这回下刀子我也陪你去。"我乐滋滋地想着晚上要不我付账？或者我付账？还是我付账吧！

下班时我又离奇地碰到了某太子，我顿时悲剧，为什么每次一要跟唐奕格吃饭都会碰到他？果然是先天冤家。

我正欲绕路，却不小心被他发现了。我赶紧避到人少的地方，跟地下党接头似的。

"你觉得我跟你说两句话需要委屈到这个地方来吗？"他有些不满我拽着他到储藏间说话的行为。

我赶紧连哄带骗地说："不是啊！您当然哪说话都成，不过也为我想想，若是被人看见误会了，指不定骂我什么呢！您也给我留条活路啊，你又不是不知道那些女人。"

"晚上有空吗？"

我老实地说："唐奕格先生约我吃饭，不是，我约了唐先生吃饭，为上次放他鸽子的事赔罪。"我的言外之意是，你也是肇事者之一，这次总不该拦着我吧。

他听完，脸色先是一暗，继而又阳光明媚地笑起来。

"那你去吧，好好吃饭，改天再找你。嗯，你不错，挺好玩的。"

他说着一连串很难组合到一起的词，然后悠闲地离开了，临走还朝我微微一笑，说："等我电话。"我不明其意，为什么要等你电话？

我很快就忘记了这个鬼马的太子爷，他天马行空的思维是我这个脑子有限的孩子完全跟不上的。

我讨好地坐在唐奕格的卡宴里，一脸的谄媚样。他大概已经原谅我了，之所以还板着脸多半是因为面子上磨不开。吃饭是很好的沟通，我想等晚饭结束后，我们一定又会像哥们儿一样勾肩搭背了。

坐下来点完菜后，我说我请客，他淡淡地说"好"。

我说："我都为你花巨款了，你能原谅我吗？"

他淡淡笑着说："好。"

然后我的电话就响了。

他绅士地示意我赶紧接电话，自己则端着水杯轻轻啜饮。

不过他很快就无法淡定了。自从我拿出了丁少送我的白色手机后，他的脸色就骤变。打给我的是太子丁，然而我却完全没有意识到危机。我只知道这个丁少真的很烦，不是说好让我好好吃饭吗？

他说要请我吃饭，定了日期，让我别忘记。等我好言好语地挂了电话后，却发现对面的唐奕格正捏着杯子，指关节都已经白了。

我只能确定他是在盯着我的手机。

"手机是他买的？"

果然。我不知道他是怎么猜到的，但是我显然是骗不过他的。于是我点点头，然后他就不说话了。我也不知道自己哪里惹到了他，只觉得这个电话把我们的气氛都搅乱了，而我却一头雾水。

这顿饭的气氛由温馨开始，却匆忙收尾。他冷着脸付了钱，这意思很明显，他没有原谅我。而且看这趋势，大有老死不会原谅的架势。

对于他莫名的愤怒，我感到十分的委屈，我不明白他是为了什么，却也不敢去惹毛他。

这个谜团在我见到丁少后才得以解开。隔天我应了他的约去吃饭，当我清楚地看到他在我面前打电话，才发现他用的手机跟我的是一模一样。他见我盯着手机看，还甚是得意地晃了晃，跟我显摆一番。

我有些怒了，他居然玩阴的，那唐奕格一定是误会了。怪不得腹黑丁那天那么轻易地让我去跟他讨厌的人吃饭，还叫我好好吃，甚至大咧咧地明说要我等他电话。用心居然这么险恶，实在太恶心了！

我愤而甩手离去。我最讨厌别人对我使心眼，不管是不是害我，为了欺骗我也好，还是拿我当工具也好，都是在拿我当傻子。

不过这怎么那么像某些低俗的争风吃醋的戏码，而且唐奕格的反应也太奇怪了……或许、大概、难道、莫非他果真是有一点点喜欢我？

那丁少这么做呢？

我惊了一下，浑身汗毛全竖，为我这个大胆的臆测而惊悚。我掏出镜子照了照，立刻放心下来。还是戴小花，不是戴安娜或是别的谁……

不过，如果唐副驾真的对我有那么一点点错觉的好感，那我真是罪该万死了。他那么好的人，怎么能毁在我手里？莫非是因为他从未跟女生走近过，所以模糊了男女情爱的根本概念？为了他，为了让他正常起来，我还是尽量避免跟他独处吧。

但是我却对丁少的不时就能想起我来的骚扰而感到不厌其烦，因为他身份特殊，我们的合同又没签，所以我始终是不敢怠慢的。我俩表面上很少见面，可是私底下的联络却始终不断，QQ、MSN那是经常性地各种聊；更悲伤的是，常常他半夜一个电话打来，就为了跟睡梦中的我说上一句："给我讲笑话吧。"

这样憋屈的日子，到底什么时候才是个头啊……

有一次半夜，我们又在QQ上遇见了，我见到他头像一亮就打算要闪，谁知那头立刻给了我信息，而且还是很正经地请教我问题：

"为什么我的QQ上什么钻都开了，该惠顾的都惠顾了，你的是VIP7而我的却是VIP1？不会是歧视我吧？"

我狂笑起来，然后果断地回了信息："咦，怎么回事？莫非你人品太差，所以腾讯鄙视你？赶紧到消协投诉去。"我尽情地忽悠着他，反正他是认识我以后才有了QQ。记得那天他跟我交换联系方式时还特别鄙视我没有MSN，我告诉他年轻人都用QQ。他当时虽然嘴硬，却在当晚就申请了一个。

谁知他并不追究这个问题，又跟我扯了几句其他的，哈哈笑了几次之后，话锋一转，说："我要娶了你这种女人估计家里得鸡飞狗跳的。"

我当时正在看《吸血鬼日记》，为了 Damon 的那段深情告白伤心得要死要活中，也没在意他说的话，只瞄了一眼，就毫不犹豫地敲了三个字过去："不可能。"

他那头愣了几分钟，想必隔了半晌才淡定下来，然后带着认真的字眼问我：不好意思，还没习惯被人拒绝。不过……为什么？

我再次淡定敲了一串话：我 QQ 有两个太阳三个月亮两颗星，你才一颗星，你怎么配得上我？然后他就没音了，等我看完了那集，发现他的头像已经黑掉了。

我认真地把刚才我们的对话看了一遍，感觉我还挺有自尊的，暗爽了一会儿，睡觉。

眼看就要过年了，春运期间是我们最忙的时候，特别是我们这种小实习生，形形色色的极品客人终归是叫我遇上了。不过曙光就在眼前，春节后马上就要签合同了，意味着我们中有一部分人就要变成正式员工了。这个认知让我们这些新人在春运最艰苦的时候，使出了吃奶的干劲来干活。

过年是 2 月 18 号，一早我便知道我年三十不能在家过，我妈也支持，表示理解。只是这该死的安排，居然在除夕的前三天我休班。

2 月 14 日，情人节，我一光棍休班！

在一众羡慕嫉妒恨的眼光的洗礼下，我战战兢兢地主动向主任申请调班，要求把这个休息日让给真正需要的人。可是主任的一句话就粉碎了我的自救："你对上面的安排有异议吗？"

在无数眼刀的凌迟下，我艰难地收拾东西往家走，去过我的比蛋还光滑的光棍情人节，这叫我情何以堪啊……

休假本来是个喜剧，但是我在情人节休假就是个悲剧。于是空虚的我回家就发微博：情人节当天本黄花姑娘出台，按小时收费。陪吃饭100 元 / 顿，陪逛街 60 元 / 小时，陪聊 50 元 / 小时，场地必须均为伸手不见五指处，不可无过激行为。

写完后我就开始寂寞了，死命骚扰我妈，问她情人节跟我过不。她诡异地一笑，然后羞涩朝我爸看一眼，说："你就在家玩吧，我和你爸出去看电影。"

我悲哀地望着我妈，然后看着空荡荡的电脑，决定今天我就跟同样光棍的朋友们好好共勉一下。看来这个世界还是好人多，为了不让我那么落寞，航空群里的光棍男们都纷纷表示愿意包我，我说谢谢你们愿意包我，感动得泪哗哗的……

谁知更窘的是，没过多久，丁少的电话打来了。我毕恭毕敬地答着："丁少，有事吗？"

那头似乎在饭局还是包厢，反正很吵。但是他的声音却很清晰，大概是人家的嗓音音质清脆分辨率比较高的缘故。

"14 号出来，2000 块，我包你一天。"

我被震撼了，他是怎么看到我写的那条丢人的求包养启事的？

我结结巴巴地强作镇定道："行呀。谢谢丁爷惠顾！"真看不出这个腹黑男还是很有爱心和幽默感的，居然还会跟人开这种玩笑。

然后果然就没有继续这个话题了，我们习惯性地互相问了下吃了没，吃了啥，吃完了干什么。然后就挂掉了电话。

"跟谁打电话呢？明天有约会？不会是副机长吧？"我妈站在老远的地方问着。我抖了抖身上的鸡皮疙瘩，连忙否认，说："我明天在家吃泡面吧。"

刚说完这句话，我的手机又响了。

"你业务挺忙的嘛，看来行情还不错……"我妈开始欣慰地幻想。我无奈地打算看看是谁的短信，然后我就石化了，居然是银行短信通知我的工资卡上成功到账 2000 元……

我顿时就想暴走，这怎么办！怎么办？怎——么——办？！

谁知道那姓丁的做事风格这么玄幻！我还以为他是在开玩笑的，谁知他是真的把玩笑开大了！难道收了钱之后我明天真的要去陪他？我什么时候也干起了兼职？

我再一次深深地怀疑他的动机。情人节，不是应该和女朋友一起过吗？如果想开我玩笑也不至于玩这么大发的吧？

　　于是我再次站到镜子面前，仔细地端详着。我妈端着菜从厨房出来经过时，看到我愁眉苦脸的样子。

　　"怎么啦？没帅哥约你啊？"

　　"……"

　　"不是好几个电话了吗？全都是丑八怪吗？"

　　"……"

　　"别自怨自艾啦，这也没办法，长得跟包子似的就别怪狗惦记着……"

　　"妈……我到底是不是你亲生的？"我大叫道，"为什么你总是这么肆无忌惮地伤害我？"

　　我妈语塞……

　　吃饭的时候，我仔细地想了一下，到年纪谈恋爱了，过两年也得结婚了，现在差不多确实该减肥、做脸、搞发型了。不过这些都需要经济的支持，但是不能凭我目前的工资，于是我在饭桌上提出了这个问题，爸爸妈妈因为明天要甩下我单独一人，而我妈刚才又惹得我不快，于是都慷慨表示，养女儿是他们分内的事，所以美容的钱他们出那是责无旁贷。

　　于是，我格外伤感地过了一晚，想着明天起只吃一顿青菜萝卜羹，休班的日子就跑步打网球运动，再买点中药回来，白芷茯苓之类的炖炖、熬熬、敷敷脸什么的。

　　我醒的时候已经十点多了，爸爸妈妈已经出门了。他们今天的日程是午餐、逛街、晚餐、看电影，而我的日程是……

　　突然想到卡里的2000块，我胸口一紧，谨慎地开了手机。

　　我祈祷着他贵人多忘事，忘了这么一茬的。可是如果他会忘，就不会脑残地给我打钱了。

　　我等待着手机噼里啪啦的短信的声音，可是开了半天，手机才慢悠悠地响了一声，而里面也只静静地躺着一条短信。

"12 点半以前，到古南都 V9。"太子丁冷静地布置着我的行程，于是我抑郁了。

现在是什么情况，怎么那么像是约会？可是我根本不敢高攀他，若是被别人知道了，我就离死不远了。

胡思乱想了很久，我觉得我很有必要跟这位太子爷说清楚。否则，这样不明不白的，女孩子很吃亏的。

好歹是约会，所以我洗了头，吹了发，化了个淡妆，然后挑了件得体的衣服后出门。打车去饭店的路上，我的心里已经平静了许多。

服务员殷勤地领我进了 V9，我在开门那一刹那甚至都想过洗手间里是不是全是偷偷埋伏着的人，就像曾经的段禹所做的那样，其实最后等着我的只是一场笑话。

我深深地呼了一口气，然后再推门进去，发现里面空荡荡的，竟然一个人也没有。

服务生请我落座，然后问我喝什么。我谨慎地头上直滴汗，这会不会是新式的整人手段？我瞄了服务生那张殷勤的脸，会不会是他想把我一个人逛来，然后让我以为是他付账，就乱点一气，最后还得自己掏腰包？

这也太阴狠了吧，比杀了我分尸一千片还变态啊！

于是我讪笑着问服务员：

"这个包间是丁先生预定的吗？"

"是的，小姐。丁先生是我们这里的白金 VIP。"

"那……他有过不良付账记录吗？我是说，比如结账纠纷什么的……"

服务生大概被我问得一头雾水了，然后绕了一圈反面回答道："丁先生的消费都是记在他账户上的，每月到他公司财务处结账，不存在什么纠纷的。"

这么一说，我顿时放心了，于是爽快地道："拿点新鲜的芦荟汁来。"

养颜，从现在做起。消费，从公款花起。

我坐着足足等了 20 来分钟，包间的门才被推开，进来的当然是丁少，而且只有他一个人，看到我已经在了，他愣了一下。

"来这么早，不是叫你 12 点半吗？"

"我不敢让你等。"我老老实实地说，然后朝他展现了一个比较客套的腼腆微笑。

他果然有些心虚，坐下来，然后把外套丢给服务员挂起来，向服务员道："可以上菜了。"

他的举止优雅，言语有度，如果不知道他的德行，一定会被他的翩翩风度所迷惑。可是我知道他的德行啊……于是我心里一个劲儿地边吃边哀伤，这么美好的一副皮囊，却包裹着一颗兽心，真是暴殄天物啊。

我们吃得很沉默，主要是我不知道能聊些什么，显然我们没有什么共同话题。而他似乎也严格遵守着食不言寝不语的优良传统，于是使这顿情人节的午餐，变得格外无味。

幸而我有美食相伴。等到差不多吃饱了，我便放下了筷子，他没有抬头，问道："不吃了？"

"饱了，丁少，谢谢招待！"

他抬眼瞧了我一下道："我可不是在招待你，是我出钱包了你！"

他说得认真，我一惊，喝到嘴里的汁水差点儿吐出来。

我不敢说话了，怔怔地看着他吃东西，寻思着是不是该问问清楚比较好。然后就感觉牙里好像塞了东西，于是我借故进厕所剔牙，结果弄了半天也没能把卡着的东西弄出来，因为怕待久了引起不必要的猜测，那会很不好意思的。于是我只好不舒服地出来，趁他继续吃东西的时候，我翻开自己的包，想找找能剔牙的东西。

我找了半天也没找到，而这边丁少也已经自顾自地吃完了。

他说了句"他去洗手"，然后就进了洗手间。我难受得厉害，正巧瞄见他桌上放着名片夹，瞬间一激动，于是我悄悄地偷了一张。然后拿他的名片折一下，就开始掏。

这一招从来没试过，居然还挺好用的，正当我面目狰狞的龇牙咧嘴时，好不容易，肉出来了。然后，我也看到他了。

当时他那张脸，怎么形容呢？

他整个五官纠结在一起，并且还微微抽搐着。我心里呜咽了一声，鄙视我吧，这样也好……

我很淡定地说了一句："这是家什么饭店还五星级，连牙签都没有……只好用你的名片了……你要不要试试？我教你，很好用！"

他脸色苍白地坐下，从旁边柜子上的小盘子里拿来一个包装精美的小盒子，里面赫然是一对明晃晃的象牙牙签。

他镇定地递给我，我镇定地接过，还不忘说了声谢谢。双方僵硬无比，然后我就一直很有想死的念头，盘桓在脑子里久久不去。

他隔了半晌，突然幽幽叹了一口气，说："哎，我对你的印象真是没有最震惊，只有更震惊，你到底是不是女人啊？"

我觉得很对不起他，好歹人家也是过节啊。

他又说："你知道我今天为什么约你吗？"

"丁少……我就是想问你，你到底是什么意思呀？我都糊涂了……"

"你以为呢？"他暧昧地朝我笑笑。

我立刻如临大敌，结结巴巴地说："以为什么？"

"情人节跟你约会，这代表什么？"

"我我我……不知道……"我心猿意马着，然后陡然间被他看得脸通红，我觉得他果然是万花丛中过的人啊，调戏起姑娘来实在是太拿手了。

他高深莫测地一笑，然后斜斜地望着我，那眼神里竟有了几分暧昧和稍许的宠溺。

他……这是在泡我吗？

我被麻麻地电了一下，心中涌起滔天骇浪，然后我鼓起勇气，大着胆子，涨红着脸弱弱地问："你……喜欢我吗？"我刚问出口就差点儿懊悔的想要咬掉自己的舌头，我原来打算问的是："你不会喜欢我吧？"怎么出口的竟然是那么一句充满期待的话。

他满意地看着我，歪着脑袋，轻轻地说："你猜？"

我在脑子里斗争了很久，最终决定直接干脆地大声地说："喜欢！"

他的笑意更浓了，然后伸手捏了捏额头，一脸无奈相，又对我说：

"你再猜！"

"……"

什么叫瞬间被秒杀……

什么叫怒火攻心！

为什么古装戏里总有人会气吐血，原来这都是真的……

该死的腹黑丁，果然是耍我没错的！他竟然恶劣成这样，我又不是没有自知之明，是你非要不知所以地招惹我啊！

我磨着牙望着他优美的脸部线条，幻想着能够有一把刀，在他脸上参差不齐地插上100遍呀100遍！

"那您今天这唱的是哪出？关公战秦琼啊！"我从牙缝里挤出几个字。

他"哈哈"笑了几声，然后再次抛了个桃花眼给我："怎么，我说不喜欢你，你就恼羞成怒了吗？"

"不敢，我只是不习惯男人太迂回。"

"好吧，既然你这么问了，我也直接点跟你说。"他抿了一口温茶，然后闲闲地点了一支烟，"戴小花，我来跟你谈个交易。"

交易？我有什么可以交易给你的？

"怎么个交易法？"

"做我女朋友吧。"

"啪"的一声，象牙牙签在我手里应声而裂，这不算什么，关键是我差点儿被吓得尿裤子……

丁少……你到底要闹哪样啊！

"怎么样？我英俊又潇洒，温柔又大方，拿得出手，带得出去。你还有什么不满意的吗？"

我忍着浑身的颤抖，咬着牙说："问题是，带得出去，带不回来。"

他轻轻一笑，站起来，点着我的肩说："我只是在跟你做交易，我的父母家人还有朋友都望着我什么时候才能成家安定下来，可是我还没享受够呢！而且你知道我的病，也见过我发病的样子，所以我考虑了一下，觉得这个交易也只能跟你做了。虽然你这也不行、那也不行，容貌更不行，但是我都会容忍下来的。谁让你那么幸运地看到我发病的惨样，孽缘也是缘，我也只能委屈我自己了……"

听到他说到最后那句，我再也顾不得形象，一拍桌子激动地站起来！我戴小花虽然笨但不傻，心眼虽小但不是没有，不带这样侮辱人、埋汰人的！

我一把扫掉他的手，冷冷地道："丁少，我想你搞错了，你的人生是你的，再怎么为难也得自己解决去！我还得过我的日子，别人稀罕你膜拜你犯贱倒贴你，那是别人的事，你爱找谁找谁去！要知道唐僧再厉害，也不过是个耍猴的。同理，您再厉害也不过是个男人，而我最不稀罕的恰恰就是男人，我管你那些蛋疼的忧伤！从此我走我的阳关道，你过你的奈何桥，收起您那忧郁而纯洁的眼神，回家洗洗睡吧！"

我撂完这句话觉得特爽气，于是拿了包就准备走人。我刚要走，手就被他一把抓住，我急速地闪开，愤怒地回头，像一只火红的豹子，琢磨着他要跟我翻脸的话我该用什么更暴力的方式来对付他。谁知，他却淡淡地浅笑着，说了一句："好可爱。"

我憋了一肚子的攻击性因子就这么生生地被卡住了，无处释放，又忍无可忍，总之就是一言难尽啊……

这个家伙脑子里到底是什么！

他抚了抚我因为动作太大而有些凌乱的发丝，口气宠溺，又含娇带嗔地说："做我女朋友吧！反正你的爱闲着也是闲着，又不能储蓄出利息来，不如送来温暖我。"

然后他正脸看着我，笑得十分温暖。我突然萌生出一丝贪恋的情绪，转而又想到一些事，连忙收拾住脸上不自然的表情，说："你不如找聂思，你们……不是名正言顺嘛……"

"聂思是漂亮女生，但你是女朋友。"

我几乎要翻白眼了，这是什么回答！我恶狠狠地道："那你有没有想过，我跟你这假凤虚凰的，没好处不说，还会被人当做眼中钉，万一我被泼硫酸怎么办？万一闹出人命怎么办？你怎么那么自私呢？"

"只要你是我的女朋友，就不会有那种事发生。你不是旁的，比如唐奕格的女朋友什么的。你是我的女人，以后你都可以横着走。"

我愣住了。我不是不相信他说的，但是我总觉得……怎么那么别扭？吃力又不讨好，而且我干吗要横着走，我一直是个很低调的人的。

"那我们订个合同吧，你保守秘密替我演戏。也不必担心我耽误你的青春，就三年，不越矩，月薪5000，如何？"

月薪5000……

我第一次发现自己竟是这么的市侩，我几乎要泪流满面地朝他抛媚眼了——死相，你怎么不早说！

于是一串完全未经大脑编排的话，在我刘海儿一抹，浑然天成的搔首弄姿下谄媚出口："既然都说到这份儿上了，我不帮忙也看不过去了……丁少，小花我风情又果敢，远目且踏实，品位上乘又勤奋自省，缺点虽多，但还望您笑纳啊……"

他浅浅地笑了，做了一个古典书生的秀气颔首的动作。

至此，我们就达成了情侣条款，并且节奏默契得无以复加。

吃完饭，他毫不见外地带我上车。我纳闷这是要带我去哪儿，于是羞涩地问道："我们去做什么呀？"

"既然是合约，女朋友你也该出点力啊。"

"我我……出什么力？"我被他这声"女朋友"吓得魂都散掉了，结巴着问道。

"当我的女人，你的条件有点差。"

"……"其实你可以不用强调那么多次的。

他带我来的是一家中医美颜会所。我曾经跟我妈无数次地路过这里，无数次地瞻仰过这里。听说大老板是日本人，是五星标准的高级SPA馆。

他非常熟稔地跟接待说了几句，然后就有身穿和服的美女笑吟吟地上来，点头哈腰大鞠躬地用生硬的中文说："小姐，请跟我到这边来。"

我无措地回头看了看那边气定神闲的太子爷，他朝我颔首许可，示意我跟着去。

直到进了里面我才知道，这里的技师和美容师都是日本人，见面都先朝你大鞠躬。

我被一轮惨无人道的温柔式蹂躏之后，在温和的药泥香的熏拂中，居然睡着了。

等我再醒来的时候，我看了下手机，已经三点多了！我心里一抖，死了死了，而旁边的美容师正神采奕奕地跪坐在我榻边，瞧我醒了，微笑着为我揭去脸上的药布，然后替我清洁了脸，又抹了精油，在按摩了脸后又涂了一层薄薄的像水一样的精华液。等到替我轻拍吸收以后，才示意我今天的服务已经完成了。

我拔腿就朝外面跑去，生怕丁少走人了，把我一个人丢在这儿。丢了我不怕，怕的是要我付账。

结果我一出去，就瞧见他在休息厅沙发上正歪着看杂志，状态十分悠闲。

我心里松了一口气，忙紧了几步上前道歉，说："对不起啊丁少，我不小心睡着了……"

"没事儿，我也才出来。"

"嗯？你也做美容？！"

他一耸眉，徐徐地挑起眼角，扫了我一眼，说："要不然我吹弹可破的肌肤是怎么来的？"

我鸡皮疙瘩掉了一地，他自恋的样子很有我妈当年的神韵。

出门前在柜台划卡结账，我看了一下账单，令人咋舌的 1100 块。这是什么泥啊这么贵，药膳美颜也不可能全部都是当归人参吧……

我还没惊叹完，他就顺手丢了一张卡给我，上面赫然写着烫金到烫手的几个字，我连忙撒手说："我不要这个，干吗给我办年卡，好贵的，这个我不能要！"

他疑惑地望了我一眼，然后眼中有了一丝笑意。

"当是我给你的见面礼，你不会不给面子吧。"

见面礼……

"配方都已经去给你定制了，不必你操心，只要你记得来就是了。100 次，不要浪费哦！我要把你变得美美的。"

把我变得美美的……

"五万呢……都可以整容了……"我弱弱地说。

"我不喜欢人造的。"

谁要你喜欢了……

"下面去哪儿？回家吗？"我弱弱地问。本来我只是想问一下，可是语气里却隐约有了一丝期待的意味。他淡淡一笑，伸手捏我的手，而我下意识地一避，极自然地闪开了他的手。

他挑眉轻笑，也不计较，说："跟我来。"

于是我就被带到了一家的高档成衣店。我傻了似的跟着他进去。他扫了一眼，就精确地挑中了一件十分漂亮的大衣给我。

"去试试。"

我下意识地去看价格，数了一下是五位数，而且开头数字是三，惊得我心都要跳出来了……不带这么瞎玩的，我胆小。我连忙把它塞回他手里，却被他推去了早已等在旁边的笑容可掬的店员那儿，她忙引着我进了更衣室。

我的心肝脾肺肾一齐颤起。惊悚，真惊悚！怎么突然就进展这么快？我完全适应不过来。虽说有合约，可我这心里怎么就这么没底呢？

我哆哆嗦嗦地把衣服穿起来。大品牌就是大品牌，一上身人就直接上了一个档次，等我又仔细整理了一番才忐忑地出去给他看。

可是一开门，就发现店员们都不见了，只有他在。看到我出来，他神色淡然地进了更衣室拿起了我换下来的衣服，然后突然拉起正一头雾水的我就开始跑，我一下子脑子发蒙，闹不清他在搞什么。

"怎么了？怎么了？"

他边拉着我狂奔边朝我催促道："快跑！趁店员不在！好玩吧？赚了三万块呢！"

我没有机会愣在当场，因为我像陀螺似的被他拽着飞奔。肇事的大衣穿在身上，标签还荡在外面飘啊飘，我被上气不接下气地足足拖了上百米，一直跑到他的车边。他动作迅速地掏出钥匙，而我则像失了主心骨似的蹲在车边下水道盖子上，哇的一声大哭起来。

他从车上伸手拉我，一脸严肃地说："快上来，你是不是等着被抓啊？抢劫罪三万块够判三年呢！"

我哭得更凶了，脚下还是边打软边爬上车去，还使出吃奶的劲把车门关上。我上车后继续狂哭，他抿着嘴看着我，然后大笑起来，说："哈哈哈！这衣服的钱你进去的时候我都付过了。"

我当时正一脸沧桑地抽噎着，听到这句话一下子噎在了当场，差点儿出不来气。我脸色煞白地看着他得意扬扬的样子，顿时觉得心中疼痛无比，噎了半天，我才能挤出几个字来："你大爷的……这，好玩吗……"

他伸出手，捏着我仍旧发抖的五指把玩了很久，然后才淡淡地说："谁让你刚刚不让我牵手，所以我只好自己想办法了。"

我犹自抽搐着，没心情再去计较，任他捏着。真是令人发指啊，真是精神无比空虚的孩子，真是太不可爱了……

"女朋友，我突然觉得你刚才真的好可爱。"

他为了补偿我刚才因他无耻的玩笑而造成的各种受惊，给我买了好多东西。各种见面礼、高档化妆品、名贵首饰、顶级包包、定制成衣等等。

我肝颤了。

"这这这……太太太……见面礼已经给过啦！"

他言简意赅地说："情人节嘛。"

这也太给力了！你还敢再爽一点吗？

我眼泪婆娑地瞧着后座的那一堆，难道这就是传说中的傍大款的感觉吗？如果这是梦，不要醒，不要醒……

我的心情难以平静，完全不淡定了，我不知道我的头上是被什么屎砸中了，总之这种运气已经不能用简单的狗屎来概括了。

耍我吗？不可能，谁要人花这么大的成本！

好吧，就算是耍我也认了……从今天起，要做一个温和的人，面朝丁少嬉皮笑脸。他指哪儿我打哪儿……不冲着往后的来日方长，就冲着他今天这么阔绰的见面礼，我就豁出我这张老脸去了。

我大包小包的被车送了回家，但我感觉心里还特别飘忽，感觉这些东西还很玄幻，所以我迫不及待地想把它们带回家，好像只有这样它们才会永远地属于我。没有好好地跟丁少打招呼，我一溜烟奔上了楼。

趁着爸爸妈妈还没回来，我把首饰戴了又戴，衣服穿了又穿，包包拎了又拎，疯狂地用数码相机照了无数张图片。真想一下子把它们全部都传到空间、博客里去，特别是传到校内上，好好地在那些从前把我踩得满头鞋印的婆娘们面前炫富一把。我好激动，我好想告诉全世界，老娘逆天啦！

但是随即我就冷静了。

我简短地思索了一下，以我的智商，我根本摸不清现在的状况，所以只能被动的。可是我喜欢被动，特别是这样的日子，多被动几次才比较好。

我妈回来时，看到我在家并不意外，但是看到了那一个个的袋子，嘴巴简直都张到地上了。

"你不会，没男朋友就……想不开了吧？"我妈颤声道。

"……"

"花了多少？你这个败家子，给我老实说花了老娘多少！"我妈凶悍起来。我这才想起，那时候交培训费，她把银行卡给我了，我还没有还回去。

我从皮夹里抽出来给她，说："我可没花你的钱，这些是别人送的。"

我妈大惊失色地问："你……跟了哪儿的老板？多大岁数的？"

"……"我突然有种想要离家出走的冲动。

因为这件事是势必不能瞒着父母的，所以我细细地跟他们说了事情的经过，故意把丁少说得惨兮兮的——身患绝症情深义重，由于不忍心让父母担心，所以才毅然决然地甘愿跟我在一起……

我妈丝毫不为所动，冷着脸说："荒唐，太荒唐！"

我连忙撇清，说我们只是合同关系，他绝不会占我便宜、坏我清白的。我妈横眉冷对，义正词严道："胡闹！你还是个小姑娘，要顾着自己名声！"

我连忙指了指成堆的礼物，又急急地补充道："除了这些见面礼，他还每个月给我 5000 元工资的。"

我妈愣在当场，妙目一转，刚刚冷若冰霜的脸上，霎时飘上一朵祥云，瞬间一脸慈祥地摸上了我的脸，说："死丫头，力所能及的，咱们能帮还是应该帮一下的。"

然后就上演了大逆转，她逼问了今日我与丁少交往细节。我妈含着热泪听完，然后一脸悲天悯人地感叹着："真是委屈那孩子了……"

"妈，你是我的妈，别这样……"

♣

第五章
华丽的靠山

　　话说背靠大树好乘凉，一名优秀的女子一定要有一个华丽的靠山。不管是不是做戏，我也算找到了。如今我靠山在手，生活无忧。

　　上床以后我激动得睡不着，翻来覆去，像烙饼似的兴奋，最后终于下定决心睡觉时，我看了眼手机，居然快 12 点了，今年的情人节走着走着就要过去了。我正打算关机就寝，突然就闯进来一个电话。

　　我望着上面清楚地显示着唐奕格的名字，心里一沉。

　　他打了一次又一次，等掐着秒针终于过了 12 点了，我才接起来。他一定没有预料到电话会突然被接听，还能听到他焦急的咂嘴声。

　　"呃……怎么这会儿才接。可惜……没事了，你早点睡吧。"

　　我假装睡意未消地说："嗯？我睡着了……没事吗？那我睡了。"

　　副驾大人，对不起。既然决定从今天起就要开始做戏，那从现在开始就得用上。

　　比起欺骗，我更不想把他卷入到一堆乱七八糟的事情里，这些无谓的事，能避免则避免一些的好。

　　第二天，我兴冲冲地挎上了全新的爱马仕，可临出门我不明所以地又胆怯了，到最后还是没有带出去。其实，我仍然深深地怀疑着这一场交易的动机，想象得到我随时可能面临的悲壮场景，所以我决定：敌不动，我不动；敌一动，我装死。

到了会议室，才发现今天搭组的有聂思和林炎，我一瞧见聂思，心里就发虚。她见了我，和善地笑笑，然后就继续做她自己的事。而林炎自从看出我站到聂思那一梯队去了以后，就不再随随便便地对我发难，只是时常用阴阳怪气的眼神看我。

虽然天天不在，但是有绵暖在，我跟她笑着打了声招呼，然后阿长就进来了，我们聊到了即将到来的最终考评的事。她说最后的时候很关键，千万不能懈怠。

我和绵暖都信心满满地表了态，而那边林炎不屑地"哼"了一声。正在此时，机长父子前后脚进来了，我这才知道，原来今天我们又是一组。

于是绵暖就从头到尾忽略了我的存在，只是直愣愣地盯着唐奕格瞧。桌上人都注意到了，我都有些替她不好意思。可是唐奕格的神经很强大，全程不介意，几乎快开完了准备会，他才随意地循着那格外炙热的眼神看到了绵暖这儿，但只一瞥后就把目光转向我。我给了他一个爱莫能助的眼神，他还一脸特不解的样子。

为了防止被绵暖误会，我赶紧低下头玩手机，发现有短信，是丁少发来的。他说：今天开完会我们去吃饭？

既然用的是问号，我就立刻回：不了，我要回家收衣服，天要变了。

他隔了很久，发了条信息：不行，一定要吃！

我有些无语，也学着他的语气：不行，一定要收衣服。

然后过了更久更久，他回了：那我先送你回家收衣服吧，然后再出去吃。

没回他了，我总觉得这种有先天疾病的少爷内心总是极度空虚的，是不是因为我是一个好不容易碰到的见识过他发病时的样子的人，所以他就觉得我是自己人了？

谁知等到散会时，他那头又幽幽地飞来了一句：怎么回事？一天不见，居然有点 Miss U 了。

我整个人都愣在当场，连门都忘记跨了，堵在门口，直到被林炎粗鲁地推开，我才恢复神志。这男人真讨厌，不知道这样的话会引发女孩子不该有的幻想吗?!

我智力超常地发挥了一次,立刻噼里啪啦按过去:发错信息了吧,U小姐又是你的哪位红颜知己啊?

然后那头迅速飘来一句:装傻?听不懂算了!

我捂着手机"嘿嘿"笑了,那头的他一定是一副气急败坏的小孩模样!丁少爷,要淡定啊,您可是太子啊!

"姑娘们,一会儿都留一下,今天汉莎航空来人跟我们交流培训,可能要耽误一个多小时。"阿长刚布置下来,周围立刻怨声四起。

我心里乐着,嘿嘿,正好不用去陪人吃饭了。我爽快地飞了条信息,告诉他我要培训,可不是我不愿意去哦。发完我果断关机,培训嘛,必须关机。

跟绵暖随着人流进了大的培训厅,里面已经坐了很多CC,天天老远就朝着我们招手,她在那儿给我们留了位置。现在我们仨也算是新人中的好朋友了。

本来说是5点到的培训员,结果到了5点20还没到。新人还不敢抱怨什么,可是本来就满腹怨气的师姐们都开始发飙了,有人甚至打算自行离场了。

不过大门口有好几位阿长和主任把门,她们想要溜走的计划不是那么容易的。

我昏昏欲睡,渐渐地靠上了天天的胳膊,任由耳边闹哄哄地响着。

我突然感觉天天虎躯一震,旁边人的也呼吸急促起来,继而耳边的声音更加闹腾,人群不知为何骚动起来。惊喜声、笑声,有窃窃私语传入耳鼓:丁少……是丁少……

我浑身一激灵,瞄过去,门口进来的不是丁少还有谁……我下意识地往天天背后一躲,希冀能够埋在人群里,让他瞧不见。我在心中默念:"这货不是找我的,这货不是找我的……"

而当听到他清冷的声音带着丝丝的温柔,在有回音的偌大培训厅里响起时,我想死的心都有了……

"戴小花。"

叫我了……他叫我了……

我在一众掉了下巴的人群里坚强地活着，所有人都看着我，各种惊讶、不解、恶毒、怨念的视线射向我时，我石化了。我怎么也没有想到，他会用这种激烈的方式出现在我面前，特别是在众目睽睽下……

悲伤，无言的悲伤……

我一直坚信，我的心上人会是个盖世英雄，有一天他会在一个万众瞩目的情况下出现，身披金甲圣衣、脚踏七色云彩来娶我……我猜中了过程，也猜中了结尾。只不过那个人不是我心上人，他是腹黑丁——一个不考虑我的处境，肆意地把我暴露在众人狂暴的眼神里的腹黑丁！

我面如死灰地望着他，恨不得在他身上划几十刀。

"丁……"我哆嗦着唇角承受着来自天天和绵暖的疑惑眼神，然后偷偷地逐一观察林炎、胡微等等所有认识的不认识的脸，她们的神情清一色地告诉我，死定了！最后看到聂思的眼神，我几乎是心惊肉跳的感受到，那是……杀气！

他身姿翩然，越过众人地朝我而来。

"为什么关机？"他的口吻亲近，脚步也没有停歇，居然上了阶梯来，眼看就要到了我面前。

我……我我我我，我表示要情绪稳定，呃，要稳定……既然要死，也得死得淡定，不能太丢范儿，不能死了还被人叽歪说我是吐着满口的白沫子死的！

"开会要关机，阿长说的！"我立刻把责任推卸掉，以防他当场跟我发飙。

"哦。"他没说什么，淡淡地点了点头，然后瞅了一眼我旁边石化着的天天和绵暖，继而朝绵暖旁边的一个 CC 看过去，脸上温柔的绽放一笑，说："能否请你去值机那给我倒两杯茶过来？"

那姑娘显然是初次被丁少搭讪，震惊得眼睛都瞪圆了。等她反应过来，头点得欢极了，跳起来颠颠地跑出去了。然后他扫了天天一眼，眉头轻皱一下，又立刻朝绵暖温和道："咦？那边怎么有了个空位，能否往里面挪一下？"我满头黑线，还咦，明明是他把人支走的……

绵暖此时还处于石化状态，僵硬地往身边一看，果然，不知何时身边的人不见了，于是她听话地坐了过去，天天也往里坐了一格。明明天天那已经给空出了一个位子，但他还不满意，朝我使了个高深莫测的眼色，不到两秒，我也屈辱地挪了，他在我原本的位置上坐了下来。

　　他坐下后，朝身边的美女们统一地笑了一下，就这样的微微一笑，立刻如甘霖雨露，安抚了一片。然后再朝呆滞中的我道："不用回家收衣服了吗？"

　　"来不及了。"

　　"买的包呢？"

　　我脑残地接话："洗了明天用。"

　　他听了，凝滞了片刻，立刻转换话题道："晚上想吃什么？"

　　"澳门豆捞……"

　　我此刻的表情镇定无比，坦然得有范，淡定得矜持，但是只要你仔细地看看我空洞的眼神和迷茫的表情，就会发现，与其说我是淡定，不如说是……我已经开启了无敌的条件反射模式。有问就答，不管答的是什么……

　　他听了我的回答后皱起了眉头，然后冷冷地瞟了我一眼。我刚想改口，他已经温柔地说："以后不许你去吃那个了，我有不好的回忆。"

　　不好的回忆？于是我陡然想起了曾经和唐奕格在那儿遇见过某人。

　　怕给唐奕格惹麻烦，我立刻道："我们只是普通朋友。"

　　说完我就想咬舌自尽，这么急切解释的样子，简直就是一副死心塌地哄着他的节奏啊！旁边不断有锐利的眼神扫在我身上，我赶紧低下头，却听到他轻轻的笑声。

　　丁少说："你可以有新的爱好，我今天带你去培养。"

　　我说："哦。好。"

　　"真是天然呆啊！"他朝我笑笑，然后目光扫过直直盯着他的天天和绵暖。我连忙朝他介绍道："这是我的好朋友，范天，绵暖……"

　　他这才正式地用上了正眼，也不觉得对天天有什么尴尬的，柔和的目光在她们脸上微微扫过，而后露出一个笑容，说："你们好。"

刹那间，在原本石化的二人身上，我听到魂飞魄散的声音。

我顿时鄙视她俩，什么心理素质！

他看了看手表，然后站起来，跟一个不认识的阿长问了句什么，之后就又过来，在众目睽睽之下，拉住了我的手。

"还要等两个小时，你不是要回家收衣服吗？我们先走吧。"然后我就在众人惊愕的眼光中，被他这么木然地直愣愣地拖走了。经过门口，正好撞见了那个端着两杯热茶的犹然红潮未退、一脸想太多的师姐，她愕然地望了我们一眼，又望了手上的茶一眼，然后呆若木鸡了……

他竟然真的送我回家收了衣服，不过我愣是没让他上楼。我说我妈有心脏病，见不得太子党。而他居然也同意了，乖巧地在车里等我。可是他难道就没想过，我妈既然在家了，我还回来收衣服干什么？

于是，我稍微在家收拾了一下才出门上了他的车。他问："你爱吃什么菜？"

我苦思冥想着脑海里仅存不多的像他这种大少爷吃得惯的名贵菜，却又发现我所有的高尚经验都是唐奕格带给我的。于是我只好说："你吃什么我就吃什么吧。"

"很好，三从四德的女子已经不多了。"他伸出手指在我脸上轻轻地钩了一下。我立刻抖了一下，这家伙，举止好轻佻。

"那你平时爱吃什么小饭馆吗？我可以陪你去吃一吃。"他又温和地说，连我都差点儿被他的声音迷惑了，但我立刻提醒自己，他温和的面具背后是一颗腹黑的心。

"我想问你一个问题，我们就非得在一块吃饭吗？我们只是合约情侣而已，用不着私底下也演戏吧，那岂不是太累？"

他淡淡一笑，说："我只是在让你习惯，女朋友！"

他很强调地叫了我一声女朋友，我顿时震惊了一下，然后在他强烈柔和的视线下，我抖擞着精神，回了他一句："我知道了，老板！"

开出巷子时，我指着旁边一家小店："不如在那儿吃吧，味道不错。"

这家店虽门面小，但里头却也整洁。店主认识我，笑眯眯地给我们特意用消毒液擦了几遍桌子，顺便瞄了一会儿丁少爷，然后又满脸赞许地看着我。

"男朋友啊？小伙子真不错，姓什么啊？"她忍了半天后终于问出口了。

我冷汗直冒："姓丁。"回答完我立刻在心里祈祷，不要问叫什么不要问叫什么，这货我还不知道他叫什么……

她果然没问，只笑嘻嘻地看着他，然而那家伙也太能演了，我以为他肯定觉得小市民很无礼会不高兴，结果他居然还跟大婶一来二去地聊了几句，态度温和，彬彬有礼。然后他问我："吃什么？"

"老规矩吧，小花爱吃我们家的招牌酸菜鱼。"大婶立刻体贴地插嘴道，我点了点头，似乎见他皱了下眉头，可再看过去，他却是淡淡地点了头。然后我就自作主张地点了几个菜，又问他有没有什么想吃的。

他哪里会有什么想吃的，我猜他不会动几筷子，太子爷哪吃得惯民间菜肴呢。

可吃的时候，我却诧异地发现，他虽然吃得不多，可是每样都会吃一点，只是不太理会酸菜鱼。他怕是从没吃过这道极品菜色吧，这可是我的最爱。于是，我很好心地夹起一块鱼伸到他嘴边给他，说："你吃吃看嘛，真的很好吃！"

他的鼻子跳动了一下，似乎在闻，然后看了我一眼，那眼神简直是柔情蜜意、温情似水，差点儿让我以为他爱上我了。我手一个拿不稳，他却及时张口接了鱼去，眼神灼灼，并且轻轻地咬住了我的筷子。

我的脸刷地红了，害羞地低下头。妈呀，这货功力太深了。纯情如我，实在难以招架，救命啊……

在我的强力推荐下，他才不得不光顾了几次酸菜鱼，可是始终不在鱼身上，而是盯着酸菜吃。我问他："原来你不爱吃鱼呀？"

"不是，我爱吃酸菜。"他淡淡道。

我心中涌起一阵狂喜，完美啊，我就爱跟不爱吃鱼只爱吃酸菜的人一起合伙吃酸菜鱼……

在我窃喜的时候，他又缓缓道："不过，如果像刚才那样喂我吃，我倒是很开胃。"

我顿时蔫了，赶紧闷头吃，迅速吃，狂吃……

我吃得很饱，散散步就可以直接步行到家了。但我觉得他的脸色有点苍白，联想到他身体不好，于是连忙叫他赶紧上车回家，别在外面冻着。

他却不依，执意说和我作为情侣，分开时要拥抱一下。

我很不好意思，活了二十几年还没跟男人抱过，所以连忙红着脸拒绝了。可是他一脸的期待，还捂着胸口咳嗽了两声给我听。而饭店里的大婶还在张望着，我浑身颤抖，这叫我情何以堪啊……

发现大婶终于进去了，于是我飞速地环了一下他的腰，作势往他怀里倒了一下，然后立马就跳后一米，说："呐，不要得寸进尺啊！我抱过了，你快上车吧，如果病了就糟了。"

他没有再为难我，眼睛里露出一道灿烂的狡黠，一副奸计得逞的样子偏偏又那么温柔，让人都忍不住觉得那也是一种特殊的宠溺。

我他娘的要着他的道了！

我狠狠一跺脚，转身就闪了。只是背后有一道灼人的目光追着我，让我的步伐不得不变得袅娜起来。我恨我自己……

回到家，我瘫了。好像跟打仗回来一样，真折磨啊。只是怎么有一种错觉，我是痛并快乐着呢……

晚上我妈回来的时候就噼里啪啦地吼开了："听说你今天和一个帅哥吃饭了！"

我绝望地看着她激动的样子，想到酸菜鱼大婶的八卦和传播功能，顿时苍白无力。

"就是那个合约……"

"不是只需要装一装给他家人看吗？他可不要还想着顺便生米做熟饭啊！人品不会有问题吧？你可得按照合约来，别吃亏了啊。"最后她幽幽地又补充了一句，"要是真帅的话，倒也不是不可以生米做熟饭的。"

过了一会儿，手机短信就进来了，赫然带着他的口吻："怎么才分开一会儿我就又想你了。"

我看着这两行小字，脸颊绯红，好想回他一句"死相"，可我不敢。我知道，这些只是他的日常语言功能而已，他对所有女生都是如此彬彬有礼、温柔多情的，作为合约女友，他对我多用点溢美之词也是正常的。

于是我也动人地回了他："丁少，嗷——嗷——嗷——（拖音，请注意抒情）我们真是身无彩凤双飞翼，心有灵犀一点通。"发完，我就被自己，麻死了，心里想象着那头的他会以什么样暴走的神情看着我的情诗，看你受得了！叫你挑逗我！

他很快传来："我真高兴。"

我"哼哼"着瞧着那四个字。装，接着装，看你能装多久。我就不信我恶心不倒你！

"君当作磐石，妾当如蒲苇，蒲苇韧如丝，磐石无转移。山无棱，江水为竭，冬雷震震，夏雨雪，天地合，乃敢与君绝！"我爽快地发送，心里暗爽到爆，极度嗨！腹黑丁，叫你再也不敢跟我传简讯！

想到这里，我不由得激动得手都颤抖了起来，干脆做人做到位，坏事做到底！我啪啪地再摁下下一条短信："太子，你还记得大明湖畔的夏雨荷吗？"然后就毫不留情地发送了。

顺利得如我所愿，隔了很久很久，久到我在这头差点儿笑吐了。手机才幽幽地响了，我似乎还闻到了对方的颓废气息。

"女朋友，你还真是不会让我失望啊。不过我也没让你失望，我刚才真的吐血了。"

我狂笑起来，心中涌起了无穷的自豪感，放眼世界，睥睨全球，谁能比我更多骄！顿时感觉豪情万丈、热情澎湃，我为自己自豪！

我突然心里莫名一慌，他说的吐血，不是真的吐血了吧……

于是我决定开机睡觉，以防他半夜又打电话给我。好吧，就算是我担心他吧，他那句吐血真的有吓到我。

等我躺了半天辗转反侧，却突然意识到这很不妙。

我朝黑夜静静道："尊敬的腹黑丁同学，你可是第一个让我愿意开着手机睡觉的男人哦……"

第二天，我果然很听话地提上了他送给我的爱马仕包包，可是心情却不那么轻松。因为我深深地明白，等待我的会是一场狂风暴雨。但我仍然需要昂首挺胸，迈着大步地走向我那坎坷的人生……

首先是绵暖，到今天她仍然没能从昨天那石化的状态中走出来，走路依旧是迟缓的。看到我跟见了鬼似的，立刻扑过来，"说说说说……到底是怎么回事啊？你们怎么认识的？怎么会这样？为什么会这样？到底为什么？这个世界太玄幻了……我崩溃啦，大家都崩溃了……"

她跟连珠炮似的，闹得我差点儿她被推倒在地。我含糊地跟她说："我们只是朋友。"可是她照样不信，非要说"我吃独食，不共享"。

正闹得我没办法正常穿衣服时，旁边有大批人马过来了，我没有回头，心知除了林炎那拨还能有谁会这么拉帮结伙的行动？

我示意绵暖别在她们面前闹，她也知道利害，便转而安静地跟我一起换衣服。

听到那伙人的脚步一直走到我面前了，所以我不得不回头看她们。

林炎脸色不善，还有些眼袋，看来是昨天没有睡好。她发话说："你没有什么需要跟我们解释的吗？"

其余人等一律挑衅地看着我，我白了她一眼，没有理她。她顿时火起了，说："你到底使了什么手段！真看不出来你这狐媚子还蛮有一手的，我们竟然全都给你骗了！说，你们是什么时候认识的！今天你不给我说清楚，就别想上机！"

我听着她的威胁，心里说不怕是假的，我一直都知道女人的嫉妒是一件多么可怕的事。而旁边的绵暖哪见过这阵势，她早就吓得脸色苍白，连忙在小声劝和着。

我突然想起来丁少狐狸般的笑脸，嘴角也扯起同样的淡淡笑容，回道："今天是除夕，林炎师姐，你硬是要闹得难看吗？大主管们今天都回家过年，你存心不想让他们过得好是不是？"

她没料到我居然完全不惧她，一愣，我立刻微笑着拍了拍她，说："师姐，我想你误会了，我外貌和脑子都与你相差甚远，你担心个什么劲啊，怪叫我吃惊的！"

她大概从未见过我伶牙俐齿的样子，一直以为我是一只从来都只会唯唯诺诺的脓包，这会儿她竟是真的连一句话也说不出。

可是她们不知道，我这人的性格特市侩，雪中送炭什么的我大约还不会，可狗仗人势、狐假虎威这些，我却无师自通，现在的我和她，到底谁怕谁啊！

还是旁边胡微的反应快，她立刻笑道："林炎啊，这回是我们理亏，没瞧见人家正主在呢吗！连人家正主都不敢跟她计较，咱们这是抱哪门子不平啊！"

说着把大家的目光引去准备室右边，赫然一道俏丽的身影立在那里，正在对镜梳妆。她听见这话，也不理睬，只是脸上一沉。

我心里"咯噔"一下，她什么时候进来的？

若说这件事，我唯一觉得对不起的就是聂思。是我鸠占鹊巢，她若是对我发脾气谩骂，也是无可厚非的。

林炎脸色依旧不好，但也只是咬牙冷冷道："是呀，某些人看起来是失宠了，昨天丁少连个招呼都没跟她打。我还当是少奶奶，原来也只不过是只过路的野鸡。"

聂思很平静，动也不动。

但这话说得极难听，连我都忍不住拉下脸了："说什么呢！你还有没有教养?！"

她愕然地面对我的驳斥，旋即又冷笑道："你呀先别忙着得意，丁少的为人我们都知道，他是甩女人不吐骨头的！还真以为自己有那个命咸鱼翻身怎么着？戴小花我告诉你！咸鱼翻身它还是条咸鱼！"

说完，她威风凛凛地转身就走了，我气得真想追上去扇她两巴掌，告诉她："你不知道吗？咸鱼很持久，比你这新鲜货能保持多半年呢！"

可是聂思在，她一言未发，并且对我视而不见。我很害怕，终于在临上机前，鼓起勇气凑上去跟她解释说："聂思姐姐，真的不是你想的那样的。"

她没有转过头，只是淡淡地说："我知道，是因为你救了他。他对你好也是正常的。"然后她边拉着我往前走边说道："丁少对女人本就温柔，你又救过他性命，对你好一点，无可厚非，只是别在公众场合亲近，免得给你招惹是非。"

我泪汪汪地看着她，聂思真的是好女人，这时候还为我着想，我眼圈一红，连忙低下头。

她见我如此，又柔声补充了一句，"还有……千万别跟他提我，我们最近吵架。"

听她这么说，我大概是明白了为什么丁少要找我，他们以前果然是一对。我心里亮堂了很多，却也好像有点涩涩的。

除夕这天的飞行简直忙透了，旅客不仅很多，而且很杂。各种怪异的要求都有，我疲惫地应付着他们，还要不时地自动屏蔽着师姐们嘴里的恶毒的话。

"瞧她那死样，一点不好看，丁少的病难道已经开始影响视觉神经了？"

"我看丁少好得很，是她臭不要脸的不知道耍什么手段，有些女人啊，表面纯纯的，私底下却风骚得要死。"

"看她那胖脸胖胳膊胖腿我就来气，毛孔又大，个子又矮，头发跟把草似的，怎么好意思跟丁少站一起！真是不要脸！"

我本来自我感觉没这么糟，现在被她们一说，都绝望了。浑身上下瞅了自己一眼，发现她们说的虽然有些夸张，但基本都在点上。

我心中突然涌起了一番争口气的豪情。

为了我自己，为了不让丁少丢人，我决定如他所说，好好变美！

特别是绵暖还紧张兮兮地安慰我道："其实这也说明丁少他不是以貌取人的人，他注重内涵……呃……我有点违心哦！"

绵暖，你这句真的秒杀到我了……

不过这样也好，有句话叫置之死地而后生。你们很好，真的成功地激怒了我。我戴小花发誓，我一定会给你们一个巨大的视觉冲击，颠覆你们对美的看法！

等回到南京下了飞机之后，虽然已经过了年夜饭的时间，但机场里却仍旧人来人往，四处都是赶着回家的旅人。

我来不及换衣服，拎了包就往家赶。我估计现在的出租车不好打。除夕夜，就算是出租车司机也该在家看春晚了。

意外的是，刚出了大厅，我的电话就响了。

某少爷居然在这儿！

我震惊地望着他："你……怎么会在这儿？不会在专程等我吧？"

他露出一个"你想多了"的笑容，然后说："我想着也快到点了，你必定打不到车，不如等你一下，送你回去。"

"你怎么除夕也在？"

"我已经要接管公司了，我的员工都还没放假，我怎么能自己一个人在家偷着乐呢？"

我有些诧异，连忙问："你肚子饿不饿？"

他道："我在家吃过年夜饭了。"

我瞥了他一眼，说："说漏嘴了吧，明明就是特意来接我的，还死不承认！你今天哪有什么工作！"

他摊摊手，道："好吧，如果你一定要这么自我催眠似的瞎感动，我也没办法，不过机场的年夜饭可真难吃啊。"

说完，他笑眯眯地伸出手要搂我，我吓得连忙闪开，然后我俩就借着过年的热闹气氛在机场大厅拉拉扯扯，我正想大叫一声"流氓"，就听到背后传来一个声音："下流！"

我吓了一激灵，连忙转身，发现聂思正脸色不好地站在我们身后！刚才那声"下流"也是她发出的。

我回头朝丁少吐了吐舌头，能把聂思这样温文尔雅的女人惹得爆粗口，丁少您也忒给力了！

丁少放开我，朝聂思温和笑笑，温言道："聂思，你今天也在飞？真是辛苦了，我得给你包个大红包，还要跟你说声新年快乐！"

聂思苍白的脸上终于有了点颜色，并且在他这段春风化雨的蜜糖般的话里逐渐恢复着。我见状，赶紧趁热打铁地说："瞧见没，连聂思姐姐这么宽容的人都说你下流了，你说你是不是应该检点一点！成天跟女生嘻嘻哈哈像什么样子！"

我尽量表现得大大咧咧、大义凛然，一副狂野的哥们儿相，可是聂思的脸色却并没有好多少，反而变得有些古怪。而丁少却是脸上一窘，然后就愣住了。继而冷森森地朝我笑了一下，瞬间凉意侵入了我的四肢百骸。

　　"很好，你居然到今天都还不知道我的名字？"

　　"呃……"怎么话题转得这么快？我们不是在说他的人品问题吗？不过他是怎么发现我不知道的啊？我心里一阵胆寒。

　　"因为我很尊敬您呀，所以丁少、丁总的叫顺口了，就不敢直呼您的名了……"我抖抖索索地说。

　　他沉默了几秒，聂思也没说话，然后只听他缓缓道："不怪你，是我从未介绍过我自己，下柳是我的名字。我叫丁——下——柳！"

　　"哦哦，下柳……我记得了，下柳，下流……"我念叨了半天，突然捂着肚子开始笑，哎呀妈呀，真是人生何处不相逢，煞名何处不相遇啊！看来这些大人物的名字也不是什么好鸟啊，什么零震撼，什么下流……你们还敢叫得更二点吗？

　　"戴小花，你在笑什么？"他森冷的声音，瞬间冻住了我。我的领口被他轻轻一提，就听到他朝聂思说："聂思，我先走一步了。"

　　聂思很镇定地说了一句："这会儿没车了，丁少不介意载我一程吧？"

　　他在思考，他竟然在思考！这么简单的一件事居然让他思考上了！他看着我，为了避免聂思尴尬，我连忙狂点头，于是他就同意了。

　　我和聂思坐在后面，也不知道聊什么好，毕竟前面还有双耳朵。我觉得气氛特别尴尬，不过我尽量让聂思认识到我们其实是什么也没有的。

　　我们有一搭没一搭地聊着，最后我硬是磨叽着让丁少先送我回家。我假装我妈在家等急了，而他被我磨得没有办法，于是我终于先下了车。

　　我朝他们俩高兴地说了拜拜，上楼的时候却还是忍不住从楼梯窗口往下看去。我看到聂思坐到了副驾上。

　　接下来他们会说些什么？会不会也那么暧昧？会不会接吻？他会带她去哪儿？然后我终于发觉自己竟然是酸水冒泡了。我心里后悔得无以复加，我真是贱啊，自己给自己惹来的操心事啊。

不是的，不是的！我只是觉得他跟每个女人都能抛媚眼使桃花，那么甜蜜的样子，会让我觉得很没成就感而已，仅此而已！

可是，悲哀的我居然为了等他的电话和短信，等了一夜未眠……

他为什么没短信没电话，难道他在忙吗？在忙什么？在跟谁忙？我愤怒，我……我我我……

一直等到早晨，我居然哭了。眼见木已成舟，我才终于拖着沉沉的眼皮和过劳的身体如同昏倒般的睡过去了。

虽然第二天是大年初一，但我却一直睡到了下午，起来时爸妈已经去了外婆家。手机里除了几条祝福新年的短信，就再无其他人的信息。我突然发现原来自己竟然也是那种，一开始自命清高，自以为看透了爱情的本质果断置身事外，还以为自己很高明的人。但有些时候，犯贱的心情总是来得那么自然。

于是我深深地，再深深地，呼吸了一下，顿时觉得脾肺肾都痛了起来。我起床找吃的，发现客厅餐桌上有大餐，顺便附了一张便笺，我妈嘱咐我大过年的一定要吃好饭，给减肥先放几天假。一同被压住的还有两个红包，我紧紧地握着红包，没有像往年一样迫不及待地拆开，而是感动得眼圈变红了。

那种被需要的，恒定不变的爱，满溢胸襟。

吃过饭，想着我该干点什么，可是每到关键的日子都无事可做，只能上网聊天玩会儿游戏。

然后就想到就在前几天的情人节，想到他的见面礼、情人节礼。而今天是大年初一，他竟然连屁都不放一个。我不由自主地爆了一句粗口，然后捂着嘴奇怪自己为什么有这样过激的反应。

才跟群里的人聊了会儿天，唐奕格的拜年电话就来了。不知怎的，我现在挺怕他打电话给我的，总觉得很尴尬。我和丁少的动静闹得那么大，他一定听说了，肯定有些瞧不起我吧！我曾经以为自己是个不慕虚荣的朴实孩子，可是我错了，以前只是没有机会而已。自卑和清高完全是两回事。

可是他完全没有提到那件事，反而很温和地问候了我和我的家人。

"下午在家就上网吗？"

"嗯。对于我们只是普通的休假日啊。"

"那我们晚上出去玩吧！去放烟火怎么样？"

"呃……"

"戴小花，我们好像疏远了很多。"

"好啊！晚上八点。"

说完，我轻松了起来，其实我不必刻意地把关系冷却成那样，我们都只不过是未婚青年而已！

我一边上网一边心里回想着这些日子里玄幻的种种，丁少的好是那么的不真实，而我居然还留恋着那些镜花水月不可自拔。正如聂思所说，他本就是一个容易动情更容易移情的人，他对每个女人都好，是因为他觉得女人生来就是该被疼爱的。所以他诚不该成为一个良人，更不适合做我的初恋情人。

尽管他对我有着诸多暧昧，但这也不代表了什么。只不过有一点，我很在意。就是当那些讽刺我的CC们说我配不上他，说我不美，不配站他身旁之类的这种话，却是着实让我感到深受屈辱的。就连他在情人节拟好条约的第一件事都是带我去做美容给我办年卡，这就真的伤到我的自尊了。

你可以不喜欢我，但是我还是想尽可能地让自己美丽一些！

于是我决定花一段时间来好好改变一下自己，世界上没有丑女人，只有懒女人！美丽之路虽然很坎坷，但是我们在这种花季的时候不抓紧时间保养，以后恐怕就完全没有心情了。

说我头发毛糙是吧，于是我当机立断地去打了两个鸡蛋，只把蛋清留下，然后果断去沐浴洗头，用那蛋清当护发素用，涂完了还很认真地按摩了好久，这手感确实比超市卖的护发素要自然很多。我心中无限欣喜，虽然过程中有点小瑕疵，冲洗的时候，因为水太烫，我挂了一头的蛋花，冲都冲不干净，以至于我不得不坐在电脑前，一边看电影一边捯了一下午。但整理完了之后头发果然顺滑了很多，隐隐还有一股清香味。

晚上爸妈回来，我们一起吃了饭，然后我说了句出去玩，就一溜烟跑了，只留下父母贼兮兮地笑。

下午我思虑了很久，我就打定主意，今后出门，无论和谁在一起，我都要打扮得当，不再给人邋遢的印象。所以，当我出现在唐奕格的面前时，他的眼中竟然有了一丝……呃，赞赏。

"咦，今天穿这么正式？"

我眯眯一笑，他掀开后备厢，又说："瞧，我带了好多烟花，你确定你穿这样待会儿能跑得快吗？"

"干什么要跑？"我纳闷地望着那一大包的烟花。

"你去点啊，你不觉得看着一个人像蚂蚱似的跳来跳去还惊恐地捂着耳朵点烟花是一件很好玩的事情吗？"他眼睛笑成了月牙。

我撇撇嘴道："这里不是有男人吗？凭什么我去点火。某男人要是不高兴点，那我们就在这看着别人放的好了！"

这里是我们市里三十几个烟花定点燃放点之一，很多人开着车到这里来放烟花，我原本也只是打算来看烟花的，所以两手空空就来了。对面有一处高台，上面有石阶，坐在那看位置极佳，能俯瞰全场。幻想着那些亲自动手点烟花的傻孩子们都是在为我服务，顿时心中一股女王之气油然而生。

唐奕格听完之后有些愕然，他并不觉得焰火有什么好蹭的，但还是郁闷地望着一车的烟花，说："好吧，我来放你负责看。"

于是就出现了这样的场景，在一辆神气的卡宴旁边，有这样一对男女。女孩指着后备厢在喊："这个这个！"

"那个，放那个米老鼠的！"

"从小到大地放啊！"

一个大冬天都累出来了汗的男子在那里坚强地执行着任务。

最后，他小心翼翼地端出一个大箱子，我一脸好奇地蹿上去问他是什么重型武器。他却一脸的讳莫如深，只说叫我坐旁边等着就好。

他就端着一堆东西带我朝更远的空地去了。我端坐一旁，看他蹲在地上拿出箱子里一个个的小礼花，就开始排形状。好多啊，按照那个箱子的体积再参考一下礼花的大小，我估计得有几百个，能排出十平米那么大的一圈。我兴奋得脸都红了，心想唐奕格可真会玩啊！

然而看了一会儿我就坐不住了，我清楚地看到他排了个半圆之后图形眼看着就椭了，再一看一个爱心形状的尖尖就已经出来了。我很快明白了他要拼什么，我也很快清楚了他今天必定是要说点什么让我痛彻心扉到难做朋友的话来，于是我飞快地站起来，一把抢过他手上的活，笑嘻嘻地对他说："副驾大人，你去歇着吧，我有个更好的创意，保证有你有我一起参与的那种！"然后不由分说就撒娇卖萌地把他推到场外静坐。

之后我就开始破坏队形，改了那礼花的排列。这礼花设计得很巧，芯子特别长，排列时需要有耐心，每两个都要把芯子捏在一起，两两串联。当看到我把那爱心变成了一个圆形时，唐奕格忍不住地说："这就是你的创意吗？你觉得圆形真的好吗？"

我朝他诡异一笑，然后淡定地在中间排了一条飘带，随意一个大 S形，现在的图案赫然类似于乾坤八卦，然后我跑出去拉着唐奕格进来，他愕然地任我拉他在一边固定位置坐下，而我则坐在他斜对面。我笑盈盈地要了他打火机，随便拣了离我最近的一个礼花点了起来，瞬间礼花就逐个四溅开来，一个接一个，速度极快。等一圈都着了，正稳定地徐徐喷着安全火星时，我乐呵呵得直朝唐奕格喊："哈哈，我们是八卦阵哦！"

他在那头笑得委婉，有些无可奈何地看着我，说："你说的有你我参与的就是我俩当这两个圆点啊！"

"要不然嘞？你以为是什么？你难道不知道太极生两仪吗？这下我俩就代表两仪了，多霸道！"

看到我自豪的样子，他突然声音一温柔，说："是啊，太极生两仪，一男一女。"

我立刻噎住，然后赶紧看向别处，顿时屁股下也坐不住了。我简直怀疑是不是烟花点着屁股了。我如坐针毡地象征性地又镇定地坐了一会儿就站起来了,说:"你别动,我给你照相!"

他好笑地挡着我的拍摄,走过来拿下我的相机,道:"你见过八卦图缺个点儿的吗?我们请别人照吧!"

我突然好恨我自己……搞什么八卦嘛,把自己坑了吧!

他逮了个群众给我们拍了几张,我尴尬得要死,这时恐怕没有人不把我们当情侣吧,小女生羡慕的眼光和路人的祝福让我情何以堪啊!

更巧的是,我的手机突然响了,我不禁暗呼得救,就赶紧掏出来接电话。一看号码,顿时惊悚。然后我又鄙视了一下自己,干什么怕他?

于是我就淡定地拿起话筒说话。他问我在哪儿,我说在外面。

"外面是哪里?你在干什么?"他声音里有着明显的情绪,沉默了一会儿又说,"我听到了很多焰火的声音。你在放焰火?"

"嗯。"我故意装作漫不经心。

"跟谁?在哪儿?我去找你。"他语气不悦,声音僵硬。

"我去哪儿玩也要跟你报告吗?你凭什么管我!你出去玩的时候我也没管你啊!"

"你是我女朋友!"

"合约的!"我大喊起来。

"总之,"他突然声音一软,"你别惹我生气。"

我还以为他"总之"后面会有软化的迹象,会说点什么来哄着我。毕竟他从除夕夜到大年初一一整天都没给我祝福祝福。这种忽略在大日子里尤其明显。

"我们别干扰对方的人生,OK?请遵守你的诺言!节假日或私底下本姑娘就不侍候了,丁少爷!"我十分潇洒地合上手机,果断关机。

一直在不远处等着我的唐奕格,坐在快要熄灭的八卦阵里,怔怔地望着我。

我赶紧摸摸脸,刚才我又吼又叫的,恐怕他即使是听不见也看见了。真尴尬啊!

我朝他走去,瞧着他的脸上有些许的落寞,只好率先打破尴尬的气氛说道:"傻坐着干什么,出来吧,都熄了。"

他闻言没动，只是一直打量着我，朝我钩了钩手指说："戴小花，过来坐会儿陪我聊聊吧。

我这辈子最恨听到的一句话第三次出现了，就是这句"过来坐会儿陪我聊聊吧"，真是让人压抑且蛋疼的话啊。可是我还不能拒绝，因为他现在的脸色很不好看。

于是我跟他一样犯傻地坐进黑掉的八卦阵里。

"你在跟丁下柳谈恋爱吗？"这是我第二次听到有人直呼丁下柳的名字。

"没……"我条件反射地否认，却又发现这事如果真按丁少所说的，那他迟早会公之于众的，那时候唐奕格会不会觉得我骗了他？可是又不能据实相告，于是我改口道："不是……暂时是朋友，呃……有些事不知道该怎么跟你说，就是因为一些特殊原因……反正我跟他还没有爱情。"

我解释得乱七八糟，可是他的脸色却沉了下来。他逐字地读着我的话中的关键词。"暂时……特殊原因……还没有……"他的声音与其说是在发音，不如说是在叹气更为贴切，他抬起一直沉吟着的脸，直视我，说："就是说以后会有。"

我无言以对，因为不能睁眼说瞎话告诉他没有，但也不能肯定地说有，谁知道丁少那家伙是不是三分钟热度，也许他很快就会后悔跟我这么个平凡妞订那种合同是很一件荒唐且可耻的事情。

也许他过几天就会来找我，要我废了那份合同，重立新的合同，让我直接转正，条件是把他前一份合同的内容吃进肚子里，从此守口如瓶。

我咧开嘴笑笑，若是那样也不错，我并不喜欢坐过山车的。

唐奕格见我笑了，头低下去，我看见了他嘴角边的一丝苦涩。他说："也好，我只是怕你太傻，被打击受伤了就振作不起来了。"

"不会的，我又不是没被打击过。我曾经被暗恋对象当众羞辱过呢！"我满不在乎、轻描淡写地带过那次简直足以改变我人生观、世界观的暗恋风波。那个男人和女人，让我第一次对这个世界产生了厌恶和不满。所以我才会极度的没安全感，不仅造成我对信任感的缺失，而且还有对爱情的畏惧。

"我喜欢你一直像小火箭炮一样勇往直前的样子。没头没脑的，总是让人在看不见你的时候不住地担心，她会不会闯祸了？会不会吃亏了？……呵呵，跟你在一起很开心，因为你让人感觉这世界很美好，很有希望。"

"我我我……有这么好吗？"我捂着被他夸得通红的脸，害羞地说。我记得大多数人对我的评价都是"不仅不美还长了个猪脑子"。

"你看看你的脸，红得跟猴屁股似的。没见过谁跟你似的，情绪化表现得这么明显，完全的……裸露啊！裸露！"他笑得眯起眼睛。

我赶紧转移话题，开始追问他的情史。我原本是想羞得他不好意思再说我，谁知他竟然很大方地就开始娓娓道来了。

这是一个发生在大学校园中的言情故事，以一对男女情投意合为开头，浓情蜜意为发展，最后以女主毫无征兆地跟一个富商去了国外，从此杳无音信为结尾的悲情故事。

他的故事很长，一点都没有敷衍。声音淡淡的，让人听不出愁绪，也看不出心情，好像完全是在讲别人的事似的。但是我知道，他当时一定是伤心死了，因为时隔五年，他仍然还能清楚地记得她离去的日期。我不禁为这位大帅哥的悲惨经历而感到欷歔。

他淡淡补充了一句说："我和丁下柳关系不好，就是因为她。"

我愕然，他们之间竟然还有这样的惊天的内情！

原来唐奕格从小在航空公司家属院里长大，一直跟丁下柳是朋友。结果丁下柳的某个朋友看上了唐奕格当时的女朋友，于是丁下柳就把她给拐走送人了，以此换来了一笔生意。

虽说这件事上，主要还是错在女人的立场不坚定，但是丁下柳也够缺德的！怨不得唐奕格恨他！

我突然很尴尬，好像自家人犯错了似的……

"怪不得你现在身边有那么多的美女你都没兴趣，原来你也是因为有了阴影，对美女有本能抵触吧！我也是，我现在看见帅哥都敬而远之的。"我赶紧打破这种煽情的气氛，万一人家副驾大年初一的被我勾起回忆哭起来了怎么办呢？

"是，心理有些变态了。不喜欢美女。"他突然转过脸促狭道，"小花，我就蛮喜欢你这类的！"

我大窘，脸再次红了，他怎么就这么不按常理出牌，怎么突然就表白了，我这一个晚上极力避免的努力不是就浪费了吗?! 我半天说不出话来，只好瞪着他。然后就发现他笑得很奸诈，我仔细琢磨了一下，这才反应过来。

"好你个唐奕格，你就是在拐弯抹角地说我不好看呗！我就那么不好看吗？我大小也算个美女好不好？我承认我是土了点，可是刚出土的新鲜萝卜才有潜力啊！像你这种，哼哼！"我斜着眼，鄙视道，"只能走下坡路了，行情看跌，你就坐看姐姐我的行情一路看涨吧！"

"哈哈……一定的……小花我看好你！"

我气呼呼地正准备想点更恶毒的话来还击他，手上还四处摸索着想找点武器什么的让自己看起来更凶神恶煞一点。

谁知刚四下一张望，就懵了。我跟见了鬼似的，惊悚了。我眼睛没花吧?! 站在五米开外正淡定地看着我的，不是丁少是谁！

唐奕格显然发现了我呆若木鸡的样子，他顺着我的目光看到了丁少。我很明显地感觉到他们的目光短暂相接的那一刹那，有强大的电流互击，再一瞬，丁少就没再多看他一眼，转而继续盯着我瞧。

我我我……害怕。

不只因为他是我的老板，还因为他天生就散发着一股迫人的气息，而且这种感官刺激并不随着他那每天都温柔着噙着笑的嘴角而转移，几乎每个人都爱他但也怕他。

他从头到尾只说了三句话。

"小花！"笑。

"玩得可好？"继续笑。

"该回家了。"宠溺的笑。

其余再无多言，只淡淡地看着我。

然而我竟然被他这种迫人的气势吓得跳起来，鬼使神差地想要快点离开，到没人的地方去解决问题。

　　心里只想着不能让唐奕格看到更多的我们争吵，之后我又被调教和欺负的画面。

　　我回头跟唐奕格抱歉地笑笑，他显然有些不悦，因为我居然被一勾就走，这和他想象中那个勇往直前、天不怕地不怕的戴小花的形象大相径庭。其实我也不想让他产生这种厌恶我的想法，可是我就是没种啊。

　　我没敢再看他的眼睛，默默地离开了这个热闹之地。

　　我跟着丁少走回了他的车。他一直默默地在前面走着，没有说话，我低着头跟在他的后面。

　　他上了车，而我却突然迟疑了一下。我不想坐在副驾的那个位置上……

　　他坐在里面，面无表情地看了我一眼。

　　"上来。"连声音也没有情绪，看来刚才他在电话里的激动情绪已然在这半小时内都排解掉了。

　　我静静地拉开了车门，心里默念着，我是真的不介意昨天我看到她也坐在这个位置上的……

　　丁下柳副驾的这位置上，仿佛还能闻到她身上的据说叫绿色机遇的香水味。再仔细闻闻，仿佛还有许许多多的味道，也许这里坐过的不只是绿色机遇小姐，还有蓝色心情、红色热情、紫色矜贵、黄色笑话之类的。

　　我悲哀地发现我已然有了怨妇的潜质。

　　我那还没有来得及享受的青春和灿烂的爱情，我都还没有变美丽，难道他们就要送我去一个忧郁的世界了吗？

　　也许我的内心世界正如唐奕格所说，总是写在脸上。因为我是笨蛋，我不懂得稍微掩饰下自己的情绪，总是把喜和怒、尴尬和丢脸，还有难得的偶尔的淡淡忧伤写在脸上。

　　所以我的沉默也让他注意到了。他冷眼看了我半晌，然后手上轻敲了一下方向盘。

"你以为，你还有理了？"

这句话让我完全愣住了，其实我也想这么问他一句，可是因为我没有资格，所以我不问。而他竟然就这么理直气壮地问我，硬是噎得我说不出话来。

"嚯，你竟然让我生气了。"他淡淡地笑起来，但是有些僵硬有些生气的样子。外面的烟花正是高潮，声音有些大，他烦躁地摁上窗户，于是世界安静了，我们之间的呼吸声变成了同一种节奏。

我转头看他，看着他始终微笑的嘴角。而他同样静静地看着我。

这个男人，我终于有些了解了。

无论何时都是一副天生贵公子的气派，他好像永远不会有面目可憎的时候。就比如现在，明明眼中已经狂风暴雨，可是嘴角却仍旧含笑。不生气的时候会笑，生气的时候还是会笑。对我笑，对所有女人笑。

丁下柳，你的风度是我爱的，却也是我恨的。

"你怎么找到我的？"我可连我妈都没说。

"你家附近的燃放点就这儿最近，我找了一圈就找到了。"

"你生我什么气？"我平心静气地说。

他眼神一跳，好像终于要发怒似的，但说出的语调，却仍旧是百年不变的波澜不惊："过节没有给我一条短信，自己却跑来这里跟别人过二人世界。"

我嘲弄起来："这么说你给我发了？昨天晚上我以为你有节目，今天我以为你继续有节目，所以你没想到我，我自然不敢打扰你。于是我又想了一下，觉得你是对的，我也该偶尔有一下自己的私生活。"

他脸色终于沉了下来，皱着眉看着我，一副山雨欲来的表情。只是酝酿了半天终是没有倾泻出来，反而怒极生笑，那种表情很玄幻，很玩味。怎么说呢？像是又好气又好笑，就好比明明恨极了自己亲生儿子却死也舍不得打的那种心情。最后他居然一把敲在方向盘上，笑着道："戴小花，说真的，你不会爱上我了吧？"

我被他的话噎得窒息了。

我咬着牙瞪着他，可是脸却不争气地涨红起来。他看到我不自然的表情顿时也拘谨起来，但嘴上仍旧说的是："这种事本少爷习惯了，所以你大可不必尴尬的。"

"你少往脸上贴金了，我是不会喜欢你的。我很有分寸，对你这种没安全感的男人只会当漂亮姐妹看。"

他沉思了片刻，问我："分寸？小朋友，这世上大概没有按照分寸谈恋爱的人。如果我也喜欢你，那你敢喜欢我吗？"

"不敢。"

"好吧……那女朋友你先说一说，你今天跟其他男人约会是什么个情况？"

"我也没叫你解释啊，你凭什么让我解释。"

"我有什么好解释的，我为什么不给你打电话你不知道吗？你这个搞不清楚状况的女人！干什么偏要让我载上聂思，是你招来的而你又把她推给我，害我被她缠了很久……你到底是有没有心眼啊，是真的没听过我和她的传闻吗？我还没见过你这么会引狼入室的女人，你的表现也太大方也太不在乎我了！我很生气！"

他这么一通说下来，我顿时觉得我错了，然后一脸懊悔地说："我以为你很喜欢她。没想到你居然这么快就腻了……下次你得暗示我嘛，你知道我又不聪明，对你的事很搞不清状况啊！"

他顿时气结，摩拳擦掌地完全一副要暴走的模样，然后他一掌朝我的头顶揍来，却在触到头发时放轻缓了动作。我以为他会拍一下了事，结果他却突然一通狂揉，揉乱了我原本披散得很整齐的头发，嘴里压抑着吼道："气死我啦气死我啦，本来就活不长，跟你在一起死得更快！"

于是他一路臭着脸，也不理我。天知道，我现在感觉如同置身云端那样美好，原来是我误会他了，其实他昨晚没跟聂思在一起。

所以我一夜盯着手机祈祷和等待都没有白费。

窃喜了很久，突然冷静下来，心想我到底是在兴奋什么啊……然后我心虚地撇脸看了他一眼，心里暗爽道：所以今天是他先忍不住给我电话的，然后发现我居然完全不在意他而且还正跟别的男人约会，怎么看这一局都是我完胜啊！

既然我都胜了，也该有点态度出来，彰显下王者的大气。于是我往他身边凑了凑，说："你开车这么严肃干什么，弄得人家好紧张呀！"想扮淑女很简单，只要把"我"换成"人家"，结尾加上"呀""嘛"为语气助词就可以了。

他耸着眉，丝毫不为所动。

"我在等你解释今晚的事。"

他此言一出，我顿时蔫了。想起来我是完胜的一方，于是我很不要脸地在心里跟唐奕格道了一百次歉后无耻地利用了他，淡定地说："他那么诚恳地约了我，我本来不想去的，后来一想反正晚上也没事，他又买了那么多礼花，不去放也浪费。"

我表现得如此潇洒，把他气得不轻。

他说："那个八卦阵是什么意思？"

原来他看到了！我心里一紧，说："他先摆了个爱心形状，我怕他跟我求婚什么的，那多尴尬。所以我说爱心太俗气了，然后他就拼成了太极八卦，说……"我偷偷瞧了旁边一眼，发现此时的他深深吸了一口气，却在我的"说"字这儿卡住了，好像不等我说完下文，他就不打算出这口气似的。隔了几秒，我怕他真给憋死了，于是吞吐道："说，太极生两仪，我俩……一男一女……"

"砰！"

这次的一拳是完全使了大力的砸在了方向盘上。我看到他雪白的手指都红了，于是连忙安抚他。然后还不怀好意地有所指道："他跟我说五年前他的女朋友跟别人跑了，好可怜呀……"

我只是想提醒下丁少，他曾经对人家做过那么无耻的事情，所以就这事上他没有立场生气。

果然，他顿了一下。然后，他淡淡地吐出一个字："该！"

我有些担心地望着他，我本来只是想气气他，但是可别给唐奕格惹上什么恩怨的。不过，随即我又否认了我的重要性，丁少可不是那种冲动无脑的人，而且我也不是那种冲冠一怒为红颜中的女主类型，何况他们以前还是朋友。

车内陷入了一阵变态的沉默，是那种连呼吸都不敢突兀的环境氛围，以至于我专门跟他保持着一起呼吸，这样才不至于让我的呼吸声显得那么明显。

可他真的是个气息极细的人，我的呼吸跟他混合在一起，竟然有些混杂和暧昧。我真想咽过气去。

就正在这时，他突然说："烟花好看吗？"

我脑子迅速地运转，若是说好看，他必定会生气的。我赶紧摇头，装作一副很受不了的样子，说："一般吧。每年就那样！"

他嘴角挑了一下，说："那是当然，他能带你玩什么？若是我给你放，那就不同了。你等着，我去叫人安排一下。"

说完还真拿起了手机要联系人，我赶紧拉住他说："别，我仔细想了一下，其实还是蛮好看的。"

他淡淡一笑，说："那就更要再放一场了，让你提高下品位，知道什么是真正好看的烟花。"

我无力了，大爷，我是真的不在乎烟花什么的，谁要看那种拿钱烧着烧着就没有了的东西。

但是我是真的体验到了丁下柳的手下的办事能力，大年初一的就被安排出来帮老大泡女人，这手下也真是敬业。

过了大约两个小时，其间我们俩一起吃了个饭，等我们再次回去时，他的手下已经找到了一大块的空地给我们。我敢打赌，这个晚上，所有人的眼光都被我们这里的精彩纷呈吸引了。无数种我没见过的烟花在我眼前绽放，而且还有祝福加羡慕的围观群众，我第一次觉得，奢侈一下真的是很美好的事。

在十二点的燃放高潮中，他从背后轻轻地环住了我。我身体一下子僵住了，在这样的气氛中没有办法、没有理由、没有心情推开他。

然后他撒开一只手去，我刚觉得腰上一空，继而一个红包就递到我面前。头顶上，听到他的声音在说："压岁钱，我昨晚去接你时就想给你的。"

他给我准备了！然后……我把聂思喊上了，所以……然后……

哎……

想到早晨我怨妇似的看着爸妈给的红包，当时心里还无比责怪他。顿时觉得一切不过是我的一场无理取闹，明明都是我的错。我差点儿眼泪就下来了，为了掩饰我糟糕又尴尬的心情，我说了这辈子最想咬掉自己舌头的一句话。

我果断地转身，闪着亮晶晶的眸子朝他颔首道："谢谢大爷！"

他的脸瞬间黑了。

然后我给了他一个大大的拥抱！

丁少，谢谢你，给了戴小花二十一年来最美好的一晚，它让我很温暖。

只不过不浪漫的是，在被送回家的路上，昏昏欲睡的我不时地把脑袋靠在他的肩上，就听到有声音道："你用的什么牌子洗发水，怎么一股鸡蛋味？还是因为我饿了？……"

新的一年，就在被广为热炒的"丁少竟然看上戴小花"的事件中轰轰烈烈的持续进行中拉开了帷幕。这件事让很多人疯了……

是的，大家发现了更多的迹象，远远不只是丁少把戴小花从培训厅拉走那么简单。

"我简直不敢相信我的眼睛，我千真万确看到戴小花上了丁少的车了。"

"呸！瞎了你的刨金狗眼！看错了看错了！"

"这个世界是不是太变态了！怪不得凤姐那么红！我受不了了……"

"补充，别喷我啊！还有人看到他们在烤牛一起吃饭呢。"

……

我紧张地蹲在换衣间里，一直等到外面没有声音了才出去。我不是那么没种的人，只是我害怕被人指指点点，更怕有人逼问我。有些事我肯定不能自作多情地去承认，万一真成了自作多情，我就悲剧了！更不能不承认，万一将来怎么地了，一定又要被人攻击我虚伪。

做人难，做女人更难，做一群女人中的女人更是难上加难！

我叹着气，打算开门出去收拾下。可是我一出去才发现，梳妆台那里竟然坐着聂思，正在静静地描着眉毛。我突然出来，她也一点都没有惊讶，仍然轻轻地描画着，像古代贵族仕女那般美丽又端庄。

我一见到她就不由自主地心虚，赶紧低头问候："聂思姐姐！"

直到她描好眉毛，才转身看我。高傲的眸子，冷冰冰的视线，还有那微微扬起的下巴，优美的脖颈线条柔顺地把她身上的气质和美感延伸到四肢百骸。

"我们找个时间聊聊。"她轻吐出几个字。那感觉竟然让我想流汗，同时也让我害怕。我总觉得，要是跟她斗，我绝对是死得很惨的那个。

"好，师姐方便就好。"

她再次认真地从上到下地打量了我一番，那目光不像是在审情敌，更像是正房觑着眼睛看二奶的模样。那叫一个高姿态，那叫一个威慑力。

其实我从未问过丁下柳本人，他跟聂思到底是什么关系，因为他曾经明白地透露过他现在并不想跟她和好，所以我觉得就这样维持现状也不错。我不敢问他们以前发生过什么，因为我怕现在知道太多，将来我会很伤心的。

最关键的是，我又不是他真正的女朋友……

可是每一次见到她，我都觉得她肯定就是丁少的前女友，因为他一直尊重、爱护着她，即使在我面前也是如此说。真伤感！不过有时候也不能强求太多，因为他就是这样的一个人啊。

我能怎么办呢？我没有要求他爱我的资格，所以我只能……装傻。这大概也是他选择与我做交易的原因吧！因为我傻，我不懂计较。如果我也敏感，我也纠缠，我也死缠烂打，我也寻死觅活，那我也不会跟他有如今的交集吧。

想到这里，我心里一酸，险些就想告诉她真相。可是话到嘴边我又咽了回去。

"姐姐我先出去了。"

"明天早点过来，我们聊会儿。"

我顿住了脚步，回头看了看她，心里有些苦涩道："姐姐，如果不是因为丁少，你是不是绝不打算跟我走近？连聊一下，都还是因为别人，这跟我以前想的完全不一样……姐姐，其实你一直都是我的偶像。想跟你一起工作，想跟你做朋友，但是现在看来是我自作多情了。"

她没说话，也不看我。我突然心中一堵，觉得她某些时候好像一个人。该死！

"聂思姐姐，我看也不必聊了，我只想跟你当朋友，但如果你拿我当其他的，我难受！"我甩下一句话就赌气地走出去了。我也不知道自己在气什么，总之胸腔里一股无言的嫉妒之火熊熊而起。大过年的熙攘和喧闹让我无比烦躁，路过回廊上的巨大的磨光镜子，我突然顿住脚，恶狠狠地朝里面的人说："瞧你这德行！什么时候能变成美女淑女气质女？！"

我总算明白了，我对聂思的畏惧，其实是一种自卑。

所以，就算是为了摆脱这劣性，我也要努力改变自己！

其实，一切都只是习惯问题，想那聂思几年前也只不过是个不谙世事的少女，心肠也热，脸也易红，不过花了三年，便这样厉害了。我想我也不是没有可能改变的。

以她做模板，我观察了很久，然后发现她根本就是冰山，只有面对某些大人物的时候才会展颜。这样的性格不容易跟人相处，于是我否决了，决定再换个模仿对象。

等我斟酌来斟酌去，竟然发现我要模仿的对象应该是丁下柳。

是的，是他。

自信却有礼，让人容易产生"他藐视你是应该的"这种犯贱的感觉。

同时还要自恋——就是自信的高阶段。丁少从来都不在嘴上自恋，但他都在心里自恋，由内而外地散发着那种同化的感染力，让别人也恋他……

还有一点，是天生的。那就是聪明。不过这个我倒也不急，不聪明装聪明就好了，只要眼神够神秘笑容够高深，多多少少都会让人产生出点精明的感觉的。

而且还要沉稳，脸上要时刻表现出高深莫测的表情，淡而不冷，明明微笑着却有距离感。

还有最最最重要的一点，那就是要足够腹黑！虽然这个有点难度，但是我会努力的！

从今天起，控制表情，控制音量，做一个淡定的人。

所以晚上回家时我就顺便去日本美容馆刷了一次卡，好好的美容了一下，并且还尝试了一下里面的点穴减肥法。我半信半疑地权当按摩了，睡了一小会儿之后，出来感觉神清气爽的。

见到我妈，她第一句话就夸了我，说："今天皮肤怎么这么好看？"我当时就乐了，看来贵的就是对的。于是我激动地拒绝了吃饭，忍着饿拿了包奶喝着，看着爸妈吃饭。我爸于心不忍地说："晚上还是吃点吧。"

我闻着味，坚决道："中午吃过了。"

最后实在忍不住那香味，就拿了绳下楼跳绳去了。

这段时间我都在努力跳绳减肥，我咬着牙边跳边给自己打气。"咦，戴小花，你怎么又瘦了！哦……戴小花，求求你不要再这样瘦下去了！戴小花，你这细胳膊细腿的，抱着真不舒服啊！"

上班是做三休一，所以我有空就去了高档的发廊剪了个美美的发型，我头发本就不短，只不过一直都是为了工作方便，没有留刘海，只全部往上梳得溜光，露出个光溜溜的大额头，平常下班也随便弄个马尾辫就回家去了。现在在设计师的建议下，我也弄了个梨花头。刘海斜斜地打得很漂亮，顿时我的脸形就出来了。柔和的，甜美的，居然也是鸭蛋型的。

不过这世界上最痛苦的事就是——笑脸相迎你最讨厌的人。

我现在就在经历着这种痛苦。在回廊上正面遇上林炎和几个不认识的CC，我心里暗暗叫苦，但却不得不笑着迎上去，给足她面子，跟她打招呼。

她冷笑着看了我一眼，旁边立刻就有人言语尖刻地问我到底传言是不是真的。

我低眉顺眼的，不愿与她们发生争执，心想树敌太多也不是好事。谁知她们竟越说越过分，说要是传言是真的就集体凑钱送我去韩国整容，免得丢东家少奶奶的人。

受不了了！我再忍就是乌龟花！不行……我得学聂思，学丁下柳，淡定……从容……撇嘴角……嘁笑……勾眼睛……

"这真是折煞我了，师姐们心里不是早就有答案了吗？若是你们相信传言是真的，还会用这般口气与我说话吗？"我维持着淡淡的笑容，冷静地朝她们点头致意，然后就轻轻地闪过去了。我尽量放慢了步子，显得一点不慌张。

可是应付起来真的很烦，即使我表面上装得再好，但是心里也是一波一波的怒火滔天。真不想去上班，一去就要被这样那样地询问，痛苦得很！我站在我的柜子旁边跟绵暖诉着苦，而天天在一边拿衣服没说话。我知道她心里绝对不会舒服，于是我又靠过去，小心地瞧着她的脸色。

她被我盯得不舒服，板着脸道："干什么盯着我呢？"

我瞧她还知道发脾气，就知道虽然这妞平时很严肃，但是这时候还是挺可爱的。

"我瞧你美呀！"

"算了吧，你就笑我吧！我哪有你美？没看人家连瞧都不瞧我一眼的……你心里可得意了吧！"她不高兴地说。

我"扑哧"一声笑了，这样看来她倒是没在心里憋气。于是我连忙搂住她说："我家天天最好了！"

她冷静地丢开我的手，说："你，等这事的风声过了，得一五一十地把事情经过告诉我们，不许连姐妹也瞒！还有……"她凑到我的耳边悄悄地说："要是真有当老板娘那一天，记得给我个乘务长当当！"

我忍不住甩了她一个大白眼："真现实啊！"

"没办法，人生，就是不停地改变计划了……"她毫不在乎地说。

然后就听到绵暖在我身后弱弱地说："我也要……"

出去时，刚好遇见穿着一身帅气制服的副驾大人。我心虚地一闪身，绵暖就已迎了上去。

我在拐弯处听着他们的对话。"副驾早!"绵暖的声音充满着热情。

"你早!"他声音的温润恬淡。

"副驾今天不跟我们搭组啊!"继续热情!

"呵呵,是呀。对了……戴小花没跟你一起?"怎么刚来就扯我?

"她……死了!"绵暖的声音怎么有点咬牙切齿?想象着绵暖此时的心理活动,我"嘿嘿"笑了一下,却听对方立刻焦急起来,说:"什么?什么意思?"

"我开玩笑的啦……"绵暖的声音有点痛苦。

"不要随便拿这种事开玩笑!"唐奕格的声音突然变得很严肃。我也不由自主的随着他严肃起来……

"哎呀,副驾大人,不要这么凶嘛!为什么不能和谐点呢?她都名花有主了!你失落,我也失落,同是天涯沦落人,不如一起凑个伴!"

我捂住嘴,后边的天天同样瞪大了眼睛,不约而同道:"看不出来绵暖这妮子很开放嘛!"

一阵沉默,我琢磨着可怜的唐奕格肯定是被吓傻了,然后才听到他冷静地说:"自重。"

我和天天目瞪口呆地相互对望了一眼,绵暖怕是被打击到了吧,于是我们伸出头去看她,却见她仍旧情意绵绵地看着他的背影。

看到我们出来了,她一脸春情荡漾地回头,特自豪地说:"我爱的男人,自是不同的。"

我俩晕倒……

虽然还有十几天就要签合同了,但我还是有一点点紧张。所以步步规矩,丝毫不敢懈怠。

可令人伤心的是,办公室主任排班的时候似乎故意针对我,我所有的班次都是一大早。而最后关头不能出半点问题,我怕迟到,所以每天都把闹钟定在四点。

同时,这段时间我跟丁下柳"约法三章":减少见面,因为没空伴驾;下班不陪,太累还要早起;休假不陪,本宫需要休息。

他爽快地答应了，还叫我好好休息。我知道他虽然看起来很随性，在工作上却是个极度认真严谨的人，绝对不会徇私而为我开什么方便的。不过这样也好，免得到时候不清不楚地被人嚼舌根子。

只是他依旧时不时地跟我发发信息，打打电话，说点他擅长的暖心的话。不过就这样，机会也是很少，因为太累了，我晚上回去倒头就睡。短短十来天，我竟像去了半条命。公司就好像垂死挣扎的野兽，抓紧时间拼命地榨取着我们最后一段廉价劳动的时光。

唯一欣慰的是，我果断地瘦了。

即便每天都很累，可是我就是不想大吃大喝，倒不是爱美到不要命，而是累得不想吃了。等到休假睡饱了之后，我依然坚持去做美容，顺便让他们给我点穴减肥，每次做完，都神清气爽的。这样的减肥速度让天天她们啧啧称奇，不由得问我到底用了什么神奇的药。但是我也不是很清楚，也许是点穴有用，也许是饿到位了，也许是太累了……总之，我瘦了，这至少让我苦中有乐。

但是，人生中总会有些让你不得不觉得是命运故意在整你。

今天一觉醒来，竟然到了五点，闹钟居然没有把我闹醒……怀着难以言喻的心情，我简直是虚脱着爬了起来。我就不信我总是那么倒霉的那个人，我就不信我的人生就一定要比别人坎坷一点。从高考失败到摸爬滚打着进学校，从被人羞辱再到可怜巴巴地进公司实习，现在眼看着就是我的天阶顶端了，不要再这样考验我了；即使有再厚的脸皮再坚强的心，一个人的忍受程度也总是有限的。老天，让我顺一次行不行?!

我几乎是哭着开始梳洗的，速度快到惊人，可是手还在抖。爸妈也起来了，见我还在家，都诧异极了，不过看到我的样子都知道我睡过了，但是我没有时间听他们安慰，拎起东西就冲下楼。

高跟鞋跑下楼的声音格外响，我内心抱歉着，恐怕惊着了还在睡觉的邻居，身后传来妈妈的声音："小花，慢点下楼。"

我之所以这么恐慌，倒不是因为真没时间了。而是大巴时间已经过了，下一班还有一个小时才发车。这会儿又是上班高峰，出租车是根本打不到的。

路上车来车往，却根本没有空车出现。我想故伎重施，上到路中间去拦车。可这里是快车道容易出事死人，路边还有早勤的交警。眼看着时间一分分地过去，我的心在一分分地降温。

就在这时电话不识趣地响了，我看到丁下柳的名字，但是眼睛仍旧不敢分心地盯着路上的车。

"女朋友，在路上了吗？今天是实习的最后一次飞，你的心情如何？"我听到电话那端懒洋洋的声音，显然他还睡在床上，又听到有布料摩擦的声音，也许他在闲闲地穿着衣。

我听到他的声音就哽咽了，哭着说："完蛋了，我睡过头了，这会儿打不到车了，已经来不及了……"

电话那头顿了几秒，说："别急，你在你家对面路口等我。"然后，"啪"地挂掉了。

听完他的声音，我终于旁若无人地哭起来，我知道根本来不及了。他家到我家不知道要有多远，况且这会儿高速还堵车，他即便来了又如何？

我几乎是绝望地看着路上的车，我想，如果现在就能走，也许还能赶上最后的登机。

可是我招手的幅度却越来越小了，因为连出租都越来越少了，我只好坐在路边伤心地哭了起来。路人或吃惊或同情地看着我，都无法理解那种眼看着时间流逝却根本无能为力的无助感，更不会知道我为了这一天有多努力。我不想就这么放弃，可是我除了哭，真的什么也做不了。

突然，人群骚动了起来，几乎是瞬间，有车开过来，突然刹车停下。我还没闹清什么情况，车门就开了。在人们的一阵惊呼声中，我被一个热腾腾的大掌拽起来拖进车里。

我看着像空降部队似的丁下柳，完全不能相信。才十几分钟，在这种堵车的时候，他就这样到了！

"哭，就知道哭，真给我长脸，还坐在马路上哭！真是气死我了！"他一边牢骚着，一边握着方向盘，还腾出一只手打开了车里的面纸盒抽了一张纸给我。

我激动得什么话也说不上来了，只是一个劲儿地抽噎着。这家伙是神吗？怎么来得这么快！

"你……怎么……赶得过来……"我边抽噎着边断断续续地问。

"我住在这附近啊。"他随便丢了一句给我，可能是因为赶得太急，我看到他的头发很没有规则地横着竖着，一点都不符合他的潇洒形象。他见我盯着他，有些不好意思，大声道："你这女人让我怎么说你好，赶不上也犯不着哭啊！我不是说了我会过来吗?！"

"呜呜……我睡过头了……好伤心，每次都是这样，怎么搞的，老是功亏一篑！"我又伤心起来，看了看时间，恐怕还是来不及的。

他看到前面堵着，脸上有些烦躁，然后侧脸看了我一眼，见我一脸的泪水，忍不住拿手轻轻地给我擦了擦，再从侧面拿了个保鲜膜塑料袋出来。他看着它，皱了下眉头，但还是递给我。

我愣住了，里面竟然是一块被压扁了的蛋糕。

"吃吧，压扁了，不过是干净的，我刚才从家里拿的。"

我怔住了，他竟然在那么匆忙的时候还能想得到我没吃早饭，还记得给我带一块蛋糕。我的眼圈又红了，又抽噎着说道："呜呜，你真笨，我可以在飞机上吃的啊。"

他闻言朝我一瞪："飞机上的是给客人吃的，你们能吃吗？"

大老板威风一出场，我立刻缩成一团，然后迅速接过去，三下五除二地吃掉了。

我的鼻子酸死了，时刻都处于想抱着他大哭的情绪中。他见我表情纠结，于是把车内镜打低，说："还不赶快重新化妆，看你的脸！"

我赶紧把工具掏了出来，用湿纸巾擦了脸，重新补了层淡妆，把头发也重新梳了一下。然后我看了一眼他的鸡窝头，其实人帅，鸡窝头也挺可爱的。

他的脸色渐渐黑掉，然后一字一句的说道："看什么，也不知道帮我梳一下？"

我连忙凑上去帮他整理了一番，再用发胶给他定了下型，虽然不是很专业，但是要比原来整齐多了。

他轻轻地说了一句："坐好了，把安全带系上，要上高速了。"

我知道出城了，没了堵车可以加速了，然后我听到引擎的轰鸣声，直到他把车窗全部封闭，声音才静了下来，只有剧烈的震动和耳膜的丝丝痛楚还存在。之前是一直头脑发蒙，我这才发现，今天他开的不是原来的车。

这是一辆双座的跑车，而方向盘中间赫然是一只耀眼的黄色金牛。

我惊讶地看着他，他看出了我的疑惑，说："那个车不好跑。"

这家伙到底有多少好车啊……

"别跟我说话了。"

我赶紧点头，然后强自镇定地缩在一侧。

跑车在高速上飞驰。在路上，我能感觉得到车身的摇动，看到一辆辆被甩在身后的车，以及听到不断被我们挤车的谩骂。同时还看到他驾车风骚的走位和他自信的样子。

我坐在他的身边，说实话，这样的飞车我真是第一次，可我居然一点都不害怕，甚至连迟到也不害怕了。这一刻我反而特别的安心，我发现他真的是个很可靠的男人。

一直到下了车，我的两腿都还在打软，但欣喜的是我赶上了！我眼睛红红地跟他道别，急速地往准备室里面冲，还没来得及离开的他在外面就听到我惊叫一声"登机牌呢?！"

这一刻我正式绝望了，我的柜子里没有登机牌，我的柜子被人动过了。虽然锁还好好的。

这一次我没有哭，只是一脸的绝望。丁下柳脸上有了怒气，可是他并没有发脾气，只是沉着地叫我先准备好东西，他去想办法的。我把制服换了之后，就到廊桥上等他，远远地看着他跟工作人员手忙脚乱的身影，时间一秒一秒地过去。

然而，几乎是最后一秒钟！他帮我弄到了一张临时登机牌。

那一刻，我心里的感觉真是一言难尽。

看到他拿到登机牌后给我的安心的眼神，那么得意扬扬，又自信满满。那一瞬间……爱了。

我觉得今天的收获特别大，我可以很骄傲地说，我曾有这样的一天，被一个男人细心地呵护着。这一刻，他就是我的天，我可以完全地信任他，无论他是出于何种心情，无论他是不是对任何女人都这么好，总之我爱了。

我被今天组里的阿长狠狠批评了一顿，因为已经要起飞了，所以阿长说等这件事下班再说，要记入考评的。当然，不到和迟到是完全不同的两个概念，我可以接受迟到的处置。

最后一次实习飞行，我全程都笑得很灿烂。我想着地面上有一个人在鼓励我，这种感觉居然让我有一点点幸福。

我不是投机取巧的人，他也从不徇私。所以丁少，我一定会为你努力下去的。

考评的日子到了，我淡定地坐在一堆人里，开始填表格。一众新人都在，我和天天互相勉励着，而绵暖则紧张得发抖。

考评报告的结果是，有40%的人可以得到一份合同，顿时几家欢喜几家愁，现场愁云惨雾与喜笑颜开混杂。

天天和绵暖都过了，而我没有。

我冷静地看着表格上面的考评，阿长的考评是总评优，而四位师姐的考评是两个差，一个中，一个良好。虽然师姐的考评并不占多大分量，但是主任给的综合意见居然也是中！

我当着所有人的面问他为什么。天天和绵暖红着眼睛拉我，让我别当众给他下不来台，晚些时候再去给他送点礼试试的。

可是我偏不，只追问他为什么。此时的我完全忘记了其实丁下柳已经答应给我一份合约了，我只是想问他，不公平的原因到底是什么。平心而论，我没有犯过大错，甚至比任何人都认真，脏活比所有新人都肯干，而且我也没有跟他有过过节，我不知道他到底是为什么要这样为难我。

他没料到我会这样大胆，只沉着脸说了句，不需要解释，这是公司制度，不是人人都能顺利通过的。

新人里竟然有了几声笑。我冷冷地回头看了一眼，然后她脸通红地看着我，逐渐收敛了神采。

不过我不会就这么任人宰割的，我一定要问出个所以然来。到底我是哪里惹到你了，还是说我惹到了你的人了。

"昨天你最关键的一次飞行迟到，这个在就是极端地蔑视我们航空公司，蔑视我们这个行业。从这一点上我就看得出你根本不适合这个行业，而且你的绩评也不行，不能通过。"

"我昨天……"

"她昨天迟到的原因是因为登机牌被盗，那并不是她的错。"有清冷的声音插话进来，有人徐徐走了进来。人群立即炸开了锅，我担心地望过去，丁下柳脸上是难得的没有表情，很严肃地说："公司所有员工的柜子都是由你部门管辖的，失窃的事，你负责。"

主任没料到他会来，几乎是从椅子上弹了起来。"怎么可能，柜子全部都好好的。丁总您不要听信……"

"是我送她来的，是我替她办的临时登机。"丁下柳淡淡地一字一句地强调着。

那主任已经流汗了，"这……这……这……"最后还是给我发了通过牌。底下的新人议论纷纷，而我全部都听不见。

丁下柳又问："是哪几个评的差？我坐过她三次舱，每次都很好。对客人服务周到，处理问题机智。差在哪儿？我想听听，让评差的全都写份万字的报告交上来给我。"

主任唯唯诺诺地应了，脸上纠结得不得了，看起来一副很难办的样子。

"明天就要。"丁少又补充说。

主任完全挥汗如雨了……

天天拉着绵暖机械道："这个世界诡异了，丁少像是玩真的……"然后两人很有默契地往我身上靠了靠，像镰刀和锤子似的紧紧地团结在我周围。

我在干什么，我的心情如何……全都不重要了。早在他进来说第一句话的时候，我就已经石化了……

明明是因为我睡过头了，即使有登机牌我也迟到了，可他为我说了谎。他徇私了……

全公司迅速传遍，丁少为了戴小花不仅责骂了某肱骨级主任，还惩罚了女人……

一般来说，得罪肱骨是情节比较严重的事，可是放在丁少身上，惩罚女人却是像爆了核弹头一样的大事。

因为丁少的座右铭是：绅士从来不苛责女人，更不会伤害爱他的女人。

因为他说过，每个女人都是水做的，生来被人疼。

因为他博爱着每个女人，他对每个女人都微笑，带给她们好心情，以能够取悦女人为荣。

所以这件事不仅仅只是惩罚几个空乘那么简单，一万字的像检讨似的所谓报告，次日就要交，这个是一件相当严苛的事情。

大家都在议论纷纷，看到我经过的时候都谨慎地盯着我，我戴小花自此终于一炮而红。

人人都说，聂思成了过去时了，丁少的新欢是那个新人戴小花。每当这时立刻就会有人补充一句："长得也不怎么样嘛。"

我很欣慰，至少终于没有人再说我是丑八怪、配不上、糟蹋人的话了。

丁少约我晚上吃晚饭，我没有理由不去，不……我是想去，而且是很想很想！

他神清气爽的样子让他看起来很不一样。

他说今天是给我庆祝一下，我超级的感动。我受得了辱骂，受得了责难，却独独受不了别人对我好。我好想扑到他怀里抱抱他，肉麻地说点感谢的话，但又怕感情爆发得太匆忙，唐突了他，于是只能别别扭扭地跟在他的身后进了餐厅。

他看我一直低着头，轻轻地笑了一声，挑起我的下巴说："干什么突然这么大家闺秀，我都不习惯了。"

我的脸烫得要命，眼睛也不知道要哪里才好，只好在他胸口飘忽，我不敢看他的眼睛。

"今天你大，你点吧。"他示意侍者把菜单递给我。我胡乱地点了一些，他看了一眼之后，加了几样，然后就一直看着我，脸上带着促狭。我被他盯得不好意思，连忙捂住脸。

"不要这样看我，我还没练成……"我闭着眼睛叫道。

他微笑着伸手把我的手拉下来，问我："练什么？"

"我容易脸红，又喜怒形于色，这不好。所以，我要把脸练老一点……"不能手盖着脸，我就低下头，跟犯错了似的老实交代着。

他低声笑了起来，笑声绵长，声声敲击着我的耳膜，让我的小心肝扑通扑通地跳得厉害。他又伸了过来漂亮的手，不过这次却是摸在了我的脸上，温热的触感没有立即回去。

"你变漂亮了。"他说。

"……。"我愣住了，热泪盈眶了，怎么那么像八年抗战的心情！

这一刻我明白了，我其实只是想要得到他的肯定。我傻傻地说："谢谢。"

他把手收了回去。脸蛋凉了，我真想喊住那手不要走，我的脸要感冒的！

对面的他温柔如水。

第一道开胃鱼子酱来的时候他铺好了白巾，在拿起餐具的时候突然说了一句："脸蛋红红的好，很可爱也很健康，我这样亚健康的人是很羡慕的，看到你就觉得有活力，我很喜欢。"

明明说了一大串话，可是等到他开始用餐以后就感觉好像刚才是我的幻听一样。我窃喜了一下，又怕他联想到自己的身体，于是连忙逗他说话。

"丁少，你……不是不会对女孩子不好的吗？……他们说你从来都不会伤害女人，你怎么……怎么……"我斟酌着用词。

他轻轻说了一句："不伤害女人，但前提是他们不要伤害我的女人。"

"唰"地一下，我的脸臊得通红，面对如此赤裸裸的情话，我再也忍不住了，红晕从耳根到脖子再到脖子以下……我大概就像一只烤乳猪。

没谈过恋爱的人就是矬啊！心理素质真值得鄙视！

"女朋友，你还有什么想问的吗？我可以一一作答的。"他低着头，故意不看我的窘态。

没有了，没有了……我简直快自燃了，现在什么都不想问了……

红潮还未褪去，他那头突然"咦"了一声，然后抬头看着我，一本正经道："听你这么一说，我好像确实是有些败人品了。"

我紧张兮兮道："是哦……"

"我的一世英名啊。"他又沉默了。

我缩缩脑袋，一副犯错误的样子，一脸对不起地望着他。他接着问我："你是不是想补偿我？"

"你想要什么？"

他思考了片刻，说："请你以后称呼我为亲爱的吧。"

我"扑哧"笑了一声，吐了，愕然地望着他，然后问道："还是叫丁少顺口，要不叫下柳？"

"下流？"他蹙眉。

"那还是叫丁少吧。"我立刻缩头。

"亲爱的吧。"他眼睛一弯，像是……像是……在诱惑我……

我为难地皱起眉头，叫亲爱的成何体统，我们根本就没有亲密到那一步啊，而且被人听到不是要被骂死了。

我认真地说："亲爱的也太亲昵了，不行，换个吧。"

"那老公好了。"

我沉默了三秒，说："亲爱的，第二道菜上得好慢啊。"

他扬起眉，笑眯眯地望着我，然后懒懒地直起身，招手叫来侍者询问我们的罗宋汤什么时候上。

大快朵颐的我心里却一直犯嘀咕，总觉得对话中少了点什么。对于他给我的帮助，我总觉得有些无以为报的感觉。于是我没头没脑的，突然对他说了一句："你对我真好。"然后埋下头去，又重新低低地说了一遍："亲爱的，你对我真好。"

他笑了一下，说："谁对你好了？"

他接着慢悠悠道："那样就是对人好啊，你还真容易满足。"

我愕然地望着他，他突然凑过来，朝我轻轻道："想知道我对人好是怎样的吗？"

我被他的气息吹拂得痒痒的，浑身麻痹，只机械地点着头。

"那就乖乖做我的女朋友。"

我欲哭无泪，我还不够乖吗？我几乎是被你吃得死死的好不好！这个男人，还让不让人活了……

晚上，当接到了唐奕格的祝贺短信时，我挣扎了一番，居然到最后没有回复他。

次日，我们去签合同，并且接受统一的训话。然后我们就可以单独飞任务了！

从此甩掉了新人的帽子……我热泪盈眶！

♣

第六章

女人混得好是"嫂子"

　　本以为这是平凡的一天，也是很不平凡的一天，只是我料中了开头，却没料得到结尾。

　　我兴高采烈地迎来了人生中又一次轰动的耻辱，众目睽睽之下，我被迎面而来的聂思重重地甩了一巴掌。

　　"装神弄鬼，你还蛮有心机的。什么崇拜我！……呵呵，得意吗？你以为自己进来了？是的，你有本事进来了，看你有没有本事不出去！"她冷冷的声音在众人惊讶的视线中格外清澈。我被打蒙了，完全没有料到她竟然当众撕破脸，在人前打我。

　　在众人的唏嘘声中，我立刻就明白了，她这是叫我知道她的地位。

　　不知道和丁下柳是有多深的感情让她竟然这么恨我，而且昨天丁下柳才为我骂了高管惩罚了师姐，即使这样以后，她照样还敢打我，这说明她很自信，自信她在丁下柳心中的分量。或者说她这是在赌博，她要丁下柳向全公司证明，她始终胜我一筹。

　　我摸着被打烫的脸，静静地站着。说实在的一点不痛，烫是因为丢脸。可是她没给我机会还手就走了，我只是在心中默默地跟自己说，她这一巴掌打掉了所有那些美好的记忆和憧憬。从今以后，我再不会对她心存半分柔软。

　　我像没事人一样揉揉脸穿过围观人群，没有看任何人一眼。

天天她们听说了事情冲过来，看着我脸上什么表情都没有，都着急地问我怎么回事。

"她也太嚣张了，凭什么打人啊！就算真是前女友，也不用这么没风度吧，她难道还不了解吗？被淘汰了打人有什么用，认命吧，丁少什么人啊，他换女人还不跟换……那什么，我觉得这事不能就这么算了！起码要挽回点面子！"绵暖在天天的瞪视下及时地刹住车，立即岔开了话题。

我心里虽然刺痛，但是脸上却没有表现出来，只是说："算了，让她撒气吧。以后我不会再拿她当姐妹了。"

"你告诉丁少了吗？"天天冷静问。

"不了，他迟早也会听说的，谁都能告诉他，唯独我不能。若我去说了，他却没动作，那不是把我俩弄得很尴尬……还是给他个机会让他假装不知道吧。"

"喊……真是贤妻良母！"天天白眼。

"你……对他很没信心啊……"绵暖道。我心里一滞，刚想辩驳一句，天天已经补充了："我们对他也没信心，还是装聋作哑吧。小花，别太往心里去。"

损友还不是最让我悲伤的，最悲伤的是丁少果然没有来，连句装装样子的"我要给你报仇"之类的话都没说，害得我也没机会装大度，没办法委屈地说出"算了，不要给你惹麻烦，我受点苦没什么的"之类的话。

甚至连个电话短信也没来。我还能淡定多久？

我总结了一下，我对他的好感一直像坐云霄飞车似的，一上一下的。

其实何止是我，所有人都在等待这件事的最终解决结果。在他们看来，这就是史上最大八卦，空姐之争，争抢一个男人的宠爱。

谁胜谁负？

直到晚上，激烈的剧情也一直没有上演，大家在一片唏嘘声中，感悟着果然还是聂思强大啊，一定要站好队。

第二天一早，天天就给我打电话来说："你不如今天就别来听课和培训了，请个假吧。关于你，舌根子快给嚼烂了……"

我苦笑，丁下柳你真是给我个蜜枣就给瓢粪，你名义上的女朋友被你前女朋友欺负也就算了，还要被人说闲话，你不吭声难道很光彩吗？我还是去了，因为才签约就请假，我没那么缺心眼，不去，这让别人怎么说我好呢！我也太配合他们找话题。

于是我经历了一个上午的窃窃私语和时刻注视的目光，我很淡定地坐着，突然有了一种喜悦，这就是成长啊！我没有沉不住气，我没有脸色难看，我没有表现不好，我没有哭，也没有傻笑。我终于有了点岿然不动的觉悟了。

可喜可贺啊，我自娱自乐地想着。

分组开了个准备会，签约后第一次飞行依旧是和唐奕格搭档。我有些尴尬，一直不敢看他。天天附在我耳边说他瞧着我脸臭得不像样。

于是我更不敢抬头看……

不一会儿聂思进来了，身姿依旧摇曳高雅，她徐徐落座，众人都屏息凝视我俩。然后，我听到唐奕格突然开口说话："聂思，给戴小花道歉。"

我猛然抬起头，愕然地看他。不只是我，所有人都愕然地看他，包括他爸爸。

聂思瞟了我一眼，嘴角飘起一抹诡异的笑："副驾，你是不是吃饱了撑的？她男朋友都不管，你操什么心？"

我脸上有些不好看，而唐奕格平静地说："要是她男朋友来管，你脸上就难看了。因为他不管，所以我管。"

"我说副驾，平时我们井水不犯河水，今天是冲了哪门子龙王庙啊？你管？凭什么？热脸贴冷屁股很好玩吗？"聂思嗤笑道。

听到这儿，我忍无可忍了，欺负我行，但是不能羞辱我朋友。我一拍桌子站起来，冷冷地指着她说："说到热脸贴冷屁股，不正是聂思你的自我介绍吗？丁少亲口对我说过，他根本就很厌恶你，你还偏偏没眼色地缠着他。我敬你是前辈一直忍让，但不要把我对你的容忍当成你不要脸的资本，你有什么资格对副驾说三道四！"

整个会议室愕然了。聂思的脸一阵红一阵白，手指攥在一起隐隐要爆发。我也豁出去了，要是她再敢动手，我就关门群殴，这里有我和天天，二打一，再不济唐奕格也会保护我！

她只是冷冷看了我一眼，然后拂袖而去。

很快就换了一位师姐过来，她还一副搞不清楚状况的样子，忐忑地看着会议室内众人的表情，看起来是临时调动的。

散会的时候，我拉住唐奕格，"对不起，连累你了！"

他冷冷地瞧着我，天天拍拍我的肩示意我，她出去等我。他眼圈有些发红，又有点气愤地说："为什么要挨打！你就不会好好保护自己吗？丁下柳到底是什么东西，把你放在这样危险的处境就撒手不管了吗？这样你还要爱他吗？"

我低头不语，我也不知道怎么回答他，因为暂时看来，的确如此。

突然间，他的手在我腰上一环，一把拥进他怀里。

"戴小花，你个傻妞！"

没等我说话，他已经放开了我，转身走了。我愣在当场，一直到天天进来找我。

下午的理论培训，有大批师姐进来听课，我知道聂思一定会来，人多的情况下她就爱使劲踩我，于是我连厕所也不上，全程待在座位上，您有什么事就当场解决吧。

可是她连理都没理我，我才明白原来这才叫有范，无视就是最大的藐视，不屑一顾是对人最大的践踏啊！

于是我很冷静，天天很冷静，绵暖很冷静。我想真好啊，成了正式空姐了，她们也成长了，直到我喊她们名字喊了超过三遍都没理我，我才发现她们其实很紧张，都戴着耳机呢。

周围CC们叽叽嘎嘎，跟师姐们聊得甚欢，现在大家都是合同工了，所以师姐们也不再鄙视我们。不仅白眼少了很多，还乐于笼络新人，如此欺负人的时候也好有个帮手。

女人啊，就是爱拉帮结派，目前我属于被群嘲的阶段，别人也不是很想蹚这个浑水，自然不会有人来搭理我，而我旁边的两位是我朋友，所以我们仨成了一条绳上的蚂蚱。

我突然想起我的大学时代，好像跟现在如出一辙。真揪心啊！我那可怜的命运总是这样点儿背。

谁知还没下课，我的手机就响了。丁少来短信问我是不是在上课，我说是的。十分钟后他就出现在了培训厅门口，还犹自带着一脸招牌微笑，见谁都满面春容，我不禁摇头，这孩子……什么破习惯啊！

他来干什么其实我已经不是那么在乎了，毕竟他也有他的难处，这事逼急了他也未必对我有什么好处。

他进来后，朝讲师点了下头，然后就直接坐到了我旁边的空位上。

今天的位子是天天给他挪的，她朝丁少善意地笑了一下，他也回了一个淡淡的笑容。

他坐在我身边跟我说："我出去了一下。"

"哦。"

"怎么有点不高兴？"

我朝他瞧了一眼："出去了是什么意思？"

"出国。"

我愕然："这么快就回来了？"

"日本，就去签个字，吃个饭。"

怪不得他昨天没出现。我心里安慰了一下。

后排的师姐们见我俩聊得格外亲密，又开始叽叽咕咕了。过了一会儿，我身后的新人同事手指头点了点我，她本来想点丁下柳的，后来抖了半天没敢，还是点了我。

"后面的师姐叫我问问……问……"她紧张地望着我们。

"问什么？说重点。"丁下柳歪了下头，看见我一脸的疲倦，转而又上手摸了下我的额头，"你怎么了？"

"丁少你还不知道怎么了吗？"旁边天天终于插嘴进来，一脸愤怒地说，"小花给聂思打了。"

"当众打脸。"绵暖伸头补充。

丁下柳的脸立即沉了下来。我怕他当场有动作，连忙顺手抱住他的胳膊，那头讲师还在呱啦呱啦地讲课，我可不想一不小心又引起轰动。

这个动作稍许有点亲昵。立刻又各种议论纷纷了……戴小花太主动了，太给力了，女强人啊……

丁少没有想到我一日不见竟然这么热情，他白皙的脸上竟也出现了一抹可疑的红晕。我大窘，赶紧放开手，朝背后那正瞧着丁少发呆的姐们儿问："你刚才要问什么？"

见丁下柳看过来，她怔了几秒，说："后面师姐要我问你们……是什么关系啊……"

我再次闪了舌头，没事换什么话题啊，这尴尬的。刚想说点好朋友之类的场面词遮掩着，那边丁少已经扬起了下巴说："去告诉她们，她是我未婚妻。"

不用去告诉她们了，周围的互通消息以及议论之声迅速地像感染的病毒一样传播开去。大家都震惊得要疯了。

我也要疯了，我怎么也没想到有一天他会当众告诉别人我是他的未婚妻！

他低头问我："聂思打你了？"

我连忙躲开一点，看到他一脸淡定的样子，好像是怒火滔天的前兆。我怕极了他把人都得罪光了，这样我还怎么混？于是我连忙朝他哀求道："我没事，这事就过去了吧。"

"你当我有那个度量？"

周围集体愕然，他的声音清冷，在不太安静的培训厅里显得有点突兀。

天天及时插嘴道："丁少你别这么不近人情嘛，我们家小花挨她一下子权当还债了，谁叫她是你女朋友呢！她跟别人说，小花是第三者，你只不过是玩玩她之类的话。唉，反正可难听了。"

天天的一番话，让丁少彻底不高兴了。天天见话已说到，又掐了我一下，给了我个眼色。

我大度地说："这事就算了吧，总是我有错在先……"

"你何错之有！"

"她……总是你喜欢过的人啊。"我的心在这一刻提到了嗓子眼。

"她不是。"简简单单的三个字，让天天和绵暖的脸上露出了得逞的笑意，我还愣着，而后面则爆炸了……

天天瞧了一眼远处某个脸色雪白的女人，假意怪他不解风情，说："丁少……聂思师姐在呢！"

"以后再让我看到谁跟我未婚妻面前撒野的，就请自动离开中航吧。"他淡淡地说。手自然地搭在了我的肩上，可是此刻的我除了惊恐，真的什么心情都没有了。

全场在石化，我在发抖，天天和绵暖发出充满正义的笑。直到培训结束，被他拉走之后，我才逐渐找回了丢掉的魂。

跟他上了车，他一言不发，看起来还没有从怒气中走出来。

"你为什么要那么说。我们不是只是合约关系……"我看他一直不说话，只好大着胆子开口问。

他一手搭在方向盘上，侧脸看着我，淡然道："我不介意发生点其他关系。"

我连忙往后缩了缩脖子，他这才笑着转过头去，发动了车子。

"那你还在气吗？"

"嗯。"

"不要气啦，她心里也在难过吧。"

他无语了片刻，更加平静地说道："我是气你。"

我愕然，我有什么好气的？

"你怎么就那么笨呢？看你四肢强健、虎头虎脑的，居然也能给人打了，打就打了，居然还不知道还手，你叫我的脸往哪儿搁！"

我无语。

"你喜欢能打的那种吗？你不会是因为身体不好想叫我以后专门保护你吧！"

"……"

"我最近饿瘦了，根本没劲的……"我小声咕哝着。

真是完全没有意义的对话。

本以为签了约就可以翻身当大爷了，谁知道开头这么累。依旧是被压迫阶级，依旧是底层群众。每天累得像骡子，唯一的好处就是工资涨了，可以申请公司的宿舍了。

我渴望这个宿舍很久了，特别是当我夜班的时候，那种打不着车的心碎，没有人懂。

我们仨全部都申请了宿舍，位置是在机场旁边的中航酒店里。一屋住四个人，我们几个没分配到一屋，三个人各住各的，反正只是夜里临时凑合下的，我们也都不介意。只要床铺干净就好。

可是丁少听说以后，眉头就皱了皱，说没事别住宿舍，风气不好。

我也听说过，一到周末，那酒店楼下全是名车，都是来接人的大老板。于是我说，我只在下夜班的时候去将就一晚，一个月也就去那么几次的。

他没说话，只是仍旧皱着眉头。

我心里想，干什么把你自家的酒店想得那么黑暗啊，还不都是你们的管理问题。

一晃一个月就过去了，我总共住过三天，因为夜班排得少。这三次我跟两个不认识的室友总共没说够五句话。因为碰面机会很少，我飞的时候她们睡觉，我睡觉的时候她们飞，碰面一次，就简单地互相寒暄了一下，她们都认识我，但表情都淡淡的，没有鄙视，也没有特别巴结，大概也不确定我的属性吧！那位大少爷浪荡的脾性，她们早进来的人比我清楚。谁知道什么时候我会成弃妇呢……

她们所担心的，我要说不担心是假的，所以我虽然时而冲动不已，但是晚上睡觉前还是给自己提醒，告诫自己不可想入非非、陷得太深。

丁少觉得我神经兮兮的，时而热情时而冷淡。每每这时他都会皱起他那好看的眉头，然后若有所思地盯着我看。

"明天我跟你一起飞北京，晚上要在北京过夜吧？下班给我打电话，我带你出去跟朋友吃顿饭。"他语气柔和却不容拒绝。

我像是接圣旨一样的说："哦，好的。"

"所以要把准备出去玩的衣服带上。"

"啊，我都没想到，谢谢提醒啊！"

他本来还想说点什么的，但看我一脸的心不在焉，也就没再继续这个话题了。

隔了半天，我突然想起来一件重要的事，没头没脑地问了他一句："你和聂思到底什么关系？别说没有关系，我不相信。"

他愣了一下，说："你在吃醋吗？"

我点点头。

他思考了几秒，回答我："我喜欢漂亮的女生，她又很善解人意，而且现在是我一个生意伙伴的干妹妹。上上次生病，是她在全程照顾我，我们曾经是很好的朋友。"

"好朋友？'曾经是'是什么意思？"我其实更关心他对好朋友的定义。

"因为她后来做了一件让我厌恶的事情。"他说这句话的时候，虽然表情淡淡的，但是眉头却蹙起来了，有些不失伤感地说，"所以我们不再是朋友了。"

我心中警铃大作，连忙问："什么事情？"

他突然笑了起来，一把搂住我，露出一副娴熟的玩世不恭的样子，在我耳畔低吟道："你觉得是什么事情？"

我一张脸窘得通红，连忙推开他，一来二去之间，这事就被他忽悠过去了。

去北京的一路上，丁少爷还是坐在我的舱。我曾问过他，为什么爱坐经济舱，他说便于体察民情。我吐血，这家伙敢情还真拿自己当太子呢！

给他发餐的时候他小子还很顺便地捏了一下我的小手，当着别的乘客的面，我窘了半天，于是赶紧回头就朝对面的三个学生模样的青年问好，说道："乘客您好，鸡肉米饭和猪肉米饭请问要哪种？"

"我们两个是猪，她是鸡！"

我就笑场了……

等晚上匆匆收拾完后，我告别了同组人，坐上了来接的车。

一上车，他扫视了我一眼，然后就丢给我一个纸袋。我扫了一眼袋子上面印的 Valentino 标志，拿出来一看，竟是一条裙子。

"给我买的啊？……呃，很漂亮。"我有些诧异地说。自己扫了一眼我的行头，确实有些普通了。我再瞧了他一眼，说："你早就晓得我穿得不会合意，那你干吗还叫我自己带啊！真讨厌！"

他笑了一下，朝后座示意道："你去后面换的。"

"不好吧，还是找个地方停下来我去厕所换吧。"我眼神颤颤地瞧着他。他嘴边笑意渐盛，朝我轻轻地靠过来，眸子里全是淡淡的柔情。糟糕，这厮又在勾引我了……

他如诱魂的声音贴在耳边说："怎么？我的女朋友不好意思了吗？"

我浑身的鸡皮疙瘩兴奋得跳起舞来，战栗得脑子里神经大乱，迅速向后弹开。我翻到后座，看了他一眼，鼓起勇气打开衣服，又弱弱地指了指说："镜子……"

他伸手换了镜子角度之后，我这才小心翼翼地贴着他的座位背着他开始脱衣服和穿衣服。尽管车里开了暖气，可是我仍然打了个冷战。衣料与身体摩擦的窸窣声在安静的空气里显得有些暧昧，我有些不好意思，突然他把音乐打开了。

我迅速地整理好衣服，发现它极为合身。大牌的简单的裁剪贴合身形很勾勒线条，加上我的皮肤白，墨蓝色又非常衬皮肤。而且……感觉怎么说呢，就是非常有气质！

我扭捏地爬到前面去，他瞟了我一眼，眼神看似还算满意，只不过他的耳根怎么有点粉红呢……他这个万年无血色苍白虚弱的脸上居然有了一丝疑似红晕的色彩。我实在太吃惊了，忽然对自己很赞赏，近两三个月的美容计划不是说着玩的。

我突然想起来了什么，一把抓住他的胳膊："你怎么会知道我的 size 啊！"

他继续开车，没看我，淡淡吐出两个字："目测。"

我不淡定了，这人眼光也太毒了。难道就看一眼就能看出三围体重来……

"你果真是……果真是阅女无数啊！"我咬牙挤出几个字。他撇了嘴角一笑，没辩解。

我抓狂了，这么关键的问题怎么能不解释，不解释不就是默认吗？你随便瞪我一眼也好啊！

我靠在另一边，闭着眼睛养神，他接了个电话，大概是已经有人在等着了。他说了几句就挂了，然后拍拍我，告诉我快到了。我鼓着嘴坐了起来，仍旧闭着眼不说话，不过他也没说话的意思。

下车的时候，一阵冷风"嗖"地从我的腿间刮过，寒意顿时凌厉无比，我这才意识到这是早春的寒冷，而我竟然只穿件裙子就出来蹦跶了。我顿时火气无比地吼道："这么冷你叫我穿裙子！"

他走到我身边，拉住我的手，把我环到怀里，凑在我耳边道："这样我才能把你抱在怀里给你取暖啊，亲爱的，我就知道你适合穿这式样的裙子，很不错。"

我虽然脸上火辣辣的，但还是忍不住瞪了他一眼，然后离他远点。他也不计较，拉着我进了酒吧。

我却嘴上不饶人地嘀咕着他们这些恶俗的习惯，什么泡吧玩夜店，全是浪费生命。

"你带我来干什么？上夜店的男人是找刺激的，而女人多半是受过刺激。我又没受刺激，才不高兴去呢！放开我，我要回酒店睡觉了！"

我别别扭扭的样子终于叫他有了点反应，他几乎是强抱着我往里面去的，嘴里轻笑道："我看你这一副火箭炮的样子绝对是受刺激了。"

我气得直跳脚，正想跟他翻脸，他却已经在一个包间前停下，转身在我耳边说："到了。"

我连忙镇定下来，哀怨地瞧了他一眼，被他拉进去。

里面光线不强，勉强能看得清楚。包间大得骇人，酒开了一桌子，果盘小吃都没人动。同样大得骇人的 U 形沙发上散坐着男男女女数人，因为第一次见生人，我有些羞涩地缩在丁少的阴影里走进去。

丁少一进去，里面立刻一阵怪异骚动。男人女人的眼神复杂地在我身上梭巡开来。

一皮肤特别白正被美女喂水果的男青年怪叫道："哇哦！丁少！带新人啊？"

"哎……粉嫩小美女！又一个涉世未深的良家。"旁边的络腮胡男打量着我说。

"怎么感觉好像有点眼熟……"这次说话的我认识，凌振翰……

丁少拉着我过去，有女人上来接过他的外套，临去还不忘吃豆腐，趁机摸了一把他的胳膊。他朝那女人浅笑一下，然后朝众人淡淡道："戴小花，我女朋友。"

众人沉默了。所有人的脸上都显现出一种讶异到麻木和呆滞的神情，不知是为我这名字还是为女朋友这三个字。

漫长的死寂，突然凌振翰一句洪亮的爆笑惊起了一众人，说："是了是了，就是她。戴小花！"

有人弱弱地叫了一句："丁嫂。"

又有人笑嘻嘻地接口道："下流嫂！"

辨不清谁嚷了一句："你小子找死呢吧！会喊人吗？叫丁少奶奶！"

我窘得简直像只烧透得不能再透的虾子，连忙小声道："别这么喊，我不是……"

旁边的丁少毫无顾忌地揽过我的腰，朝我温言道："一声嫂子还是当得起的。"

众人被他这一亲昵的动作惹得个个热情高涨，纷纷起哄取笑他，我觉得有些头皮发麻。丁少指指身边几个人，说："凌振翰，你认得的。那边是天赐、文书远、邓肯……"他介绍着，我一一点头打招呼："邓肯大哥好，跑跑哥好，文少爷好……小白好……"

突然头上一痛，我的脑袋被丁少拍了一巴掌，他揽过我的脖子，状似轻抚，却贴近我耳畔，轻笑道："笨蛋，不用喊人的。"那么多双眼睛下，他的热气就在耳垂边，我耳朵顿时就红了。是了，丁少的女人，还用在乎这个!

我战栗了下,起了一身鸡皮疙瘩。那边皮肤特别白外号叫小白的笑嘻嘻地朝我招手:"嫂子,过来坐!"

于是我都不知道是屁股怎么沾上沙发的,总之一切都有点恍惚。

等旁边的人全部坐定后,我脸红扑扑地回访着盯着我看的众人,想要尽量显得大方点。我右手边的丁下柳的另一边是个美貌如花的女子,正毫不顾忌我,就半靠他身上亲昵地奉着酒,而我左边的女生被凌振翰拎起来扔到一边,他一屁股凑过来,很近地盯着我。

"小花,你怎么变嫂子了?

"嫂子,看你挺清纯的,怎么找起男朋友来也那么市侩?

"小花嫂子,我说你是突然变美了还是怎么着,我怎么瞧着都觉得有点不像了呢?"

他旋即遭到丁下柳的一记白眼,然后我就被丁少拎了过去,跟他本人交换了位子,而他则隔在了我和凌振翰之间。刚坐稳,就看到我右边那位姐姐正尴尬地端着酒杯,幽怨地朝我旁边的人望去。

我冒汗了……

大家纷纷叫我嫂子,只有几个年纪显然比较长的叫我一声弟妹。我有些纳闷,看看丁下柳那张年轻的脸蛋,凑近他轻声地问到:"你多大了?"

这话被旁边的凌振翰听去了,他狡黠地朝我一笑,然后另一边才刚认识的外号叫小白的哈哈大笑朝我道:"你又被他这张面皮给骗了吧?丁少可是千年老妖怪附身,哈哈!"

这个玩笑其实很冷,但是大家居然都笑了,凌振翰朝我眨眨眼道:"你家官人比我们都老,已经二十九了!"

我惊讶地望着丁下柳,他淡淡地朝凌振翰吐了一句:"你知道得太多了。"小白立刻跟上朝凌振翰做了个抹脖子的动作。旁边立即有人伸手掐他脖子,弄得他咳嗽不止,连连求饶。

他们那厢嬉闹着,我这心里翻腾着,这家伙居然快三十了!我一直以为他至多比我大不了两岁,还一直觉得他跟我在一起,即便只是名义上的关系也是委屈了他，冤孽啊，没想到他竟然是老牛吃嫩草！

"上当受骗了吧！被他这张虚伪的脸给忽悠了吧！哈哈……这家伙没事就上美容院，成天以妖孽为资本迷惑少女。小花你快跑……"已经被整得不能说话了，这个凌振翰依旧坚强地指责着丁少。后者仿佛没听见，只是皱着眉盯着手里的杯子说："这酒不纯。"

他表现得太坦然了，实在有必要跟我解释点什么。毕竟我刚才问了，哪怕他不答，也该跟我搭两句话的。于是我就眼巴巴地瞅着他。

"饿了？我给你点个鳝鱼拌饭吧。"没等他抬头朝包间角落里坐着的服务员吩咐，那女孩子已经笑着出去了。

谁要吃鳝鱼拌饭啊！我一口气憋在心里，大喝了一口面前不知道谁倒好的一杯白开水，谁知入口竟是白酒。

五脏六腑都辣了起来，吐又不能吐，我急忙撇开堵着我出去的大腿们要去卫生间吐掉，谁知竟被丁下柳一把拽下来坐在腿上，然后是他突然贴近的脸温柔地吻了上来，我脑子里"轰"的一声，酒就这么被他吸走了。

气氛顿时热烈起来，我僵得像只死老鼠，看都不敢看他。我不确定我的脸是不是紫了，如果没记错的话，那好像是我的初吻……

我竟然忘记了撇开他，我竟然这么努力回味着……这是我的初吻，还是在这么多人面前，没等我再胡思乱想，头顶就有带着酒香的声音传来，哦……那是刚才接吻的味道……

我脑袋蒙了，他问："29岁，没关系吧？"

好吧，亲爱的，我快自燃了……我此时哪里还知道跟他计较什么，立马把头甩得像拨浪鼓一样，说："没关系，没关系……"

他呵呵笑了，旁边众人都对他翘起大拇指。等我意识过来，顿时没了颜面，刚想补充点什么来挽回些面子。他又伸手轻轻环住我，手在我背后轻轻拍着，像是安抚我不安的心情。我到嘴边的话溜达了一圈，硬生生给咽回去了。

这些都是太子的兄弟，也就是传说中的亲王们。我纳闷他在北京怎么会有那么多兄弟。他看出我纠结的表情，凑在我耳边亲昵道："做生意，在哪儿都有这么一帮朋友。"

服务员端了我的拌饭过来，一小盅，紫砂盖着，味道非常香。

他轻轻放开我，说："吃去吧。"随后与对面的男人喝起了酒，开始谈生意。我吃得认真，因为要保证吃饭质量又要注意姿势优雅，所以我有些全神贯注。他们的谈话我也只断断续续听到了一点。

"今年是因为有世博才赢利，到明年经济平稳发展，我们公司还会恢复原形，照样亏损。"

"你家是四大航空里管理最烂的公司，规章制度形同虚设，你老子下面那群人说话和放屁一样没水准，一群拿着权力办私事的垃圾，员工没有归属感的企业怎能长久，难道还像往年一样靠国家巨额补助吗？"

"强烈建议合并给丁少吧！"

"就是，拿到钱才是王道，守业什么的得看天赋！你小子也就玩女人的天赋强点。"

"不如给丁少吧，丁少你怎么说？"

我停下咀嚼，怔怔望着他，我从未想到在这里能听到这样大的商业交易，我也没有料到他竟然能做这样大的商业决策。

他表情依旧没变，也没有思考的样子，淡淡地说："我等抄底。"

周围人炸开了锅，"你小子也太不近人情了，对自己人还这么狠！"

凌振翰笑哈哈道："丁少一向没人性，你们第一天认识他啊！"

"话说现在也不是好时机，那世博会才闭幕，还有些后续的骨头渣子，今年红火着呢！"

"丁少只说抄底，没说什么时候，刘公子，你回去跟你老子商量个够底的价格报过去再谈谈呗！"

那刘公子显然不大乐意，众人也就不做声了，女人们连忙暖场敬酒。几轮你来我往之后，气氛又回到一个高点。

"我最近听到消息说丁少家又订了 10 架 A330 和 10 架 A350，之前，CZ 也订了几架 A330，而且 CZ 还有 5 架 A380，就是没有 MU 订宽体机的声音，除了从 2011 年开始交付的 16 架 A330，和不知何时能交付的 B787，MU 还有什么宽体机的订单吗？现在丁少家的 CM 扩张得很厉害，再这样下去，MU 落后的不是一点，而且市场份额简直不堪入目！"
我运用着我强大的头脑逐一对号入座着这些代码所代表的航空公司和机型，以及消化着他强大的成语能力。他们看来都是做这行的，而且对这些极为熟悉。

　　"刘公子要悲剧了，想开航线都没飞机，美加东海岸的航线除了346 估计没别的行了。A346 还就那么几架，硬件还差。又新又好的航程大都给丁少家拿去了。他家新买的飞机无论从座位数和航程上都强大。19 个 77W 就很无敌了，然后还有 A350、B787。"

　　"B787 要 2012 年才来了，明年只有 3 个 A332，远程航线又悲剧了。"刘公子懊恼地说，看起来人憨憨的，我悲哀地望着他。

　　旁边一直没说话的一个单眼皮男子突然开口说："我不信东航会主动放弃国际市场，似乎是有人在压制东航的客机引进。"他说完还狐疑地瞧了丁少一眼，但丁少很镇定，看都没看他一眼，场面又尴尬地安静了下来，这回他们谈的公事很严肃，女人没敢再上来劝酒，我也赶紧小声点咀嚼，可是悲剧发生了，突然被刺卡住了。我憋着痒痒的喉咙，不吃也不动，呼吸都不敢，一吸气就痒得想咳嗽，终还是没能忍住，大声咳了起来。

　　立马就有人从背后拍拍我，然后端来水给我。我眼泪汪汪地吞下一口饭，把刺给咽了下去。丁少一边拍着我，一边朝人群淡淡道："急什么，马上国家又要签一批波音机了，到时候再看吧。"

　　场面立刻又活了，谁也没看出来其实我不是在故意咳嗽救场，我真是被刺卡了！

　　第一轮的酒快完了，包间服务员立刻过来询问添酒事宜。

　　我旁边的那个女人很厉害，不知道什么时候，呃……我想也就是我身子前倾趴桌上吃饭的时候吧，她已经隔着我，斜着身子以一个很艰难的姿势微微地靠上了丁少。

　　我眼角余光瞧见了，虽然明明已经吃饱了，却也不好意思直接让她闪开，好让我自己靠回去。于是就只好继续慢慢吃，希望她看到我吃完了就自觉点。

这时她的粉脸熠熠发光，美丽动人，听她娇滴滴道："哎呀，我可不能喝红酒，后劲上来后我就会乱来，一不小心就抱着人乱亲，做了什么我自己都不知道。"她说这话时小脸嫣红，毫不掩饰地热烈地看着身边的丁少。

立刻有女人嘲讽道："尤妹，你可不能乱来，小心你家林少爷抽你。"

她当即白眼回去："我们早就分手了，他可不是我的菜。"

却听丁少冷冷道："那就别点红酒。"

那女子听完脸上一白，周围全都笑嘻嘻地看她尴尬，她只好讪讪地道："不喝也好，喝了保不齐我就会乱来。"

我正好吃完了，碗空了吃饭的姿势也装不下去了。见她尴尬，于是乘机往后靠了靠，礼貌性地把她挤开，顺便给她台阶下的接口道："是呀，红酒后劲大，我也不能喝，一喝就乱了。"

对天指誓，我只是随意地接一句！可丁少突然侧过脸来温柔地看了我一眼，然后淡淡地朝服务员道："拿两瓶拉图干红。"

众人集体喷了，我愕然……

等酒上来，丁少亲自给我斟了一杯。

"吃饱了吧？"

"嗯。"

"可以喝一点点酒。"

我抖抖地接过他手里的酒杯。众人都会意地朝我举杯，我知道他们是为了丁少要灌我，于是我很淡定朝他们道："我是骗你们的，其实我红酒酒量还可以，而且我酒品超好，绝不乱来。"

说完，我一口倒进喉咙，完全没有细品，喝完后，我难受地看着周围的人都似乎只抿了一小口。身边的丁少又给我倒了一杯，朝我耳语道："这个酒品质不错，你慢慢地喝。"

我脸红，忘记了名贵的酒要慢慢品尝，一不小心出了次糗。

一会儿我就跟他们大多数人都混熟了，我性格还算讨喜，又因着给丁少面子，他们纷纷要认我当妹妹。我有些醉意，顺势都一一应承下来，这样也好，下次见面不记得名字统一叫哥就行了，一点不会尴尬。

众人觥筹交错了很久以后，就起哄让我和丁少对唱情歌。我早就听腻了那群腻腻歪歪的女人唱的软绵绵的没乐感的歌了，于是觉得这提议也不错，我还没听过他唱歌呢！

丁少没理他们，杯子朝我一晃，说："让你们嫂子唱。"

凌振翰此时怀里多了个辣妹，瞧着我笑哈哈道："嫂子你给我们唱一个吧！"

我斜眼瞧了丁少一眼，这家伙真不给面子，撇我一个人算什么？

我大方接过某姑娘递过来的话筒，点了首 Dido 的 *Thank you*。

然后我朝他挑起眼眸，说："你不要后悔哦，等一会儿我唱完了，在座的都要爱上我的。"

我也不知道自己是哪来的勇气说这话的，也许是酒劲上来了，也许是被他不给面子刺激的，我只看到他那有些迷蒙的眼睛里亮了一下，然后朝我露出了颠倒众生的一笑。

然后……

正如后来他说的那样，那个晚上他被我迷住了。

我一直自封是个内秀的人，这内秀的其中一项就包括了唱歌。于是一曲终了，周围人的巴掌都要拍烂了。

"专业的，绝对是专业的！"

"天籁啊，弟妹！"

"丁少，你老婆当什么空姐啊，你捧她当巨星吧！这条件……"

丁少听着那些赞美，一动不动地瞧着我，我唱的时候很自信，可唱完却又怯怯的了，特别是被他这样的目光盯着。

又听到有人说："兄弟啊，以后记得常常带着弟妹出来嗨皮。太给力了！"

他眉头轻皱，然后把我手上的话筒掰下来放回桌上，搂着我朝众人淡然道："再说吧。"

众人纷纷谴责他太护食，不够意思。

这个夜晚从这一刻开始，他的眼神就一直很迷离，像是醉了一样。时而靠着我的脑袋，时而起来看我两眼，别人都在各种乱七八糟的欢乐，我们俩却在暧昧的气氛中大眼瞪小眼地直到散场。

凌振翰要送我们去丁少的住所，我惊慌地摇着手说我要回公司指定的酒店。丁少在冷风中散着热，微微闭着眼睛，然后嘴角噙着笑，拉过我，搂住。

"你怎么一直没叫我亲爱的。"强势的口吻。

为了哄他放我单独回去，我只好喊他道："亲爱的。"

"嗯。"他轻轻答道，凌振翰从车里伸出头来说："你两个激情够了没有，回去不还有整晚吗？就非得站大马路上吗？"

我被他赤裸裸的言辞说得脸上大窘，几乎要拔腿就跑，却被丁少一把抱住了，酒香在我耳后弥漫着，拂着热气说："亲爱的，你不去，我很没面子。"

我僵硬的身子一愣，想说你失面子总比我失身子好吧。谁知他又可怜巴巴地说了句："我都喝成这样了，也做不了什么，你就不能去照顾我一下吗？"

我彻底僵硬了，恍惚着就被他掳上了车。

我就说我是个善良的姑娘，被这大灰狼两句话一骗就跟着走，还细心地替他着想着："咱们来的时候开的车呢？"

他像是睡着了，半晌才幽幽地答了一句："放那儿，会有人给我开回去的。"

看他确实是醉了，我也就不问了。

凌振翰此时却相当清醒，跟我嘻嘻哈哈地说了几句。看他夜里行车的速度很快，我又担心起来，问："振翰哥，要是交警查你酒精超标怎么办？"

"开什么玩笑，你不看我车挂的什么牌照！"我正打算问他是什么牌照时候，旁边丁少咕哝了一声，头动来动去，像是靠着坐椅极不舒服，我连忙伸手揽住他让他靠在我的怀里，一边轻拍着他一边不由自主地哼哼着小调，等前面某人"扑哧"一声笑了出来，我才意识到我这是典型的哄孩子呢……

我这该死的母性啊！我鄙视自己，低头瞧他，好似他嘴角仍是在嘀着笑。这该死的招牌嘴脸，连喝醉了都还不卸掉。

外面很黑，什么都看不太真切，直到车开进了一个别墅区，然后在一栋奶白色的房子前停了下来，我这才意识到丁下柳这家伙家里是多有钱。

凌振翰当然没有掉头走掉，似乎跟丁少是很好的朋友，他亲热地扶着丁少下了车，一直送到床上，然后才转头朝我笑嘻嘻地道："嫂子，接下来就交给你了啊。下次再找你好好叙叙，这就不打扰你们了，我先走了！"

我讪讪地送他离开，望着这个陌生的地方，突然有些手足无措。这家伙把我带来，自己却睡成了个猪头，我怎么办？

我立刻又懊恼起来，看他睡得欢快的样子，心里没来由的一股火，朝他垂在床沿的小腿踹了一脚。

尽管如此，我还是给他脱了鞋，也不管他的西服是多贵一套，就让他和衣而睡，揉皱了拉倒。然后我给自己倒了杯水，今天飞了一天身上很疲劳，身上的新裙子也已经沾满了夜店的味道，可是我自己的衣服还在昨天他开的那辆车里呢。

看了丁少一眼，我最后还是决定冲一下澡，他这个行宫估计招待过不少女客，应该会有换洗的睡衣的。可是我开柜子看了一圈，却只有他一个人的。

我在浴室吹干了头发，穿着他的大睡袍，看他仍安稳地在床上躺着，于是我便开了小夜灯窝在沙发上睡了。

半梦半醒之间，我感觉到好像有温热的触感，我的酒意有点沉，再加上疲累，却又好似安心地知道那人是谁，抵触了一会儿见他没有什么恶意，于是便任那细细密密的吻落在我的脸颊上。

第二日醒来，我已在他怀里，跟他一起窝在被窝里了。

又不是演偶像剧，所以我当然没有大惊小怪地尖叫着让他负责任什么的，我仍好好儿地穿着睡衣，而他也不知何时换上了睡袍，跟我身上的一模一样；都是藏灰色的。

我赶紧从他怀里爬出来，然后箭一样地蹿进洗手间，心里的鼓擂得咚咚直跳。冷静！我要冷静。这不算什么，只是抱着睡了一夜而已，我俩还是很纯洁的。

不过回忆起昨天那些细密温柔的亲吻，到现在都还是历历在目，触感犹在……脸上腾地烧起来，救命啊！我又要自燃了……

等我收拾好自己，洗漱完毕，深吸一口气拉门出去。然后就看到他正懒懒撑着脸颊斜躺在床上，面色柔美，星眸半掩，意态慵懒。好吧，我得承认，如果我是男人一定会扑上去的。

可惜我不是！我是女人，只喜欢威猛的男人！

"昨晚睡得好吗？"他睁开眼睛，朝我微笑，嘴角依旧撩起。拜托……可以不要时刻这么魅惑吗？

"还不错。"我假装大方地贴着床沿坐下，想了想又打算去沙发上坐。却不料被他一把抓住手腕，我回头看他，一不小心就入了怀。

"本打算把你灌醉，后来怕下不去手，于是改变主意把自己灌醉，最后竟然没有兽性大发，哎，我是不是很君子？"

他说得这么习以为常，这么坦坦荡荡，我都迷惑，好像是有那么一点君子，还有丝丝坚持在里面，真是可叹可感……

看我点了头，他立即凑过脸颊说："补偿我，亲一下吧。"

我听话地亲了他，然后又有了丝丝疑惑，怎么哪里不对劲呢？

后来一想，难道我就该被他怎么样吗？！他一开始的设定就是不道德的，就是卑鄙无耻的，竟然还为了他没有实施而给他道谢，我真是脑子有问题！

"你是什么时候换的衣服？"我可不记得我梦游时把他给剥光了。他叹了一口气，说："我不洗澡是睡不好觉的，你居然那样就让我睡了……"

我不由得由衷佩服道："醉成那样还能爬去洗澡？"

他眼眸一转，风华无双，然后伸出一指抚上我的脸，指腹轻轻滑下，吐字柔和优雅道："我不但洗了澡，还做了点别的，而且还能做更多事的……"

他那言外之意是我应该多谢他手下留情？

我抖了抖，果断跳起来，干笑一声，然后严肃地对他说："丁少，我衣服还在你的车里！"

他手中空了，不由得朝我哀怨道："唉，不如我们在这儿小住好了。"

♣

第七章
旧事

回到家时，已经是下午了，我洗完澡，上了会儿网，发现我的微博留言诸多，就稍微扫了一下，竟然全是大学同学纷纷前来表示关注。

大家都是做这一行的，圈内有个屁大概也全部都能覆盖得到。估计是风闻了我的事迹，大学里认识的不认识的同学纷纷前来膜拜。各种打招呼，各种搭讪，各种熟人。我往下拉了一段，却惊人地发现有条留言回复众多。

过得好吗？我很想念你！署名段禹。

这什么情况？下面是他女朋友谭微微质问他的话：段禹，你到这留言是什么意思？

然后就没信了，大概两人单练去了，可是下面跟了一排的围观群众和打酱油的，都纷纷表示对事态十分关注。

我怒火滔天，简直不能自制。说句实话，事到如今我仍然无法原谅段禹。那种伤害，就好比一个婴儿头一次出娘胎见到的第一个人，那人逗你笑着，然后生生把你捅死一般。

若是死了，我也就不记挂了，可是我没死，我就一直都无法忘记那种伤痛和耻辱，这种极度缺乏的安全感，直接导致了如今我对待丁少三天打鱼两天晒网的态度。

我恨死那两个人了，居然还出现在我眼前。真是不识趣！

可就是那条微博，给我惹出了大乱子。

起因是几位东航的 CC 到我们这儿来交流学习了，其中有个相貌俗气但据说交际能力很强悍的女人，这妞话特别多，整个一话痨，她从老东家带来的无数小道消息为我们中航注入了强大的新鲜八卦血液。

女人们一得空就围着她聊，本来也没我什么事，谁知她某天问了一句："你们这是不是有个空姐傍上了老总啊？"

众人都积极起来，纷纷要求听八卦。

原来外界流传的版本是我当了丁少他爹的小三！

当然这事儿没人急着给我澄清，那八卦妞又说道："不知道吧，那女的原来跟我们东航的一个很帅的小空少关系不正当，现在又搞在了一起，目前人家女朋友在闹呢！"

这个劲爆啊！于是常常有人莫名其妙地跑来朝我竖大拇指："不错嘛，看不出来，戴小花钓上的还是帅哥啊！"

等我后知后觉地弄明白这一切时，我想丁少应该也听到风声了。我气极了，差点儿冲去揍那个嚼舌根子的女人。冷静一想，这事牵扯麻烦，毕竟不在一家航空公司，想澄清也很困难。

我去找了丁少，至少我得第一时间先跟他讲清楚，拉他在同一阵线上。我们对坐在常去的一家餐厅里，他显然是一副有事的样子，修长的手指一下下地敲着水晶台面，像是在等待食物，又似在等待我说话。

我心里直叫不好，我以为他至少会像往常一样以一副云淡风轻的姿态迎接我的说辞，谁知他竟然这么不淡定，这让我非常不安和彷徨。

"丁少，你都听说了吧……"我迟疑地出声。

他抬眼看了我一瞬，然后点点头。

"你只需要告诉我是不是真的。"

"不是。"我怒气冲冲地说，我责怪他竟然会真的怀疑我。虽然我不美，但是也不是饥不择食的！我朝他火道："你要相信我！"

"嗯。"他点点头，脸上和颜悦色了很多，然后又浮现了一个吃醋的表情，继续朝我淡淡道，"你以前是不是有个 QQ，昵称叫狗不理？"

我瞬间愣住了，僵硬了几秒，点了点头，问道："你怎么知道？"

"高科技。"他高深莫测地看了我一眼，然后喝了一口果汁。我们之间陷入了沉默，正巧东西上了，他率先吃了起来，边吃边自然地说："所以我进去看了下你写的日记，内容里经常出现这个男人的名字，看起来你当年很爱他。"

　　"不是你想的那样。"

　　"我相信你现在跟他没有什么牵扯，不过我想知道，到底发生过什么事，让你突然换了QQ。或者说，你是因为什么，那么不信任别人，特别是不信任我。"

　　我怔了半天，张嘴却道："少找借口了，你本来就不是一个值得信任的男人啊。"

　　这回轮到他怔了，他讶然了片刻，然后点头表示同意，又说："我只是想知道你身上发生过什么事。"

　　"没什么大事，都是些很小的事。"

　　"比如？"

　　"你真要听吗，我觉得你不太会喜欢。"

　　"我想听。"他放下手里的食物，正色道。

　　"那你再吃点，这事挺倒胃口，听了不会有食欲……"

　　看到他不爽地皱眉，我深吸了一口气，撑着下巴，认真看着他的眼睛说道："大学一年级时，我暗恋过他。确切地说，是明恋……"

　　我滔滔不绝地开始讲述起我的那段纯洁而又悲催到死的暗恋经历以及它最后的悲惨下场。呃，总之我说得很详细，完全没有隐瞒、粉饰或是掩藏我的丢脸，原原本本的，几乎是原景再现，因为下意识里我根本就能脱口而出，那些姓名，那些嘴脸，都记忆犹新。这件事我一个人默默地压在胸口，从来没有对谁诉说过。我不确定丁少是不是能够接受得了，虽然只是一个当众被耍的事，但是我觉得那是比被骗上床再甩掉还要屈辱的事。

　　我平静地叙述着，终于理解唐奕格了，讲自己的过去确实就像是在讲别人的故事。看到对面的他的眼里有心疼，于是我就泛了泪。我从来没有想过我也有一天会被一个男人心疼，我只知道我是个丢脸的女朋友，一般人会鄙视我就对了。

"所以，就是这样，其实我跟他什么都没有，一直都是我在自作多情，他根本不理我的。等这件事以后，我就看开了。"

他静静地听完我的叙述，表情有些莫名其妙，我看到他的脸色越来越白，额头居然还渗出了汗，像是有点不妥，于是我担忧地伸手碰了碰他的手背。却不料这一触碰后，他的身体突然一阵颤抖，然后脸色痛苦地站起来，摔下餐巾朝厕所疾步而去。

我被他的脸色吓坏了，急忙跟过去，不顾旁边客人的惊异的眼神，只担心他到底怎么了。结果我刚追到男洗手间门口，就听到尚未合紧的门里传来清晰的呕吐声音。

我的手悬在厚重的雕木门上颤抖着……他怎么了？听说体质差的人在承受能力达到极限的时候会吐，我想这件事一定是恶心到他了……

我几次想推门进去，却又顾忌是男厕而不敢贸然入内，心焦不已，手抬起了又放下。突然门被拉开了，出来的是一个青年男子，一脸震惊地看着我。而我还没有来得及跟他解释，就又听到里面发出一阵痛苦的呕吐声。我再也忍不住了，推门就进去。虽说男厕是第一次进来，但幸而这种高档的地方都是隔间的，不至于会看见什么。隔间里有没有人看到我？心情如何？我都无暇去理会了，我的眼里只看得见一个人。

他虚弱地半撑着伏在大理石洗手台上，我走上去一手扶住他，一手替他抹背顺气。池子里什么也没有，看来他只是在干呕。

看到我进来了，他条件反射地在镜子里扫了一眼整个厕所，然后朝我皱了眉头，说："出去。"

我都要哭了，看着他的脸色，我忽然就想到了冬天的枯草。

"你怎么样啊？我送你去医院吧！"我真的很害怕，要知道他的身体这么脆弱，我死也不会给他说那些事，我哀求他不要让我离开。

"没事儿，出去吧，我吐一下，很恶心的，你不要看。"他无奈地拍了一下我的背，想哄我走。

"我不怕呕吐物的，我吃都吃过还怕什么！让我陪着你吧！"

他闻言，眉头跳动得更厉害，额角冷汗直冒，白皙的皮肤下有筋脉的凸起。

他转过头去，轻闭上眼睛，口中"嘶"了一声，好像绵长的伤痛在一点一点的割着他。

"你以前……都过的什么日子啊！"他挤出了几个字，无力的气息更像是叹息，我连忙拍着他的后背，掐他的虎口。

原来这家伙是在生气！

最后他还是没有吐成，只是一直干呕，一副很痛苦的样子。我的眼泪不停地流，突然他把全身重量倚到我身上，紧紧地抱住我。

靠在我发抖的肩上，他说："戴小花，我一定不会让你这么难过，所以你放心把心交给我可好？忘了以前好不好？"

"好，好！你不要生气，我根本就没有把那个人当男人啊，这么贱怎么当男人！"我连忙安慰他。

他在我耳边轻笑，说："不是让你忘记他，是忘记这件事。不要再记得日期，不要再记得那些嘲笑你的脸，叫什么名字，说什么话。我是说，不要再害怕接受爱情……"

我这么笨哪知他说的是什么意思，只知道机械地点着头，然后他指挥着我收拾一下厕所。等到把溅在洗手台上的水都擦掉，面纸都扔进垃圾桶了之后，这才慢悠悠地跟我离开。

上了车以后，我劝他休息一下，我能感觉到他的手脚还是没什么力气。于是就不让他开车，强拉他聊会儿天休息一下。

他眯着眼睛，脸上因为车内暖气有了点红晕，看起来恹恹欲睡。

"困了吗？"

"我在想，原来你以前比现在还要笨。那我们以后的孩子的智商怎么办？"

啊！我大吃一惊，这家伙说的都跟哪呀，思维这么跳跃。

"戴小花，你一直跟我不亲不远的，就是怕我也骗你吗？"

"我们……本来就是……"我咬着下唇，突然又委屈起来。想到一开始和现在，真不可思议，可是我确实是爱上他了。如果他真的只是玩玩而已，或者将来反悔了，我不确定我能不能也傻笑着做出一副全身而退的模样。

他看到我大颗的泪珠掉了出来，连忙靠过来，环着我的肩头。

"戴小花，我是个很直接的人，我得告诉你我的立场。首先我是爱你的，这个你若是质疑，或者还没有感觉到，我也无话可说。"

听到这里，我已经是震惊无比了，他说他爱我……他承认他爱我……

"其次，你说的那事里你完全没有错，你不必为此去责怪自己。但你也必须知道要怎样保护自己。人都是在经历各种各样的事以后才成长起来的，就好比你以前那么白痴，而现在跟我在一起之后明显已经聪明多了。这就是收获。"

我眼泪扑簌簌的，有些伤感又有些想笑，刚想说话，他却又眼神迷离起来，淡淡地说："我还想让你知道，如果有一天我们分开了，你又遇到了新的人，只要他对你好，就一定要敞开心扉，重新来过，因为每个人都是不一样的，不要一直念着过去。"

这句话让我挣开了他的怀抱。

"你……这是什么意思？你刚不是说你爱我，为什么……还是暂时的……"这些字眼我拿捏得分外坎坷，他到底是怎么想的?! 我们的合同难道还要生效吗？

他叹了口气，安慰地抱回我，说："我是说万一，人生有太多靠不住，你没安全感，我又何尝有呢？再说……万一我不小心死了呢？难道漫漫人生路你要一直记挂着我吗？虽然给我守寡能得到很多很多钱，但是我还是希望有个男人能替我照顾你。"

我听着他淡淡的语气里千丝万缕的情绪，非常感动，听得一个劲地眼湿。看着他那张俊俏的脸和温柔如水的眼，我郑重地点了点头，说："好，我听你的！"

他一脸的悲天悯人，默默地闭上了眼睛。"哎，你不觉得你答应得太快了吗？我都伤心了，人品啊，一试就试出来了……"

我连忙认错，他又亲着我的脸淡淡地说："你没有错，到那时候还是找个男人吧。"

我被他弄得不知所措，突然反应过来："我们会不会操心太多，守寡的事情，好像是结婚以后吧？"

他狡黠一笑，马上恢复了些生气，眼睛眯起来，说："还行，没傻透。"

丁下柳，有时候狡黠如狐，有的时候像个没长大的小孩子，腹黑和装可爱都很在行，但在我需要依靠他的时候又绝对是个纯爷们儿。有他在，真好。

对于他的身体，我委婉地询问了他。他说不必担心，先天性的病症，虽然偶尔痛苦，却很少发作，呕吐的事纯属偶然。要承受一个病人这样的眼神，我很自责。既然已经都跟我表白了，那他就是我的人了，于是我暗暗下决心，我一定要力所能及地照顾他，再也不刺激他。

只是在下车前我很白痴地问了他一句话，"我们……现在，算不算……真的在一起？合约作废？"

"嗯。"

"不要！"

"嗯？"

"没有工资了……"

"……"

看到他黑下的脸，我赶紧又哄骗道："那我们从现在起正式交往了？"

"嗯。"

"那你把前四个月的工资的账先结一下吧！"我仰起倍儿朝气的笑脸，垂涎三尺地瞧着他。

"好，一码归一码，工资还是要给的。"

我大喜！这家伙就是爽快！

"那，照旧打我……"

"嗯，打你老公卡上吧。"他搂过我，亲了一下，男色在前，我一愣之后竟没再表示反对……

等我反应过来，两万块已然泡汤了！万恶的资本家腹黑丁！

至此，我才真正相信他在跟我谈恋爱。

我才不会问他"为什么会看上我"的这种蠢话，因为说这句话就是对自己极度不自信的表现，我不会给自己机会示弱，我得让他知道，爱上我是他的福气。

美容工程是一项长久的事业，我自然不会丢下。而我新的计划是扩扩容，提升点内涵。原本我学习成绩本就不错，再加工下也算是可塑之才。而且我还计划着如果有机会参加航空公司的培训，可以去国外学习个一年半载的……

本来风平浪静的日子过得挺好，谣言的事情以丁下柳出面把那个东航来的客座 CC 给开掉为结束。并且他撂下狠话，说，谁要是再捕风捉影造谣生事，请参照楼上。

天天说丁少这是在给我立威，让我自己也争点气，拿出点气势来！

"你瞧瞧当年人家聂思多能摆谱，尽管人丁少从来没承认过她的身份，但是她硬是能营造出一派少奶奶的气场，公司里谁也不敢招惹她。而你这次是货真价实的居然还这么畏缩，实在是太差劲了！"

我低着头，心里叫苦连天。我好像确实没这天赋……什么女王气场，什么下马威，我都不太会的。

"现在也没有人来招惹我啊……"

听到我的话，天天白了我一眼。

"当年是谁说一翻身就要修理人的，现在呢？人好着呢，吃香的喝辣的，风不吹雨不淋。你倒是修理啊！"她说的当然是林炎那一拨人，当年我们说过会让她们后悔的，可是我气性也太短了，天天不提我几乎都快要忘记了。而且我怎么整她们啊，我跟安排班次任务的主任不仅不熟还有仇。其他领导我也不认识，我总不能叫丁下柳去帮我报仇吧，那他会怎么看我……

我唉声叹气了半天，就是屁也不放一个。天天见我确实没出息，于是跺跺脚就走了。

谁知随后就发生了一件连喝凉水都塞牙的龌龊事。也是这件事情，让我对男人又有了一个全新的认识。

这个认识就是——男人，无论再帅，都甚少把自己的脸皮当回事。

我说的当然不是丁下柳，我说的是段禹。

这个在我的仇恨排行榜里一直占据榜单第一位的极品贱男，竟然发信息向我示好。

戴小花，留言看到了没？上海又下雨了，这天气让我想起三年前你那可爱的笑脸，还有傻乎乎的大眼睛。那双清澈的眼睛在那件事过后一直折磨着我。我常常梦到你，因为我非常后悔，只是一直都没有勇气跟你道歉，更加没有勇气向你表白我的……爱！

我看完以后差点儿没呕出肺来。哥们儿，你敢再恶心点吗？

果断地删除，顺便猜测了一下他的居心，虽然人人都说我变漂亮了，但是也绝不至于到艳名远播的地步，当然，我也不介意意淫下：他其实是见到我的近照垂涎我的美色，为曾经与我失之交臂而后悔不已。

可是还没等我长舒一口气，那头电话又响了，绝对是个没见过的号码。

就听噼里啪啦就是一阵听不懂的上海话骂街。我蒙了，疑心着对方是不是打错了？

见我没反应，对方很善解人意地改用普通话骂我，脏话连篇，满篇幅的关键词和敏感字眼。我瞬间就听出对方是谁了，于是，我一下子火了。

"你们两个小贱人没事别来招惹我，你那老公谁稀罕啊，也就是坨屎，你快吃吧，小心赶不上热乎的！"

她没料到我竟然会这么泼，顿时气势消散，于是换作一本正经的语气说："你这贱人勾引他，他对你屁的真心也没有，也就想借你东风跳槽去中航。"最关键的是，她说："就凭你也配跟我抢男人?! 我会让你身败名裂的！"

你可不可以不要用抢这个字?! 我突然很想翻白眼。是可忍孰不可忍！

我想到了丁下柳，心里立刻爆发出无穷的自信来。我连他都搞得定，谁还是我对手？于是我淡定地挂了电话。

谭微微的报复来得很迅速，在航空论坛上把我的事迹添油加醋地写了一遍，一时间戴小花三个字搜索率爆棚，她说要让我身败名裂，原来是这个意思。

我准备了 5000 元钱，摩拳擦掌着跟天天商量找几个人去把她打一顿。虽然我很不理智，而丁少却很淡定。

是的，自从帖子迅速蹿红以后，我戴小花俨然已经成了圈内的名人。虽然没什么人敢亲自跑来向我求证，但是这依旧挡不住好事者的灼热目光。

然而丁下柳却表现得非常恬淡，仿佛根本不在意这件事情。他淡定的功夫，在当天下午，就秒杀对手。

当时是我和他正在机场咖啡厅里秀恩爱，我的手机突然响了，赫然是段禹那厮打来的，我有心不接，"啪"地按掉，他也没在意，可是电话又响了。

我无奈地又按了一遍，等到第三遍响第一声的时候，他朝我伸手说："给我。"

我皱着眉头，唯唯诺诺道："就是那个贱男！"说段禹他不记得是谁，但是说贱男他一定会明白的。

他点了点头，和善地跟我说："我来处理的。"

他拿过去，按下了接听键，然后一言不发，放在耳边听着。另一只手却搅拌起了咖啡，自顾自地喝着，似乎根本没有在意对方说什么，我看他高深莫测的样子，不知道他到底葫芦在里卖什么药。

我听到对面一直在不停地说着什么，这时我真恨我自己用的不是山寨机，否则那咋呼的通话声就有功放效果了。

他顺手往我杯里加了半块糖，用他的汤匙搅拌匀。隔了好几分钟以后，他这才突然淡淡地说了一句："我是丁下柳。"

然后貌似对方立刻挂了，嘟嘟声很明显。

他把手机还给我，表情恬静地说："以后他不会来烦你了。"

"他说了什么？"

他淡淡瞟了我一眼："好像在表白吧，也可以说是情话，他说得很尽兴。基调抒情，语气激动。内容大概是追忆往昔，后悔错过你以及抒发对你的思念。中心思想很明确，而且声音也很动听。最后他问我为什么一直不说话，所以我告诉他我是丁下柳。"

"呃……呃……呃……情话……表白啊。"我结结巴巴地说，脑子里幻想着具体内容。

"你似乎觉得很可惜。"

"不不……我跟他哪有什么情话好讲，我只是觉得，难得有机会听到次情话，还被你听去了，很不爽啊。"我心中颇多怨念，不晓得传说中的表白是啥样的啊……

他喝了一口咖啡，眼睛在我脸上梭巡了一周，挑了下眉说："这个是我的强项。"继而魅惑一笑，"而且要比他说的好听多了。"

腹黑丁秒杀人的功力一向极强，他总是算准最佳时机，然后把一句话的杀伤力提升到最大。如果他一开口就说他是谁，那么事件也只能草草散场，对方只会觉得尴尬没趣，也不会受到太大打击。可是等他把衷肠都掏完了，他再一句话摆平对手，这就是腹黑男的作风啊！

当时我就立志了，我死也不能得罪他！

两天以后，我正准备着上机，关机前看到了丁下柳的短信，简简单单：11点跟我飞上海。

我很纳闷，我这趟要飞西宁，怎么跟他去？然而半分钟后主任电话就来了，说我的这班临时换人了。我没多问，丢了手上工作就跑去问阿长。阿长说上面怎么安排就怎么办。于是我只好回去听少爷指示。

我找到他的时候，他正在办公室里着装，想问点什么，却被他认真地拉袖口的动作迷住了，连整理衣服的动作都如此帅气，这个男人真的是我的吗？

我心里怦怦地跳得很快，他看见我，让我坐下等一会儿。于是我干坐着看着他臭美。所有步骤，有条不紊的。看着他那些熟练优雅的动作，我微微翘起嘴角，这是一个很爱自己的男人。

等他准备停当，我正想问他去上海干吗，他开口说："你去把衣服换了。"

"我不用飞吗？"

"要飞，但今天是客人的身份。"

我依言换了自己衣服，然后他过来轻巧地挽着我，带我走。

无论如何我都不能形容我的震惊，在我面前的是一架小型飞机，比我们公司最小的客机还要小一个码。只有一般高层包机是才会用到这种型号的飞机，难道今天是中航高层出游？不对呀，出游的话丁少该穿运动点……不知道今天到底是去参加什么重大场合，这么隆重。看着旁边打扮得格外潇洒的丁下柳，我心中不禁暗道不好，我穿得会不会太寒酸了？可是没来得及问他，一上飞机，更加震惊的事发生了。

十几张豪华座位全空，我的眼珠子都要掉下来了。更震惊的是，我看到了东航的谭微微。

在我整个人呆掉的情况下，她煞白着脸安排我们入座。然后旁边有另一位微笑着的空姐过来殷勤为我们调试了下全控电脑，笑着向我们问候。

等她们离我们远了一点以后，我哆哆嗦嗦地朝丁少说："她……她就是谭微微……"

他轻轻地拍拍我，给了我个安心的眼神，"是我让她来的。"

我突然意识到什么，连忙坐起来盯着他，说："你不是说不让他们再来烦我吗？怎么你还……"

"我只说让他别再来烦你，可没说我不去烦他。瞧，你当年看上的那个人不在那儿站着吗？"

我随着他眼神望去，果不其然，比谭微微脸色更差的是一个空少，正站着标准姿势，在我们视线范围的死角内站着。

我又看了谭微微一眼，她正满脸冷然地远远瞧着我，眸子要是能杀人，我早就死无全尸了。我不禁打了个寒战，下意识地朝丁下柳偎了一点，说："你到底想怎样啊？"

"不怎样啊！顺路去东航谈点事情，让他们派机来接，然后点名他们两个服务员总是可以的。"

"你……"报复心真的很重耶！

"东航后天给他们签正式合同，嗯……今天你开心就好。"真……
腹黑啊……

想当初我签合同的最后一天，那种心情简直……哪怕让我去舔脚
丫我都愿意的。所以丁少找这个时刻打击报复，简直太没有人性了！想
必今天无论如何刁难，他们应该也不会反抗的，想怎么样都行……

我没出息地开始发抖，丁少在我脸蛋上亲了下，说："答应我，你
蹂躏完他俩以后就解开心结，好吗？"

我乖巧地点点头。

他叹息了一声，说："我家女朋友，手持利器却不会用。心软如泥，
真不可爱。"

我白了他一眼，回到："谁说的！我坏起来不是人的，等着看吧！"

他朝我投来充满期待的一眼，然后就放下沙发椅，半卧着闭目养
神起来。

飞机升空完毕。

我没有动，闲闲地看着杂志，那两人站得毕恭毕敬，仔细看去，
身形竟然还有些颤抖。

我一抬起手来，那头煞白的两人好像呼吸都停了，而我只是伸了
个懒腰，而后继续看杂志。我似乎听到了他们灵魂出窍的声音。

点餐时，谭微微过来，不安地问我想吃点什么，我连眼睛都没抬。
她尴尬地站着，走也不是，留也不是。然后她再次颤抖地问我："如果
没有胃口吃点沙拉如何？"隔了半晌，我把杂志翻了一页，闲闲地"嗯"
了一声。

旁边侧躺着的丁下柳闭着眼笑了起来，谭微微逃似的飞奔走了。
他淡淡地道："看来我家小花是玩心理战术的高手啊……"

"我刚才在你办公室看到一幅字‘最高贵的复仇是宽容’。"

"呵呵，我老婆果真天才。"他露出骄傲的神色。

我也学着他那样笑说："不过我可不是什么高贵的人！宽容玩过了，

其他的也试试，CC，过来一下！”

我也学某人歪着躺在沙发椅上，谭微微捧着沙拉出来，见我注视着她，她紫着脸，慢慢地挪过来。

“怎么走路这么慢？”我语气不善，里面乘务长出来了，盯着谭微微的动作。旁边的那个空姐似乎也看不惯她，并且好像也看出了点眉目，正满脸的笑意。

“不好意思，小姐，您的沙拉。”她语气生硬。

丁下柳侧脸瞧着我，一副看好戏的样子。

“你喂猫呢，这么小份！”我挑眉道，旁边丁下柳明显一僵，他像瞧白痴一般打量了我片刻，然后摇摇头，继续闭目。

谭微微点头说去换大份。一会儿她就换了一份超大份，足足有拼盘那么大的一份。

我盯着那份沙拉，皱着眉，心想吃下去能死人吧。

“你朝里面吐口水的吧！”我看着水乳交融的沙拉酱。

“我为什么要吐口水！”她急了，情绪没掩饰住，本性暴露，白眼立刻翻了起来。

“我怎么知道？！”

“我没有吐！”

“那你把它吃掉看看！”我盘子一推，她噎住了。丁少飘来一眼敬佩，我顿时十分受鼓舞。

“为什么要我吃……”她立刻装可怜起来。我对她在电话里咒骂我的段子记忆犹新，对她这副楚楚可怜的模样完全屏蔽。

“你可以选择不吃。”我闭上眼睛，摆足了架势淡淡道。等我再睁开眼睛的时候，她已经开始用勺子大口大口地吃起来了。这贱果然能屈能伸，而我又怎么能就这样就罢休呢？

“歇会吃吧，先去给我们倒两杯咖啡！不要加奶不要加糖！”我善解人意地打断她的饕餮吞食。她一听我的要求，原味苦咖啡，喝下去会死人的，立刻谨慎地瞪大眼睛。

“呐，说好了，丁少在这作证，你不可以再诬赖我朝咖啡吐口水！”

"嗯，你快去！"我满口答应。

丁下柳兴致勃勃地围观。

咖啡来了，她刚想溜号，端起才吃了一点的沙拉想要逃走，我迅速捏住盘子，跟她说："别急呀，再去倒两杯咖啡的。"

她气呼呼地瞪着我，总算明白了，我就是要折腾她倒咖啡跑腿。所以她这回倒了两杯咖啡，往我桌子上一放，扭头就走了。

我用有些气呼呼的声音，扭头朝丁下柳鼓起嘴说道："这什么服务态度，我要投诉投诉！"

她腿颤了……

如此，她气急败坏地下去了，又气急败坏地端来，迂回了 20 趟。

"还有 40 分钟就要到了。"丁下柳一脸绝望，终于叹气出声，睁开了眼睛，一脸同情地望着我说，"你就只会拿端咖啡刁难人吗？"伸手摸摸我的头发，语气里极是宠溺。

"不！"我受了鼓舞般，毅然地又按下了呼唤铃，谭微微喷着火出来了，我猜想她快要掀桌子了。

"请问……什么事！"她咬着牙，突然又楚楚可怜看着丁少道，"丁少，我得罪了您的女朋友，可是没有后悔药吃，何必要这样逼我……"一副泫然欲泣的模样，丁少温柔地看着她，显然没有接她话，只说："你很漂亮。"

我错愕地望着他，你到底是跟我一个阵营的吗？怎么看见美女示好，就这德行了？

我恶狠狠朝她道："你给我把所有咖啡都喝下去！"

她还沉浸在被丁少夸赞的幸福中，脸上浮现出了少女的红晕。完了，红晕……我咬牙朝丁下柳瞪去，我记得这家伙是个该死的红脸控！

我一拍桌子，完全被丁少激起了斗志。"听见没，喝咖啡！想被投诉吗？我们是白金卡 VIP，VIP 懂不？投诉你吃不了兜着走，卷铺盖走人！"我这一脸浑然天成无师自通的恶霸相把丁少看得惊愕了一下，然后又转为一脸孺子可教的慈祥。

她这下语气也尖锐了："凭什么又叫我喝，你刚才明明答应不会诬赖我吐口水！"

我邪恶地笑："冷了。"

"你自己不喝冷掉怪谁，冷了就不能喝吗？"

"那你喝。"

她欲哭无泪，还想据理力争，但乘务长上前助纣为虐地训斥她，她眼睛一红，似乎十分委屈。我突然又想起了曾经的自己，顿生同情，凑过头去小声地对丁下柳说："你说，我们这样是不是太残忍了？"

他未置可否，只是淡淡地笑望着我。

"心软可不好，要对自己好一点，对别人狠一点！"他在我耳边吟唱似的说道。我十分不好意思，脸都红了。在他面前做坏事是多么丢脸的事啊，虽然是他鼓励的。

我捂着脸矫情地凑进他的怀里，说："呜呜呜，这样太残忍了。"

然后我一扭头，凶神恶煞般朝谭微微吼："愣什么，快喝呀！"

我未曾有幸看到，当看到我翻脸比翻书还快时，丁下柳的脸瞬间死灰，一脸家门不幸的样子……

她一脸泫然欲泣。

"你若喝不完，丁少就不高兴了，当然了，你也可以叫那边的那个帅哥帮忙。"

我朝那站得笔直的空少一指，她立即脸色惨白，然后哀怨地朝心不在焉的丁下柳望了一眼。不一会儿，他们俩就齐刷刷站在跟前，隔着三十几杯咖啡，气氛格外尴尬。

"请喝吧。"我朝他们做了个邀请动作。谭微微咬着嘴唇："这么多喝下去会死人的！"

"你们谁喝都可以。"我的本意是想挑拨离间，让他俩狗咬狗。可是显然我的做法尚且欠缺火候，那段禹看似已经伸手算要帮她喝。眼看奸计泡汤，旁边丁少出声："他是你男朋友？"

他微微眯着眼睛，朝谭微微挑了下嘴角，谭微微那厮不是在咱们中航混大的，哪里吃得消大名鼎鼎的丁少这样的笑容。她连忙机械地闪开几步，猛摇头道："不是的，我们早就分手了。"

果然旁边僵硬的段禹微微颤了一下，这滋味……啧啧。

我替他品味了一下各种心理活动，他果然也不再出手喝咖啡，双手背在背后，依旧是标准的站姿。

我催着她。

谭微微一扯段禹的袖子："都是你搞出来的事，我不管，你自己收这烂摊子！"言下之意这咖啡得你喝。

我回头瞧了丁少一眼，简直要膜拜他。四两拨千斤的一句话竟然立刻叫他们反目。果然是老狐狸啊！

段禹没有动作，谭微微快要哭出来了。然后丁少叹了一口气。悲天悯人道："平分吧。"

我猜他们这辈子看到咖啡都会肚子疼了。

看着杯子一个个空掉，我心里不住地哆嗦，犹豫地在丁少耳边道："他们会不会喝到胃穿孔啊？"

"我给医药费。"他闭着眼，淡定地说。

顿时，我的脑子里蹦出草菅人命四个字，心中不禁叹息，此腹黑男子真乃极品啊，全然忘记了最开始让他们喝咖啡的是谁。

我没有心情再刁难他们了，可是他们却全然是一副全副戒备的样子，看来确实胆战了。何况他们也没力气被我刁难……正如丁少所说，只要解一下心结就可以释怀，现在我心情无限爽。

下了飞机，竟然是上次见过面的东航刘公子亲自来迎接我们。

见我脸色不悦，刘公子眼神扫了一眼乘务组，乘务长立即上前耳语几句，谭微微脸色都变了。果然，刘公子笑吟吟地朝丁少道："怎么？我家这两个小朋友冒犯了丁少吗？那哪行呀，你想我怎么处置？"

丁少瞧了他一眼，说："别问我什么意见，我怕我说不出什么人话。"然后看着我，"问你嫂子。"

"您可别吓着他们了，算了。"我欣然道。

我以为我们去的是东航总部，却不料被带去的是海程航空公司，这是一家民营航空公司，刘公子特意做中间人，撮合丁少兼并海程，既然他们要谈事情，我便自己一个人四处转转。

刚才听说附近有个喷泉假山，非常漂亮。于是我朝那边走去，果然看见一排密集的小竹林，有泉水声叮咚而过，我欣喜上前，突然听到咿咿呀呀地跟唱戏似的细碎女声。

　　难免疑惑，于是更近地前去瞧瞧怎么回事，然后当即愣住。青天白日竟撞见了偷情。

　　看到我出现，他们俩都吓了一跳。我赶紧掉头就走，却被后面人喊到："站住！"

　　我额头直冒汗。这个……真不至于杀人灭口吧，我又不认识你。

　　我紧张地回头，看到一个很有型中年男子朝我走过来。那女子已不知去向了。我下意识地后退了几步，摇着手说："我什么也没看见。"

　　"你是什么职务。"他平淡地开口。

　　"空乘。"我下意识答。

　　"工资多少？"

　　"五千六。"

　　他二话没说，开了一张支票给我，"这是你这个月的工资，你被炒鱿鱼了，以后不用来上班了。"

　　我愣了一下。

　　他两眼凶狠地一瞪，我连忙接了过来。然后他就大摇大摆地走了。我望着手里的支票，撒腿就奔出去找银行兑现了。

　　我心里猜测着，这八成是位高层。而刚刚八成是在勾搭女下属，然后把我当成员工了。如此说来，这钱给了就是白给了。

　　出门捡钱，我心里暗爽。

　　转头丁少一出来我就绘声绘色把这刺激的事告诉他了，他听我描述了那人的模样以后，嘴角无声地冷笑了一下。我见到他一副知晓天机的模样，不甚惶恐道："钱……怎么办啊？"

　　"拿着。"他淡淡地朝我笑了一下，然后一副胸有成竹的模样。

　　晚上的宴会遇见了不少熟人，比如像凌振翰这样四处飞各地凑热闹的，他今天身边又携了位名模，穿上高跟鞋跟他本人差不多高，我不免自卑了一下。跟他们在一起坚决要求坐着，为此被群嘲了很久。

我在宴会上看到了早晨炒我鱿鱼的男人。他居然是海程的总经理，我跟他对望的瞬间愣然了片刻，倒不是震惊怎么会是他，只是担心他会把钱给要回去。

他看见我更加像见到鬼似的，特别是看到丁少还朝他微微一笑，紧了紧握在我腰上的手，像是在昭示身份似的……

然后那人便飞快消失了。

后来我收回心神，却听到丁少跟凌振翰谈话，说到什么气数已尽，回天乏术……然后我就跑过去插话了，我说，人家大叔跟小姑娘搞对象，绝对是身体好的标志。怎么是气数已尽呢？

然后他们全部震惊了。过了一会儿，凌振翰才弱弱地问丁少，"你确定她还是……还很纯吗……"

丁少默默地吞了一口酒，然后说："我现在好像也不能确定了。"

并购案到现在都没出结果，看得出白天谈得并不顺利，听说好像是数额谈不拢。不过现在丁少倒是一副成竹在胸的模样，我忍了半天终于问他："说说呗！"

他淡淡一笑，坦白道："跟我谈交易的是海程的董事长，是个56岁的老女人。刚才那个男人，是她的现任丈夫。你懂了吧！"

我似懂非懂地哦了一声，也就是说，现在丁少有董事长男人的把柄，他一定会积极地给董事长吹耳边风，促成丁少的价格成交。我的眼睛越想越大，简直震惊了……是我，居然是我！我的无意之举，促成了这笔交易！

"我我我……"这下不止赚了五千块啊！

"这里还要多谢夫人，真是为夫的福娃啊！"他笑得动听。

我大笑着，委婉谦虚地说："哈哈，好说好说！"

没一会儿，那位董事长就请丁少过去再详细谈一谈了。

我只好跟凌振翰发展起了战略伙伴关系，也许因为我们俩都有点神经大条，时不时地有点二，所以话很投机，一会儿他就把他的女伴甩得没影了。

不过说真的，男人真肤浅啊。一男和一女能谈的就是恋爱，但如果这个女的是这个男的不可侵犯的嫂子，那最终谈话的内容就只能变成这样："嫂子，给我介绍几个美女哇！"

"……"

"脸蛋要正点，长腿细腰大波软妹子！最好单纯点，我家人催我正经找女朋友呢！"

"以你的条件，名模都带得出场，还要我介绍干吗？别糟蹋人姑娘好吗？"

"难道你就关心丁少的感情生活？我就不用你操心了吗？我好歹叫了丁少这么多年的哥，我这声嫂子不是白叫的！"

高帽子一戴，我就应承道："好……"

不过我打定主意只糊弄他下，这家伙的花花肠子比谁都多，我可不愿做恶人。

"嘿嘿，嫂子越来越漂亮了。下流哥真有眼光！"

铺垫了这么多，他这才假装漫不经心地说："那天我瞧上个丫头了，挺漂亮挺清纯，就是经常跟你一起的那个。"

我心里一沉，天天。那可是姐妹啊，我能出卖吗？

"不用着急哟小花嫂子，我有很多时间，要在南京公干一段时间的。嘿嘿……"

第八章

跪接圣宠

　　还没等我纠结出到底要不要跟天天开口，两天后，我就看到了勾肩搭背地朝我走来的两人。

　　仍是一脸纨绔子弟样的凌振翰，见到我就夸张地喊我嫂子，然而我却只注视着他胳膊里拐着的女人——聂思。

　　我一直以为她是个女神，清高傲慢，即便没了丁少也不会自降身份……当然，我不是说凌振翰不好，我只是觉得她不是那么容易就会在短期内换行情的人。

　　但是我的这个认知显然是错的，我惊讶地望着他俩。

　　他朝我嘿嘿一笑，用一个只有我和他懂的眼神挑了几下，我点了点头，要追天天的那件事就当他没有说过。凌振翰果然是个不靠谱的男人，幸好我没害了姐妹。

　　聂思没什么表情，既没有羞愧，也没有趾高气扬。只是淡淡的，像是不认识一般。这样很好，大家井水不犯河水的。

　　而谭微微自从那件事后，估计他们是为了求以后平安，所以在当天就发帖表示一切纯属虚构，并附带了一份言辞恳切的认罪书。围观群众纷纷倒成两派，一派是不明真相群众，对谭微微这种为求出名而抹黑他人的做法表示愤慨；另一派是知情人，都对他们俩鸵鸟的姿态表示鄙视。

无论如何，气氛已经和谐下来了。

而我和丁少的恋情也正式浮出水面，暴露在众目睽睽之下，接受所有人的监督和闲话。所以我只有更加努力，才不会辜负他的……圣宠。

是的，我现在每天都处于焦灼状态，工作上一丝不苟到接近变态。因为丁少是我男朋友，我只有做得好，别人才不说闲话，但是如果做得不好，那么立刻就会有无数的闲话。什么走后门，靠关系，随便几句就瞬间抹杀了我全部的努力。

所以，天天说，你要比别人做得更好，才能让人无话可说。

"我热爱工作，我热爱工作，我热爱工作。"我边飞快地收拾东西边看着时间。看来今天也赶不及回家睡觉了，于是我无奈地跟天天手牵手，说："哎，今天去宿舍睡吧。"

天天倒也无所谓，她显然是不介意宿舍里那些乌七八糟的事情的。这段日子以来，我们对这些事已经见怪不怪了。有些 CC 们凭着高超的手段，灵活地周旋于各色男人之间。大家都有条不紊地在不耽误自己的工作同时，合理地安排着自己晚上睡哪儿。

不仅空乘如此，因为机场里面活儿都比较轻松，所以不在年节时地勤也并不辛苦，基本跟空乘差不多了。饱暖思淫欲，相互间的关系也复杂得要死，时常男男女女一起出去泡吧，泡完了就开房。今天你一三五，明天我二四六。所以常常衍化出矛盾，同室操戈的事时有发生，比如我们今天去的时候就遇上了……

天天和我刚刚上了楼，正要告别各自回房时，却看见有人从一间寝室里被踹了出来。我们吓了一跳，只见一个瘦弱的姑娘头上流着血，惨兮兮地爬起来，说时迟那时快，从寝室里蹿出几个高个女人，其中一个一个箭步上前，拎起她胸前的衣服，照脸噼里啪啦左右开弓地抽打起来，打了还不解气，哗啦一声就把她的裙子撕了下来，叫嚣着说："小贱人，才进来就敢勾引主任，你算老几啊！把你剥光了丢出去让人看看。"

天天朝那边望了一眼，咦了一声。

我心惊胆战地看她有什么想说的。她郁闷挠挠头，说："真麻烦呢。

好像是我的室友啊。"

我一头黑线。姐,你真淡定……

"住到现在你连室友都认不得?"

"没说过什么话。她是做地勤的,貌似行查的吧。怎么这么不小心,挨打了耶……咦,不知道我屋里的东西有没有被祸害到。"

"她好像勾搭主任遭嫉恨了,也是刚进公司的新人吧。"我担心地说。

"她们上班是分做一休一,做二休二,做一休二,为了能混到最轻松的班,所以她就勾引了她们的主任,当然……她们主任有老婆了。单纯属于肉体关系的那种。平时上班就像上下属关系一样的,但只要主任喊她,那个女的就会编各种理由不去见她男朋友。"

"她男朋友也真倒霉。"我叹气,然后朝她仔细地叮嘱说:"天天,你可不要学坏。"

"我还没那么没出息。"她白了我一眼,"我可是等着你给我介绍个优良品种。"

我感慨道:"原来你是这么打算的。"

"少废话,陪我回去看看我的东西有没有被打坏。"她拽上我朝那群人走去。其实我是很害怕这种斗殴场景的,你知道女人打架是很难看的,何况是群殴。那个女孩子眉目清秀,此刻只穿了条短裤,抱着胸蜷曲在墙角哭泣,时不时地还被踹一下。而外面连个围观的人都没有,可见这事并不是大新闻。

看到我们俩过去了,打人的瞟了我们一眼,我心里惶惶的,都比我们高……

我心虚地看了眼主攻手,她画着很浓的烟熏妆,怎么看都像在夜店里上班的。大概是听过我的传说,此时她一动不动地瞧着我,天天则直接拉我进屋,看到自己的东西并没有被波及,屋里也没什么痕迹,看得出来她们是拉出去之后才动手的。

"还算有点职业素质。"天天满意地点点头,然后出去朝她们笑着说:"姐妹们都是一家公司的,打也打了,就算了吧。她碰巧跟我同寝室,不能见死不救。她也吃了教训，新人不懂规矩，教育下就乖了。"

那帮人也不想把事情闹大，看到这妞的室友回来了，又是空乘。于是很给面子，不说什么了，拽着地上女孩子的头发又警告了几句就走了。

天天无奈摇头，往她室友身上丢了条毯子，也不招呼她起来，自己进去了。

她低低地哭泣着，一点起来的意思都没有，她们这类人又可怜又可恨。但是我想到了她父母，于是还是伸手拉了她一把，她缩回手，抱着头大声地哭了起来。

我真想抽她，哭什么哭，这还不是你自己造成的吗?!

正想转头不理她，对面寝室的门却开了，出来的是几个衣衫不整的男人。看见我，愕然了片刻，然后朝我龇牙一笑，就往电梯去了。我也愕然了片刻，他们居然就在对面? 居然看到有女人被打也都不出来拉一下?! 实在是太冷漠了!

我真受不了，这种男女混住的地方。

酒店的 7 楼是女生宿舍，6 楼是男生宿舍。一有闲暇，买点酒，买点小菜，一群女人就去男生宿舍了，通常都要到半夜三四点才回来，有时候就干脆不回来了。这样的生活常常让人尴尬，我好几次夜里回宿舍睡觉，推门后却差点儿长鸡眼，无数次地撞见男人慌慌张张地穿衣服出去。直到有一次我发了火，室友才有所收敛，改为尽量去男生那边。

"我要投诉! 投诉!" 我心里窝火，朝天天嚷道。

"投诉没用，又不是在学校，现在大家都是成年人了。" 天天很不屑地卸着妆。

我脸上有些厌恶，她瞄了我一眼："这也是没办法的事，你现在是准少奶奶，要是基层群众，你也能理解的。不过你也别得意太早，你那靠山稳不稳还不知道呢，说不定哪天……" 她点到即止，我心领神会。虽然早就想得明白，但心中不免忧郁，一旦爱情和事业息息相关的时候，那种感觉真不好。

"你们俩哪里像谈恋爱的样子，要频繁约会然后同居然后奉子成婚才行呀，都是成年人了，怎么还能谈隔三差五的恋爱。我瞧着都岌岌可危的样子。"她再次一针见血地提示我，弄得我心里没来由地一阵烦躁。在我们的恋爱过程中，丁下柳一直掌握着主动，他找我我才应，不找我我就闲着。

"我回去睡觉了。"我没头没脑地站起来就要走。

"明天我休息。"

"我明天青岛接着三亚，哎，可以去死了，出小时（术语）真崩溃！"我的牢骚换来了她长长久久的笑声，我寻思着我怎么就这么劳模呢！

公司也太栽培我了！

不过我的兢兢业业还是得到很多领导的赞许的。因着我笑容实诚，做人谦虚，所以人缘还算不错。同时，坚持各种美容的效果很好，人也会打扮了，现在至少男性旅客还是挺满意我的。

第二天飞完，筋疲力尽，又是在外地过夜，所以我早早地进了酒店。搭组的是唐奕格和另一位不熟的机长，吃饭时我跟他聊了几句，我们早已掌握好了交流的分寸，所以现在见面也不至于尴尬。

下榻的酒店睡着很不舒服，房间是很凑合的那种，双人床的标间，同室的是一个比我还小一岁的新人。大概也是听过我的事迹，所以一直都对我流露着十二分的敬仰神色。我们礼貌地交流了一会儿，然后就在各自床上发短信上网。

睡到半夜，隔壁房间惊天动地的呻吟声和浪笑声把我吵醒了。酒店确实很没档次，房间也完全不隔音，我爬起来愤怒地在墙上敲了下，隔壁的声音小了点。对面床上的空姐惊恐地望着我，看她的模样应该是早就醒了。我安慰地朝她笑笑，然后蒙着被子继续睡。

可是醒了以后却再也睡不着了，这一下，隔壁的声音更加清晰了。小妹妹望着我，一脸的惊恐。过了好半天才抖抖索索地探头跟我说："隔壁是我们机组的房间……"

这下轮到我惊恐了。

我侧耳细听，有熟悉的女声娇嗔和低沉的男声调笑，然后我越听脸色越难看，还好像不止一个女人！

我几乎是吓得连魂都掉了，旁边的女孩赶紧让我小声点，她凑过来小声对我说道："我也闹不清隔壁是飞行员还是座舱长。反正有师姐警告过我，如果他们打电话叫我过去，就让我装病不许我去。否则就给我好果子吃！"

　　我听得糊涂，觉得这事简直荒唐极了。不会还有唐奕格吧？难道他也是过这样的生活的人？……我心里觉得很失望，旁边的空姐还在絮絮叨叨地说："她们不想我们新人出头，所以才不让我接近。这种事我们都轮不上……"

　　我给了她一记白眼，说："你当这是好事吗？"

　　"我只是说师姐们竟然连这种事都要防着我们，就好像谁要跟她们争一样……"

　　我没心情再听她说下去，一边拨了唐奕格的电话，一边凑着耳朵趴在墙上听隔壁有没有电话声。

　　庆幸隔壁没有，而且那边接电话的声音很轻。我这才放下心来，连忙跟他道歉，说自己打错了。

　　"是小花啊。"他含混不清地说了一句，然后沉默了一会儿，好像是又睡过去了。我正打算挂断电话，谁知那头忽然笑了起来，吐字逐渐清晰，说："我知道你为什么打我电话了。"

　　我大窘，他怎么会知道……

　　"我在你隔壁的隔壁，一个人。"

　　我是左手第一间，他在隔壁另一边。所以我们听到的他也能听到，当然也能猜到我的用意……尴尬啊！他一定会奇怪我为什么要这么的在意他，为什么要去验证他……我到底干什么要打这个电话呀！！

　　为了粉饰尴尬，我十分镇定道："咦，很厉害嘛，这样吵居然也能睡得着。"

　　"习惯了。"

　　"哦，怪不得，嘿嘿，我就被吵醒了……"

　　"哦？那要不要过来我这儿坐坐？"

　　"那不好吧……"

"呃，想来确实不太好。"

真是……完全……没有意义的对话。

第二天一早，我还是跟唐奕格一起吃了早饭。原因有两个：第一老是这么疏远，作为朋友来说有点说不过去，何况他曾经那么帮我；第二，这组里我就跟他熟，不跟他玩我就落单了。

于是仿佛又回到了美好的蹭饭时代，我乐呵呵地吃着早饭，他笑眯眯地问着我话，只不过我们的谈话间绝不提到丁下柳。

飞回南京的航程上，有一位老太太，从头到尾面色焦虑。想必是不习惯坐飞机，于是我过去陪她说了一会儿话，来缓解她的紧张。交谈了之后才得知，她是初次到南京，这次是因为儿子在工地上受了伤，所以才急忙寻来。

看着老人家眼睛泛红的样子，我极为不忍。想必也是没出过远门的老人家，到陌生的地方心里又慌乱又担心儿子。

"我不认识路，光知道医院名字，怕还没看到儿子，反而自己先丢了，还给家人添麻烦……"

我让她别着急，又给她倒了杯热水。虽然我平时是个不靠谱的人，但是也常常容易流出鳄鱼的眼泪。于是我也为她担心，机场这儿的司机是没什么人品的，看她是老太太，保不齐会不带她，到时候老人家要是丢了就真的欲哭无泪了。于是，我心里已经打算好，一会儿下机直接送她去医院。应该还是来得及飞下午的，午饭什么的就随便买点什么在车上吃吧。

听说我愿意帮助她，老人家十分感激，连声朝我说谢谢，机上旅客都纷纷朝我竖起大拇指。我顿时比做了坏事还要心虚，屁股上像点了炮似的奔回内舱。

下机以后，我没花时间换衣服，搀着老人家就往出租车站走。这会儿人多，前面有不少人在排队。这时候，唐奕格的电话打来了。

"做好事怎么不带上我。"

"你下午还要飞啊！"

"你也是啊，所以我开车送你们，再带你回来不是要快一点吗？"

于是这趟好人好事被我俩平摊了。

我一个劲儿地安慰老人家，她心里仍然很慌，又忙着谢我们。我看她难受，于是让她闭眼休息一下。突然，我手机就响了。

"听说你在做好事呢？"丁少的声音像有穿透力似的，直接送到了我面前。我心里一窘，八成是机组给我记了好人好事考评……

即使他看不见，我还是点点头。

"到哪了呢？"

"快进城了。"

"这么快？我还想说出租车很难等，一会儿有空我送你的。"

我翻了个白眼，活生生的马后炮啊！

我当然不会提我正坐在唐奕格的车里，于是简单说了几句就挂了。

把那位老太太送到地方以后，替她联系到了儿子，走时她还非要给我们油钱，弄得我一番推让，非常尴尬。我常常看我妈妈和亲戚之间为了给钱什么的推让来推让去的跟打架似的，可我哪儿会啊……特别是跟这样一个固执的老太太。最后还是唐奕格出面，说我们这个是公司报销的才作罢。

回去前，唐奕格下去给我买饭带在路上吃。我坚持让他买两份，在堵车、红灯、刹车以及前路平稳的时候，我不失时机地往他嘴里塞。

我可以肯定，他的车内要大清洗了，我不知道今天在他车里漏了多少粒米，滴了多少油，反正吃完了我给他擦嘴时他那脸上都是酱油色的。不过这小子笑得开心极了，像个小孩子被妈妈喂饭一样全程无怨言。

因为这事，我被记了一次奖励，领导还通报表扬了。我谦虚地表示，这都是我应该做的。

然而我恰恰不该做这些……

几天以后，公司的小聚会。

本身公司美女就多，又听说有很多富二代会来参加酒会，会场猎艳，寻得佳偶。所以 CC 们个个都使出浑身解数，行头、装扮全部上场。会场里简直就是美女如云，跟古代皇宫选秀似的，看得我的心都乱了。

天天的洋装小礼服也很得体，我穿得很素净，月白色连衣裙。天天说挺漂亮，在这种眼花缭乱群芳争艳的环境下比较明智。

丁少说他一会儿才过来，于是我拉着天天，观察着今天来的男人。

"刚才看了下外面有好几台超级跑车都有 SCC 的标志哦，不知道是哪些人的。"天天的眼睛发着光，四处地毯式搜索着。

我却只注意到凌振翰正和聂思两个人在争执着什么，然后聂思板了脸，凌振翰又一脸犯贱地去哄她。

我边看边心里琢磨开了，还是这个聂思厉害呀。振翰兄也算是久经花场了，她居然也能把他玩转起来，这是何等的功力啊。不过反过来论证，朋友妻不可欺，所以丁少以前确实没有跟她谈恋爱。

这么一想，我心里顿时嗨皮起来，连天天的絮絮叨叨的话我都耐心地听完，还顺便一一作答。

丁少来了，他的脸上依旧带着姑娘们爱死了的招牌笑容，淡淡的却很有诱惑性。就是这个笑容，可以把姑娘们甩得鬼哭狼嚎、死了又死、鞭尸一百遍啊一百遍，但还是能赢得大片芳心。他的出现立即吸引了所有人的目光。之前备受瞩目的几位疑似富二代的男子瞬间失去了光华。

他一过来就站在我身边，却不说话，直到我看到旁人都在看我时，我才发现原来是他这枚超强发电机在身边。天天淡定地跟他打了个招呼就猎金主去了。

我和他好久没见了，他最近极忙，好像是在搞并购的后续事情。但各种忙碌并不能损毁他俊俏的容颜分毫，相反因久日未见，想念因子作祟，鄙人犯贱得以为他更帅了。

他捏了一下我的手，脸上带着淡淡的笑意。我害羞了，但是还是回捏了他一下。然后他就当着所有人面搂住了我，附在我耳边问："女朋友，想我没？"

我痒着耳朵点点头，于是他开始旁若无人地跟我调情，仿佛这儿热热闹闹的都是布景而已，然后有人过来打招呼，是上次见过的马脸男，一身劲装，自以为穿得很有型。他看着我们，笑嘻嘻道："还是嫂子面子大，丁少一进来就长在你这儿，走不动路了。"

一轮场面话的寒暄后，丁少拖着我又跟他的几个朋友打了招呼，然后有个看起来很高贵的美女跟他攀谈，我趁机就闪开了。

　　不知道为什么，对于女人方面我特别看得开，即使我明知道我很爱他，但是看到美女搭讪什么我也就心里别扭一下，却很难产生应有的吃醋感觉。

　　我闪到一边，吃着起司蛋糕，搜索着天天人在何处。

　　我看见凌振翰过来跟丁少打招呼。他只碰了下面，并没有打扰丁少跟美女聊天，然后径直朝我走来了。他跟聂思在一起后，我自然就不像以前那样跟他亲近了，只跟他淡淡一笑。

　　谁知他今天却一反常态的严肃，有些不爽地看着我说："嫂子？怎么多日不见，竟然都装作不认识我了？"

　　我莫名其妙，说到底你跟我仇人在一起，也算是对我的一种背叛，我大度地不计较，你还先发制人了？

　　"我看你美人在侧，不好意思打扰你而已。"我语气里有些不高兴。

　　"哦？我以为你根本没拿我当朋友。丁少的兄弟，想必你也不是那么认真想结交吧！"他语气有点不善，我却真纳闷了。

　　"你到底想说什么？"我不喜欢兜圈子。

　　"嫂子，我是一直拿你当一个好女孩看待，以为你跟丁少是真心在一起的，可是……"他可是得咬牙切齿，我怎么觉得这个剧情有些三流，到底什么话不能摊开说，非要互相误会？

　　"凌振翰，今天你说的事不弄个明白，我一定跟你绝交！"我冷冷开口，语气渐重。

　　他顿住了，然后更加生气，暴躁起来，生硬道："你别以为你跟那个开飞机的小子不清不楚的没人知道，你们在外面能不能检点一点？有人看见你们一大早从房间里出去吃早饭！"他控诉得振振有词，讲得有理有据，声音还不小，旁边丁少扭头看我们。

　　我有点想翻脸了。

　　"你看见了？有照片了？有录音还是有艳照了？你凭什么污蔑我?!凌振翰，你今天不给我个说法，我跟你没完！"我控制了音量冷静地说完。对于他这种莽夫行为，我扇他几巴掌都是合理的。

"我既然跑来问你，而不是告诉丁少，就是想跟你还能继续做朋友，也想你能知错就改，我既然说肯定就是肯定的。你不想想一个机组那么多人，别人能不漏嘴吗？"

"谁，说名字。"

"那天跟你住一间的姑娘说你半夜出去，然后早晨所有人都看见你们一起吃早饭。这还要怎么说？"

丁少走了过来，我看了他一眼。

"凌振翰，你把那个女的找出来，今天丁下柳在这儿，然后我们一起去调那家酒店走廊的录像，如果查到我早晨是从他房间里出去的，我立刻辞职，和丁下柳分手，老死不相往来！反之，就让聂思和那个女的全部都滚出公司。你爱带她上哪儿上哪儿，别在我面前装神弄鬼！"我气极反镇定，倒是把凌振翰给说红了脸。丁下柳估摸着没听到全部，但他也不问，站在旁边静静地看着我。

"你看着我干什么？你也不信我？"我恼火起来，男人怎么都这么头脑简单。

"我还不知道什么事情。"他慢条斯理地说，天天在我身后一直没说话，然后过来跟我耳语了几句，我告诉了她大概情况。她用眼睛斜了凌振翰一眼。

"这哪来的笨蛋，明知道聂思跟小花不合还找她当女朋友！诚心拆丁少台呢！"天天娇嗔道，凌振翰以前就看上天天了，这会儿被她一说，顿时没了底气，嘴里弱弱地说着他也是一时急了。

"难道你不知道你家这个聂思以前一直死皮赖脸地追求丁少吗？现在丁少有女朋友了，她退而求其次地找你，动机已经很可疑了，你居然还帮她倒过来对付小花，你说你该吗？当冤大头也就算了，居然还被人当刀使！"天天一针见血道，我从来不知道她竟然这么伶俐。

我看着丁少迟迟不说话，貌似开启了看戏模式。我最看不得他不在乎我的样子，于是三步并作两步的冲到聂思面前。

"聂思，我跟你是有多大的仇啊！连孙子兵法都用上了！借刀杀人你也先看看兵器，你找的这把刀太钝了！"

我说完扭头就要走，后边丁少却一把握住我的腰，把我抓了回去，眼中含笑，朝我道："还以为你是小猫呢，原来是只长牙的老虎。"

我可没心情跟他调笑，想起来这段时间他对我的疏离，我就十分委屈，不由得朝他大声问："你信不信我？"

他清清淡淡地笑了，摸摸我的脑袋，说："我信你，不要不开心了！你一句'老死不相往来'，我还敢怎么样！"

我委屈极了，拉着他一阵狂埋怨。炮火对准凌振翰，说他交的什么朋友啊，还兄弟呢。

他呵呵一笑，也不恼我。

天天也过来，眼睛朝我一挑，说："好了，别跟泼妇似的，我去给你报仇。咱们以其人之道还治其人之身！"

还没等我问怎么报仇，她就闪开了。我纳闷不已，丁少淡淡一笑，把我的脸扳过去："别看她了，你那朋友比你聪明多了。你还是给我交代交代为什么半夜给人打电话，陪人吃早饭，还有坐他车送老太太去医院的事吧。"

我顿时语塞……浑身上下透着冰冷的凉意……他竟然全知道！

"我、我、我们是朋友啊。如果连起码的社交都不可以，那不是才显得很奇怪吗？"我强撑着辩解。

"但是那天半夜某些人的电话没有打给我却打给别人，我心里是有点小小的忧伤的。虽然确实是没说什么。"他低下眉，睫毛齐刷刷地盖在下眼睑上，一副我很受惊的模样，使我立即就丢盔弃甲。

"我错了。"

"以后还是尽量不要闹绯闻吧。"他还在深沉。

"绝不。"

他笑着亲亲我的额头，说："真好。"

我早说了，我一直都是被吃得死死的那个……

第二天我才知道天天说的报仇和以牙还牙是指什么了。

230

天天手上戴着条钻石链子出现在我面前，神清气爽地看着我，喊了我一声"嫂子"。

　　我受惊了，她笑吟吟地看着我说："我把凌振翰搞定了，他把聂思甩了，和我在一起了。"

　　原来天天昨天消失了以后，就在凌振翰面前晃悠，然后那厮因为搞不清楚状况，势必会找个我亲近的人问清楚来龙去脉，于是天天就夸大地把聂思和丁少之间的猫腻给好好儿描绘了一番，那家伙作为男人，脸上自然挂不住。然后又听天天栽赃她跟航空公司的主任领导不清不楚的，常常陷害我。这么一通说下来，凌振翰简直咬牙切齿，泡不到妞无所谓，但不能丢了他面子，而现在不仅让他丢了面子，还得罪了嫂子。于是他灵机一动，软磨硬泡地找上嫂子最好的死党，希望死党帮忙化解误会。于是乎，天天就勉为其难地接受了他的求爱。

　　我可以想象那家伙回去还傻乎乎直乐，以为又捡着美人又捡着便宜还能巩固跟嫂子和丁少的联盟关系，实在太爽啦！

　　"天天，你隐藏得够深的！我都怕你了！"

　　"嫂子你说什么呢？今后我们可是一家人了。政权的巩固靠你一个人是不够的！我是来帮你的。"她眼睛闪着光，朝我眨眨，一副同仇敌忾的模样。

　　好吧，我承认某些时候，天天是很强悍的存在。她成了凌振翰的女朋友于我而言确实是好事，因为聚会时我不用再单枪匹马地和那些上流社会的女人尴尬地交际，我有自己的姐妹可以玩。冷场时她可以帮我捧哏，可以跟我一起互相监督彼此的男人互通消息，一起做美容一起逛街，总之我俩的死党关系因为这些而更加牢固。

　　我其实曾经警告过她，凌振翰是很花心的男人，虽然他可能会有一点点顾及嫂子的死党不能随便乱甩，但是这并不妨碍他四处猎艳。可是天天居然常常跟我抱怨说这家伙黏人得很，这使我惊讶不已，到底是我看走眼了，还是天天功力太强了？

　　我们两俨然成了公司里的头号种子选手，实乃强强联合的典范。绵暖怯生生地生气地说那么好的事怎么没摊上她，那天她有飞行任务，要不然她怎么着也能弄个安慰奖。

而风口浪尖这种事对于我而言早已驾轻就熟，天天更是如鱼得水，她完全就是为了备受瞩目而生的。

与天天和聂思相比之下，众人开始对我产生了好感，因为我比较和善没架子，工作还很卖力勤恳，以至于阿长们都比较喜欢我，报先进工作者什么的都会提我的名，但是几乎没有一次成功的，因为聂思的关系。

她的根基深厚，正如天天说的那样，她和几位主任都关系匪浅，匪浅到可以一直压制着我。依旧是繁重的任务、最差的班，不过我忍，飞得多赚得还多呢！可是故意频频安排我跟唐奕格一组，这个就太变态了。

我答应过丁少不再跟他多沟通，可是我也不能表现得太明显吧，那样小唐多伤心啊。于是这中间的度，就需要我好好掌握了。其间的痛苦，只有我自己能了解。

即使这样，绯闻什么的，还是特别丰富。

在那个传闻中，我简直成了卑鄙下流淫贱无耻的典型代表，在他们的描绘中，我厚颜无耻地享受着不明真相的太子爷的百般宠爱，转身又和英俊的年轻机长一起飞翔。虽然他们一开始的意图是想拼命抹黑我诋毁我，殊不知，这一切的绯闻居然把我塑造成了航空界所有CC的偶像。她们感慨道："她都出轨得尽人皆知了，丁少居然还是痴痴恋着她，实在是女人中的典范、空姐中的战斗机。"

据说在航空论坛上，我已经有了专属的粉丝团，名为"拈花惹草"，专门记录我的大事件，以及幻想的一些情景，八卦一些有的没的。团员们的休闲生活就是讨论下我今天穿戴什么，举止如何，经典语录，交际圈子，甚至总结出了将来生女儿取名一定要够土才有福气……

虽然我神经很大条，但是要我笑纳突如其来的这些，我还需要一点时间。幸而丁少并不介意，甚至完全不要我解释和唐奕格的关系，他还很得意地搂着我的肩说："我家小花成了中航一姐呢！"

就这样，以一个非常匪夷所思的相处方式，我俩的关系发展得很稳定，我在航空公司发展得也很稳定。日常工作就是兢兢业业，顺便与聂思党斗智斗勇。

值得一提的是，林炎、胡微等人已经归顺于聂思，组成了强力的聂思党。我和天天的日常工作就是要防着抗着她们。交战数百回合，倒也乐趣横生，春去夏来，转眼我和丁少在一起都快半年了。

不过说出来谁都不信，我俩现在的处境跟刚开始假扮情侣没什么区别。我们除了在公众面前偶尔会亲吻，但私下没有一点越矩！我知道他向来绝不是一个清心寡欲的人，传说中他十几岁就搞大了别人肚子，而现在的相处方式让我……感到非常有压力，因为这一切都表明，我太没吸引力。

虽然大家都说现在的我很漂亮，可是在他那里我是深受打击的。说起来好像我很急吼吼的，但是我确实只是想证明下他是爱我的。

大家都以为他是爱我的。因为至少连我都承认传说中有一样说的是真的，丁下柳对我非常好，已经不能用宠爱来形容了。

有空他会带我出去吃东西，他开始热爱我的饮食，听我说冷笑话，吃我亲手做的曲奇饼，欣赏我打高尔夫有进步的样子。

他有时候会很体贴，8月的天很热，他会暂时忘记自己如雪的肌肤，晒着太阳下车去路边给我买四个圈雪糕，然后听我边吃边抱怨着什么时候涨到两块了。

是的，第一次他问我为什么喜欢吃这个，我回答因为我觉得很好吃。天天说我没出息，女孩子该娇贵点，别在男人面前吃这些便宜货，并教我，要歪头，侧头，眨巴着眼，水灵灵地跟他说："爱她，就带她去吃哈根达斯！"

天天给我做示范的时候，那媚态娇情得我都吃不消了，何况那色迷迷的凌振翰；可是到我手里我就表演不出来了，等我结结巴巴地跟丁下柳说出口就成了："不如，吃一顿哈根达斯……"

舌头都要咬掉了，看来我这土了吧唧的帽子是脱不掉了，瞧我说的什么，竟然用"一顿"当量词，我简直佩服我有限的语言能力。

他并没有笑我，只是询问我怎么想起来换口味了。我连忙解释说都是天天出的主意："其实我很早以前看某些小资写的书里面，一失恋就捧着珍贵的哈根达斯悲伤地哭泣。每每此时我就很迷惑，搞小资就非要吃哈根达斯吗？吃包子不行吗？"

他赞许地点点头，告诉我："我也不明白为什么外国廉价的哈根达斯在国内走俏。"

"支持国产！"我喊着口号，于是，他又给我买了涨价了的四个圈，在我吃的时候，摸了摸我的头。

他摸着我的头发问："要过生日了，想要什么礼物？"

我惊喜了一下，脸上红扑扑的，不假思索地说："其实只要你陪我过就好了，像今天这样买四个圈给我，我就很开心了。"

我当然知道我要什么他都会买给我，不过因为他已经给了我许多，我不想再让我们之间充满了金钱关系，因为我觉得我们别的关系远远比不上金钱关系发生得多。

温情，我想我需要的是这个。

他点点头，在我额头上亲了一下。温暖的眼神和煦如春风，好像那暖暖的光照亮了我的整个天空和世界一般。

我的生日原本打算得极其简单，只想找几个朋友吃顿饭。他也同意了，只是给我订的饭店很高档，我叫了天天和绵暖，凌振翰也来了。还有几个平时关系不错的同事和两位平时很照顾我的阿长。

本来说好不要他们带礼物的，可是来了才发现居然都准备了。这是我过得最丰富的一次生日，我高兴地把礼物都收好，宣布开席。然而凌振翰却伸手阻止。

"丁少的礼物怎么没看见啊？怎么，不能给我们看吗？不会是情趣内衣吧？"他成功地挑起众人的兴趣，虽然这里的人都是他的员工，没有人敢质疑丁少，可是今天大家都笑吟吟地附和了凌振翰。

我尴尬地想他不会忘记给我准备礼物了吧。一条围巾也好呀！

谁知他点点头，朝我道："我准备了。不过不方便带上来。"

听他这么一说，就算是忘记准备了，我也会立刻给他台阶下。

"嗯，咱们先吃饭。我都饿了！"我维护他的样子让天天频频翻白眼，众人轻笑，凌振翰却不准备放过他。

"你准备了什么呀？我们一会儿一起去看看，稀罕一下也好。"

他已经执起了筷子，闲闲夹了一块蚌肉放进碗里，然后朝我微微一笑道："你不是说要四个圈吗？我给你买了，在楼下呢。"

我大窘，亲爱的你不是吧?！还真买雪糕给人当礼物，你买我不反对，可是你能不能别当着我同事面直说，要知道女人都是要面子的，我怎么能让明天漫天飞着"戴小花生日丁少送雪糕一支"的新闻呢？

要知道女人的虚荣是不容辩解的。你把她约到一个浪漫无人的仙境般诗情画意的小桥流水边对她说我爱你，不如拥挤在熙熙攘攘的大街上或是在公司大楼下喧闹的人群中大喊一声我爱你。当然，如果你穿着考究，捧着大束蓝色妖姬，顺便开着一辆拉风的敞篷跑车过来就更好了。

同理，玩情调玩浪漫，是在两个人的时候，现在这么多人面前，四个圈绝对不是一个合适的礼物，他们是无法理解一支雪糕背后的美丽故事的。

果然，众人全部一副不能理解的样子，大概都搞不清四个圈是什么。我连忙说："嗯嗯，谢谢你，先吃饭吧亲爱的。"

为了尽快结束这个话题，我连亲爱的都喊出来了。

凌振翰却没头没脑地问了一句："什么型号的？"

他答："R8。"

凌振翰惊呼，"你小子真嚣张啊！她万一撞了它怎么办？"

"人没事就好。"

凌振翰边摇头边数落着他暴殄天物，我到底还是没明白过来，可是看起来其他人都渐渐明白了。天天一脸羡慕地看着我："你家男人真是惯你！"

我回头看着丁下柳，一脸的莫名其妙。他不动声色地放了一串钥匙在桌上，朝我笑了一下。

"四个圈，生日快乐。"

在他拿出钥匙的一刹那，饭桌上一阵吸气声。

我愣住了，那钥匙皮套上果然是四个圈，却是四个相互环扣的四个圈，我当然认识，是奥迪车的标志。刚才他说的 R8……

我惊呆了！

"怎么是这四个圈……我说的是……"我的舌头打着结，完全不好使。

"都是四个圈，不过这个用处大一点，我想你下班回家打车太麻烦了，我又不能时时接送你，还是给你买辆四个圈的车自己开比较好。"

我的心情还没平复过来，又激动又紧张，想说我爱你，又怕人太多太矫情，想说这四个圈的礼物太贵了，结果话出口竟变成了："这个四个圈能买多少个那个四个圈啊！"

众人完全不明白我们说什么四个圈来四个圈去的，只知道我爽爆了。而那一顿饭我却吃得食不知味。大家都草草吃完，急着要去看车。而他硬是慢条斯理地大吃一顿，才逐一问吃好了没，然后又叫了果盘和饭后甜点，最后确定都吃好了，才慢悠悠地下楼。

我看到那辆惊艳的红色奥迪 R8 时，简直呆了，羞怯得都不敢伸手去摸一下，直到天天推了我一把，我才意识到这不是梦，是真的！

我虽然有驾照，但是是上学时考的，丁下柳严格命令我必须再练练手才能开。于是我还是坐在副驾上，他开着我的车。

我激动的手抖啊抖，紧紧地靠着他的肩膀："呜呜——"

"呜什么。"

"你对我太好了。呜呜——"

"……"

还有一句死死地咽在喉咙里：好想以身相许！

正想着怎么再接再厉地抒发一下我的心情，好鼓励他再接再厉地经常这样给我惊喜。突然他的电话响了，打断了我的思考。

他按了下车内接听键。好先进啊，可以在车里免提直接对话。

他喂了一声，然后那边就传来了爽朗的笑声，声音有点熟悉，我却一时又想不起来。"喂？兄弟啊，没忙吧！"

然后两人就寒暄起来，语气还挺亲切，看起来挺熟的。

我本来以为这是一场平静的交流，却被对方一句话秒杀了："兄弟，好长时间没来北京了。什么时候有时间，把你老婆带过来，一块玩两天……"

这句话之后，我们这边足足沉默了十秒钟，直到那边人以为信号出问题了，连着喂了好几声，丁少才咳嗽一声表示他在。他说："还是不必了。"

那边男人的声音有些窘迫，补充道："下个礼拜你嫂子生日，我还想叫你过来捧场。咱们也聚一聚……"

"行。"

等他们说完话，我还震惊地在迟钝中不能自拔。说话真是门艺术啊……

他切了电话，首先看了我一眼，然后淡淡地跟我嘱咐："别想太多，他不是那个意思。"

我迅速回头笑着瞧他："看起来想太多的人不是我哦！"

他淡淡一笑，不过转过头去的脸上有些窘迫。

"下个礼拜，跟我一起去北京。"

"嗯，带我去跟他们一块玩两天？"

"……"

第二天早班，我刚到机场就有人冲上来问我为什么没开车来。消息果然灵通啊！这么显摆的事我怎么做得出来呢？于是坐看各种羡慕嫉妒恨，我自岿然不动。

这几天听着绵暖和一众跟我要好的 CC 在我耳边说车子，我都要疯了，幸好周末我要逃亡去北京，否则真不知道要如何躲过她们。

原本那天我是没有班的，绵暖和天天有班，可是绵暖一把鼻涕一把眼泪地求我帮她代班。"反正你也是要去北京啊，当乘客还要机票钱呢，不如边复习工作流程边蹭机去北京！"

好吧，我一向好说话，虽然她的理由很苍白。

天天一看丁少坐在我们舱里，就朝我嘿嘿一笑，表示一切都交给我了。她做完自己的事以后就闪去休息了。凌振翰这次也是带她出席的，不过他已经提前回去了。

丁少很久没坐我的班机了，所以一时间我还有些不好意思，也不看他，一本正经地服务着。然而老是有男乘客召唤我，特别是在丁下柳面前，让我有些得意，又有些羞涩。我微笑着跟他们交流，礼貌地为他们服务。他们都对我赞不绝口。

我不知道我已经上升到美女级了，能让异性这么兴奋。这是我多少年来的心愿啊……不过事到临头，我倒有些厌烦。被这些家伙骚扰还真不是一件轻松的事。

为一位中年客人描述了一下北京的恭王府之后，我正要退回去。然而背后的一位男士站起来挡住了我。

是个年轻的男孩子，穿戴不凡。大概是对自己的外貌十分有自信，也可能是为了在旁边起哄的同伴为了在他们面前撑面子，他拽着我开始了搭讪之旅。

我有些郁闷地与他一来二去说了几句废话之后，他熟练地问我要起了电话号码。我为难地朝他笑笑，于是他又夸我漂亮有气质，我十分挣扎地眼巴巴地朝丁少望去，却见他正笑眯眯地看着我，我在心里诅咒他。

身边的人真的是够年轻，脸皮够厚，一直充满期待地望着我，还使尽各种眼神妄图引诱我，我躲得厉害。他见我脸色都发白了，于是退了一步说："美女，不给我电话，QQ号总可以的吧？就当网友也好啊。"

我心里哀号，他怎么还不放弃啊。耳边是这家伙的同伴们高声起哄的声音，而四周乘客全部都一副看好戏的模样，面子问题，八成是不达目的誓不罢休了。算了算了，我就给个QQ吧，反正我不加陌生人。

正想把号码报给他，突然间丁少一个箭步轻盈地走过来，迅速走位挡在我们之间，好听的声音依旧是笑着的："真没用啊，看我的。"

我还没反应过来，突然间就被他抱住，温热的嘴唇覆上来，在我惊愕的神情中，某人在大庭广众下、我的航程中给我来了一个深情的kiss……

久违了的kiss。自从上一次当众亲吻以后，私下相处那么久，一次都没有过，这家伙接吻什么的最喜欢当人面了。

舱内众人震惊了。

许久之后他松开我，一脸笑意地装作不认识的模样说："美女，给个电话吧。"

四面八方的震惊碎裂之声，乘客都惊呼起来。旁边的帅哥脸上一阵儿红一阵儿白的，恐怕此刻他满脑子想的都是：搭讪也可以这么来？

我很配合地弱弱地说了句："好啊。"然后再凑到他耳边，"你死定了！"

他笑而不语，拿出手机给我打号码，我做样子地把号码按上去，拨打了一下，却看见屏幕上显示着招摇且晃眼的两个大字：老婆。

哎……真是……我瞬间原谅了他。

好感动！我彻底反省，回去赶紧把我手机上存的腹黑丁改掉。

看到我一脸娇羞又感动的神情，旁边落败的衰哥一脸颓丧和不解，这也太不可思议了，怎么可能？他满脸的落寞，到死也不会明白这个男人是怎么做到的，难道只是因为人长得帅？不过他到死也想不到，这男人是我男朋友，不是路人甲……

丁少得意地笑了，我请他回了座，然后我自己闪得老远。在整舱乘客怪异的眼光中果断遁走。

可是闲了不到片刻之后，外面就沸腾了，呼唤铃响个没完，天天也不得不出去。我发现清一色的全是男子的呼唤，心中暗道不妙，若是他们都以为我是直接上就得手的类型，那我岂不是很危险？

于是我战战兢兢地出去，愤恨地瞄了丁下柳一眼，他果然很担忧地看着我。

我挑了个安全点的先下手，走到一位身边有伴儿的中年男子身边，僵硬着没有弯下腰就问他要什么。他温和地询问了我几句有关咖啡冷热的问题，还没转入正题，旁边的妇女就已经看不下去了。

我一过来就看到她眼睛里的神情是明显的羡慕嫉妒恨，她也太沉不住气了。她言语尖刻地问我："请问，空姐和小姐有什么区别？"

四周一阵倒吸气，我周身一凉，真想上去甩她几个大耳刮子，可是我忍住了，老板在看呢！于是我强笑着对她说："空姐是您对我们的称呼，小姐是我们对您的称呼。"

我说完周围又是一阵吸气，那妇女脸上一僵，似乎要发作，却又找不出理由，旁边男子连忙安抚她，天天赶紧过来替换了我去。转身时看到丁少朝我挑眉毛并点头赞许，我心里默默地瞪着他，这笔账，我们下飞机再算！

下了飞机，天天作为电灯泡，表情十分淡定，一路上也不多话。凌振翰打电话来说他已经在酒店等我们了，然后还死不要脸地在丁少公放的电话里跟天天要亲亲。我一脸呕吐的模样看着天天，她淡淡地朝麦克风那飘了一句："淡定点。"

那厮果然就老实了，说了句："遵命，老婆大人。"然后就挂了。

我惊得下巴都要掉下来了，说："天天你十分了不起啊，他好听话哦！"说完这句，我还淡淡瞟向了某人，他却像没察觉一般，看也没看我。

天天叹了一口气。我继续奉承她，说："看不出来嘛，你好猛啊！"

天天用眼角瞟了我一眼："你是指什么猛？床上？那是自然。"

我被她一连串的惊人言辞给震慑住了，半天才尴尬地缓过神来，下意识地指着天天惊愕道："你们俩已经……"我捂着嘴，回过神来，迅速看了一眼丁下柳。他神情依旧，只是面色有淡淡的绯红，竟有了几分纯洁的错觉。

想到这里，我不禁狠狠地白了天天一眼。她同样鄙视地看着我，然后再瞧瞧丁少，脸上狐疑道："你们不会还没有……"

然后她就刹住了，我也没接话，丁少僵硬地开车，一时间，三人都有点灵魂出窍的感觉。车内死寂了，死得不能再死了……

到了办宴会的酒店，我们才恢复了些生气。丁少气宇轩昂地领着我们走在前面，我挽着天天花痴地盯着他的背影，天天全程一副匪夷所思的表情。即便这样，她还不忘打击我："你能不能不要用这样崇拜的眼光盯着自己男朋友？"

快进场时，凌振翰正在大礼门前西装笔挺地恭候着，看见丁少，连忙赶了几步上前跟他寒暄。天天趁机凑在我耳边问："你说，是他身体有问题了，还是根本不爱你？"

我咬着牙，恶狠狠地盯着她说："你才身体有问题！尊重，尊重懂不懂，这是凌振翰那种食肉动物所不能了解的知识范畴，你还得意呢！"

我撇了她上去钩住我男朋友的胳膊，但一口气还堵在胸口，真是气闷！看他身形那么矫健，哪一点像身体不好的样子。看他送我的R8，哪里像不爱我的样子！你会白送一个不爱的人200多万吗？

这么想了一下，我的心理就平衡多了。天天这个乱嫉妒的妞啊，真想杀死她！

自从上次的事以后，凌振翰对我总是打哈哈地恭敬着，虽然成了我最好的朋友的男人，我仍是有点疙瘩，所以对他不是太热情。

我们四人一进场，马上吸引了众人的目光，主人立刻前来迎宾，男主人脸我有印象，是丁少为数不多的大哥之一，然后凌振翰殷勤地喊了一声嫂子。可我找了半天，愣是没看到嫂子在哪儿。

莫不是这声是叫我的？

却只见男主人身边一位艳丽无双的笑吟吟的少女含羞带怯地朝他点了点头。我又震惊了，那姑娘至多20岁！

天天凑到我耳边说："我看着像18岁。"

我不禁想仰天长啸一句脏话——你大爷的！40岁的人了，找一位未满20岁的姑娘，你情何以堪啊？

我纠结得满脸褶子，丁少果然只是淡淡地点点头。要是叫他喊这么个小孩子嫂子，他约莫会掉头就走人了。我和天天也只在凌振翰的引见下跟她互相点点头，然后众人的眼光就全落在我身上了。

"这就是丁少的女朋友啊！"

"听说是未婚妻。"

"也没怎么样啊！"

"听说丁少这次挺来劲的，不会是认真的吧？"

"都公开承认了！前所未有。"

我和天天的耳朵在不断地收集着四面八方的信息，过滤着废话，总结了下基本情况。那就是风云涌动，硝烟四起，女子们个个伺机而动、虎视眈眈、摩拳擦掌。看得出来，女人们是不会介意一个优秀的男人是否有女朋友或是未婚妻甚至老婆的。

特别是丁少那种可以把姑娘们甩上一百遍但还是能赢得大片芳心的男人。世道真是黑暗啊……

我还没来得及感叹，就看到了一个不想看到的人。

聂思坐在一个有点年纪的美艳妇女身边，两人正有说有笑。周围有一圈女人，看起来跟她们的关系都极好，形成了一个以她俩为中心的包围圈。

天天咦了一声，看看我，又问身边的凌振翰道："聂思怎么也在？"

凌振翰脸上有些尴尬，望了望丁少才说："我们不是在一挂玩的，只见过几次。我对她了解不多的。"

天天翻了翻白眼，说道："了解不多你就追？"

凌振翰尴尬地又哄又道歉。我问道："丁少不是每次来北京都找你玩吗？难道你跟她还不熟？"

"她多数是跟那边那个梅姐一起，她们才是一挂的，而且小花嫂子，我可得给丁少作证，丁少从没跟她谈恋爱，要不然我也不会去泡她……"说到这里，他嘴上一顿，低眉顺眼地瞧了一眼天天，才讷讷道："谁知道原来她一直追求丁少，还来招惹我……真晦气！"

这么一说，我和天天大概了解了聂思为何今天出现在这里。凌振翰还在我耳边絮叨："嫂子真对不住啊，上次居然那样质问你，心里一直都不好受。"我截住他的话，道："既然聂思不是，那么你告诉我，在场的哪些曾经是丁少的红颜知己，免得我被暗箭杀死了都不知道怎么死的……"

我脸上虽是认真的，但其实只是说笑的。可凌振翰却愣住了，神色有些惊慌失措。丁少回头看着我，脸上有种莫名的悲伤，一种气氛无言地笼罩在我们周围，我的心情从这一刻起就很差了。

"我只是说说玩，原来还真有啊……"我淡淡地开口，神情不自然地搂住天天，故作大方地玩笑着哀号道，"天天，我的命真苦啊！一会儿陪我去给姐姐们一一请安去。"

天天立即识趣地接话，打趣了我几句就岔开了话题。

来之前我们还是亲密无间，但现在的状况至多是和和气气、貌合神离。

哎，不是我小心眼，其实在我小小的心眼里，在某些寂寞的深夜，我还是小小地幻想过，说不定丁少爷那些绯闻传闻丑闻都是子虚乌有的事情，虽然他现在已经29岁了，那些年轻激情的年岁里该发生的事情都已经发生了，可是我还是想往好的方向想，毕竟他对我一直都是相待以礼，兴许因为他身体不好的原因，兴许他根本就不适合剧烈活动……

虽然我自己都知道那种可能性微乎其微，他的风流多半是真的。不过当真的要去面对这些的时候，我还是难免小气了点，心里很压抑很难受，又不能表现出来，因为大家包括我在内，早就知道他是什么人。

我机械地跟天天牵手一起走，即使知道在今天的场合，应该与他举止亲昵些，可是我就是演不来戏，必须得给我一点时间去消化这些。面对强敌环伺，我没有勇气去挑衅她们。

天天凑在我耳边说聂思她们那群人在盯着我窃窃私语呢。而我脑子里却只想着传说中丁少向来不谈恋爱，不交女友，只有床伴……

接着，丁下柳给我介绍他的朋友，我麻木地一一微笑地点着头，脑子里想的却是，他曾有那么多床伴，那么现在呢？他依旧还是个男人，可是从来不对我下手……我们见面极少，那么不见面的时候他都在干吗？或许……

我不敢再想，他握了握我的手，语气关切地问我怎么了。

我条件反射地推开他，然后又有些局促地摆摆手，再掩饰着刚才推拒的动作摸上自己的脸："我……脸色很差吗？"

他点点头，而我却不忍看他的眼睛。

我仿佛一下子开窍了，从幻想中的象牙塔里出来了。就算是灰姑娘的王子也是有性欲的，人生本来就该如此的，为什么老是靠幻想过日子？我要么成熟起来，要么离他远点。

我轻轻地跟在他的身边，他再次握了我的手，我微微出着汗，感觉到从未有过的窘迫。我们来到聂思那堆，丁少跟那个美艳女人打了招呼。我心里回想了一下，丁少说聂思有个干姐姐，应该指的就是她了吧。

看丁少对那美妇恭敬有加，想必是个人物。于是我也摒弃成见，格外注重礼貌地问候了她。然后我谨慎地扫了聂思一眼。聂思没看我，脸上照旧冷冷淡淡，好像十分出尘脱俗淡泊名利，可是现在谁都知道，她是个得失心很重的人，为了男人甩过我巴掌放过我黑水，现在再看她扮仙女难免有点反感。

那美艳妇人脸上绽放了一朵大花，拖着丁少大聊起来，旁边的一众人则时不时随着她并不好笑的话语夸张地大笑着，跟电视上娱乐节目里嘉宾谐星做效果似的，十分和谐。

我则被不着痕迹地冷落在一边，当然，我也不想强插进这堆陌生人的话题里找不自在，于是我开始瞄天天在哪儿。

只见她正被一群男人围着聊天，神情潇洒自在，看不出来这妞交际手腕还挺牛的，凌振翰在旁边插不上话，焦急之间又被一个女孩拉着朝我们这来，但眼睛还巴巴地望着天天。可惜后者根本都没注意到他的离开，完全无所谓的态度。

对嘛，女人就应该这样，认识更多的男人，别弄得非跟他不可似的，你黏得越紧他越想挣脱，你随他去，自己玩自己的，反而有意想不到的效果。

于是我打算立刻离开这儿，别像根木头似的杵着，我去找天天玩，认识新朋友去。

我刚转身，手就被丁少抓住了。这时才发现众人都在看我，这边的丁下柳眼神温柔地询问着我要去哪儿，那边的美妇已开口道："这是我新弟媳妇？"

几个字，透了两层意思。弟媳妇，是告诉我她的地位。新，是告诉我，弟媳妇是前赴后继的，而她是永远不变的。

我朝她甜甜一笑，她饱经沧桑的狭长凤目自上至下挑剔地扫视着我，看完后收回目光笑而不语，然后转向聂思，拍着她的纤手，一下一下地摩挲着。

"我们聂思，真是大家闺秀的气质。人大点，果然就懂事许多。"

什么意思？看完我就立刻夸别人！意思是我没气质不懂事吗？

本来对这老妇女还没什么成见，但如今是梁子结大了！我被丁少握着的手微微攥紧了，他用手指在我的手背上抚摸了一下安慰我。

我飞了个眼神给他，我可没那么沉不住气。他淡淡一笑，伸出胳膊搂住我的肩，脸蛋贴在我脸上，亲昵地蹭了一下。大家都惊讶地瞧着我们，看着我身边这个家伙，像个真正的纨绔子弟一样懒洋洋地跟我在大庭广众之下温存着。

我的身体绷得紧紧的，然后听到他气定神闲地说："未婚妻，年轻不是你的错，同样年纪大也不是她们的错，不要生气咯！"

我窘住，所有人都窘住了。

凌振翰在这儿打着哈哈，然后我就被丁少拖走了。丁少说这话……梁子真结大了……

经过天天身边，她还在跟一众男子交际着，看到我，连忙追来问刚才去哪儿了，我指指丁少没说话。

丁少把我拖到甜点桌边，拉我一起坐下拿了两份慕斯开始吃。

"你刚才是得罪了那个姐了吗？"

"我有什么怕得罪的。生意上，利益第一。有利可图，我杀了她男人她也会跟我笑；无利可图，我喊她亲妈她也不会给我好脸色。"

我哦了一声，觉得他真冷静啊，故而犯贱地崇拜起他来。我偷偷瞄了刚才那边的人群一眼，发现她们正义愤填膺地瞧着我们，嘴里还在说什么。

丁下柳伸手把我的脸摸正了，我赶紧问道："为什么她对聂思那么好呀？"

"这个说起来挺复杂。聂思不是简单的姑娘，很会收买人心，曾经为她做过点煽情的事。然后见她这么聪明，又以为她是我很重要的人，所以就收她当干妹妹，以为这样就能跟我建立好稳定的联系。可是她看错了，聂思根本不是我女人，所以现在她压错宝了，有气无处发，发发神经也正常。"

看他把所有人际关系都用数学公式算了出来，好像一切都是利益驱使的一样。我不禁害怕，那我算什么呢？我又没有什么可以利用的。

开席的时候，我随丁少坐在了主桌，天天在我身边，和那个美妇隔了一个人。聂思也跟着她一起上了主桌，时不时冷冷地瞧着我，不过我也没给她好脸色看，一桌子气氛怪异至极。

菜上来的正是时候，我专心地吃着饭，丁少一如既往地展现着他的温柔，丝毫不介意在人前展示跟我的相亲相爱。然后大家敬完了寿星酒以后，就有人来轮番敬丁少和我。

我被一声声的"嫂子"喊得七荤八素，丁少说了可以少喝一点，但是我还是晕了，脸上红彤彤的。男主人还特认真地跟我说："弟妹真是给面子，一直叫丁少带你来一块玩两天，但他总是护短得很。"

我不知道他说的这话到底意义何在，总之不是让人无视就是让人误会，我傻傻笑了一下，然后就没再理他。又有人过来了，就是那个皮肤特别白的小白，他笑吟吟地喊了我声嫂子，劝完我一杯酒，就把丁少拉走了。

丁少人刚一走，就听桌上有人冷笑道："嫂子来嫂子去，真把自己当正房了。又没结婚，谁知道什么时候就消失了。"

旁边有人接话："女人混得好是嫂子，混不好是婊子，谁知道男人明天身边又换了谁呀，别真把自己太当回事。"

桌上还有男人在，看到女人之间的斗争，完全束手无策，又不便贸然插手，只好装睁眼瞎，好像听不懂她们的指桑骂槐似的言辞。

我冷眼瞧着说话的老太婆和另一个鸡婆，顿时觉得这些人的修养都跑哪去了？难道这不痛不痒的几句话就能把我说得捂脸泪奔出去吗？正如您说的那样，我又不是大家闺秀。

然而天天很棒，没等我说话，她就娇嗔着朝那美妇幽怨地撇去一眼，一脸恭顺地朝那美妇喊了声"阿姨"，顿时把她气得眉毛倒竖起来。

"阿姨呀，您可别这样说，大家高高兴兴地给文家小嫂子过生日，这话多不好。虽然文嫂子还没跟文哥结婚，但那是因为年龄不够，您可别这样讽刺人，好歹咱们在坐的多数是正牌女友，再说了……"她一脸不好意思地看着聂思，"人聂思还在呢！"

我心里暗暗鼓掌，天天真乃神人也！

看着周围一圈的尴尬，我也立即假意道："聂思姐姐，您可别往心里去，阿姨她可不是那个意思……不过话也说回来了，趁今天人这么多，你就在这找个正主好了，我看个个都是翘楚，你肯定能挑个好的。"

看着我和天天一搭一唱，周围都静得跟太平间似的，大家默默吃菜。我和天天矜持地碰了个杯，笑得天真无邪。今天的寿星女虽然脸上红彤彤的，但是投向我们的目光却是崇拜和赞许，可见跟我们也是一路的。于是我和天天都朝她甜甜笑，眼神交流了片刻，瞬间就结成了联盟，达成了共识：什么老妇女，第三者，最讨厌了……

那恶美老太婆抬眼看着我，再看看天天，再看看天天身边安坐的凌振翰，于是又把眼光扫向了孤身一人的我。然后抑扬顿挫地开口道："这是什么教养？难道出来见人前丁少没有好好嘱咐你大场合里要少说话多看眼色？一个小辈闹不清自己的身份，只会给丁少丢脸！"

"哎呀梅姐，山不转水转，人来人往，您别跟她计较了，丁少的性格我们还不了解，他三天的兴趣一过，到时候谁认识谁呀！"一女搭腔，众人附和。

聂思温和地笑道："你们别吓她，丁少不是这样的人，我和他相识这么多年，还能不了解吗？"说完，她还浅浅朝我一笑，"你别想太多！"

我胸口一窒，对着聂思那张笑脸，愣是有气也发不出来了。什么是刀子嘴刀子心，我算是见识到了。这群女人说话都是放冷箭的，聂思你不就是想说你们熟，你们亲热，你们才是固定队，我只是路过打酱油的……

不过想到他们之前一定有什么瓜葛，又想到这里搞不好谁谁还跟他有关系，我就心口难受，于是闷闷地说了一句："不用和我说，赶明儿他娶老婆了你们找他老婆说去。"

在座的全部愣了一愣，大概还真没看过哪个女人这么不待见丁少的，我这黄口小儿的样子，似乎激怒了大多数女人，突然间大家似乎看到了我背后有什么恐怖的东西，全都不说话了，瞬间就没声音了。

有人从背后揽了我的腰，力度有点大，貌似是生气了。我心中一惊，丁少回来了。他慢慢坐回我身边，淡淡地看了我一眼，眼里寒光流转。我看了一哆嗦，身子缩了缩，但这一缩，更让他上火。他脸上露出了那种熟悉已久后一看就很假的邪邪笑容，然后"温柔"地擒住我的手腕，拉我往他怀里靠了靠。我几乎快呼吸不过来了，只听丁少缓缓道："姐，是我把她惯坏了。你要怪就怪我吧，你骂她，我心疼。"

这话说得全场倒吸一口凉气，天天和凌振翰带头起哄起来，继而一圈年轻人全部哄笑，吵着要封丁少为情圣。我知道他这是给我留了面子，回去不知道要怎么修理我。在这种痛苦的心情下，我还要适当地扮娇羞躲在他的身影之下，一副幸福小女人的状态，把相关人员气得翻白眼，难度系数非常之高。

之后的宴席上，所有人都忍受着我和丁下柳之间的脉脉含情，连我自己都要吐了。可是这家伙大概受了我的刺激，把肉麻当饭吃似的，吃一口就要注视一会儿我的眼睛，久而久之，我的脸不再动不动就红了，脸皮欣喜地通知我，它已经够厚了。

宴席结束，还有一场所谓的慈善拍卖。我在电视上见过，富豪们酒足饭饱之后，开始进行饭后娱乐活动——炫富。

今天拍卖的是文总收藏的一块明朝青砚，样式厚重古朴，看起来很有内涵。我一向与有内涵的东西绝缘，于是乎我站在丁少身边，跟天天一起讨论着人生坎坷、悲欢离合。

我不在乎不代表别人也不在乎，很快那边喊价已经达到白热化，随即就有人挑衅地问丁少怎么不出手，凌振翰笑着代答："如果你拍卖一个绝世美女，丁少也许会考虑怜香惜玉为她赎身，你弄个破砚台有什么意思。"

大伙儿都轻笑起来，丁少也淡淡一笑。我白了凌振翰一眼，当着嫂子的面，说什么大美女！

那边的恶美妇笑着跟聂思说悄悄话，聂思脸都红了，旁边一脸荡漾的中年男子紧紧地盯着她，好像望着一块肥肉似的哈喇子直流。

那美妇叫价："石总出价 40 万。"话音甫落，周围一片惊呼，纷纷朝那边那位神情荡漾的男子望去。有人问："石总今天又是为博哪位美人一笑一掷千金啊？"

他笑而不语，脸上一副高深莫测的样子，可是那邪恶的眼神早已出卖了他的目标，聂思被他和众人看得脸红红的，煞是可爱。在众人哄笑中，她娇滴滴地说："我闲暇时也喜欢弄弄笔墨，写写书法。"

大家都纷纷赞叹不已，这年头会抓毛笔写字的妞不多了，何况还是位美妞。

"真做作啊。"天天眯起漂亮的眼睛，靠在凌振翰肩上微微侧头低笑道，"不过，我就是喜欢她这股做作劲儿。演什么像什么，真过瘾！"

"我觉得她很像千面猫妖，慵懒性感又迷人，但扮起邻家女孩来又纯得掐得出水来。啧啧……"我丝毫不介意男人们在身旁，直率地评价道。

"她知道如何取悦各种男人。"这话是文家小嫂子凑过来说的。

在座女性突然全部都同仇敌忾地重重点点头，我才发现，原来同性相斥是这么赤裸裸地强大。天天大笑起来，我则无奈地靠在她耳边，用很小的声音道："我看这砚台平时用来防身，婚后放家里打打男人也挺好，一拍一个准。"

周围女人都咯咯笑了，然而那头价钱已经喊到了 60 万。我实在觉得有钱人真是嘚瑟得慌，不就一块古砚台，至于这么浪费钱吗？那位石总已经喊红了眼，看来这已经不是博美人欢心的问题了，而是上升到了男人尊严的层面。跟他打对家的是那位东航的刘公子，我跟他也算有数面之缘，他今天也是携美在侧，估摸着都为了女人大打出手，谁也不愿意先收手吧。

大家都好整以暇地看着这出精彩的争砚大赛，到底砚落谁家？结局是皆大欢喜，还是各找各妈，都要拭目以待。我和天天都兴奋地关注着，那小嫂子则积极地评价着当事双方的女人的相貌，从打扮穿着到容貌身材，最后连面相都分析了一遍，最终确定是刘公子带的美女比较旺夫。我和天天一脸虚汗，顿时觉得我们懂得太少。

"90 万！天哪，已经叫价到了 90 万，石总您实在是太大手笔了，真是令人大开眼界。刘公子！刘公子还有没有更高的了？那好，90

万一次！"主持人在煽动着，他自己也激动了，一个明明价值在20万的东西被喊到了90万，主持人也功不可没啊。

聂思低头不语，旁边的美妇得意扬扬，一副胜券在握的模样。再看刘公子身边的女生一个劲儿地焦急地拉着他，大概是不想让他浪费钱。我们都很同情她，拿到这个昂贵的砚台，她也根本捞不到什么好处，刘公子兴许还会为此迁怒于她。

我正怔怔地发呆顺便悲天悯人着，突然身边一个用清冷的声音淡淡道："100万。"

瞬间，所有人的目光唰地一下全数聚集到突然出手的丁少身上。我和天天愕然地看着他，不知道他葫芦里卖着什么药。议论之声像瘟疫一样迅速蔓延全场。然后大家都明白了，丁少是在为他们解围。这时候，再加价是恶战一场，不加价刘公子颜面扫地。

此时就需要有个双方都卖面子的人出来顶一下，这就意味着现在没有人会再跟丁少争。随着三声槌子响，丁少以100万的天价拍下了这方明朝古砚。

那边有人脸色不好，而且是很不好！我看到脸色如霜打的黄花菜似的美八婆，还有故作大方的聂思，然后美八婆身边的某大嫂假意地笑嘻嘻地问道："丁少不是不高兴参加砚台竞拍的吗，怎么突然又插手了？您身边那位不会也酷爱书法吧？"

丁少看都没看她一眼，淡淡说道："买来给她打人玩。"

众人闻言一片哗然，引爆全场，这丁下柳太嘚瑟了，要把他老婆宠成哪样啊！！

我脑子蒙了一下，一时反应不过来。原来我们刚才说的话他全听进去了！还没来得及询问丁少，我便很惊恐地看着装在锦盒里的砚台被礼仪小姐送了下来，丁少朝我的方向示意了一下，然后那砚台就恭恭敬敬地送到了我的面前。

我无语地望望丁少，他淡淡地笑着看我，我皱着眉毛看着天天，她难掩笑意地白了我一眼："花小姐，你已经在笑了，不要再故意做出很懵懂的样子，天天姐姐我看了难受。"

我无语，在众人殷切的注视下，托着重重的砚台，欲哭无泪。

丁下柳你到底是玩哪样啊！鬼才想要这破砚台……

如果可以用梨花体来书写此时我心中的悲壮，那么便是：

    于是，反应迟钝又欲哭无泪的戴小花，

    独自落寞地抱着一方青青的古砚，

    慢慢缩成丁少身边那一团，

    忧郁的，

    小黑点……

回去的路上，丁少惬意地吹着风散酒气，凌振翰一丝不苟地驾车，我低着眉耷拉着脑袋不知在想什么，天天一路都在饶舌："哎，人家博美人一笑都是拍些钻石胸针、黄金面具什么的，偏偏咱们丁少弄块石墨来给你修身养性，激励你上进，这是饱含了深刻内涵的赠与啊，小花你就知足吧。"

我把脸搁在砚台上，看了一眼丁少促狭的笑脸，慢慢转到另一边继续耷拉着。凌振翰适时地参与进来："小花嫂子，这好歹是古董，可比上次中信的老总200万拍下送给老婆的高尔夫球好多啦！"

天天在前面轻笑道："也比什么也没拍着反而落了一身臭气的聂思好。"

凌振翰立刻呼应着自己夫人："是的，也比脸挂成臭鸡蛋的梅阿婆好。"

任他们怎么说，我就是一声不吭，天天纳闷地回头看我。

"不是被打击到了吧？我说你也太掉钱眼里去了，丁少人还在这儿呢！"

我幽幽地抬脸看她，指指放在腿上的砚台："很重。"

她扑哧一声笑了，然后我旁边一只温暖的手就伸了过来，摸到我腿上作势要把我的砚台拿下来。

"干吗？"我警惕地瞧着丁少。

他微微不解，然后充满柔情地看了我一眼，又宠溺地再次伸手道：

"重就放下来啊，我又没叫你一直抱着。"

"不！"

"……为什么。"

"100万呢，我要抱着。"

"……"

他是不会明白，我不高兴，其实在为他心疼钱……

我不能理解他就这样随意花了100万去为两个不相干的人解围，虽然我知道这是他生意场上交际的一种手腕，但是我不懂，而且心痛，谁赚钱也不容易啊……

先送我们回了别墅，然后天天意味深长地看了我一眼就被车载着呼啸着走了。又是这种情况，又是两个人，又是在别墅独处，又是一个漫长的夜，不同的是他这次没有醉。

我洗澡他煮咖啡，他洗澡我整理衣服。我心里慌得不得了，手都开始哆嗦。只听"哗啦"一声，浑厚的拉门声响，丁少洗好出来了。

带着雾气的出浴男子，浑身肌肤都好像在闪着光泽，我控制不住自己的眼睛，眼神丢脸地牢牢盯在他的裸露肌肤上。我从来不知道我这么色……

我俩对视了数秒，然后不约而同地转开脸去。气氛有点尴尬……

我咳嗽一声，把咖啡端到露台的小木桌上，他拿着毛巾跟了过来。

对坐闲聊，可以免去一些尴尬。

我没话找话说道："为什么你酒后从来不开车啊？就那么放心把命交给凌振翰吗？"

"身体不好，所以只要喝酒我就从不开车。"

"哦，不过每次看到凌振翰喝了酒开车，我都很担心。"

"他千杯不醉的，放心吧。"

"原来如此！"

真是没有意义的对话……

"你今天不高兴。"

"我……"说到这件事，我有些难过，低下头道，"我不是故意的。"

他却淡淡一笑："我很高兴，你生气时委屈的眼神让我的心越来越温柔，我是真的喜欢这种感觉。"

自以为脸皮已经很厚了，没想到还是脸红了。

我埋着头，支支吾吾地说："你喜欢可是我不喜欢，我讨厌你……"

"讨厌？讨厌我过去的生活还是讨厌我这个人？"

"你明知道！"

"那怎么办呢？我们不能穿越回去，所以只能委屈你了。"

"那不公平！"我瞪大眼睛，"知道这种感觉有多讨厌吗？坐在同一条沙发上的女人中很可能就有跟你男人上过床的，这种恶心的感觉……呜呜！凭什么你就放纵了那么久还振振有词的！凭什么！！我还是……还是……"然后我就还是不下去了，一张脸涨得猪肝似的。

"还是什么？"他促狭道。

"你管还是什么！总之我很不舒服！"

他想了一下，然后说："小花，我今天答应你，以后我除了在你的床上睡以外，只在自己床上睡。"

听了他的话，我脑子又混沌了，立刻酱紫着脸，不过想到如果想要成熟起来，睡觉是必经之路。于是我觍着脸弱弱地说："其实我最关心的，还是我们以后能不能顺利地在一起。"

他微微一笑："会的。"

我抬起脸看他，总觉得那么不真实。他把椅子挪到我的旁边，然后抓着我的手看着我，眼睛亮晶晶的像繁星。

"戴小花，你猜我什么时候开始喜欢你的。"

"你直说吧，我不经逗的……"我捂着滴血的脸道。

"嗯，今晚气氛不错，可以开始抒情。"他平静地说道，语气里有淡淡的温柔，"飞机上第一次遇到你，你真逗，居然说给我买一斤猕猴桃；第二次，你为你的姐妹打抱不平，不把我放在眼里，还伶牙俐齿地将我一军；第三次在 KTV 里你窝在唐奕格身边睡着了，一动不动，我老想过去踹你一下，看你是不是死了……"我白了他一眼。

"我当时有一点点嫉妒他。"他又说。我心里顿时甜甜的，原来那时候就开始记挂上我了。不错不错，果然有眼光。

"啊！然后被我撞见你在小巷子里尿尿，不会你跟我在一起是想让我负责任吧？"我一脸抱歉地说，"其实我什么也没看到的……"

他窘迫地咳嗽了一下，淡淡地说："那个先不提。"

"我是想说，呆小花，我们其实真的很有缘分。我病发是你找到我，这个概率很小，可是你碰见了。也许当时没人救我，我就真的死了……是你带我去医院，在车上我虽然昏迷，但是我在你怀里听到你焦急的呼吸声就觉得很平静。以至于后来我总觉得，我的命就是你的……

"你为了几十块跟司机讨价还价的声音里有哭腔，当时我好难过啊。当时我就在想，以后一定不要让你受委屈了。

"还有上次我醉酒的时候，你抱着我唱催眠曲，我以为，老婆其实就是这样的。

"你是个傻瓜，总是做错事，让我不得不成天担心着你。所以我全部的注意力都在你身上了。

"所以我可以很确定我很爱你。只要你愿意，我想永远照顾你。"

说得我眼泪都上来了。能不要这么煽情吗？我眼窝浅，不就是想拐我上床睡觉吗？铺垫这么多干什么？

"后来，你都知道了。好吧，我承认，是我先喜欢你的。亲爱的，我是个病人，你就不要闹了，我以前的那点事就别在意了，让我们的爱情顺利一点好吗？"

我点着头，没出息地投怀送抱地挂在他身上，眼泪不值钱地往下直掉。丁少你太厉害了，这下我想再翻旧账追究都不好意思了。

月光下，他抱着我，屋内的光线洒在我们脚下莹白的大理石地面上熠熠生光，透过镜面反射，我看到了他浴袍下的风光……汗，没穿内裤！

我连忙转开眼睛，脊背生寒。什么破习惯！

他感觉到了我的不适，唇压在我的额头上，轻轻地问我怎么了。我连忙摇头。他轻笑一声，脉脉含情注视着我："小花，我想让你快乐。"

我我我……表示情绪稳定。不过……怎么有不好的预感！

"让你拥有如沐春光、水乳交融的极乐。"

我我我……想歪了……我太色了！

"再带给你浪漫而温馨、激情而狂放的夜晚。"

我我我……能不想歪吗？

"你太色了！"我跳起来，冲进房里。

我把头埋进被子里，惊恐不已。糟了糟了，我不是已经准备好了吗？现在这不就是期待已久的前戏吗？我是不是搞砸了他的调情？

脚步声已经进来了，我窘迫不已，又惊恐万分，我好像把他带进房间里，带上床了。

"怎么这么急，都上床了？"被子外面有轻笑。

好吧，你骂我是乌龟好了，我就是死都没有勇气把头伸出去。

有手伸进来，扒开我的被子。然后没等我反应过来，劈头盖脸的吻就倾覆而下，我第一次知道原来体温极低的他的皮肤却也是热的。那个吻充满了能量，好像快把我融化了一样……

他的手缓缓游移着，我把眼睛闭得死死的，心里哀号着，把我打晕算了，羞死人了……

彼此的呼吸都急促起来，他温热气息像催情的药剂，我自燃了……

好吧，放荡一回又如何！额娘，我对不起你！现在只好做完荡女做闺女，提上裙子我还是很清纯的。膜破了不过指甲大的疤，五十年后又是一条处女！

如果让丁下柳知道此刻他怀里热火朝天的女人心里边都在想这些，估计他也没心情再继续下去了。

只是这惊天动地的一吻结束以后，突然就没有了。是的，没有了！

我承认我有点点愕然，也有点点失望。

他突然住了手，紧紧地抱着我，然后呼吸浓重地在我额头亲了一下，嘶哑着说："吓坏了吧？"

没有没有，好欢快的！我心里呐喊着。

他又亲了亲我的脸蛋，把被子扯上来，裹住我被他剥开的上身，自己站起来整理了下衣服，就进了浴室淋浴去了。

我咬着被面，看似一副楚楚可怜的受惊相，其实是气得发抖。你狠！丁爷，你果然狠！

在这栋行宫里，悲剧的我再次清汤挂面地过了一个难以入眠的晚上。早晨吃早饭时，他还一脸抱歉地看着我满脸菜色，问我是不是被吓到了所以没睡好，还信誓旦旦地承诺我，他以后一定会注意分寸。

我当时真想拿刀叉活活叉死他。

第九章
一个很艰难的决定

我俩更加地要好了。

如果爱情分阶段，那此时已经处于"才下眉头，却上心头"的阶段，他那张苍白的俊脸时不时地蹿入我的脑海，让我每天都过得销魂无比，他前世一定是治愈系，他是我的良药。不过是药三分毒，我感觉我中毒太深。

人们纷纷忍受不了我们，因为我俩的恶心程度已经令人发指了。我时尚地把微博更新为"你五毛，我五毛，咱们俩就能一块了"。此句瞬间成为圈内经典的恶心情话，广为流传。众人纷纷留言："你六毛，他六毛，你俩就一块二了。"再有人顶上："你七毛他七毛，你俩可以一块死了。"

于是，我瞬间更换了签名。

丁下柳为了回应我的深情表白，特意为我拍下了一块拉风的车牌，挂在我拉风的 R8 上，简直秒杀路上的一切活人。

我给我的宝贝车和车牌拍了特写，发到微博上。立刻轰动一片，红色 R8 配上苏 A1314。

我都忘乎所以了，哦……人类已经阻止不了我了……我花痴地念叨着："如果爱，请深爱，一生一世一个人……"然后等我清醒过来，我看到下面评论里有一行低调且华丽的小小的字：贫道路过打酱油，观此车牌阴气太重，一伤一死。

网络真是个不和谐的地方啊……

转眼夏去秋来，公司里开始讨论拍摄制作年历的事情。航空公司每年都会制作专属的台历，一共 12 张，10 张独照，两张大合照。这 10 个人选谁，每次都要经过激烈的竞争，这提高的不是一点知名度，而是涉及空姐在公司里的地位和未来发展的重大问题，也就是俗称的"一姐之争"，所以每年这时候都会挤破头。

公司网站有票选，本人虽然是新人，但是由于跟某人的关系，所以知名度空前高涨，并且由于我为人谦虚，工作认真，口碑很好，所以想不入选都很难。

我得意扬扬地跟天天说我高票当选了，天天白了我一眼："出息！"

"怎么说？"

"以你的身份，入选这有什么值得高兴的，你要争的是首页啊！去年是聂思，人家不是正牌女友都首页了，你要是不能首页，不给你男人丢脸吗？"

我一愣，竟还有这层道理。

"可今年聂思也入选了啊……"

"群众就是想看你们俩狗咬狗啊！"

天天，你这样说，叫我情何以堪啊……

我立即展开猥琐的拉票之旅，我从来不知道我在航空业界居然这么有人气，振臂一呼，应者无数。我的"拈花惹草"粉丝团虽然平时看着跟废物似的，但关键时候居然还真挺有用，正在积极行动，负责四处帮我拉票。见到这阵势，公司企宣部灵机一动，决定趁此搞一次大大的宣传活动，把投票扩展到全社会，只要注册用户就可以投票。

我虽然很不喜欢把自己的照片放在网络上，可是公司还是把我的艳照挂在了某门户网站上。于是，一场腥风血雨的 PK 战拉开了帷幕。

虽然照片上看，穿同样的制服，人都长得差不多，但是聂思在一排人中，仍然是佼佼者。于是我在自我介绍中，不断更新着旅客对我的评价，采取怀柔政策，感动评委们。而天天这次为了帮我，几乎是无所不用其极，不仅动用了凌振翰的强大的关系网，还切实发动了一切可以发动的力量，包括七大姑八大姨，上到她妈老年大学的同学，下至刚认识英文字母的小侄子，总之特别令人感动，这姐妹儿，交得真值！

这一个礼拜，我的所有心思都在票上，但是又不能表现得时时都在票上。我时常恍惚着，丁少给我电话我都是嗯嗯啊啊地心不在焉地挂了。然后在投票的最后一天，我发现我是第二名。

我一直都保持着第一位，但今天聂思的票数突然猛增。天天咬牙切齿地说她卑鄙，八成是花钱刷了票。

我看时间快到了，也觉得没戏了，还抱着天天痛哭了一场，这一个礼拜我们俩都没睡好，结果最后还是输了。

真不甘心啊！

网络上，"拈花惹草"们还在一边骂聂思刷票一边最后地呐喊着呼叫着紧急支援票，我感动得泪汪汪的，这都是素不相识的人啊……人格魅力啊……

可我知道差距太大，杯水车薪根本赶不上，于是我在线上对他们感谢了半天，表示虽然失败我还是很爱你们！

谁知晚上9点的时候突然上演惊天大逆转，我的票突然像疯了似的往上跳，一直没有停的意思。我惊恐了，只见那指数迅速超过聂思，转眼间上升至第一位。

我震惊了，天天也痴呆了。

后来还原的事情的真相是这样的：

当天，凌振翰8点半的时候"无意"间跟丁下柳提了下我的那投票居然输给了聂思，恐怕接下来几天我的心情都不会太好。当时他们几个寂寞的男人正在玩DOTA。据凌振翰描述，当时他们正暴力PK终极BOSS，丁少手上操作的英雄影魔却突然站在原地不动了，于是为了保护他，周围一圈队友使出了浑身解数。等大家筋疲力尽干死了BOSS之后他才回来。

众人敢怒不敢言，小心翼翼地问他干吗去了，他说打了个电话。凌振翰又问是不是安慰你家小女人去了。他说不是，是给某浪的老总打的，让他叫技术部把我的票在后台给改到第一为止。

然后在场所有人都震惊了……

我听说完这事以后，啥也不说了，跟天天抱头痛哭，他娘的，俺家男人太威武了，作弊都做得这么光明正大！

天天！太幸福了会不会折寿啊……

天天说："你什么也不用去想，只要睡个好觉，美美地去拍一张撑得住场面的首页照就行了。"

第二天一早，主任就叫我过去了。原来是聂思投诉我作弊刷票，真是不仗义，大家都刷，各凭本事，你不能输了就玩小白菜这一套。

她闹得不可开交，非要公司给个解释。我一口咬定我没刷，但潜台词是别人有没有帮我刷我就不知道了。

争执不下时，她说要闹到丁少那里评理去。我差点儿就笑了出来，有没有搞错，到他那里，还有你说理的地方吗？

我诚恳道："你不要自暴自弃了。丁少也很忙的！"

可事实证明这个女人根本就是想找个借口去见他而已，她跟他单独私聊了很久。我知道他们以前是好朋友，可是这样撇开我单独聊天，还聊这么久，到底是有什么话需要说这么久？我的心情烦躁起来，然后我敲了敲他们的门，心里有点赌气。

他出来时，表情有些疲惫，跟宣传部的主任说："首页给聂思吧。"

我蒙了，所有人都愕然。他朝我走来，轻轻抱住我，温柔地说："那只是安慰奖。"

众人浑身一凛，他接着说："我才是你的大奖。"

瞬间秒杀众人。

我乖巧点头，心里却怀疑滋长。

等我追出去的时候，我看到大厅里聂思正散漫地站着，似乎在等着我。走到她面前时，她才朝我淡淡一笑。

"想问什么？"

"不想问，只想跟你谈谈。"我直视着她的眼睛。

"正如你所揪心的那样，我依旧和丁少在一起而且感情很好，无论你怎么怀疑他爱不爱我，但我被他承认了而你却没有。我不知道你们曾经发生过什么，但是在丁少跟我描述中是'不愉快'和'没有爱'的。这对于我而言就够了，我爱护他，包括他的感受，所以不希望你再去打扰他。聂思，你一直都是我十分尊重的人，所以我希望你可以优雅转身全身而退，而不是最后转身撞得太难看。"

她的脸色由难看转为更难看，特别是在我说丁少描述她的字眼是"不愉快"和"没有爱"的时候，她的脸几乎是死灰的，可是她依旧笑着向我道："我并没有争什么莫须有的，我只是在争取我可以得到的，比如这次台历排名，我情场失意，难道事业我还要更失意一点吗？"

"我不介意。"我老实说。

她冷笑道："没想到因缘都是我自己引起的，我当年的一句鼓励，竟然给自己挖了这么大个坟墓，真是讽刺！"

"聂思，我一直把你当姐姐看待，我曾经在学校里幻想过有一天我们可以一起工作，一起飞翔，没想到我梦想成真以后你居然是这副德行，我真的很失望。男人的意愿不是我们可以控制的，每个人都有自己的幸福，你何必要跟我针锋相对呢？！"

"不用你教训我，我知道该怎么做。"她推开我，转身离开前又回头道，"戴小花，送你一句话，事情没成定局前，千万不要笑出来给别人看到。否则，最后成为笑柄的痛苦，绝对比你得意时的爽痛上百倍。"

说完她就走了，对于她最后的那句话，我很在意，她说的是对的。可是我无能为力，我错就错在，不该把工作和爱情拴在一条绳子上。这种惶惑不安，让我有些难过。

从某种程度上说，我是弱势的，他是有恃无恐。他可以把我甩得死了又死，而我却不敢说一个不字，我今天在中航所拥有的一切事业，全部都是紧紧挂靠在他的身影下的，你要知道，工作就像轮奸，你不行了就换别人上。中航缺了我可以，但我缺了它就……

我心里很痛苦，更痛苦的是要帮助公司去向帮助我拉票的群众们解释为何我最后投票第一却没拿到首页。除此之外，我还要强颜欢笑着，跟赌气的天天说："明年我就是下跪也要求他让你做首页。"

她从床上坐起来，眼睛红通通地瞪着我，气得一句话也说不出来，半晌才朝我吼道："你怎么这么没用！你怎么这么没用！你怎么这么没用！"

我难过地低下头，我能怎么办，他做出这个决定那一刻无论是出于什么原因，都已经决定让我受委屈了，我难道还没脸没皮地去闹吗？

"又不是什么大事情……挂历而已……"我强笑道。

"我都不知道怎么说你才好……"天天气得不轻，叉着腰不停地顺气，"这是挂历的事吗？这是面子，底下人都看着呢！你这张丁少女朋友的脸往哪儿搁？

"也就你这种蠢女人才会信他说的什么安慰奖的这种话！指不定两个人有什么偷偷摸摸的苟且呢！什么破男人，在外面连自己女人面子都不给，要是我男人，我非把他……"她咬牙切齿了半天，然后狠狠剜了我一眼，又重重叹了口气，转过头去，一副恨铁不成钢的样子。

我也叹了口气，我也想振雄风，可惜东风不予。这就是不对等的爱情的后遗症，只好自己强笑吧。

"你可别怪我太过于放大这个事，我觉得你还是别太实心眼地好。我瞧你有点钻牛角尖了，跟纨绔子弟谈感情，这样可不妙。"

我知道，我都知道……可我管不住自己呀……

于是我刻意地避着他，我默默地表达着自己的不满。下班就找各种理由回家，反正有了车，便利了不少，不过我们因此也少了接送见面的理由。

秋天了，天气不热，可我仍然会路过冷饮店下车买四个圈，然后一个人窝在车里默默地吃完再走。

今天，我一进冷饮店就感觉比平时还要冷。进去后我就朝老板娘熟稔道："天冷了，生意不好了就开始卖奶茶甜点什么的啊！"

老板娘倒是完全不介意生意清冷，依旧一脸笑意，朝我打趣道："有你来我们生意就好了啊！"我莫名地被她说成大客户，有些不太好意思，决定今天再买点别的。

谁知她显然说的不是那个意思，朝我直挑眉毛。我顺着她眼睛往小店的角落看去，赫然有男子笑盈盈地端坐着看着我。我愕然，老板娘适时插话道："小两口吵架了吧，你男朋友把本小店包场了，专程给你道歉来的。"

我更愕然，边往丁少身边走边郁闷着，这个小破店有什么好包的，不知道这个败家的家伙又白花了多少钱。

我走到他桌边，坐下，跟他笑了一笑。

虽然他仍然笑得很好看，但我恍惚还是觉得他好像清瘦了些，即使是错觉，我也有些微微心疼。

我问他："这些天很累吗？你瘦了……"

他按下我的手，放在他膝盖上，微微笑着，嘴角荡漾。

"相思成疾，再不来就医，我就要死了。"

我脸上顿时耐不住火热，想到前因后果，不由得嗔了他一眼。

"你不见我，我只好守株待兔。我要问问我的好未婚妻，是生气了吗？你不见我，我怎么有机会改？"

"得了吧大少爷，我很好哄的，只用一句话就摆平了，富余的就收回去吧。"我扁扁嘴，看着他，径自端了他面前的冷饮吃了一口。

"天都冷了你还吃凉的，身体不要了吗？"

他垂眸轻笑道："你不是也吃吗？以后只要你还吃，我就吃，直到你不吃为止。"

我无语地望着这个爱好软性威胁人的大少爷，真是叫人有火发不出来啊。于是我望着他，他也回望着我，直到对望数秒后我才找回意识，微微觉得有些尴尬，赶紧挪开了视线。

他与我十指紧扣，柔声对我道："不要生我气了好吗？今后我们彼此坦诚相待，你就不会生那么多闷气了。"

"我只问你一件事。"

"什么？"

"你说的聂思做过一件让你厌恶的事情，是什么？"

他的脸色暗淡下来，然后严肃起来。过了几秒钟，他说："你不会喜欢知道的。"

"我想知道她有多讨厌。"我坚持说。

他默默地望着我，食指在我的手背上画着圈。隔了很久，他叹了一口气，说："她在我酒里下药，跟我发生了关系。"

我哑然，半天没接上话。晾他在那里尴尬了许久，我才迟钝道："果然是这样。所以你才有必要给她安慰奖吗？"

他笑了起来。

"聂思果然好讨厌。"我说，然后抬起头大声对他说："你更讨厌！"

他没有抬头，低低道："讨厌吗？不是恶心吗？"

我站起来，撇开他的手，说："今天不适合谈这个，我先回家了，你也早点回去吧。"

他却站起来跟我走，一直跟到我开车门。我才纳闷道："你跟着我做什么？"

"我没开车，你送我回家。"他虚弱地笑。

"你……"我瞧他的样子，反倒真有种说不出的窘迫，索性把钥匙往他手里一塞，说，"反正车也是你买的，你开回去吧，我打车。"

他一把拽住我，不由分说地把我拖上车。等我们互相推拉着在车内坐定后，他早已气喘吁吁。我纳闷，今儿是怎么了，我都没喘呢，他怎么喘成这样？

他望着我一脸的戒备和严肃，表情很受伤，移过来把头靠在我的肩膀上。这个动作吓坏了我，因为他装可爱从来都是点到为止，还没有过这样的举动。

看起来倒像是有几分疲劳……

我没动，让他靠了一会儿。我见天色不早了，侧头问了一句："你到底怎么了？"

他没说话，依旧在我的肩头闭着眼睛，睡得十分安详。

我有些躁了，这到底是什么情形？我并没有因为他过去的事而生气，我只是在烦恼而已。

我打算跟他问清楚，他却径自坐了起来，神色疲倦地说："我做了一个艰难的决定。"

我心里一蒙，莫非……莫非是因为让我知道了他不堪的往事，我给他摆了脸色，所以他觉得面子上磨不开，干脆要分手？这也太要面子了吧！

我几乎是冻结在那一动也动不了，嘴唇翕合，木讷道："什么？"

他在我颤抖的嘴角抹了一把，满眼的柔情，还有宠溺、不舍和希冀。

"我打算跟你结婚。"

结婚?！

虽然这是件再正常不过的事情，我也幻想过有那么一天，但是真正到了面前，我居然有种恍若隔世的怅然。

不错，确实是怅然。

说不清的滋味，要激动得跳起来抱住他狂亲？我不能这么二，可是我总得做点什么给他回应。我什么也说不出来，只好伸脸往前向他靠去，想亲他一下，告诉他我好高兴。我主动凑近，却发现他并无回应，所以我又往后退一步。

这种情况，真是……哎，说不出的窘迫。

平时跟他在一起，不是被调戏到自燃，就是郁闷得要爆了，这种时候，欢喜又不让，难道要我哭吗？

好吧，我红了眼，紧紧贴着靠椅，咬着唇，不明所以地看着他。

他的表情不大自然，有些隐忍。他伸出冰冷的手，犹豫了一下，还是捉住了我。

"小花，我是真的想娶你，但是在这之前，给我一年时间。"不知道为什么，他的语气是那么沉痛，声音也能有些大。

我心中的不安放大放大再放大……

"一年？一年你要干吗？让你在 30 岁前完整地过完花花公子的生活吗?！你是在变相甩开我吧！直说嘛，我这人……"

"小花，昨天我又病发了。"他整个人搂上来，堵住我接下去的指责。我一听，立即就慌了。

"你……没怎么样吧？现在呢？现在还不舒服吗？你怎么今天就

跑出来了呢？我我我……送你回家！"我手忙脚乱起来，他朝我软软一笑："所以我决定去瑞士治病，一年之后我回来娶你。"

我热泪上涌："让我陪你去……让我在你身边照顾你！"

"别，我讨厌让人看我虚弱的样子。在我走之前，你别跟我闹别扭，跟我好好的就好。"他的表情有些累，看来之前都是强撑的，我赶紧点头，然后小心翼翼地跟他换位置，我来开车。

他走的日子定下来了，我却被调了班，不能去送他。我跟丁下柳说了半天，他在电话里哧哧笑，然后告诉我其实是他让人调的。

"我最看不惯那种依依惜别的场面，好像我永远回不来了似的，不吉利！等着我吧，戴小花。"

我对于他的离去还是一头雾水，实在太突然了，有点玄幻……这几天，他虽然都跟我在一起，可是为了不破坏他的心情，我都没有问过具体情况。他也绝口不提，好像跟我分开一年那事根本就是玩似的，真到走的这天，我却慌得一点着落都没有，我不知道怎么办，所以我在电话里就跟他哭了起来。

"丁下柳，你让我跟你去吧……我请假一年，不要你们家工资，我不想跟你这样突然分开！让我一直照顾你好不好，我很……害怕。"

他那边沉默了，听得到叹气的声音，还有他的焦虑。

我颤抖起来，旁边阿长催促着登机，我却哭得像泪人，犟着头不理。

电话那头有电波干扰的声音，然后就听到他略带沙哑的鼻音："是成是败，等我消息。如果我挂了，你不要想念我。"

然后电话就断了，他最后那句是什么意思，什么叫是成是败……他去治病，有危险吗？会死吗？我仿佛掉进了一个巨大无比的深渊……

浑浑噩噩地飞完了一天行程，我再打他电话，一直都是关机状态。

我打电话给凌振翰，他沉默了一下，约我见面谈。

"其实丁少很多事没告诉你，他的病是不适合结婚生育的，想要根治，就只能通过手术，但是风险很高，也可能治不好……也许就在手术台上下不来了……这么多年，他一直下不了决心手术，所以你不要怪他不告而别，我想他是真的爱你吧，也许他是真想努力跟你结婚的。"

这个爷们儿说得眼睛红红的，沉痛地望着我。我觉得分外难过，不要用这么不祥的眼神看我！

"我其实很坚强的，为什么不让我去送他。如果他将来有事……"我说不下去了，拳头握在腿上，咬着唇。

"可是他不够坚强。"凌振翰沉沉地看了我一眼，我也看了他一眼，顿时觉得很别扭。他哪里是适合这种气氛的人，这种严肃而沉痛的表情放在他脸上，实在很滑稽啊。

他撇撇嘴，翻了个白眼，调整了下心情。然后露出了一个极度白痴的笑容，恢复了往日的风采。

"我说小花嫂子，你就听他话，相信他一次，现在医学条件这么发达，也就他才那么怕死。要是我，早十年前就去做手术了！就这样不见面走了也好，他怕看到你，又留恋现在的日子，又会想潇洒一时是一时了。这样得拖到什么时候？等他回来时，又是一条好汉了！你们爱怎么腻歪怎么腻歪，你爱怎么罚他怎么罚他！"他说得我心中一宽，同时也翻了个白眼。

"谢谢你安慰我。"

"别谢我，就怕他人活蹦乱跳以后就把你踹了，带个漂亮的瑞士妞回来。"他邪恶地笑着，我狠狠地踹了他一脚。

我恶狠狠的气焰一消，转而无限深情地说："如果他能好，就算跟别人在一起又何妨。"

凌振翰呆了一下，喉头耸动，刚想说什么，我连忙伸手拦住他，说："诶！把我刚才说的话带给他，包括我深情款款的眼神和动作都要说给他听，明白没？"

他瞬间转为鄙视……

"他去治病，不方便联系我能理解，老是被我骚扰也不利于他治疗，你告诉他，这一年我们互不打扰，但是得让我知道他是活的。一年后他要不回来……男的、活的……我还是好找的！"我咬着牙道。

凌振翰一边拍手一边赞我大气。我满意地拍拍衣服，挥了挥衣袖。凌振翰见我要走，赶紧补充道："别怕啊小花嫂子，丁少已经把你托付给我们了。除了不能陪你亲热，其他的一切都跟丁少在时一样！有什么事就喊一声，我们出气的手段可不比丁少温柔。"

我听着怎么瘆得慌，我又不是太妹，干什么跟我说话这么黑社会。赶紧点头，道谢，摇手，拜拜……

我真愁了，一年可以发生的事太多了。兴许没他在，我这一年皮就要被剥了，想到这里，我不由得一阵恶寒，然后又为我自己感到可耻。这种关乎他生死存亡的时候，我居然只想着自己的利益。我太差劲了，于是又倍加惆怅起来。

第二天，天天一脸同情地陪我逛街，我很配合的一脸沉默，吃饭也不付钱。天天简直做得太棒了，都接近二十四孝了。等到我猛然间看到了一条漂亮的裙子，走上前去刚摸了摸，天天就跳起来了。

"没你这么做人的啊！我可只负责刷刷饭卡，买衣服还是你自己付啊！"

我诧异地回头看她一眼，然后满眼受伤的神色，她有些后悔了，朝我挪了两步。

我低头淡淡地说："我忘了，你不是他，他……已经……不在我身边了……"

"老板，这条裙子多少钱？"天天迅速地在我身后开始跟老板讨价还价，我笑摸着裙子身子抖啊抖，抖啊抖，差点儿笑岔气了。

裙子的价格不菲，当然不能真让天天出钱，我自己买了以后，搂住天天往前走，说："走，请你客！"

天天眼睛放光，脚步轻盈起来。然后，我们路过了××咖啡馆、星巴克、××沙龙……

天天走了半天，终于不耐烦了："你到底要去哪里啊？"刚说完，我就勒着她的腰站住了，说："老板，两杯珍珠奶茶！"

天天气得要晕倒……

坐在奶茶店，天天问我有什么打算。

我说："我很慌你信吗？"

她翻了个白眼，说："慌有用吗？"

"我相信他会回来的，我也相信我能过好这一年，我会过得很好，明年的目标，是更漂亮，更优雅，更自信，超过聂思。然后……"我突然一哽咽，"其实只要他活着回来就好了，其他的都不重要。"

天天难得有爱心地抱抱我说："我就知道你陷得还挺深的。"

我靠在她的大胸脯上，说："他是为了跟我结婚才去做手术的，可要是出了事，我……连为他守寡的资格都没有……"

"你这傻妞，他说什么你还真信，没你他也会去做手术啊！现在医疗条件到位了他才会去啊，他那么惜命的人！他之所以那么说就是为了诓住你。看吧，你这一年都会活在对他的牵挂和担忧之中，绝对不会被哪个男人乘虚而入……丁少这只腹黑的狐狸！"

"不许你这么说他！"

"看吧，我说你什么来着，你……完全是被遥控了，还是精神遥控，你这傻妞真是傻透了！"

在她的抱怨中，我惊慌失措地迎来了这漫漫 365 天。

只有拼命工作，我才能忘记他，我会给他发信息，报告我的生活工作情况，虽然他从来不回。可是我就是知道他一定会在某个深夜的时候开机看一下，然后一脸狡黠笑容噙着嘴角，带着我的鼓励和祝福，自信满满地进入手术室，然后凭着对我深深的责任感和牵挂，毅然地支撑过了危险期，又带着对我坚定的思念，拒绝了一个又一个在他康复期间照顾他的小护士和外国小妞，一心只想着我……

以上都是我个人意淫，跟丁下柳同学全然无关，我现在的精神生活空虚得也只能想这些了。

一个不回信息的男人，我能有什么办法？

幸而凌振翰他们会时时给我带消息，最近丁少在手术前做观察啊之类的，然后给我扯了一大通什么细胞试验啊，病菌实验啊。怎么做手术这么麻烦？难不成还要核试验？

公司自然也是难免炸开锅了。他的日常工作已经交给了副总经理，又调了几个他信任的人过来维持运营，一切还是井然有序，不过舆论就很骇人了，特别是关于我的身份问题有些尴尬，按说女朋友应该跟去服侍，可我还待在公司里好好上班；说我被抛弃吧，调过来的凌振翰和其他几个看到我都还殷勤地喊嫂子，平时也多有照顾。一时间大家都拿捏不准。天天仗着男朋友，跟我紧紧团结在一起，我过得也算是要风得风要雨得雨。

而这一切都化作了我口中一句感叹："所以说我家丁少真了不起啊，虽然他不在，可是却全部给我安排好了，即使他人不在也能为我遮风挡雨，哦……"

天天飞踹我一脚，她刚在为自己男人自得了半天，就让我把功劳全部归到丁少身上了。

我接着瞪她，说："你家男人，包括小白、三叔他们，不都是我男人派来保护我的嘛，要不然你以为呢你以为呢！"

"你不自作多情会死啊！"她吼道。

不过我显然要比天天工作认真多了，她有男朋友，有时间就要利用一切职务腻歪，更加离谱的是，我瞧着那凌振翰那几个兄弟对她也有点意思，常常勾搭她，弄得振翰兄紧张得很，差点儿造成内讧。我时不时提醒她注意下内部团结，她则回应我这个清心寡欲的女人一个轻蔑而无耻的微笑。

聂思她们自然不会放过这么一个好机会，于是造成我总是有意无意地跟唐奕格碰面，每天上演着碰撞、摩擦，数百次的回眸，各种擦肩而过，可是即便把袖子都擦破了，也没有擦出她们期待的小火花。

"窝家里干什么呀，快出来玩！放心吧，你是丁少的人，不会有人勾搭你的！"天天在那头正推杯换盏地喧闹着，我哭丧着脸道："我又不喝酒，又没人勾搭我，我去了干什么?！"

"啧？开窍了啊！不过今天这场合还真没合适的人敢勾搭你，你就来玩吧，他们说别等你老公回来了说我们不带你玩，冷落了你。来玩吧，没帅哥勾搭，能看看解解馋也好。"

无奈，我以一个备受同情的可怜人的姿态前去加入他们这些混乱的派对中。一进去就看到一圈人已经喝得上身坦诚相待了，天天被凌振翰护犊子似的抱着，周围围了一圈男人，我还真不禁逗啊，一看这阵势眼圈就红了，就想到了俺们家丁少曾经也是很护犊子的。

老远有人喊了我一声嫂子，然后纷纷都穿了衣服跟我打招呼，一下子热烈的气氛有所收敛，我怎么都觉得我来是错误的，是破坏气氛的！而天天一把拉过我，一屁股挤开几个姑娘就坐下来了。

"你准备修炼成仙是不？不出来玩，也不交际，准备跟我们划清界线吗？"气焰见涨的天天质问我，我只好笑嘻嘻地掩饰着自己的低落心情。

"丁少马上就要上手术台了，嫂子你有什么话要带给他吗？"凌振翰插话进来问，一众人的神情都凝重起来，我低着头，脑子里空空的。

"今天来不是玩吗？怎么一来就这么重口味！"我笑了一下，然后发现自己假笑得很难看，于是又敛了笑意。

过了几秒，我郑重说："你跟他说，要是他死了，我就给他殉情。"

众人倒吸一口冷气，我又强调了一遍道："凌振翰，你千万把话带到了，要是他敢死，我就陪他去死，我父母的养老金也要算他头上！"

天天神志不清地拍拍我的脸："你疯了，这表达心情的话会不会太重口味了！"然后她又转头向大家说："当没听见啊！她开玩笑的。"

唯独她男人热泪盈眶地说："嫂子，我一定带到！相信有你这句话，丁少他死也不敢死。"

这次聚会就在我重口味的誓言的阴影下散去了，其实我也很后悔，总觉得我说了就很不吉利似的，进而自责到认为如果他出了什么事那一定是我害的。

他们都说这只是第一阶段手术，后面还有好几阶段，我听了心疼得不得了，总觉得他会瘦成一只猴子，可怜巴巴的满眼泪水……

我把我十二分的精神和爱，都满满地投入到了他的事业上了，而我能做的也只有这些了。天天说我这一阵子看乘客的眼神都像看爱人。绵暖说我越来越像老板娘了，认真得让人害怕。

这一年多在公司里，我经历了各种风波、各种绯闻，有了各种知名度、各种传说，又有挂历首页竞争和新一年空姐新人秀的评委竞争。戴小花俨然已经成为中航的中流砥柱，货真价实的名人。

阿长们都很满意我，因为作为一个风口浪尖的人物，我在她们面前表现得是十分低调谦逊。而跟我搞好关系，也有助于她们拉近跟高层的距离，所以大家都很和谐。

今天头昏昏沉沉的，因为天气又冷了，要过年了。一到这时候我就会想起去年这个时候的浪漫旖旎，我们居然是那样子在一起的。今天的搭组很不爽，全是仇人，连阿长都是唯一不喜欢的那个。我叹了口气，觉得头更加疼了。她们现在已然不敢再给我难听话，更不敢支使我，只敢时不时地摆摆脸色，而我连招呼都懒得打，直接做我自己的事。

吃饭的时候，她们都自己开小灶去单独吃了，起初我没介意，上了桌我才发现，就我一个女的了。我尴尬地跟在场的座舱长、空保、机长、唐奕格打招呼，吃得叫一个坎坷，特别是唐奕格还老是拿眼睛给使我眼色，跟我眼神交流着：刚才座舱长又把米粒弄领子上了，又把袖子蹭汤里了，又打喷嚏不避着菜了……几个眼神下来，我完全吃不下去了，推了碗就说我吃饱了。

唐奕格立刻站起来，说他也吃饱了。然后在他老爹阴沉的眼光下，带着我出去了。出去不是玩，而是找了当地一家不错的馆子，带我下馆子接着吃。只有这时我才没有了拘束，我早就知道他不是那种乘虚而入的人，跟我依旧是吃吃喝喝的朋友。

"你最近瘦了。"他吃完后瞄了我半天才慢悠悠地说。我愣了一下，然后说："好事啊，我就爱听人夸我瘦。"

他下意识地伸手拍了我一下头，拍完他和我都愣住了，然后我窘迫地骂了他一句，他也很窘迫地瞪了我一眼，然后我们出了小饭馆。

想到离睡觉时间还早，唐奕格提议我们去公园逛逛，我一听是去那种培养奸情的地方，连忙摇头，表示我们可以买几本杂志回去看。

提议刚被他否决，他电话就响了。我听到一个女子娇滴滴的声音传来，顿时脸上贼贼地笑了起来，他瞪了我一眼，我立刻闪到一边，笑而不语。

他一步跨到我面前，把我扳过来，然后打开免提，是一个有点熟悉的女声，说："一定要来呀！不来王老大会生气的，记得把小花带来！"

他高深莫测地瞟了我一眼："跟你想的不一样吧，刚才笑成那贼样，真讨打！"

我吐吐舌头，问他："谁啊这是？"

"不记得名字，反正是今天搭组的，说是座舱长生日，50岁在外地过，有点不人道！"然后他望着我说："你去不去？不想去就别去，我说我没找着你就行，反正都是些你讨厌的人。"

我摇摇头，这个不得不去啊，得罪谁也不能得罪座舱长啊。

"他们能有什么坏主意，大不了灌我酒呗……"我说得一脸淡定，把唐奕格惊了，我立刻浅浅地笑了，"喝酒没什么，反正不有你嘛！淡定啊……"

于是我特意跟他去买了几瓶酸奶，又买了扛酒和消酒的药。做好准备以后我们就打车去了，进了包间，我才发现灯光很暗。

大家已经差不多都到了，于是赶在众人之前，我率先在干净的酒杯盘里挑了两个干净的杯子，拿洗手间放洗手液一通狂洗，然后跟做贼似的交给唐奕格一个，我自己则紧紧攥着另一个。

他笑得极为好看，拿着杯子端详了半天。不知怎么的，我就突然想起了曾经吃比萨时，他喝过印有我唇膏的杯口，脸上突然火辣辣起来，却听一直没什么存在感的林炎阴阳怪气道："哟，还没喝就上脸了，果然是身娇肉贵皮肤嫩。"

我已今非昔比，回头冷冷扫她一眼，她撇了撇嘴，没跟我继续磕。

寿星到了，我们全部都笑盈盈地满口吉祥话，祝他生日快乐，他大概在饭桌上跟机长多喝了两杯，脸上也是通红，进来却也来者不拒，一连喝了好几杯。

我看他喝得不少，本来打算去敬酒也省了。旁边却有人过来跟我碰杯，原来是聂思。

跟我碰杯也不说话，杯子发出叮的一声以后，她就仰头自顾自地喝了下去。这啤酒的味道我有些不喜欢，不过看她那么客气，于是我也不扭捏，一下子喝了全杯。

她笑了一下，然后问我："丁少有消息吗？"

我摇摇头。

她咬着嘴唇说："没有消息就是好消息。"说完她就走了，我被她弄得心情低落，她却依旧跟座舱长大聊起来笑得开心。

"这家伙是不是故意的！"我气呼呼道。

因为上次不好的流言，为了在人前跟我保持距离，唐奕格并没有一直跟我待在一起。然后几个女人过来哄我喝酒，因为我有准备，所以虽然喝了不少，也不是特别难受，只是嗓子有些疼。

可我很担心唐奕格，他是男人，不能拒绝女人敬的酒。可是这么个喝法会死人的，而且他爸爸似乎一点解救他的意思都没有，更加让我担心的是，他们这样灌醉我们俩有什么用意。

我坐到他身边，等到他优雅地喝完了一杯，他才回头看我。见到我一脸担忧的样子，他淡淡一笑，说："我没事儿。"

不顾众人眼光，我凑到他面前说："别用他们的杯子，我怕他们……下药。"

他敲了我一下脑门儿："你是小说看多了！"

我挑挑眉毛，也不能说得太白，于是只好坐在他身边看着他。推杯换盏的，酒就喝了不少，气氛也热烈开来。我一直严防的事情似乎并没有出现。我原以为，以他们的卑鄙程度，不是想把我们灌醉然后脱光拍照，就是想下春药把我们放一起，然后 OOXX，然后拍照！总之这种事情我是条件反射地严防着。终于在我的努力下，没有发生。

唐奕格只是晕晕的，我精神也还好。然后大家就提议不喝了，歇一歇，改玩游戏。

老套地玩了几个固定游戏，什么逢 7 报数之类的。然后有美女提议个新游戏，大家坐成一圈，每人发张便笺写下个自己的秘密，折两道，然后丢进中间的色盅里，最后由一个人抽，抽到就大声读出来，在座每个人猜是谁的秘密，如果被猜到的人摇头表示不是自己的，那猜错的人就要喝酒。

这就是个喝酒游戏，谁那么神一猜就猜中。在场十几个人，看来大半都得喝酒。于是我也只好抓抓脑袋，看了身边聂思一眼。然后想发挥点雷锋精神，让人抽到我一下子就知道我是谁。于是我写了个："希望丁少早日康复。"这也不算我的秘密吧……

然后折好了，正准备丢。却不料那提议的同事突然又说："诸位，写好了就把你的字条交给你左边的人，由他看过再丢进中间！这样，正确答案就至少有一个人知道！减少游戏难度。"

我愕然了一下，冷汗淋漓地看着旁边的聂思，思考着我真的要把这句话交给她吗？

却不知，我挣扎的时候有人比我更加挣扎，右边的唐奕格的字条迟迟没有递给我。脸上窘迫无比，白皮肤下的红晕，连昏暗的包间里都看得分明。

我把字条塞给聂思以后就再也没看她，而是转头纳闷地望着唐奕格，见他犹豫着不给，我贼贼地笑了："哈哈，是不是写了什么见不得人的秘密，怕被我知道？放心，我嘴巴很紧的！"

他抬起眼睛，满眼情意地望着我，把我吓了一跳，看他们都已经陆续把字条投去中间口，我连忙一把抢过他的字条，免得一会儿众人都把目光集中到我们这儿。

当我狐疑地翻开他的字条，发现那上面只有三个字。

"我爱你"，这……叫我情何以堪啊！然后我想起，写这个的时候他不知道是给我的。

虽然有些尴尬，我还是释然了。这个家伙真是很聪明不是，不过明显要诈啊！这没名没姓的也能算秘密吗？投去中间谁也猜不到啊！分明想害人喝酒，哪里像我这么为大家考虑！

不过这三个字落到了我的手里，本来没有意义的三个字，突然就活了。我把它折好后就跟烫手似的丢去中间，就和他一样分外尴尬，手脚无处摆放似的局促着。

他小声地凑到我耳边说："别误会。"

我点点头，一下子我俩都不作声了。过了许久，那头抽签开始。

他突然俯身到我耳侧很近的地方说："如果一开始说交给左边人，我一定敢把她改成戴小花！"

我怔了一下，意有所指，飞快地说："呵呵，我也给你提示下，一会儿抽到为丁少祈福的就是我的。"

他脸上淡淡的红晕未退，低头道："你不必对我那么戒备。我爱你，关你什么事！"

……

第一张抽到的就是"丁少身体安康"，我忘记我具体措辞写的是什么，这应该就是我的，这下我安全了。

其实这题简单，前面个个都知道是我，可提问到唐奕格，他却说聂思。

我以为他跟我赌气，殊不知最后几乎全军覆没，连我都要喝。

那张是聂思写的。不是我的……

我抑郁地望着聂思那张没有表情的脸，原来她跟我是同一个包间，同一个梦想。果然是缘分深厚啊。

我再转头敬佩地看了唐奕格一眼，仰头把酒喝掉了。他若有所思地静静看着我。

回去的时候我问他为什么知道是聂思的，我都告诉他我也是这么写的。

他默默看了我三秒，说："我只是下意识地不想那是你写的。"

一晚上我脑子里都反复着他说的缘分问题。果然很有缘分啊，那么重磅的三个字落在了我身上，他指不定多懊恼呢！

♣
第十章
可不可以不要死

　　时间过得飞快，不知不觉已经快一年了，我也完完全全地能够优雅地胜任我的工作了，了解旅客的心理，熟知客人的喜好，在任何情况下都游刃有余。

　　我知道哪些男人的眼神邪恶，也看得出哪些女人不好惹。我知道广州旅客喜欢问"小姐，有没有奶茶"，而海南旅客则是"亚子汁"（椰子汁），北方人要酒，小朋友要冰激凌，女孩要酸奶，让我们无语的人会说："小姐，有燕窝吗？脑白金有吗？韩国菜？来点莲子羹吧……"

　　一开始，每次都会让我有想死的冲动，而后来我就应付得得心应手了，天天常常夸奖我口才了得，反应一流，不愧是服务业的好手。而我每次都有掐死她的冲动。

　　她一天到晚都在抱怨，语气中的怨气也越来越大，我知道她怕是不想干了，应该是想当少奶奶去了。不过凭凌振翰对她的痴心，当少奶奶绝对没问题。

　　"现在想想，还是幼儿园好混。现在成天累得我这身细皮嫩肉都粗糙了，职业病都出来了，关节咔吧咔吧地响。"天天叫唤着，见我不理她，又在我撅着换鞋子的屁股上使劲拍了一下，说："老板娘，您的员工累成这样，你都一点表示也没有？"

　　"累吗？累就对了，舒服是留给死人的。"我收拾了一下就往外走，她又拦着我道："求顺风车。"

"振翰兄呢？"

"说是有事。哎……对了，好像丁少自从 4 月以来消息越来越少了，你没问过吗？"她皱了皱眉头，"不会是死了吧！"

"啪"，我一巴掌拍在她脑袋上，她被我打得一愣，然后带着哭腔撒起泼来："好啊你戴小花，为了男人你打我，我就讲错句话你就打我呀，我真白疼你了……真是白眼狼啊……呜呜——"

我气得涨红了脸，指着她说："以后不许乱说话！"

"说一说又不会死！"

"再说一个死字试试！"

说真的，天天这妞在男人面前游刃有余，吆五喝六，却就服我管，在我面前越来越像小娘子了。回去路上，她不停地拨着凌振翰手机，就是无人接听。

"这家伙，敢不接我电话！"

"别是……"我斜眼挑眉看她。

她脸一红："他敢，老娘阉了他！"

"哎，丁少的事，你帮我问问吧，我都有点难受了，他也真狠心，一年都不理我，要是不死，还真对不起我……"我叹气道。

"会不会是另结新欢了？"天天忧心道。

"男人……真是狠心。我就是再病，也一定会给他电话。如果他真有了别人也该跟我说一声。"

她点点头，小心翼翼地看了我一眼，见一副要哭出来的样子，连忙宽慰道："你这傻女人，别净往坏处想，兴许是死了呢！"

我斜眼过去，然后她就咬住舌头不再说话了。

第二天是传说中的休息日，但我仍然被拖去培训，因为貌似要考核给我加薪了。天天说她有事耽搁了，要过会儿才到。我看了一会儿课本，发觉早晨没吃饱，于是打算去餐厅弄点吃的。一进去，就发现里面气氛很诡异，我老远就看到娇滴滴的一女人正跨坐在某背对着我的男人的身上，正姿势优雅地给他喂着甜点。而那女的好巧不巧正是聂思。这情形平时在餐厅遇见当然没什么，但是如果女人是聂思，那么就显得巨突兀，我心想，果然女人再装，神女久了还是会把持不住的，这就另结新欢了，啧啧……真矫情啊。

我轻松地朝便利售卖点走去，而聂思正巧抬头看见我，眼里的笑意大盛，都放出光彩来。我鄙视地瞅了她一眼，顺便瞅了下被她坐着大腿的男人，顿时悲剧了，那男人赫然是我男人！

我脑子短路了一瞬间，在所有人还没反应过来之前，就于五秒钟之内遁走，消失于公众的视线中。

跑了很远我才停下来，脑子仍处于死机状态，然后我刹住脚步，也不管脏不脏，径直地在一个花坛上坐下来，捋一捋思路。

不对呀，我跑什么？刚才那个人真的是丁下柳吗？他……回来了？不来找我却让那聂思坐大腿是怎么回事？！谁来告诉我这是怎么回事？！

我不淡定了，站起来再次回到餐厅里。这才一会儿，餐厅里人就更多了。众人见我杀回来，刚才那种诡异的气氛更盛，还主动给我让出一条路。我径直走到仍然调笑着的男女面前。

丁下柳看到了我，眼睛里满是笑意地注视着我，跟从前一样温柔，就好像他腿上的只是一只路过打酱油的小猫小狗。

我冷着脸，盯着他，然后朝聂思说："你给我下来。"

她漠视了我一眼，看看丁下柳依然笑着盯着我的样子，然后把手放在他脖子上，更贴近了一分。

我不再坚持，我看得出来问题出在男人身上。

"丁下柳，这到底是怎么回事？"

"小花，又见面了。想我了没？"他的声音依旧好听，只不过看得出他的人有些虚弱，这丝病态却让他更显得柔媚入骨，一个男人怎么会给人这种感觉？如果不是在现代，我真要怀疑他这一年是不是练了什么葵花宝典之类的……

我心里咒骂着，压了一肚子火，听到他还一副没事人的样子问我想他没，身上挂着一个曾跟他有过肌肤之亲的女人，我真想手上有一把刀，砍砍砍……把他们砍成肉泥，搅拌和成肉渣。但表面上，我依旧冷冷的，没有理他。

"脾气见涨了，呵呵，才一年不见……"他的眸子亮了起来，声音也更加动情道，"小花长大了，更加明艳动人了。"如果他身上没挂着个女人，恐怕我听到这久违的声音，早就哭着扑上去了。

我的眼眶开始热了起来，声音有些不自然道："丁下柳，你这是什么意思？"

他凝视着我，爱意浓浓，丝毫不加掩饰，要说不在乎我了我还真不信。可是他就是很不一样，而且一点没有把聂思推开的意思。如果说你被人陷害我可以听你说出误会，我最讨厌被人误会，也讨厌误会别人，可是你说啊！你澄清啊！

"这一年我想了很多，鬼门关也走了一遭，现在我还是想过以前那样轻松自在没有约束的生活。"

他说要过自由自在的生活的意思，是不是就是在跟我说拜拜？

我这会儿才真正震惊了，从一直缓慢的思考中迅速回转过来。

"我们，分手了？"我的语气竭力不那么艰难，可是眼睛里已经蒙了一层雾气。他望着我，然后轻轻撇开聂思站起来，面对面的俯视我。

"没关系的女朋友，我们不必分手，我也可以爱你。"在我大惑不解又迷茫的目光下，他淡淡地朝我暧昧一笑，"你知道，绅士从来不让爱他的女人伤心。"

我顿时手尖能量暴涨，脑子里只有两个字，动手！

高高的扬起了手，在空中颤抖着。我差点儿就当场哭出来了，看着他依旧笑盈盈的样子，和很久很久以前，我们第一次见面，他对我露出的颠倒众生的笑容重叠起来。

是了，他本就是这样一个人，一个30岁的人，过了29年的放荡人生，我凭什么以为我那一年可以给他留有多少美感？

是我自己天真……

我热泪盈眶，但所幸都没有掉下来。我的手缓缓放下来，然后一句话也没有说，直接转头就走了。

一出门，碰见了闻讯而来的天天和凌振翰，我哭得毫无形象可言，见着天天就如同找着支撑点扑上去抱住了，张口就嚎："天天，这个世界玄幻了……"

她似乎早就得了消息，心疼地抱着我，拍着我后背："他大病初愈，脑子兴许不正常了，等等就好了，大不了在他脑子好的时候，我们一起排挤他，别哭了！"

我边哭边流汗，真服了天天，这是什么说辞……哄谁呢？

凌振翰一脸的愧疚，"嫂子，丁少他不知道怎么了，昨天我们接他回来的时候我们就看出他变了，大概……大概是药物造成的吧，这个这个……嫂子别哭哇，丁少跟你说分手了吗？"

"这还要说吗？他都跟聂思公开那样了……我恨死他了！"天天扶着我，我说要回家，她给了凌振翰一个大瞪眼，然后陪我回家了。

"男人真不可靠！身体不好的时候想找灵魂伴侣，身体一好了，就开始寻花问柳！真是够现实够贱的啊！"天天柳眉倒竖地骂着。

"要我说他真是够恶心人的，找谁不好非找聂思！成心寒碜人吧！"她继续骂着。

"我说戴小花，是不是你做了什么对不起他的事，他回来报复你啊？"她质疑我道。

有没有搞错？我哭丧着脸，使劲摇头。

晚上我坐在房间里给他打电话，他好听的声音依旧愉悦。

"小花？"

"在干吗呢？！"

"呃……"大概我轻快的声音让他有些不明所以，他愕然了，然后缓缓地说，"在泡澡。"

"我也是。嘻嘻！"我轻快道，"你说我们没有分手，那我们还是男女朋友吧？"

"呃……"

"你要来我家看我吗？"

"呃……小花，不要这样。"

"男朋友是要看望女朋友的。"

"小花，成熟一点。"

"你不是不会让爱你的女人伤心吗？作为男朋友关心一下女朋友不可以吗？"

"你又没有不舒服，为什么要看。"

我突然带着哭腔："我今天很不舒服啊……"

"小花，你已经是大人了……"

"我生病了，你来看我。"

"……什么病。"

"发烧。"

"现在？"

"马上就会发了。"

"……"

"我去冲冷水。"

"戴小花，你够了啊！"

"你等着，我去淋一会儿，从头开始淋。"

然后我就把电话挂了，真去冲凉了，开春天气还很冷，我却一点也没有知觉，好长一段时间后，我觉得我要冻僵了，哆嗦地爬出去，继续给他打电话，发现手机上有许多通未接来电。

我拨了过去："喂，好了，你可以过来了，我病了。"

他那头怒气滔天地朝我狠狠甩了一句脏话，然后我很委屈地哭了，隔了半晌他很无力地说了一句："好吧，别哭了，开门吧。"

开了门他果然就站在外面，我委委屈屈地朝他怀里扑去，他一把抓住我。看到我一副哆嗦的落汤鸡模样，他眼神阴郁，把我丢进房间床上，找了条干毛巾给我，又找遥控器开空调。

我痴呆地望着他，突然觉得很害怕。那完全不是我要的丁下柳的样子。

他的动作是在照顾我，可是完全没有了以前那种温柔的触感，我觉得生硬得可以把我硌死。

我浑身疼痛，然后看到我的手臂变成了红通通的样子，我才意识到，我是真发烧了。

他皱着眉说："带你去医院吧。"

我缩了一缩，好陌生。我怯生生地说："不去了，我妈妈快回来了，她会照顾我，你走吧。"

他眉头皱得更厉害了，站起来朝我严厉地说："拼命叫我过来的是你，赶我走的又是你，你到底脑子里在想什么东西！"

我难受得要爆炸了，拼命忍着浑身的疼痛，说："我错了……你快走吧。"

他猛地一推我，我跌回床上。我紧紧闭上眼睛，缩进了被子里。

"戴小花，既然你这么闹，我们就说清楚分手吧。"

"分手……"我恍然如梦地坐起来，歇斯底里地朝他大叫，"丁下柳，凭什么你说分手就分手，我们这个队伍是两个人，当初要组队的也是你，你怎么能说散就散！你撂挑子时有没有想过……哆啦A梦的感受?!"

"因为我是队长！"

我知他很擅长秒杀人，不过这次的对象是我。

他在这种情况下诡异的冷幽默……我噎住了，我承认，他是队长，他主导的关系，就是他说了算。

我拼命忍着的眼泪肆意流淌着，我缩在被子里不理他。我不知道我在想什么，我总是在他面前就失去了理智。我不想被他骗一骗就上钩，又骗一骗就甩了。

可是我似乎什么也做不了，什么也阻止不了。他说我在闹，我像个疯婆娘一样地跟他装疯卖傻，寻死觅活。他一定鄙视死我了……

"丁下柳，你是不是不喜欢我了?"

他没说话，只坐在我对面的椅子上，皱着眉看着我。

"小花，你一直是个可爱的女孩，我也一直很尊重你。不过现在我要过回我的生活，我知道你是接受不了的。所以与其让你成天以泪洗面，还不如干脆分开。以后我们还是朋友，可以一起玩，我也会保护你，像对凌振翰他们一样，但是，我不是你男人。"

我惨然一笑，问道："不是我男人，那是什么？"

他语塞，然后说："可以作为兄长，我把你当妹妹。"

"哥……下柳哥……"我笑了起来，笑出了泪花，"我好意思叫，你好意思应吗？"

他冷着脸，站起来说："这对我来说再正常不过的事了，没什么好意思不好意思的。"

我缓缓地翻过身，脑子里一下子进来了许多的画面，从我们最初的不相识到至今的不相认，太多的甜蜜和温馨，让我越来越空虚，越来越害怕。我满面泪痕，闭上眼睛说："我现在倒宁愿你其实是死了。"

"死？不是要给我殉情吗？"他在背后笑着问。

"也许陪你去死，我的感觉会比现在充实许多。好了，你走吧……哥。"

后面没了声音，我的疲惫很快使我陷入了半昏迷似的沉睡，真想就这么睡死了算了。背后有开门的声音，我下意识地睁眼喊了他一声，看到他惊慌失措地回。我脑子昏昏沉沉的，只顾着流眼泪。他转身又要走，我朝他背影喊一声，道："丁下柳，是你先走的，你再转身时就不要怪我也背对着你。"

他顿了一下，没动，但之后还是缓缓地推开了门。

"哥……"我又喊住了他，带上了哭腔。我真的很黏人，很烦人，我若是男人也不喜欢我这样的。我恨透了我现在的样子，可是我就是不能放任他在我眼前离去。

他转过身，大步地向我走来，像端锅贴一样把我从床上抱起来揉进怀里。我几乎不能呼吸了，他贴在我耳边说："我们分手，好吗？"

好吗？他这是在求我……

我闭着满眼的泪水，咬着唇重重地点点头。他抱了我许久，我有一瞬间以为他就会这样抱着我，一直一直不撒手了。可是他还是放开了，离开了他的怀抱我立刻就冷了起来。他在我额头亲了一下，向我告别。

我一直闭着眼睛。听到他转身离去，我追了一声："喂。"

"小花……"

"不要是聂思，换个人好不好？我受不了……如果你不想我死得早些。"

他笑了笑，说："你最好还是别太介意，美丽的女人我都喜欢，谁都可以，我不可能迁就你。"

我无奈一笑："哥，请你滚吧。"

那晚，没有人带我去医院，我下意识地幻想着，烧失忆了多好。失忆以后的我，又聪明又可爱，还特别不爱搭理帅哥，特立独行，气质出众，引无数英雄竞折腰。丁少又疯狂地爱上我了，可惜我就是不珍惜他，我蹂躏他，践踏他，不待见他……我只讨厌他一个人，欺负他，虐待他，他开心，我就弄得他不开心；他不开心，我就超级开心。别人欺负他，我就在第一时间出来踩他，对他说的每一句话都是假话，答应他的每一件事都懒得去做。就这样，他还顽强地死命追着我的脚步……

一觉醒来，原来这竟是幻想，是做梦……

爸爸妈妈已经去上班了，微波炉里有早饭。我吃了以后，头重脚轻地坐下来想事情。

他大爷的，我被甩了。可是我居然一点也恨不起来，甚至还有一点点想念他，我知道分手后的思念不叫思念，叫犯贱。可是每个女人总会有某一个时刻为某一个男人而犯贱的。

有时候又觉得自己有些贪心，当初不就是盼着他能平安无事吗？即使不跟我在一起，至少他平安回来了，不是吗？

他没有错，错就错在我，早就知道了他是什么样的人，就该没心没肺，也不用现在撕心裂肺。

我偷偷地给自己一个懦弱的时期，窝在我的房间里不去上班，什么也不想，静静地度过我难熬的心脏不正常律动的时期，等我呼吸平稳了，时间会让我接受这件事的。公司那……唉，反正有哥呢，我都当妹了，这点事他也不会介意的。

等我开了手机，几乎爆掉了，各种安慰短信，数十个未接来电。于是我可以想象得到航空论坛上各种小道消息满天飞，各种花边新闻各种落井下石，总之，我是彻底悲剧了！

电话又响了，我瞧着唐奕格的名字神采奕奕地亮着，没来由的心里一阵难过，抓起来就撂了一句，"求求你不要趁虚而入好不好，我抵挡不住的！"

那头一阵沉默，然后他咳嗽了一声，轻轻地说："哦。"

我顿时也有些窘迫，觉得自己很没礼貌，这样践踏爱自己的人的尊严很犯贱，特别犯贱！于是我小心翼翼地说："对不起啊，我心情不太好，语气有点冲。你……打来有什么事吗？"

"我就想确定下你有没有事，你没事就好……"他的声音果然有些尴尬，说，"那就这样。挂了吧！"

我更加尴尬了，赶紧没话找话地想多聊几句："你……挺关心我的，谢谢。"

我真尴尬……为了挽回点丢脸的程度，又赶紧问他："你为什么要打来啊……"然后我就彻底二了……

他更加尴尬地说："因为不确定你是不是没事，下午的飞行我怕我会心不在焉，我得为乘客负责！所以……"

"原来如此，一定要对乘客负责……"

"嗯嗯。"

又是毫无意义的对话……

挂了电话，我扑哧一声笑了，擦了擦满手的汗，寻思着给天天打一个报平安吧。

"别骂我，我不敢见人……"

"你丫的自己龟缩起来了，我跟着给你擦屁股。快滚回来上班，公司什么事也没有，丁少一切都扫平了，你成了他的干妹妹，个人觉得，这可比你以前那身份靠谱多了！快来，不要怕，大家都会向你伸出友谊之手的！"她跟机关枪似的扫射得我一愣一愣的。

"干妹妹……"

"嗯，干妹妹。"她强调道。

我翻了个白眼，心里真佩服丁少的办事能力。她又说："其实当妹妹便利许多，反正你只是失意，也没失身，不亏本的。你也大方点，拿出点气魄来。如果你们都大大咧咧的，那谁也不会说你们什么；你要是再一副委屈的小媳妇样，反而自取其辱。只要你依旧在丁少那有分量就行了，当不当老婆无所谓，当这种人的老婆，外头得白养多少儿子啊，你得当多少大娘啊！"

唉，这么悲伤的事情，居然就这样解决了！果然是不得不服，而我居然连要个脾气的资格都没有，再闹就是不懂事。

天天说："两天后丁少有个回归的接风酒会，你到时候得漂漂亮亮大大方方地出席，大家还是玩一块儿，只不过身份不同，不过也不碍事。反正有钱人的感情就是今天你做一三五，明天我做二四六，人聂思被甩了，吱都没吱一声，默默地还不照样蹬鼻子上脸地混得好吗？现在还不是迎来了第二春，你好歹还有个妹妹的名分，天知道她多羡慕你哦。"

"别提聂思行吗？"

"行行，明天我去你家蹭车。话说也不错了，你好歹落了辆200多万的车，还有那么多好处，人生得意须尽欢……"

我粗鲁地挂了她电话，终结了她喋喋不休的唠叨。唉，去宴会我可怎么过啊，他要带着聂思在我面前晃，难道我还要伸脸过去受她羞辱吗？

可是不去……我就要一辈子生活在羞辱中吗？……

到了接风宴那天，天天一早就带了礼服和鞋子过来，跟我一起化妆，做头发。她一边全程监督我，一边给我安慰、宽心。

她说得苦口婆心的，我也挺感动的。的确，我只要还想在中航干下去，我就得大方一点。感情看得太重，受伤的只是自己，不当情人还是朋友，何必把自己弄得像弃妇一样。

与其在别人的生活里跑龙套，不如精彩做自己。

我有今天全部都是由他所赐。如今的我，钱有，车有，气质有，相貌也有。正如天天所说的，我只是失意，又没有失身。这有什么大不了的？所以我决定见面就跟他笑笑，要不再亲热地喊他声哥。

想着想着我就乐了，笑出声来，天天说，这才对嘛！

到了宴会的庄园，我穿着青色的裙子，端庄的淑女发髻上缀着零星的小白花，精致的妆容，内敛的气质，让我看起来更像一个名媛千金。天天说，我今晚像个仙子。所以我更要不食人间烟火一点，别再恋着世俗那点破事了。让放弃了你的傻瓜更傻瓜一点吧！

我浅笑了一下，她没有看出来，其实我的手一直在抖。

我们特意没有来晚，因为我已然不是主角，自然不要抢戏，免得会被人说三道四。我知道里面丁下柳还没有到，便自然地走了进去。

尽管如此，一进大门，我听到门童敲铃迎客的声音还是一惊，待我进了正厅，周遭仍免不了一片吸气和议论之声。

我内心惊慌得像个失措的孩子，幸好凌振翰迅速发现了我们，立刻过来如往常一样过来跟我们打招呼。幸而有天天这层关系在里头，他并没有落井下石。

"丁少发疯，你可别难受了。保重自己才最重要！"他递给我一杯酒，我跟他碰了一下，环视了一周，发现很多不认识的男人在好奇地盯着我瞧。

天天碰碰我："哎，你今天单身了，顿时很抢眼啊！"然后一脸因祸得福的庆幸模样看着我。

我无奈了，随她说去，然后接受这许多陌生男子的注视。我很淡定地扫视了一圈，目光落在叽叽咕咕议论着我的女人堆里。

正在这时，拉风的男人出场了，我听到众人的呼声起时就知道是他进来了，所以根本没有回头看。

特别是要我迎接女王似的迎接聂思，我可做不到。

然而，女人的声音越来越大，人群越来越激动，我这才有些纳闷了。直到一个风骚的身影走入我的视线，然后在我面前顿了一下，又潇洒地走过去，朝在场的人招牌地微笑着。他的笑容总是很有力量，轻易就能吹皱了在场所有女人心中的那池春水。

没有带聂思？聂思在哪儿？我立刻下意识地去寻找，发现在另一个不愿被注意的角落里，聂思正静静地站着那里，默默地望着他。

天天"扑哧"一声乐了，在我耳边笑呵呵道："看来，丁少换人速度真快啊，聂思很快就再度入了冷宫。小花你好了不起啊，够持久的！"

我敛了神情，假惺惺地鄙视了下他的负心薄幸。然后脑子里转了一下，是不是我上次的话起了作用？

我偷偷朝丁少望去，谁知那厮正毫无顾忌地注视着我，一下子把我逮了个正着，我尴尬的脸差点儿没骨气地红了。他大方地朝我遥遥举杯，我回了个手势，却没打算喝，冷冷地将杯盏放在一边。

他觉得很无趣，一饮而尽后便不再看我，转头跟身边人聊起天来。

我来是干什么？还不是做戏给别人看！我现在的表现绝对不能算优秀，我暗暗地责怪着自己。

我看见一个十分性感的美女朝丁少去了，我一眨不眨地盯着她。

那美女确实漂亮，然而最动人的却还是她的风情，一颦一笑之间，全是千娇百媚，用酥麻蚀骨来形容她最合适不过了。天天看了片刻，冷着脸骂了一句："下贱啊！"

原来该美女已然走到丁少面前，他正在跟旁边人说着话，那女人就端着酒杯凑上去，纤细的手指肆无忌惮的攀上丁少的脖子，踮起脚在他的唇上柔柔地送上去亲了一口。丁少先是微微一怔，有片刻惊讶，继而嘴角便露出淡淡的笑意，很自然地顺手搂住她的腰，温柔地回吻她。周围一圈陌生的男人嘘声四起，拍手起哄，凌振翰和以前跟我关系比较好的几位朋友都尴尬地望望我，我站在原地，犹如五雷轰顶一般。

至此，我才真正相信，他真的已经不是我的男人了。

唉……丁下柳，你真的回不了头了。我镇定地拿起桌上的酒杯，晃了晃又放下了，为什么连这杯消愁的酒，我都不想为你喝。

真是失望……

天天也呆住了，然后气得跳脚。"你大爷的！大庭广众下，吻那么认真干什么！"然后看看我又一脸尴尬地说，"呃……接吻不认真的男人不是好男人，他当大众情人的，可以理解……"

我点点头，表示赞同。突然觉得自己很滑稽，现在活都不是为了自己活，要强又如何？寻死觅活又如何？在别人眼里我不就是被老板玩了又甩的弃妇吗？我不承认我就不是了吗？

天天不停地逗我说话："你看那个男的，好帅好帅！

"这个领带扣是钻石的……

"看那个男人傻极了!"

就这样我还得配合着她,笑着看着她指的方向,其实我的眼前一片白茫茫。

开席的时候,我被丁下柳叫住了。

"小花,过来坐。"他笑盈盈地看着我,我真想上去抽他。

凌振翰也尴尬地喊我道:"嫂……小花,来坐主桌。"

我实在不明白还有什么必要,直到天天推着我,我才肃了容,往他们那儿去。

过来为我推椅的是一位陌生的年轻男子,却有着跟他年纪不相符的沉稳气质,非常的儒雅有风度。他对我粲然一笑,不轻浮也不傲慢,让人非常舒服。我无心去猜测他是什么人,凡是跟他们有关的,我都不想认识。

这一桌全是男人,只有我和天天还有一个谁的女朋友,三个女人。我被安排在天天和那位男子之间就座。

他们说了再多笑话,我都没有笑,连敷衍都懒得敷衍,一直认真地吃着每一道菜。跟壳类食物奋战得分外认真,这样我就不必去关心他们在说什么。

这群男人也是很大众的,吃了一个段落下来后,他们放下餐具开始闲聊。男人之间的话题无非生意、酒、女人,即便有女人在场也不例外。

他们不介意说,我也不介意听的,也好让我看看他们这个上流社会特殊人群的真实人生是个什么鸟样。

我麻利地撬着蚌壳,蘸上酱丢天天碗里。我不爱吃,但是我不想让自己闲下来,只好把肉都丢给她吃。她慢吞吞地吃了几个,哀怨地望着我,一脸拉肚子相。

我侧脸拿眼睛扫她一眼,她又可怜兮兮地端起碗来接,我突然觉得我很无聊,便准备自己吃,谁知突然另一边有清澈的男声轻轻向我道:"戴小姐,替我也剥几个吧。"

我的眼睛从一边转到另一边，看着眼前的这个男人，很顺便地就把手上小碟子里的肉给了他。他优雅地用刀划开肉身，撒上调味料，吃得十分熟练。

本来我以为他是帮我解围，没想到他是真会吃。于是我又挑了一个，给他剥了肉放进他碗里。他颔首致谢，天天捅捅我，朝我眨眨眼。

我知道她脑子里想的是什么，于是无奈地擦了手，也不管旁边人吃得怎么样，就开始发呆。

"戴小姐，我吃好了，感谢您的纤手破鲜蚌。"他微笑着对我说。桌上的气氛诡异，对面不熟的男人们都在挤眉弄眼地起哄，大胆地鼓励我们俩凑成一对，我这一侧凌振翰、小白他们则是一脸沉默。丁少的刀叉在盘子上发出叮的一声清响，然后搁置下来。

他擦了擦嘴，瞟了仍旧口无遮拦的起哄人群一眼："你们都挺闲的？"

他一句话，众人全部沉默了。

我心里很不是滋味，不知道该何去何从。分开了，又何必要把我绑在附近，于他无意义，于我是折磨。

丁少开口道："小花，这位是崔凌，mebook 的创始人，19 岁就有了自己的公司，刚从加拿大回来，你们可以认识认识。"

饭桌上更加沉默了，我的刀子握在手上，而搭在腿上的手在颤抖……

天天捉住我的右手，真怕我跳起来就杀了他。

这算什么？不要我了，给我安排个男人补偿我？不必了吧，我还没那么大面子。旁边的男人会意地看了丁少一眼，朝我善意地微笑着，对我说："很高兴认识你。"

看起来，他似乎早已经和丁少达成了某种共识。

我缓了半天，呼吸才平稳下来。在各种注视中，我轻轻地放下手里的刀，淡淡道："我虽不美，但也不是谁都有机会。"然后又朝身边那位善意一笑，伸出右手，说："很高兴跟你做朋友。"

他毫无尴尬，反而眼神里倒有了几分敬重和欣赏。

丁少再次开口道："崔凌，你这次回来就好好把终身大事给定一定吧！我们打小都是知根知底的哥们儿，为你好，要知道每个成功的男人背后都有一个女人。"他意有所指地看看我微笑。

我挑了下嘴角，反唇相讥道："说得不错，正如每个失败的男人背后，都有一堆。"

一桌人个个都笑场，似乎看着丁少吃瘪的样子，格外开心。丁下柳挑了挑眉毛，众人都集体屏气，迅速开始顾左右而言他了。

丁少的热心被否决，于是饭桌上又开始讨论起哪个名模的腿够长，哪个的皮肤比较嫩。这样说来，美女们似乎全部都是公用的。

于是天天开始小声地质问起凌振翰，问得他身上寒飕飕的。

哦，原来丁下柳一直过的就是这样的生活，我真是大开眼界。

果然，跟我在一起的一年才是他不正常的一年。

吃饭后水果的时候，我看了一下手机，已经9点多了。刚打算问天天什么时候闪人，就看到又一个清秀的女孩从丁少身边经过，似乎是不胜酒力，不小心跌在他身侧，脸蛋红红的，一脸怯怯的，我突然觉得很酸，这多么像以前傻不拉傻不拉叽的我。我可以预料接下来发生的事。

丁少侧身轻轻地扶住她，她一个没站稳，又摔倒在他身上，这次坐了个结实，一副娇弱无力、我见犹怜的模样，众人都会意地轻笑。有人凑到丁少耳边贼贼地说了几句，他脸上温柔如水，询问她道："今天晚上有空吗？"

多么多余的问题！她不正是为此而来吗？这难道就是所谓的"给足女人面子，是男人该做的事"？

她迫不及待地狂点着头，身体因为激动而在他怀里微微颤抖着。

"介意跟我去吃个夜宵吗，就一小会儿好吗？"

"好，好。"那个女孩子思路清晰起来，娇羞得荡漾着一脸的春情，说："丁少，我叫……"

"那不重要。"丁少抬手微笑阻止，"开心就好。"

她听到这样赤裸的言辞，微微地扫了一下在坐众人，耳根瞬间就红了。

天天气得发抖，拉起我的手说："小花，我们去看看有没有什么年轻的正太帅哥可以聊聊的，这里全是饥不择食的老男人，闷死了！"

我恶心得整个胃都沸腾起来了，要是再不离开，说不定我会当场就吐出来。

"戴小花，你也看见了，香蕉已经烂了，连灵魂都烂了，没必要再有期待了。我们就脚踏实地，展望未来，瞄一瞄新目标好不好？"

"嗯。"我心不在焉地回答着，捏捏额角，感觉头有点痛，于是就问道："我们什么时候回家？"

她立即白了我一眼，说："回什么啊，不是说了瞄瞄新目标吗？！走了到哪儿瞄！"

"我不想跟这里的任何一个人谈恋爱。"

"那要不……副驾大人？"她促狭道，"他也不错啦，至少是个有情有义的男人，我想他一定舍不得让你这么伤心的。而这里面的任何男人，包括凌振翰，都是吃女人不吐骨头的。副驾虽然不够有钱，却是个好归宿。"

"你总是这么冷静……我怎么好意思跟他在一起？我宁愿一辈子不嫁人，我也不会跟他在一起的。"

"你什么思想！有什么不好意思的，你有没有考虑过人家的感受，他巴望多久了！"

我正要说话，就看到凌振翰找过来了，于是我让天天先跟他过去，我自己在庭院里走走，等一会儿电话会合。

院子里凉风阵阵，吹在我身上带走躁动之气，可是却止不住心里那些一寸一寸沉下去的东西，好像一切都要埋葬在这里了……我坐在花藤架下，靠着枝丫，闭上眼睛，脑袋放空。

也不知过了多久，突然有人在背后拍了我一下，我心中一跳，有种期待呼之欲出。花前月下，凉风有性，我慢慢地转过头……

是一个酒气冲天的年轻人。他正傻兮兮地朝我笑，指了指我身边，说："我可以坐吗？美女。"

我瑟缩地望了他一眼，点点头，然后站起来走人，心想多一事不如少一事的。没想到他却伸手拦住了我，说："大家都有心事，在这散酒也算有缘，不如一起聊聊嘛！"

我拍下了他的手，有些恼怒道："不必了，还是自重点好。"

"呀，还是个暴躁的丫头！我喜欢，你是……怎么有点面熟？也难怪，美女我都熟……来来来，跟哥说说，你到底有什么烦心事？如果是缺男友或是缺床伴，我可以助人为乐的！"他笑得邪气，我慌了，遇到个酒鬼。

我连忙站起来，他却从背后抱住我，说："别走呀！"

我惊恐地叫了起来，庭院那头立刻传来人声，不一会儿，就看到几个人蹿了过来，然后听到小白的声音在说："果然是的，小花嫂子在这儿！"

背后的人一下子被人扯开来，我一把抱住天天，在她怀里气得发抖。

那家伙还不老实，嘴上继续胡咧咧道："你们什么玩意儿，挡人泡妞不地道！"还叫嚣着，"是我先来的，我先看到的！"

有人上前一步，我还没来得及看清是谁，就听狠狠的几个巴掌声，凶狠彪悍，力道极大，声音如雷贯耳。挨打的似乎想反扑却被摁住不能动弹。然后那打人的就带了几个人走掉了。我心里知道他是谁，只觉得难受，连安慰都不安慰我一下。

凌振翰和小白几个人开始发挥，大概是喝了酒，都兴奋了起来，边打边念叨着："活腻了是不是！"

"敢调戏嫂子！"

"妈的也不看看是谁的地头！喝的是谁的酒！"

"灌点猫尿就犯浑了是不？"

我见不得这种打架场面，没想到这些平时衣冠楚楚的生意人，说到底不过是些年轻人，打起来都是血气方刚的……

我听小白跟凌振翰交流了一下，"怎么个玩法？"

"调戏嫂子，还能有活口吗？丁少说了，打不死算我们的，打死算他的。"

"那还有什么好说的，往死里打！"

我哭丧着脸问天天："他们说的是什么意思？"

"打不死要付医药费，那算振翰他们身上。打死了，抚恤赔偿金算丁少身上。"天天解释得十分镇定，我险些晕了过去，我不玩了，要出人命了……

在我的哀号下，那人也差不多跟死狗似的被拖走了，我鼻涕一把眼泪一把的，全是被他们的暴力行为吓出来的。

"嫂子，别怕！没事儿没事儿。这算什么呀！"小白十分善解人意，上前宽慰我。我嘴巴一扁，说："呜呜——我已经不是你们的嫂子了。"

"你可以不是丁少的女朋友，但是你永远是我们的嫂子！"凌振翰煽情道。

我不自觉地颤抖着，感觉十分难受，今晚的一切实在太痛苦了。

他们看我缩在天天怀里颤抖不已，都有些失措。小白道："嫂子，该不会被吓到了吧！"

"看起来是有些不妥。"

"好像是被打击倒了！"

"要不要喊丁少……"

我哽咽着说："不用不用，我、我……早就已经看淡人生，处变不惊了……"

小白嘀咕道："你哭成这样子，哪一点像看淡人生、处变不惊？"

……

我摸着鞋子穿好，拉着天天准备走人。凌振翰忙赶上来："你去哪儿啊，嫂子？"

"空口叫我嫂子也让我也怪不好意思的，既然你们都这么给力了，那我也得赶紧去给你们找个哥来。"在他们目瞪口呆中，天天哭笑不得地被我拖走了。

回到家，洗漱完毕。睡得七荤八素不知过了多久，突然不知脑子里哪根筋搭错了。我梦游似的穿着拖鞋，开门到楼下小区的公用电话，投了一个币，紧张地拨了丁下柳的电话，然后静静地等待那头接起，是他睡梦中慵懒的声音。

喂了一声以后，我一言不发地等待着。我心中不知道在想什么，他喂了好几次，确定没有听到女人的声音后我打算挂了，却又听他那边似乎对旁边人说："没事儿，不知道是谁，打电话不说话。"

最终，我还是挂了，然后趿着拖鞋，偷偷摸摸地上楼回了家进了房间。我还真是不到黄河不死心啊！这下死透了……

第二天去上班，天天见到我的时候，简直是大跌眼镜。我不仅没有想象中的憔悴模样，完全神采奕奕，还带了点微笑在脸上。

众人都是一副见鬼的表情看我，我朝他们微微一笑，便去做自己事了。

"啧啧……"天天赞许地在旁边笑着。

"所幸丁少爷给面子，没跟聂思在一起，现在好歹平起平坐。否则有我们受的了！"我收拾着乱糟糟的箱子。

"怎么想得这么快，我都有点佩服你了！你神经也太大条了！"

"我昨晚终于明白，没有人有责任一直爱另一个人，没有谁有义务一直对另一个人好。他不爱我了，只能怪我没魅力。"

"小花你不要妄自菲薄，你很有魅力的。"身后又是他的声音，我怎么觉得分手了，他反倒开始阴魂不散了，到底想怎样？以前也没见他出现得这么殷勤啊！他继续说道："我至今仍被你深深吸引。我只是尊重你，才不愿意让你受到我这种烂人的折磨，所以……唉，你知道，我是很纠结的！"

欠揍的话和欠揍的声音，让我一早就开始暴怒。我淡淡道："虽然你身上喷了巴宝莉的香水，但我还是隐约闻到一股人渣味。"我回头看他，他今日似乎又神采飞扬了几分，想到昨夜……我捏紧了拳头，然后朝他淡淡一笑，"丁少既然跟我桥归桥路归路，何必又来招惹我，我只是个女孩子，年纪小不懂事，请您高抬贵手吧。您的妹妹，我也当不起，当个普通员工，我已经很庆幸了，我还有我的人生。"

他诧异地看了我一眼，然后笑道："不错，倒是适应得快！"

"频频回头的人，自然走不了远路。我已经放下了，所以可以来上班，可以重新出发。谢谢你，让我成长。"

他的脸上终于有了一丝不一样的惨白，似乎是身体不适，想到他大病初愈，我也不忍说更难听的话，于是就转过脸不看他。

"做得好，最好把我从你心里踢出去吧，连根拔出去。"他的声音里有着骄傲和自信，那种张扬的气质让我立刻想起了昨晚……哦……对，你大病初愈就敢乱搞，我还要给你惜着身体不成？

于是我回头扬眉道："货有过期，人有看腻。你以为在我心里，你能牛到几时？"

他愣了一下，然后点了点头就走开了，其速度之快，让我惊叹。

我碰了碰愣在身边的天天，她正出神地想着什么，然后突然回头对我说："我打算跟凌振翰分手。"

"为什么呀？"我惊讶道，难道是为了我？

"不是一个世界的人，再怎么相爱也不能凑合的。我可不想跟他感情深了再来分，像你这样，太憋屈了。"

我哑然，她怎么想到这上面去的。

于是在我的见证下，两人坐在廊桥上谈分手。

凌振翰很激动，几乎是眼泪朦胧地问："到底是为什么？"

天天摇头不语。

"是不是因为丁少的事，所以你连我也恨上了？！"

"不是的，你瞎想什么！"

"那是为什么！"

"我爱上别人了！"

"是谁？告诉我是谁，我去杀了他！"他悚然地看着她。

"你不要管了，总之我是移情别恋了！"

"你们……不会已经上床了吧？"

"……"

他激动地握着天天的肩膀说道："我知道了，一定是我那帮狗屎兄弟，他们成天撩拨你，你不要被他们骗了，他们都不是东西的！是……是不是林少爷？"

"什么啊！"

"难道是文总？"

"……"

"不会是我最好的兄弟朱南生吧！"他大吼着。

天天终于受不了，把他的手打掉，火起来叫道："什么啊！我就不能有点自己的朋友吗？"

我再也忍不住了，逃离了这对让我受不了的情侣。我为什么命这么苦，身边老是些奇怪的人。不过，他们最终还是没有分掉。

我和天天开始了最正常的工作。平心而论，丁少对于我们这种前女友还是很照顾的，作为唯一一个被他承认过的女友，我在公司的地位依旧。据说他也没有新女友，只有女伴。

我想，跟我在一起，他纯属是病得脑子发昏了吧。

随着时间的推移，他越来越少地出现在公司，据说一直在外面带着女人游山玩水。我也没什么特殊感觉，听到了就报之一笑。

一年的时间，我又老了一岁。作为空乘，我也够拉风的，工作三年，登了两次挂历封面，每次培训新人都是我先挑，开新人秀也都是我当最终审，我也没什么好追求的了。

天天已经处于半隐退状态，就等着结婚当少奶奶了。

唐奕格已经升为机长了，也许正如天天所说，丁少自己风流的同时其实还是很关心我的。看我一直孤单，只跟唐奕格走得近，所以就升他当个机长。所以说，女人意淫起来好可怕。

休息室里叽叽嘎嘎的，满是属于女孩子的笑声，这里青春洋溢，因为又来了一批新人。转眼，我已经飞满了三个年头。

在她们为数不多的几次飞行经历中，从她们顾盼的眸子里射出来的期待和兴奋，是属于新人特有的单纯。

只怕飞上一阵儿，就没有这样的美丽心情了。我坐在休息室里唯一一张大背椅上，轻松地听着她们的笑，恍惚间和我的过去重叠。

不必对镜，我以优雅的手势打着丝巾，整理制服，抹平头发，抿一口漱口水，然后等到座舱长发登机指令，时间刚刚好。

我早已熟稔这个节奏。

小小的空间立刻拥挤起来，新人们手忙脚乱地匆匆拾掇塞放，争相朝门口涌去，可到了门口又想起了什么。几个小姑娘脸色讪讪，停在门口自然地让出小道，朝后面露出讨喜的笑容，却谁也不先当出头鸟开这个口说巧话，不声不响地让我先出去。

　　懒得推让，我欣然上前，步子未及摇曳开来，就被身后一个大力一撞，我被挤到一边。不必看就知道是谁。眼看着她以挑衅的眼神从我身边先行走过去。我扯起了一个涩笑，同是天涯沦落人，聂思姐姐还真是没完没了啊。

　　例行检查设备必须由我们这些经验丰富的老乘亲力亲为一件一件确认的。阅读灯、呼唤铃、小桌板、桌椅靠背、娱乐设备、救生设备，等检查完我直起身来，觉得头有点晕，按一按太阳穴，突然有了一丝不安，做这行最恐惧任何不祥之兆。

　　度过了起飞的那20分钟，大家都忙碌了起来，开始发餐。我刚要动，立刻有新人上前，殷勤接过我手里的餐点，说："师姐，我来！"

　　又是一个莽撞的姑娘啊。刚想开口，新人手上的托盘就已经被打翻在地，乘务长面色严峻地厉声道："懂点规矩！头等舱是你能去的吗？师姐的饭碗是你动的吗？少自作聪明！"

　　我朝阿长苦笑，摇摇头示意别这么严苛。她反瞪我一眼，斥责我心慈手软。

　　服务流程结束，我回休息室想坐一会儿，屁股还没挨上凳子，就看到一个丫头捂着脸哭着跑进来。

　　客人还在按呼叫铃，她打死也不肯出去，我只好起身去看看。

　　也难怪她，这是两个男客人，有些流气，分坐在过道两边。刚才新人哭诉说，给左边的服务，刚俯下身，右边的就摸她屁股。给右边的服务，不敢太弯腰，却被左边的拿相机伸进裙底拍了去。

　　我吸了一口气，掀开帘子笑脸走出去，走到两位客人中间，向他们问好之后，说："请问您需要什么服务？"

　　那俩男的见出来了新的面孔，立刻大笑起来，一副颇有成就感的样子。他们让我给调下坐椅，我直接站着伸手熟练地按了按钮，然后收回手，问："还需要什么吗？"

接下来又是一轮没完没了的刁难，我常常感叹乘客的想象力，为什么这么贫乏，为什么这么贫乏？

不过百密一疏，弯腰折叠小桌子时，右边的男子想伸手摸我的大腿，我俯身就瞧见了，立刻想背过去抓住他的脏手。可突然飞机剧烈颠簸了一下，亏得我一直处于警戒状态身子绷得紧才得以勉强站住，乘客们都惊慌起来，这两个男的也不例外，瞬间不复之前的嚣张，变得脸色铁青。

为了平息众人刚才的惊慌，我朝两人开玩笑道："您看吧，不能欺负女人，人在做天在看呢，这可是离老天爷最近的地方。"

这一说，周围乘客才笑了起来。两个男人脸上通红，刚才惊着了，现在也很不好意思，脸上讪讪的。

我向他们颔首致意，准备回我的舱位。才刚走出几步，突然机身不稳，再次更剧烈地颠簸起来。这次没有幸免，我直直地向前跌去，摔得剧痛无比，然而现在却不是疼痛的时候，看窗外完全黑了下来，好像是进了气流区。

乘客们再次慌了，我顾不得疼痛赶紧起来。机组成员全部出来了，虽然走不稳，却依旧敬业地奔赴自己的舱位去安抚乘客。

机长室的紧急呼叫里传来副驾镇定的声音，他通知空乘室，飞机遇到了大气流和雷雨，并且不能回航，让我们做好充分准备。这个准备包含了两层意思，第一层是让我们稳定好乘客，不能乱动，并开启所有防护措施；第二层，就是心理准备。

当空乘也有几年了，这句话是再熟悉不过却永远不想听到的。飞行前的复习实训都会强调，而今天真的用上了。必须出去向乘客说明情况，这个是不能隐瞒的。本来心里已经很慌了，听到一片哭声更是让人腿软，乘客都很配合地做好了安全措施。

确保负责的乘客暂时安全后，我们回到休息室的固定坐椅上，系好安全带。新人们一进来就开始"呜呜"哭了，我的眼睛湿了。这会儿我很乱，什么也不敢想。难道还真死在空难里了？

转而又庆幸天天不在，她现在很幸福，我不忍看她不幸的样子。

不幸的事，就让我们这种不幸的人承担就好。

于是我想到另一个不幸的女人，聂思去哪儿了？

说起来我们也算是难姐难妹了，不仅斗得你死我活，被同一个男人抛弃，又一起遇到空难。真是说不出的尴尬啊……

从开始进入气流，就一直没看见她，我有些担心。可是飞机越来越颠簸了，越来越剧烈了。我的心好像要爆炸了一样，浑身随着震动而颤抖着。外面有乘客在大叫，听声音，好像是摔倒和跑动，我猛地睁开眼睛。和其他人一起，飞快地卸下安全带，冲了出去。

原来有乘客受不了压力，精神有些癫狂了。硬要跳机逃生，正疯狂地砸着舱门。

这是极度危险的行为，飞机本身已经近乎失控了，而舱内的任何动静，都可能使飞机失去苦苦维持的平衡。跌爬中，我们几个人好不容易劝服住了这个疯狂举动的人。此时阿长的脑门儿已经碰流血了，但仍然坚持用话筒不断喊话，安抚躁动。

摔倒了无数次，大家把高跟鞋都脱下来了。我有些狼狈，身上撞得剧痛，而我终于看见了聂思。她正望着我，在哭。

我们对望了没几秒，飞机再次恐怖地摇晃起来。黑暗的舱外让我们真实地感觉到死神已经近了，而此时乘客们却出奇的安静了。飞机在失事前其实是没有时间和条件给你写遗书的，那些电视演的都是骗人的，可是居然还是有人试图想要拿出笔和纸来。

一回到内舱，就看到大家在抱头痛哭。我有些难过，却不想就这样哭出来，我不想哭，因为我不想死。做了这份工作，却从来没有想过会这样死去。

脑子里突然想念起了一个人。他脾气很好，嘴角总在笑，对所有女性都温言细语；但是对于男人，即使他再怎么和颜悦色，都像在下达旨意。而实际上他是只腹黑的狐狸，很会做生意，偶尔占过我便宜，也会肆无忌惮地宠爱我，给我一大堆我不需要可是却能向全世界证明他爱我的东西……然后再单方面解散两个人的队伍，让我伤心至今。

其实当他轻轻走过我身边时，他就偷走了我的心。

我的眼泪在眼眶里打转，看着哭成泪人的新人们，再想起父母，终于忍不住掉了泪。突然一个大力，有人搂住了我，我愕然之间，闻到了一股熟悉的名为"绿色机遇"的香气。

　　"对不起……别怕，姐姐陪你。"她轻声说。

　　我回身抱住她，泪水互相打湿对方的肩。在死亡面前，一切嫉妒、憎恨、争斗、你死我活，都化作云烟。除了死亡，也许我们一辈子都不能冰释。也罢，难得这么有缘，这一辈子，我们终是一起死。下一辈子，还做冤家。

　　"其实，下柳是爱你的。"她哭得很难看。

　　"那又怎么样呢？"我嗤笑出来。

　　她也笑了一声，说："是啊，又怎么样呢？"

　　一个又一个气流，一次又一次颠簸，只记得我和她最后一直在笑。

　　记不清过了多久，恐惧中的坠落或者遭雷击都迟迟没有出现，而机舱广播里突然响起机长熟悉的声音："各位旅客，飞机目前已经平稳穿过气流和雷雨区，我们能够安全到达并着陆，谢谢您的信任。我代表全部机组人员向您表示问候，非常抱歉让您受到惊吓……"

　　还没听完，我们都不能自已地颤抖着捂住了嘴巴，劫后余生的震撼和那种巨大的喜悦是不可言喻的。直到意识到外面的巨大欢呼声此起彼伏，乘务长才率先地站起来。尽管腿还不够利索，额头上也有伤，但还是笑着朝我们呼唤，姑娘们，干活了！

　　一时间忙乱纷纷，有新人激动地向机长室发呼叫：爱死你了机长！你太了不起了！我一定要嫁给你！

　　大伙听后，莞尔一笑。

　　出去收拾残局，安抚乘客。看到一马当先的聂思，我心里有淡淡的温情流淌，望着她高傲的后脑和脖颈居然特别安心。

　　然而她再回头的脸色已然冷漠了下来，好像刚才的一切都是我的错觉，一切来得太快，我们安全了，正常的模式下，我们有正常的相处方式。我说得不错的，除了死亡，也许我们一辈子都不能冰释。

　　下了飞机，出了窄窄的舱门，感受到了陆地，它是多么的亲切和可爱。和她并肩而行，我俩默契地对看一眼，依旧不屑的神情，而后各奔东西。

机场大厅，年轻的机长被团团围住。说真的，经历此次，机组全部的姑娘都有义务以身相许，以为我们的命都是他带回来的，这个迄今为止最年轻的机长——唐奕格先生。而他，此刻正在女孩们的包围中探出了脑袋，朝我一笑。

在大门口，年轻的机长拦住我私聊。

即使我平时装得再好，在他面前却依旧容易变得傻兮兮的。我用极尽感激和赞美之词拍他的马屁，说对于他精湛的技术，我佩服得五体投地。

等我好大一通说下来，他无奈地摇摇头，说："你怎么一点创意也没有，就不能说点我爱听的吗？"

"你爱听什么口味的？"

他默然了几秒，又开口道："比如以身相许什么的。"

这下换我默然了，我就知道不该给他选的。

他突然低下头，开口道："知道当时我脑子里在想什么吗？"

我抬头望他，好久没有凝视过他漆黑的眸子了。那里是启明星，可以照亮迷路孩童的归家之路。

"我当时心里只想着，你也在我身后的舱中。"

我看到他眼中蒙了一层水雾，我的眼睛也热热的。他突然把我拥入怀中，说："我刚才很怕，我怕我们就这样了，我怕我们什么都来不及了……"

在来来往往的机场大厅内，我与他相拥而泣。

我没有看到旁的人影，即使我看到了，也会假装是看向别处的错开他，然后装作很幸福的样子，在他面前笑靥如花。可是当我第二天接到凌振翰带着哭腔的电话，我才知道这个世界玄幻了……

"嫂子，其实丁少一直是骗你的，他去年的手术根本没成功。丁少回来就是怕你接受不了事实，所以气走你，给你安排好后路。

"嫂子，丁少是真怕你为他殉情的。

"丁少这一年行踪飘忽不是去玩女人的，他一直在国内接受药物治疗，昨天他听到消息跑出医院赶来机场看你，然后回去就大吐血了，现在……已经快不行了。

　　他最后带着哭腔说："嫂子，你快去见他最后一面吧……"

　　我被这一连串的事实打击得头痛欲裂，我觉得整个世界都在旋转，可是我却停不下来。我多想叫那划拨时间的讨厌鬼把时间倒回去，我得把这一切从头捋一捋，否则我怎么也不能从这混乱中清醒过来。

　　当我颤抖着走进加护病房时，看到的一切都是白的，恍惚间，那床上遮着的布也是白的。我几乎站不稳，看着床上一动也不动的人。

　　我的眼泪一直忍着没掉，因为发现这时候什么都是迟的。那个曾经温柔待我的男人，为我撑起了一整个天空的男人，微笑着叫我女朋友的男人……

　　不在了。

　　我咕咚一声跌倒在他的床边，我不相信，可是他已然盖上了白布。

　　我多么希望这会儿是他在耍我，然后一大堆人跳出来笑话我。如果是那样就好了……

　　我颤抖的手怎么也揭不开那块布，我知道他走的时候一定不希望我看到。他总是这样逞强，不愿意把自己脆弱的一面与我分享。

　　怎么能这样，让我留下这么多遗憾，就这样残忍地走了。

　　我开始哭泣，从小声地抽噎到浑身止不住地颤抖。好冷，好孤独，白色是世界上最没有人情味的颜色。

　　世上最爱我的那个男人走了……

　　但我总是记得有那么一个人，微微一笑很便倾城。

　　腹黑和装可爱都很在行，但在我需要依靠他的时候又绝对是个纯爷们儿，多数时候又是大男子倾向严重的强迫症患者。

　　即使有各种障碍，他也能扫平一切，让我以为，我们是如此顺理成章地就在一起了。即使是在人多的场合，他也会和我眉来眼去，公然与我眉目传情，无视旁边敢怒不敢言、想呕不敢呕的人群。即使他不常上网，也还是会关心我的动态，配合我挂上极品的签名。

他很腹黑，总是把我耍得团团转，但我被骗去的多半只是一个可怜兮兮的吻或者一个不情愿的拥抱——这些都是我在后来的日子里，常常所渴望的东西。他总是说他爱所有美好的女人，可是那些真真切切的爱情光芒，却只对我一人绽放过。他的温柔，含而不发，却真真切切存在；他的霸道，无限柔软，却总是隐在笑里；他的爱情，来得突然，却让人无法拒绝。

　　记得总是有那么一个人，无数次地在我落难的时候出现在我的背后，让我不用回头也可以信心满满。我永远记得他曾试图给我找一个他所信赖的男人，想交托我的人生，代他照顾我下半辈子。我很难想象，当时的他到底是一种怎样的心情。

　　我也永远都会记得他在跟我分手以后的日子里注视我的目光，那里面藏着的是分明的爱意和眷恋，为何我没有相信自己的眼睛？如果我再坚持一下，会不会到今日结果就不同了？是不是我就有资格陪他走完剩下的日子了？而不是像现在，相见在这里，却天人永隔。

　　这个世上最爱我的男人，再也无力爱我了……

　　他躲在这个白布后面，默默地看着我的悲伤，却无法言语。我需要安慰，我需要勇气，我害怕这个世界了，它充斥着死亡和不安。丁下柳，如果你可以看到现在的我，会不会后悔你这整整一年都没有带我玩？

　　我的眼泪没有停过，一直默默地流着，不停地抽着鼻子。最后，终于还是爆发出了悲怆的哭泣声，我肆无忌惮地伤心，随心所欲地难过。可是，再怎么折腾我自己，他都不会回来了……

　　我哭了整整一个多小时，喉咙都哭哑了。可是我好像一个蓄满了洪水的大坝，泪水根本流不尽似的。

　　我哭得头发晕，眼睛也花了，可是我突然惊慌起来，我忘记了他的模样！我记得他嘴角噙着的微笑，却忘记了他的脸。

　　我慌张地扶着床站起来，一把揭开白布。看到他苍白的脸，我再也忍不住悲鸣，抱着他冷冷的身体放声痛哭。

　　"你……你……真的不要我了……"我在他耳边模糊不清地嘶吼着，歇斯底里地颤抖着。我觉得我的世界已经陷入了黑暗，让我就这样带着你最后的模样，跟你一起去死吧。

"哎……居然连抱个尸体都抱得这么带劲，你已然无敌了。"突兀的声音在耳边响起，我第一反应是诈尸了！

等我确定房间内没有其他人了以后，我这才惊恐地看到怀里的他眼睛微微睁着，满面苍白，虚弱地望着我。

我怔住了。什么也表达不了，无论是语言还是表情。

"亲爱的，你哭我理解，但你哭这么久我就不能原谅你了，要是我不动一动，你是不是就准备随我去了？

"还有，你哭就哭啊，为什么连句台词都没有，什么'你怎么丢下我就走了''你走了孩子怎么办'之类的，内容有点趣味性的……我在迷糊中一直光数着你的抽噎次数，好心疼。

"死人不是要边唱边哭吗？你不会吗？

"别怕，我只是睡梦中昏迷过去了，盖上白被单也只是我个人的睡觉习惯……

"哎？戴小花，你怎么了？"

我昏过去了。医生说是急火攻心，乐极生悲，受刺激太大所致。

可怜丁下柳，拖着残缺的病体，不仅坚强地坐起来按响了呼唤铃，而且还完成了一件几乎不可能完成的任务，原来把昏倒的我从地上弄到床上。

这其中又是一份怎样缠绵悱恻感人至深的爱意啊！

当我醒来，我发现我正躺在丁下柳病床旁边。就是在他的病房里又加了一张床。

我头重脚轻地坐起来，看到他已经睡了。

又是闭着眼睛的！

我紧张地走过去探了下他的呼吸，虽然微弱，但确定还有。我双手合十，感动得热泪盈眶，然后就对着窗外的月亮念念有词地跪下来："如果能让丁下柳不死，我就出家当尼姑终身供奉神灵们去。看我闭月羞花的美貌，你们不吃亏的！他这人脾气也大，命又好，长得又帅，下去了说不定就当领导了，威胁你们的统治不说，还把女人都给勾搭走了，你们不划算呀……不如我去给你们当小老婆……呜呜——"

神神道道了一会儿，又觉得自己傻。昏暗的房间内，隐约有道光线聚在我身上，我一回头，看到床上的丁少正目光灼灼地盯着我。

我心里一惊，不会是回光返照吧，眼圈又是一红，他朝我伸出手："小花，过来。"

跪久了，腿直打软，但我还是三步并作两步到他跟前，嘴巴一鼓，好想哭，可是怕影响他心情，我忍得连气都不敢出。

他握了一下我的手。很冷，好像都快接近死人了。我连忙把他手收进怀里，想要这样来焐热他。他笑了一下，说："我摸到你豆腐了。"

这种时候居然还有心情开玩笑！我憋着的泪水，一下子冒了出来。

"哎，原来吃你豆腐这样简单，早知道就早点生病了。"

"去死！"我骂了一句，旋即就懊悔，连忙收回，道，"别去死！"

他被我逗得笑得直咳嗽了。我连忙给他送水，替他按摩着后背。

"哎，想不到你这么爱我，让我都舍不得死了。"他喃喃道。我把他裹了个严实，然后又从我背后的床上拿了个大枕头让他靠着。

"嗯。所以别睡过去，我……不准你死。"

"那你干吗给别人抱……"他突然说了一句，我没头没脑的。他再瞥了我一眼，继续说："你知道我是怎么差点儿死掉的吗？我看到你跟那家伙搂得正欢，然后就气吐血了！"

我一下子知道了他说的是什么，脸顿时就红了，真是倒霉，实在不是做坏事的料，难得跟人纯洁地抱一下还给逮个正着。

"那是飞机差点儿出事，他安慰我一下。"我眼圈一红，顿时觉得我俩多灾多难。不是我死，就是他死。

"我知道……我就是去找你的。听到你没事了，我差点儿就当场死了，可是我就想……"他靠上我，"我想远远地看看你。"

"傻瓜，你为什么要那样对我，害我难过了一整年，头发都掉了好多！"

他没说话，紧紧地偎着我，只是力气很小。他现在很脆弱，怪不得他不愿我见到他，因为我一只手就能打败现在的他！

隔了很久，他叹了口气，说："哎，戴小花，你把灯打开。"

我不明白，他只好作势坐起来，于是我赶紧去开灯。然后坐在他身边，继续去抱他，这回却被他拒绝了。

"你看着我。"他说。

于是我听话地看着他。

"我这样一个病态的瘦弱的男人，是你想要的吗？这样一个生命体征逐渐消失的男人是你想要的吗？难道你有恋尸癖吗？"

我捂住嘴，呜呜地开始哭了。

他轻柔地笑，低下头，说："小花，不要难过，更不要自责，如果换作是我，我也会不能接受。你也知道，我是最臭美的……"

我瞪着他，咬着嘴唇，有血腥味出来了。

"你只是瘦了一点点，为什么把自己描述成那样子？是想博取同情还是想吓唬自己？你现在很帅，如果一年只瘦这一点的话，那么以你的体重你至少还能活上四五十年！你到底在怕什么?!"

他苦笑着摇摇头，说："不要再来看我，我不想被你看到我最丑陋的样子。"

他话没说完，尾音便惊愕地在我"啪"的一声把他推倒在床上结束了。

我凶狠地吻上了他的唇，依旧还是冰凉的。他说的恐怕都是真的，他的生命体征是真的越来越弱了。我的眼泪大颗地掉在他的眼睛里，他却眨都不眨，任由我咬着他的唇。

我抱歉地抬起脸来想给给他擦擦，然后一边哭一边摸着他的脑袋，害怕我刚才推太猛，伤着了他。

等我擦了泪水重新又吻上去，他却把头一偏，叹息了一句："哎，我实在是看不下去。"

"丁少，你不是说过，接吻不认真的男人不是好男人吗？为什么跟别人吻的那么欢，跟我就推三阻四的?!"

他轻笑一声道："真记仇啊！"

"我不仅记仇，我还要报仇！"

他热情地回吻了我，而我几乎是有些暴力地爬上了他的床，真想这么就上了他，可有些事情不是我勉强上就行的。他真脆弱啊，我可以感受到他浑身的无力。

　　为了避免尴尬，我及时地刹住了车，平日里雄风飒飒的丁少何时有这么憋屈的时刻？我轻笑起来，然后开始跟他交流病情。

　　"医生有没有好的治疗建议？"

　　"在试验过敏反应，如果这次再失败，我就可以回家洗洗睡了。"

　　"我陪你一起睡。"

　　"……"

　　"怎么？"

　　"戴小花，我爱你。"

　　"你为什么不早点说？我差点儿就不爱你了。"

　　"我想跟你结婚的。"

　　"这么巧，我也是。"

　　"不过我不敢过早套牢你，怕你真成寡妇。"

　　"我可以有巨额遗产……"

　　"你没孩子，我妈会把你扫地出门的。"

　　"不带这么玩的，你给她说说情啊。"

　　"怎么说，托梦吗？"

　　"……"

　　"睡吧。医生说你的精神状况离精神病也不远了。"

　　隔了很久很久，我才小声说："丁下柳，你不要死好不好？"

　　他也隔了很久，"嗯"了一声。

　　"我还想给你生一窝宝宝呢。"

　　他笑了起来，然后淡淡地说："会有的。"

　　又过了许久，我气闷道："不生了！我想起来了，那天我拿公用电话给你打电话，听到你跟别的女人说话了。我不会原谅你的。"

　　他闷闷地咳嗽了两声，说："我一猜就知道是你，所以装作对空气说了两句。后来去查了你家楼下电话亭，果然是你……真傻啊，当时都那么晚了。"

我哑然，如果他不是病人我一定暴揍他。我强忍着颤抖的手，说：
"你害我痛苦了整整一年。"

他抓住我的手说："睡吧。我保证再也没有了。"

"但是我宁愿你再让我痛苦一辈子，只要你能够不死……"

"你又来，上次是谁吓唬我要跟我殉情的？害我回来安排了这些。
结果你又给我一句'宁愿你死了'，我当时顿时就有种养了白眼狼的感
觉……"

我哑然，说："睡吧。"

♣

大结局
没羞没臊的幸福生活

　　两年后，一场盛大婚礼。

　　去参加过的客人都说，那绝对称得上是一场世纪婚礼，场面绝对的澎湃。什么某王子和某王妃，还有什么世纪大婚，在他们面前都是浮云。你觉得兰博基尼、法拉利、玛莎拉蒂、奔驰、宝马很拉风？粉牛绿牛什么的很给力吗？那么，跟飞机比？一排豪华车队和一排飞机比呢？所以说，大家结婚就不要再追求什么排场了，跟飞行器一比起来，那就都是浮云了啊！

　　中航集团接班人大婚，热热闹闹地登上了各大报纸头条。夜里，温馨的新房里，新娘子却在抖抖索索地打着电话。

　　"喂，天天，能不能帮我买点东西？买……"话还没说完，浴室里的门就响了，我"啪"的一声把电话挂了。

　　某容光焕发的美男子的身上只裹了条浴巾，虽然今日饮酒不多，却依旧是桃腮满面。自从大病痊愈之后，他越发地英气勃勃，看得我时时都要警醒自己把持住，不能沉迷美色啊！

　　"老婆，你在干吗呢？"他的声音带着深夜这个敏感时刻特有的磁性。我一幻想洞房花烛夜，马上就想到了更要命的事。

　　"丁少……老公，我有事要跟你说。"我哆嗦着，而他温柔地挽住我的手，把我拖到床上，然后一边解我衣服一边漫不经心地丢了个字：

"说。"

"我……好像没有怀孕。"说完，我认命地闭上了眼睛。

奉子成婚这事是我俩的秘密。

他说太早就说的话小孩子会小器，所以不满三个月不能公布。于是我就只好老老实实地当新娘子，只是在喝酒的时候少喝了一点。

说到这个孩子，就不得不追溯起我们的龌龊事，来破坏一下我们纯洁健康的形象。

不错，丁下柳毅然决然地活了下来，用丁妈妈的话说就是，自从有了我在身边，一路驱邪避凶，他的身体恢复状况也是一飞冲天、芝麻开花节节高！手术一做一个准，吃药一吃一个好！为了防止不必要的异性骚扰，小护士也不必了，由我顶替了。为了防止我们家丁下柳的屁股被看到，所以打针什么的我也会了。

总之，我就是个全才啊！更极品的是，在去年某个伸手不见五指的夜里，也许是年龄到点了，也许是夜色太撩人了，总之我一时荡漾，爬上了他的病床，然后跟他一翻哼哼哈兮……

虽然事后他大方承认，是他主动勾引的，而我是因为太在乎他的身体不忍拒绝，所以才会任他摧残。可是，即使他这么说了，我仍然觉得羞愧得要死。

因为隔天丁家二老和所有相关医生，都亲自前来膜拜了我们的肇事病床，见到了上面那一抹刺眼的殷红，于是纷纷鼓掌。医生兴奋地对丁家父母说："丁少这次恢复得很好，再休养一段时间，就可以出院了。"

丁妈妈热泪盈眶地说："这全是小花的功劳啊……"

我当时脸上在滴血，为什么我的人生这么悲催？美好的夜晚之后，没有亲切的婆婆炖来鸡汤就算了，竟然还被形容为一次功劳？

后来他跟我求婚时，我就直接拒绝了，并且一脸悲愤地表示，这几年都没有结婚的打算，因为面对那二老实在太尴尬了。

求婚拉力赛轰轰烈烈地进行了小半年，等到他完全大好出院之后，在那个该死的庆祝宴上，我被他灌了几杯酒，于是又悲剧了一次……

这一次没那么简单，陪他去复查身体时，他建议我也做个体检，没想到一查居然怀孕一个多月了。他一脸正义感地对我说，他绝不会做让小姑娘打胎这种事。在肚子不到三个月的时候，我们就闪电结婚了。也就是今晚，我悲剧了。

听到我说根本没有怀孕，他挑了下眉毛，漫不经心地说："那又怎么了呢？"

"我……好像是医院弄错了！我之前月事不太正常，医生说是怀孕初期正常现象，可是今天，哗啦啦的了……"

"什么！今天？不是18号吗？"他跳起来，眉毛倒竖，凶恶无比。果然果然……他就是为了孩子才跟我结婚的！

我大哭起来，说："我真不是故意骗你的，我不是想骗婚，我也不知道怎么搞的，我就说要多查几家……真的不是我的错，你不要骂我。"

他把我从地上拖起来搂在怀里，赤裸的肉体散发出情欲的味道。

"我知道，我不是那个意思，我是生气，怎么是今天，今天是我们洞房啊……老公我正准备大展身手……现在这……叫我情何以堪啊！"他一脸不爽。

我傻傻地望着他。

他很坦然，轻轻一笑，说："不错，你确实没有怀孕，医生是我故意安排的。不然我们到什么时候才能结婚啊？我都32岁了！"

我含着热泪，再次被他秒杀。

从此以后，灰姑娘和王子过上了没羞没臊的幸福生活。

某日，丁少在睡梦中突然喃喃地说道："哎，戴小花，你相不相信，我看到你第一眼就有种感觉，你是我老婆？"

我本睡得迷糊着，被他这疑似梦话的声音惊醒后，一下子就跳起来捶打他，边打边说："你骗人你骗人！我认识你的时候，你身边有多少美女，你整天哪里会有工夫理我？"

他惺忪地睁开睡眼，惊恐地望着我说："你干什么打我？"

"……"

该死的，那真的是梦话吗？

图书在版编目（CIP）数据

敲天堂的门/三千宠著. — 太原：北岳文艺出版
社, 2016.5
ISBN 978-7-5378-4728-5

Ⅰ.①敲… Ⅱ.①三… Ⅲ.①长篇小说—中国—当代
Ⅳ.①I247.5

中国版本图书馆CIP数据核字（2016）第070772号

书名： 敲天堂的门	著者：三千宠 策划：诚客优品	责任编辑：刘文飞 印装监制：冯宏霞

出版发行：山西出版传媒集团·北岳文艺出版社
地址：山西省太原市并州南路57号
邮编：030012
电话：0351-5628696（太原发行部）　0351-5628688（总编办）
传真：0351-5628680
网址：http://www.bywy.com　E-mail：bywycbs@163.com
经销商：新华书店　印刷装订：北京市通州运河印刷有限公司

开本：880mm×1230mm　1/32　字数：260千字
印张：10　版次：2016年5月第1版　印次：2016年5月北京第1次印刷
书号：ISBN 978-7-5378-4728-5
定价：35.00元